国家社科基金项目（06czw018）优秀结项成果

周保欣◎著

伦理视野中的中国当代文学

人民出版社

责任编辑:李　惠　pphlh@126.com
装帧设计:雅思雅特
责任校对:史　伟

图书在版编目(CIP)数据

伦理视野中的中国当代文学/周保欣 著. -北京:人民出版社,2012.12
ISBN 978-7-01-011549-8

Ⅰ.①伦…　Ⅱ.①周…　Ⅲ.①中国文学-当代文学-文学研究
Ⅳ.①I206.7

中国版本图书馆 CIP 数据核字(2012)第 300511 号

伦理视野中的中国当代文学
LUNLI SHIYEZHONG DE ZHONGGUO DANGDAI WENXUE

周保欣　著

人民出版社 出版发行
(100706　北京市东城区隆福寺街 99 号)

北京新魏印刷厂印刷　新华书店经销

2012 年 12 月第 1 版　2012 年 12 月北京第 1 次印刷
开本:700 毫米×1000 毫米 1/16　印张:19.25
字数:286 千字　印数:0,001-2,000 册

ISBN 978-7-01-011549-8　定价:45.00 元

邮购地址 100706　北京市东城区隆福寺街 99 号
人民东方图书销售中心　电话 (010)65250042　65289539

目　录

下编　伦理视域与文学发展理论反思

引　言

从伦理的角度观照当代文学，意味着这样一种辩证关系的建立：一方面，我们必须要论述到文学对伦理的叙述；另一方面，伦理的思想意理，将作为我们批判和反省当代文学的一个重要视点。在这里，这样三个概念是必须要首先辨识清楚的，那就是本书对“当代文学”、“伦理”、“道德”等诸概念的使用问题。所谓“当代文学”，本书所指的并非是1949年至今的文学，而主要是择取“新时期”改革开放至今的三十余年。之所以选择这个时段作为论述对象，当然是因为这个时段的文学深植于中国社会政治、经济与文化等的现代性变革之中，其间充满着丰饶的变化和“丰富的痛苦”。这种“三千年未有之大变局”，对于有着古老文明的中国社会而言，显然是具有历史“拐点”意义的。

而所谓的“伦理”和“道德”，亦须稍加辨识。从词源学上看，伦理与道德有着非常大的差别，伦理意在强调维持人们人伦关系而必须遵循的基本准则，而道德则突出的是作为宇宙整体秩序的“道”对人的内心约束。伦理与道德各有侧重，前者偏重外部他律，后者突出实践性的主体自律。[①] 但从文学创作角度言之，伦理或道德表述实难作内外区分。作家之创作，既关涉到外在的伦理规范，同时也有内在的心性主体的道德诉求。因此，在我这本书的相关描述中，伦理与道德将是交叉使用的，两者间的语义差别均通过具体的文本语境呈现，而不是明确的概念上的辨识。

伦理与文学或者说文学与伦理的关系，早就是文学研究的老话题。在这个人们对学术创新趋之若鹜的时代，这样的话题恐怕很难再激发起人们

① 尧新瑜：《“伦理”与“道德”概念的三重比较义》，《伦理学研究》2006年第4期。

的兴趣。尽管我们对作家、作品的批评和评价，都不可能真正地绕开伦理的存在，不可能绕开道德这样的思想维度，但是，我们对于道德的感兴，更多的还是出自某种情感化的直观表达，真正从学理上把它们作为学术研究的视角，通盘思考当下文学创作之是非得失的，则不多见。从近些年来的学术研究情况看，由伦理和道德角度切入当代文学作较为集中研究的，大致有两种：一种是何西来、杜书瀛诸先生20世纪90年代初对新时期文学的道德研究。那个时候，国内的市场经济日渐成形，公共道德领域出现某种“剪刀差”，一边是市场经济条件下各种新的道德生活、道德现象逐渐抬头，一边是精英知识分子的“道德高地”暂时还没有失守；两相碰撞，一场猝不及防的遭遇战由此而拉开序幕，搅得文坛风生水起、扑朔迷离，“王朔现象”、“《废都》现象”、“‘人文精神’大讨论”、“‘二王’与‘二张’之争”，等等，这些讨论或者说论争基本上都是围绕着道德问题展开的。另一种则是谢有顺、王鸿生、耿占春等诸君的“叙事伦理”批评。和伦理叙事研究不同，叙事伦理批评强调叙事作为一种文学实践，它的“应然”的伦理使命与道德关怀。研究者侧重的是从文学的经验世界出发，钩沉文学对道德生活的“讲法”。谢有顺有言：“文学的道德和人间的道德并不是重合的。文学无意于对世界作出明晰、简洁的判断，相反，那些模糊、暧昧、昏暗、未明的区域，更值得文学流连和用力”。[①] 这段话表明，他们的叙事伦理批评的根本趣味是在叙事，而不在作为叙述对象的道德。国内的文学叙事伦理批评，多有受惠于刘小枫先生的理论，他在《沉重的肉身》里，提出“人民叙事伦理”与“自由叙事伦理”概念，对于叙事伦理批评理论、方法的兴起，有引导、兴发之功。

在这本书中，我的主要工作和研究目标，就是通过对当代作家创作中涉及的各种伦理现象和道德现象的观察，推论作家们叙述各种伦理道德现象时，他们内在的伦理关切、道德意识、态度、情感与道德价值取向以及这些精神、情感因素与时代、历史、文化之间呈现出的共振关系，辨识作家们的文学叙述所呈现出的特殊历史、时代与个体美学况味。

伦理也好，道德也罢，都不是抽象的理论命题，不是由概念、德目、道德

---

① 谢有顺：《中国小说的叙事伦理——兼谈东西的〈后悔录〉》，《南方文坛》2005年4期。

理想等组成的单纯的观念世界，而是我们的具体存在，道德就是我们的日常生活本身，是人们“活”出来的问题。世界上没有一成不变的“道德”，当然也就没有一成不变的“不道德”。所有的伦理规范与道德论辩，都是与特定的地域、民族、历史与现实等外部条件相联系的。道德的真理性和它的实践性，会随着这些外部条件的变化而变化。每个时代的人们都有自己的伦理诉求、道德疑问与道德关切，这是每个时代不可重复、不可取代的特殊性所在。文学亦复如此。每个时代的文学，都有自己需要面对的道德难题，都有自己需要回应的道德疑问，因此，无论是研究伦理视野下的文学状况，还是文学的伦理叙述状况，都没有所谓的“新”与“旧”之分，而是随着时代与生活的变化，会形成不同的聚焦点和聚焦方式。

当然，这只是从伦理的层面来理解的。如果从中国文学自身的特殊传统来看，我们就会发现，每个民族的文学都有自己的特点。就中国文学而言，我们的最大特点恐怕就是文学在审美、娱乐功能之外，还有风化社会、陶冶人心的“诗教”担当。中国文学从何时始，又是如何形成“诗教”传统的，这里不去讨论，单就孔子“删诗”之说，与“诗三百，一言以蔽之，思无邪”、“修辞立其诚”等立论来看，就足可见“诗教”传统的源远流长。和这种传统相吻合，中国文学尤为重视思想、道德、情操、品质、气节等“内容”层面的文学元素，这与西方文学较为突出叙事、结构、修辞、情节、冲突等“形式”性要素截然不同。道德作为文学的基本价值尺度，构成中国文论的重要典律。自古至今，中国诗论家谈文论艺、臧否人物、评价作家作品的好坏，“知人论世”式的道德评判通吃一切。正是因为突出文学的教化与道德训诫功能，中国文学一方面形成“言志”与“抒情”的基本路径，另一方面，则极为注意把自然、客观事物作道德上的对象化处理，故而，梅、兰、竹、菊等皆着上道德与品质之色。

中国文学深厚的伦理底色，并非是简单的民族好恶问题，而是与传统文化的构成紧密相关的。众所周知，无论是中国还是西方社会，自古至今，调节人与人之间、人与社会之间关系的，无外乎“宗教”、“法”、“伦理”三种力量。在西方社会，这三种调节性力量是同时存在的，它们呈三足鼎立之势，共同维系着社会的稳固，推动着社会文明的发展。对于西方社会来说，即便出现伦理规范的解体或者说道德的崩解，至少从理论上讲，尚不至于出现大的问题，因为这不过是三足断其一而已，道德之外，它们还有宗教与法起到维系人心、稳定社会的作用。而在传统的中国社会，因为法的意识较为单薄，宗教亦未有充分的发展，在西方社会很多由法和宗教来解决的问题，在中国都是由伦理来维持的。所以，伦理在中国可以说既是擎天一柱，也是文化之轴心。中国社会的道德系统一旦出现问题，则是相当麻烦的事情，小则人心变乱、人性陷溺乃至恶行流布；大则会引发种种社会危机甚至是天下大乱。正是如此，诸如“王纲解纽”、“礼崩乐坏”、“世风日下”、“人心不古”等，历来都是中国人最恐惧的文化景象。历代的王朝异姓、江山易主，背后都有各种各样的道德修辞和伦理推手。

伦理对于中国社会与中国文学是如此重要，以至于历朝历代，人们都把道德宣示、道德规训、道德担当视作文学的核心价值。正是在这个意义上，从伦理的视野观察我们的当代文学经验，或者说以文学为标本，释读当代中国社会的道德状况，既是切实可行的同时又是非常紧要的问题。相信所有的人都会承认，改革开放这三十余年来，我们在物质与经济建设方面已经取得了令人瞩目的成就，但是在道德生活领域，我们却遇到了前所未有的危机与挑战，诚信丧失、私德偏废、公德不立、族群矛盾尖锐、阶层冲突加剧、有毒食品泛滥、贪腐猖獗、公权力肆无忌惮，等等，这些是当下人们非议最多的问题。伦理规范的失效与道德的破产，不仅引发了人们生活上的危机感与不安全感，并在一定程度上造成了社会的危机。古人谓：“仓禀实而知礼节，衣食足而知荣辱”。何以我们在物质生活得到了极大发展的时候，却会出现社会性的大面积道德溃败？经济发展能否改善我们的道德面貌？这些问题虽说不是文学研究者能够回答得了的，但如果文学研究绕开社会道德的现实问题，这无疑也是不负责任的。

相当长一段时间以来，我们在论及当代中国的伦理现状时，多把生活中的道德问题归咎于市场经济的形成，似乎市场（商品）经济就是道德麻烦的罪魁祸首，这很显然是缺乏说服力的。因为所谓的市场经济，并非中国特有的经济现象，而是当今世界的普遍发展模式。如果说市场经济就是引发中国社会道德破产的主要原因，那么，像英、美、法、德这些老牌资本主义国家，市场经济已经发展几百年，是不是应该遭遇到比中国更严重的道德危机？这恐怕是很难作具体判断的。就中国的问题来看，我们必须承认，改革开放确立的商品经济发展模式、城市化进程，的确在相当深刻的程度上瓦解了传统中国社会的基础，改变了传统农耕社会那种族聚而居的生活方式和宗法制的社会结构。但是，我们的问题却不在发展商品经济本身，而在于商品经济发展起来以后，我们缺乏足够的道德思想资源来理顺、调节和制约商品经济发展有可能带来的道德破坏性与冲击力。以大历史的眼光看，“五四”至今，反传统与现代化构成了我们文化发展的主流。因为传统文化被预设为中国社会现代化的根本障碍，故而我们对待传统的态度，不同程度存在着一种现代怨恨心理。在一系列的反传统或者说是“反封建”的文化行动中，传统道德资源与当下在“明言”的层面上发生了短路。同时，我们对西方为代表的现代道德文明，尽管不乏羡慕，但却绝非是兴高采烈的“拿来主义”，而是怀有一种殖民主义记忆的怀恨接受；我们所“拿”进来的西方伦理价值，又多因水土不服而沦为空头支票或者是花瓶式的思想摆设。新中国成立以后，英雄主义、集体主义、爱国主义等社会主义新伦理，虽然具有广泛的社会影响，但是还不足以占据人们的全部思想。正因如此，当商品社会如疾风带雨般地冲刷着我们的生活的时候，传统道德思想被弱化，西方道德思想进不来，社会主义道德理想又很难发挥它的思想效能，这样，我们实际上是处在一个相对的真空状态中的，没有足够的精神支援来化解商品经济社会带来的道德暴戾之气。

对当代中国社会作道德分析是个相当复杂的问题，历史与现实、政治与文化、观念与制度、集体与个人等，多重合力造成当下中国的道德事实，任何简单、片面的分析，都有可能导致对事物本然的遮蔽。台湾学者韦政通曾经这样指出：“一个有悠久传统的社会，在它走向现代化的过程中，生活上的一个理想情况，应该是传统价值观念与逐渐抬头的新价值之间能相互融合，这样一方面不致陷入心理上无所归属的状态，另一方面又可使新的价值指南在渐变中达到价值更新的目的”。[①] 改革开放以来，我们在道德建设上面临的最大麻烦或许就在于，我们正处在一个规范重建与道德价值重组的关键时期，然而，我们却缺乏一种确定的道德价值系统来解决我们的“心理归属”问题。如果更进一步思考，传统社会文化结构中“法”意识的

① 韦政通：《伦理思想的突破》，广西师范大学出版社2005年版，第260页。

贫乏、宗教罪感意识的空缺，新中国成立以后历次政治运动中你批我、我斗你、你揭发我、我暗算你的人性扭曲行为等，都对今天的道德现状有型塑作用。这些负面的道德遗产，就是装在所罗门瓶子里的魔鬼，在政治至上的年代里，政治高压有可能压迫着它们，使它们无法现身，而进入商品社会以后，随着政治的“所罗门瓶盖”最终松动，市场经济时代的竞争与逐利原则，加剧着我们内心深处不守规则、伪善、自私、狡猾、贪婪、残忍、不当攫取等潮湿、阴暗的一面。——商品经济不是魔鬼的生产商，而是它的显影剂。

一个民族愈是古老，它在走向现代化的过程中，道德重组就愈加艰难，就会遭遇到更多的痛苦和不适。如何解决当下中国的道德不适，当下中国社会如何通过重建“中国道德”而构造出“道德中国”，这些或许都不是我要关心的。我所研究的毕竟是文学而非道德，因此我的命意所在，还是通过对生活、世界、作家、作品的互动、互生关系的把握，突入到我们这个时代的文学生产关系当中。我重点要思考的是：当下道德状况作为一种文化逻辑和叙事语境，对作家创作的影响。具体地说，作家们叙述出怎样的伦理？他们是如何叙述的？为何这样或那样叙述？作家们叙述行为背后隐匿着怎样的文化、历史与现实“风景”？作家们的伦理叙述和叙述伦理存在什么样的问题？文学理想的叙述立场、叙述方式是什么？在文学叙事传统中，当代作家的伦理叙述与传统文学有着什么样的隐秘联系？两种经验可否互证与展开对话？等等。

本书的写作，我的基本思路可归结如下：

首先，当代中国的道德问题和文学都不是孤立的岛屿，而是深植在社会变革的历史逻辑之中的。20世纪以来，中西古今的冲突、融汇与贯通，在现代文学和当代文学领域都演化出许多命题。因此，在论及当代文学的道德问题时，我的一个基本视域，就是把当代文学的道德叙事放在现代变革的大逻辑中，在现代与当代的汇通中，去勘探作家道德叙事的来龙去脉。尽管我所讨论的是“当代文学”，但很多时候，我会涉及“现代文学”，因为无论怎么说，“当代”是从“现代”来的，没有“现代”何来“当代”？当代文学中的许多写作现象，与现代文学不过是流与源的关系而已。我们只有追本溯源、正本清源，才能对当代作家的道德叙事有一个历史主义的整体性分析。

其次，我对当代文学的论述还有另外两个参照，就是中国古典文学和西方文学。古典文学是当代文学的根。“五四”以来,我们讲得比较多的是中西的碰撞与冲突。和中、西文学之间的交流与汇通相比,我们对现当代文学与古典传统之间的关系谈得比较少。这种古今的断裂,对中国文学的建设和发展是没有好处的。在经历百年的中西冲突、融汇与贯通之后,当前中国文学正面临着一种写作经验、美学思想的重塑与选择。作为“中国的”文学,我们要想凝练出自己的特色,在师法西方的同时,如何“寻根”也是一个问题,如何与中国传统的文学资源保持连接、对话与沟通关系,这是从文学创作到理论批评都应该要思考的。正是这样,我在把握当代文学的道德叙事的时候,一个基本的方法,就是把中西文学放在互为参照的位置,把当代文学放置在中国文学大历史和世界文学的整体格局中,诊断式地观察当代文学道德叙事的利弊得失,参详当代文学道德叙事对传统美学的赓续、突破与创新。

再次,在道德的历史普遍性与时代特殊性之间,我尤为关切的是作家道德叙事的时代特殊性。从文学本体意义上看,人类的优秀文学作品,一般都是指向道德特殊性的。能否敏锐感知到时代的脉动,抓住时代的道德特殊性,这是考量一个作家审美智慧和思想深刻性的重要标尺。人类文学史上,许多经典名著在问世之初,往往都因为写到了一种难以为彼时人们接受的道德特殊性,而被贴上“不道德”的标签,如劳伦斯的《查泰莱夫人的情人》、纳博科夫的《洛丽塔》、郁达夫的《沉沦》,等等,然时过境迁之后,恰恰是那些“不道德”的作品,却构成了一个时代的经典。我认为,真正有力量和审美穿透力的文学作品,一定是那些敢于穿越思想禁区,敢于在“不道德”中发现道德,敢于在人们普遍尊崇的“道德法则”中发现“不道德”的作家才能写出来。如果一个作家,只能以我们习以为常的道德标准,去描绘、歌颂或者批判现实生活与生活中的人性,那么,这样的作家虽不能说一定就是一个庸才,但至少是缺乏道德创新的作家。好的作家未必会给我们解决生活中的道德难题,但他一定会在创作中给我们提出这个时代最深刻的道德疑问与道德难题,从而给人以启迪。

最后,既是一部关于当代文学道德叙事研究的书,那么就难免会涉及对作家、作品和各种创作现象、作家创作意识以及作品中涉及的社会现象与人生现象的道德评判。一个问题就油然而生:本书评判的基本道德立场是什么？什么是我的“元道德”？这里必须要有所说明，我并没有所谓的“元道德”，原因很简单，所有的道德德目——无论是西式的还是中国传统的，都依赖一定的时间、空间、地点、文化等条件而存在。“橘逾淮为枳”，在这里为道德的，因时空转换，在彼可能就是不道德的。这样的现象我们所见甚多。故此，在我的描述与判断中，我不大会以抽象的德目作为我的评判指标，更多的时候，我是以两点作为我把握的基准：第一，就是作家叙述到的事件、行为、生活现象、社会与人生现象，是否有助于提高生命个体的内心之善与社会公共之善的建立，是否有助于促进人的自由、解放与自我发展，是否有利于社会整体人性的提升。第二，就是作家的道德叙事，在文学史的意义上有何突破、创新，对文学自身体式方面有何创化的意义。

在全书的基本构架上，我主要分为上、下两编。上编包括第一至第八章，主要是以家族叙事、乡土叙事、底层叙事、革命叙事、宗教叙事、官场叙事、生态叙事、两性叙事这几个当代文学具有代表性的叙事形态作为分析的类型和范本，揭示当代作家在不同题材和审美领域，伦理叙述的成就、经验与问题。就研究的整体趋向而言，我自始至终贯穿的是一种“反思”意识，更多的是侧重从“问题”出发，对当代文学的成就、经验与问题作出历史的分析与评判，探究其对当代中国社会的道德建设与文学自身发展的正反两方面的意义。

下编主要从伦理文化与文学“中国性”的建立、当代文学的“善恶之辨”、作家的“文学性”诉求与道德书写、网络文学的叙事伦理问题、80后作家的边际化伦理书写现象、当代文学的传统道德现代化书写、十七年时期道德叙事的“风俗化”现象的启发、当代文学社会共同伦理建构与国家价值观构造等方面，通过理论与实践的结合、个案与整体的结合、创作现象与文学史现象的结合，把当代文学放在一个发展的链条上，在历史的转换之中，去看看那些转瞬即逝或者永恒的“风景”。结语部分，我着重探讨的是文学自身创新与道德创新的关系。我的命意之所在，是想以自己的思考去逼近我们这个文学时代，触摸我们这个时代的文学肌理，虽有提出问题、分析问题的学术言述，却未敢妄想去“解决”什么问题。

上编

伦理视域与文学创作类型阐释

第一章　家族叙事:历史、文化与人的伦理审思

家族小说是当代中国最重要的写作现象之一。无论是牵涉到的作家、作品数量,还是小说的体式、规模与艺术质量,都是其他类型的小说难以与之相比的。家族小说的兴盛,与家族在中国传统社会所处的地位密切相关,它不仅维系着人与人之间日常的政治、经济与伦理关系,还在宗教意义上给人们提供了终极价值和道德信仰。钱穆说:“家族是中国文化的一个最主要的柱石,我们几乎可以说,中国文化,全部都是从家族观念上筑起,先有家族观念乃有人道观念乃有其他的一切”。[①] 这样的判断是非常中肯的。因为家族对中国社会有着无与伦比的重要性,因此家族的衰落,必然会给我们的心理造成强烈的震荡;而家族衰落所释放出的政治、经济、文化与心灵情感信息,也是文学难以抵御的素材诱惑,作家们既可在宏阔的背景中书写历史之沧桑,亦可在历史缝隙间触摸人性之冷暖,感察人生之恒常与无常。如此,家族书写在20世纪至今才会长盛不衰。

就现当代作家家族叙事的原初意识来看,不外是启蒙式的文化叙述、现代史式的革命叙述与哲学式的生命叙述三种方法。如此“讲法”的形成,均有其内在的思想与文学史的合理逻辑。不过,在当下的文学语境中,这些“讲法”尚需在伦理上得到反思。因为,作为一种现代性的叙述,这些“讲法”虽有其洞见,但总难免也有它的“盲目”之处。特别是在

① 钱穆:《中国文化史导论》,商务印书馆2007年,第51页。

当下社会，当家族作为一种社会生活形态，或者说观念、情感、意识系统，在当下中国不但没有灭绝，还有某种复兴的趋势时，这恐怕就不是简单的现代性“衰败”叙事可以覆盖得了的。作家们如何站在当下立场，在历史与文化的自身逻辑当中，写出家族文化的前世和今生，写出家族文化自身当代转化的思想辩难，这是复活家族母题当下思想与审美意义的重要命题。

一、历史叙述与历史的道德基础

家族小说与历史叙述并没有必然的联系。作为连接家族中人和社会的纽带，外推则通向天下、民族与国家，内收则为纯粹的家族内的生活故事。在中国传统的家族小说，如《红楼梦》、《金瓶梅》等作品中，家族故事的叙写都是在家族内部封闭空间中完成的。现代文学时期，巴金的《家》亦是采取半开半阖的结构，虽有时代背景的植入，但故事的完成基本上还是被框定在家族内部。如果再算上张爱玲的小说《金锁记》，曹禺的《雷雨》、《北京人》等话剧作品，那么就更可以看出，现代作家似乎更习惯讲述纯粹的家族故事(《四世同堂》、《财主底儿女们》采取的是开放式结构)。进入当代时段以后，作家们的家族书写，一反现代时期家族小说的那种封闭式的叙事结构，走向了开敞的历史大时代。十七年时期，如梁斌的《红旗谱》、柳青的《创业史》和欧阳山的《三家巷》等；20 世纪 80 年代以来的家族小说，如《红高粱》、《丰乳肥臀》、《古船》、《家族》、《旧址》、《最后一个匈奴》、《白鹿原》、《故乡天下黄花》、《尘埃落定》、《长恨歌》、《纪实与虚构》、《白银谷》、《羊的门》、《玫瑰门》、《第二十幕》、《无字》、《圣天门口》、《牟氏庄园》等，都是在宏大的历史时空结构中，把家族叙事纳入时代风云之中，在家族兴衰中叙述历史的风流云散。即便在那些充满先锋气质的“仿家族小说”，比如《在细雨中呼喊》、《活着》、《我的帝王生涯》和《河岸》等作品中，家族的背后亦有沉重的历史的影子。作家们家族小说的历史叙事癖好，直接影响到当代家族小说的叙事体式，许多作品都在漫长的历史时段之中(数十年乃至上百年)，讲述家族三代或三代以上人的命运歌泣。

当代家族小说的历史叙事偏好,原因非常复杂,它与现代作家的线性时间观念(不同于传统命定论的圆形时间观)、民族国家意识的形成等都有密切关系。但最主要的,我认为还是源自于作家们重新讲述历史的叙事欲望。杜甫诗云:“国家不幸诗家幸,赋到沧桑句便工。”经历了近现代中国的历史沧桑巨变,如今,时间的距离唤醒了作家们的历史觉解意识。如果说在十七年时期,梁斌、柳青、欧阳山等作家不过是在既定的历史理念中讲述“革命”的传奇故事,那么20世纪80年代以后,作家们则是通过对一元论的革命历史修辞的颠覆,从而把“家族”的故事带进了广袤的历史深处。许多家族小说都有家族的起源叙事。《白鹿原》开篇就从白嘉轩娶妻这个“生殖神话”写起,娶过来的女人一个接一个地死去,直到白鹿显灵才改变一切。白鹿精灵一出,邪祟退避,万物祥瑞,人丁兴旺,发家致富。高建群《最后一个匈奴》,杨家村的祖先就是一个离队的匈奴青年,他与黄土高原的青年女子结合,繁衍了杨氏一支族人。李锐《旧址》中,银城李家的祖先,据说是老子李耳的第十二代子孙。李佩甫的《李氏家族》和彭见明的《大泽》,家族的起源都与先民的的迁徙有关,家族的迁徙充满着浪漫的神奇和动人的传说。《纪实与虚构》,叙事人通过对家族起源的浩繁考证,祖先竟是柔然的后裔,体内流淌着成吉思汗的血液。

对家族小说而言,这种家族起源的叙写,构造出的是一种糅合着家族小历史与社会大历史相互叠合的混合史形态。在家族的成长、衰落过程中,时代精神的深刻铭记,家族生命的裂变与衍生,构成了一种交互发动的历史叙事景观。这样的混合史,既有家族的生命气质,亦有时代大历史的波澜壮阔。这种将家族小历史编织进时代大历史的写法,堪称家族小说的经典叙事技法,如法国作家左拉的《卢贡——马卡尔家族》、俄罗斯作家托尔斯泰的《战争与和平》、美国作家福克纳的《喧哗与躁动》、哥伦比亚作家马尔克斯的《百年孤独》等,都是经典之作。但是,中国作家的家族历史叙事是有自己特殊性的。我们知道,中国小说脱胎于历史,早期小说存在的意义就是“补正史之阙”,让读者在历史的兴亡当中,知察时世治乱更替的历史经验。历史叙事的强势，甚至还长期压抑着虚构性的小说，以致小说从历史中独立出来后，还须向历史"大说"靠拢，方可改变其"搜奇猎怪"、"街谈巷语"的难堪地位。故而，叙述历史的"大事件"以抬高自己的地位，构成了中国小说的一种策略性传统。夏志清说中国现代文学有一种"感时忧国"的传统，实与这个"大传统"有关。以致有的批评家认为，"优秀的家族小说应该突破家族的限制，反映出时代的变迁和历史的沧桑，具有较大的生活容量和思想深度"。[①] 对历史的叙述与担当，俨然构成衡量家族小说优劣的重要指标。

因为小说的特殊起源，中国当代长篇小说与传统史传文学有着千丝万缕的联系。家族小说更是如此。史传文学的编年体叙述结构、"实录精神"和"春秋笔法"，在当下家族小说创作中都有丰饶体现。家族小说的编年体叙述模式此处不作讨论，单就其"实录精神"和"春秋笔法"而言，现实主义法则、历史还原、原生态历史观、消解观念化历史等，都有"实录精神"的影子。张炜自陈在写作《古船》之前，阅读了"所能找到的所有的关于那片土地的县志和历史档案资料……访问过很多很多的当事人"；[②]陈忠实写作《白鹿原》前，同样"查阅了西安周围三个县的县志、地方党史和文史资料，也搞了一些社会调查，大约花费了半年时间"。[③]表明了作家们的家族小说写作，并非是纯然的想象的产物，而是有对历史的切实尊重的。在"实录精神"的引导下，20 世纪 80 年代以来的家族小说，作家们无论是对家族小历史的叙述还是对时代大历史的把握，都有新的叙事呈现。莫言 80 年代中期发表的系列小说"红高粱家族"，虽然说受到拉美"爆炸文学"的影响，但作家所宣扬的"心力"和民族反抗意志，却是非常有历史感的。莫言正是在传统"心力"意志和民间复仇精神的烛照下，完成对家族人物性格的塑造，重构了一种别样的家族抗战历史。刘震云的《故乡天下黄花》，以地方志的笔法，叙述马村数十年的乡

---

① 蔡葵：《一部厚重凝重的作品》，中国作家：http://www.chinawriter.com.cn/2009/2009—11—28/79736.html.

② 张炜：《古船·代后记》，人民文学出版社 1987 年版。

③ 陈忠实：《关于白鹿原的答问》，《小说评论》1993 年第 3 期。

村权力的更迭以及李、孙两家几代人的仇恨。作家跳出传统阶级斗争叙事套路,用力之处不在于追问乡村政权更迭与家族仇恨的合理性、正义与非正义、道德与非道德,而是在历史的根部,找到了人的权力欲望和人性的自私、贪婪、恐惧、仇恨等非理性法则,由此而编织出乡村一出出"村长的谋杀"的闹剧。相比较刘震云的细部功夫,陈忠实的《白鹿原》则宏观得多,可谓是高处着眼。白鹿原上白、鹿两家的恩怨情仇、国共两党的天下相争,都不过是朱先生所谓的"鏊子"里的演义而已,"天下大势"即在历史的"轮回",历史的大势即为天命,人命无与抗争。家族的荣衰,人的谋划、算计与抗争,在历史的大势面前,不过是一粒尘埃。

20 世纪 80 年代以来的家族小说,作家们的"实录精神"主要体现在消解左翼以来家族小说对历史虚构中体现出的意识形态神话。作家努力的目标,就是试图把历史"还原"到"历史本身",社会的、文化的、民间的、心理学的、生物学的等各种视点,都纷纷进入到家族与时代的历史重构当中。作家们在反抗着家族历史本质叙事的同时,也重构着自己的历史"本质"。应当说,这些创作是有它的独特意义的,它们改写了左翼以来家族小说以历史是非评判人物善与恶、进步与落后、革命与反动的社会学方式,开始以人为价值基点,评判历史的正当与非正当。历史的进程不再是不证自明的,不再具有天然的合法性,而要经过人文理性的检验。但是,作家们的"还原"与"实录",其实也隐含着一定的问题,那就是:"还原历史"并非小说的目的,小说的意义,在于以审美的方式展现历史的另一侧面,去展现历史叙述无法给我们展现的东西。如果只是"还原"或"实录",那么文学与历史的界限何在?因为"还原"意识太强,当下的不少家族小说,作家们总是想去呈现历史的"复杂性",或者表现历史的非理性,故而把历史写得如一团乱麻。在迷乱的历史叙述中,作家自己的历史认知也是一团乱麻。在这方面,刘醒龙的《圣天门口》是一部非常值得肯定的作品。其值得肯定之处,就在于作家既写出了历史自身的复杂性,但同时又以自己的历史与道德理性,赋予历史叙述以一种道德基础。小说以大别山区的天门口镇为承载,叙述了雪家与杭家两个家族几代人在现代、当代革命历史中的命运沉浮。雪家与杭家一文一武,"读书人儿女情长，习武者英雄气短"，作为两种历史力量进入到圣天门口镇的历史建构当中，"文"与"武"代表的两种历史文化精神的尖锐冲突与碰撞，塑造出小镇独特的历史。作品的深刻之处，不在于写出雪家以及梅外公、梅外婆等为代表的历史和平主义的声音，在革命的历史洪流之中是如何为傅朗西、杭九枫、常守义等狂热的革命声浪所遮盖；也不在于写出像杭九枫、常守义之流的穷人参加革命的暴力狂热、投机心理等复杂的人性基础，而在于作家在历史的深层结构中，写出了一种革命的正义目的与不正当的暴力手段的错位。革命的目的是追求人的解放、平等和自由，但是，目的的正当性并不意味着事物本身的正当性；如果没有合理的手段作为基础，正当的目的同样会转化为邪恶，会对历史、社会进步和人性带来破坏。小说中，刘醒龙显然还不能给我们提供一种革命排除了暴力，如何获得成功的思考，不过，就像梅外公的名言所说的那样，"任何暴力的胜利最终仍要回到暴力上来"。作家所叙述出的圣天门口镇的历史，昭示的就是这个名言的伟大与深刻。"文革"时期，为革命奋斗一生，坚信暴力可以将革命带向胜利的傅朗西，直到在圣天门口受到红卫兵的批斗与凌辱，才使他幡然悔悟：暴力终究不能给人类带来幸福。在这部作品中，刘醒龙对历史的道德判断，就体现在他对历史的道德基础的理解。在刘醒龙看来，历史必得建基在爱、宽恕、悲悯、同情的基础上，才会有社会的进步和人性的健全。在革命的疾风暴雨中，尽管爱、宽恕、悲悯、同情是柔弱的，但是它们却是建构社会正义与文明人心的基础。小说中那个反复出现的小教堂，作为圣天门口镇唯一的一种"公共空间"，既是仇恨煽动、暴力狂欢的场所，但也是一种历史救赎的象征性书写。

在刘醒龙的《圣天门口》里，这种赋予历史以道德基础的审美把握方式，体现出作家对历史哲学与小说文化哲学的一种理解，它是作家驾驭、俯视历史的价值支撑，也是小说获得史传文学"臧否历史"的"春秋笔法"的重要精神来源。因为有了这样的精神来源，小说中的家族书写与历史叙事，就具备了穿透历史坚硬外壳的可能。尽管作品写到现当代历史上的一系列重要事件，比如围剿、肃反、国共合作、抗日战争、解放战争、土地革命和"文革"等，但作家并没有被这些观念性的历史所牵制，而是以历史哲学为精神线索,对这些外部事件进行重新编码,使之融入到小说的叙事语流当中,从而改变了我们对"历史"的习惯理解。这种叙事方式,可谓是作家叙事能力与小说智慧的真切体现。这种能力和小说智慧对小说创作而言是非常重要的,没有这种能力和智慧,作家的历史叙事就难免会被历史的先见所左右。

二、家族文化:伦理批判与批判的反思

不管怎么理解家族小说,家族小说必然涉及对家族文化的审视与反思。文化上,家族文化强调家族整体利益,压制着个人价值的抬头,这与启蒙倡导的独立、自由、平等、个性解放等理念格格不入;政治方面,家族的宗法制度是封建专制政治的根基,要想完成政治上的现代转型,必先铲除这个根基。因此,无论是启蒙还是革命叙述,都必然视家族文化为头号大敌。严复、梁启超、孙中山、胡适、陈独秀、鲁迅、李大钊等,都曾撰文激越批判家族文化。在《东西民族根本思想之差异》一文中,陈独秀直陈封建宗法制度的四大弊害:"一曰损坏个人独立自尊之人格"、"一曰窒碍个人意思之自由"、"一曰剥夺个人法律上平等之权利"、"一曰养成依赖性,戕贼个人之生产力"。认为"东洋民族社会中种种卑劣不法惨酷衰微之象,皆以此四者为之因。欲转善因,是在以个人本位主义,易家族本位主义"。[①]

现代启蒙家和革命先驱者在理念上如何反对家族文化另当别论,文学领域,作家们展开对传统家族文化的批判性书写,则是现代意理之逻辑必然。只是,作家们究竟写出怎样的家族文化之恶,又是如何写出家族文化之恶的,却值得深究。尽管从现代开始,中国的家族小说创作繁复多变,但在对家族文化批判的这个聚焦点上,现代文学与当代文学其实并没有多少差别,作家们目光所及,大致就在于人性的自由、男女平等、人的生命权利诉求等方面。家族制度破坏了青年们的恋爱与婚姻自

---

① 陈独秀:《东西民族根本思想之差异》,《陈独秀文章选编》,三联书店 1984 年版,第 98 页。

由，导致男女青年生活的不幸；或家族制度剥夺了女性的人格尊严，戕害女性的生存权利等。这种叙事意识在现代时期的《家》、《金粉世家》、《金锁记》、《财主底儿女们》和当代时期的《旧址》、《栎树的囚徒》、《白鹿原》、《我们家族的女人》、《第二十幕》、《秦腔》等作品中都有不同程度的体现。在《白鹿原》中，陈忠实对传统家族文化的态度，我们可以从三个人物身上看出，如果说朱先生代表的是儒家理想性的道德人格，那么，白嘉轩代表的则是儒家的具体道德实践，在他身上，既有制度化的人格善，亦有制度化的人格恶，是个异常复杂的人物。而在小说的另一个人物田小蛾身上，作家却集中展示了恶的制度对女性的摧残以及制度恶与人性自身恶的纠缠。田小蛾是郭举人的小妾，作为宗法制度的牺牲品，她不愿像鹿子霖儿媳那样，在残忍的恶的制度中卑微且毫无尊严地死去，她以和黑娃、白孝文、鹿子霖等的乱性行为作为报复手段，疯狂发出向社会和制度的挑战。这种挑战，当然是制度性压抑造成的，但与源自她自身的人格缺陷也不无关系。在白嘉轩这个人物形象的塑造上，陈忠实既赋予他传统家长古典的美德，同时又揭示出他的必然的恶。他秉持"耕读传家"的理念，以德治家，待人以仁，严于律己，故而在白、鹿两个家族的争斗中，白家轻而易举地战胜了"靠尻子发起家来"，"原本就是根子不正身子不直修行太差"的鹿家。白嘉轩挺直的腰板，正是来自于道德的自信。但是，作为家族的长者，光耀门楣是他的责任，所以他会玩弄阴谋，夺取乡民的田地，并且为维护家族的秩序和门风，对子女的婚姻横加干涉。

陈忠实对家族文化的反省与批判，是在制度与人性的辩证关系中展开的。作家不是简单地把传统家族制度做简单的观念化处理，而是在制度与人性的交互作用中，揭示出制度恶与人性恶的隐秘联系。简单地说，作家没有一味地把所有的恶行都归之于所谓的"家族制度"，而是在制度与人性的双向考量中，辨识制度恶之所以能够实施的人性基础。经过人道主义的思想洗礼和"写人性"的文学观念的熏陶，这种在制度与人性的辩证结构中，展开对家族文化的批判与反思的作品，在当代家族小说中相当普遍。铁凝的《玫瑰门》、钟物言的《百年因缘》、张洁的《无字》等，都有独到之处。相比较现代作家的家族批判书写,当代作家更有写人性的自觉。我们知道,巴金的《家》是现代文学史上对家族制度控诉最严厉的作品之一,但是高家的"衰败",究竟是毁在"坏的制度"还是"坏的人性"上面?鸣凤之死,当然与高老太爷的专横与霸道、与特定的家族制度控制下鸣凤丧失了人身支配权有关,但如果没有冯乐山的恶劣的人性,当然就不会有鸣凤投湖的悲剧。而高家"克字辈"的集体崩溃,也并非因为制度剥夺了他们的生存根基,而是"吃喝嫖赌抽"五毒俱全的坏的人性,造成了家族的颓势。这样讲,并不是要给现代作家与当代作家分出高下,而是说,家族写作既然反思家族文化,那么,文化背后的人性问题是不能不考虑的。

当代家族小说对传统家族文化的批判,真正写得有震撼力的,应该说还是在对家族女性命运的深刻揭示上,如《栎树的囚徒》和《玫瑰门》等。在《栎树的囚徒》这部作品中,作家塑造了一批充满原始精神与自由意志的女性形象,她们是有"赤子之美"的自然之子,但却同时不幸成为"朴园"这个家族的囚徒。她们对自由生命意志的追求,与家族与生俱来的罪恶构成尖锐的冲突,段金钗、关莨玉、悯生、芬子、贺莲东、苏柳等,或死于非命,或隐忍苟活,难逃命定的牢笼。"朴园"的"所有后代子孙和亲人沦入罪恶的渊薮,一个个全无好下场。"这篇小说,蒋韵的运思并不在家族制度本身,家族作为制度性力量,只是被推向原初的背景,作家更在意的,是展示女性生命的凄艳和华美。无论是吞食鸦片膏而死的段金钗,还是悬梁自尽的关莨玉,她们的死都被作家叙述得诗意盎然。如对关莨玉之死,作家写道:"我们家族最后一个自杀的女人悬梁弃世。她悬挂在西屋房梁上,修长如树。她把自己悬挂在了一个时代的门口"。和蒋韵这种化极端体验为美的叙述方式不同,铁凝的《玫瑰门》则更愿意在极端体验的强化中,检验作家自己对历史、文化与人性的突入能力。司猗纹撕裂的人性,并不单纯是自然人性的悲剧,更主要的还是认同的悲剧。早年以一种缺憾的身份进入庄家,渴望获得传统家庭的认同,但却没有得到。于是,挣扎、抗争、疯狂的复仇乃至征服欲,变成她反馈给这个社会和家庭的一切,虽然最终成为庄家的主导,但已经注定了她的悲剧。后来她和政治社会,与"革命群众"的隔阂,都与这种惨酷的家族制度蕴养的强势性格有关。越想获得各种认同，司猗纹就越是不择手段；但反过来，越是不择手段，她离身边的亲人、时代就更远。坚硬的性格外壳下面，包裹着的却是她脆弱、妥协、委屈和痛苦的灵魂，既有可怜之处，亦有可恨之处，更有可叹之处。

对于现代以来的家族小说而言，家族制度的批判与反思是个复杂的问题。谁都知道，无论是作为一种制度，还是观念、价值与情感系统，传统家族文化和政治文化最推崇的恰恰就是道德的力量，“古之欲明明德于天下者，先治其国；欲治其国者，先齐其家”，“家齐而后国治，国治而后天下平”。家族与国家的治理，如果没有稳定的道德基础，就很难执行。故此，先秦儒哲们最费心的地方，就是如何设思出一套治国、治家的人伦规范。对于传统德目规范，这里不做展开的论析。我想指出的是，可能对“现代中国”而言，家族制度或家族文化确为现代化的路障，但是，我们对家族文化之弊害的认识，都是以“现代性”为视镜来观看的，并非说家族文化的德目本身就十恶不赦。一味地把家族制度视为万恶的渊薮，就必然会陷入到一种现代性的迷思当中去。因为，倘若家族文化就是万恶之源，那么，中国数千年的文明岂非就是一部“恶贯满盈”的历史？这样的结论显然是不能成立的。实际上，就文学创作的情况看，虽说在批判家族制度弊害这一点上现当代作家可谓用力颇深，然作家笔下的家族传统文化，却从未缺失对其威严、深邃、博大、温情、美感的描述。现代时期的《四世同堂》、《财主底儿女们》等，当代时期的《古船》、《家族》、《红高粱》、《丰乳肥臀》、《羊的门》、《白鹿原》、《秦腔》等，这些方面的作品不胜枚举。

家族文化之善恶，不是我们要考辨的。世上的一切事物，都不可能要么是绝对的善，要么是绝对的恶，家族文化也是如此。我们应当关注的，是当代家族书写在以现代价值作为批判视野，批判和反思家族文化时，作家们如何超越单纯的批判和单向度的善恶辨识，展开对家族文化自身现代化问题的思考。我们知道，尽管家族文化在现代社会受到严重冲击，但作为中国人伦理亲情的重要载体，家族文化并未随着现代反家族文化的兴起而销声匿迹，而是有着它自身的逻辑。以我们的经验来看,家族文化在当下并没有结束,而是充满活力地存在于现在的生活中。特别是当下社会,竞争剧烈,人际关系紧张,人们精神沙化,并渴望着心灵的安顿,家族观念似正有复兴趋势。因此,作家们的家族文化思考,就必须要有一种当代意识,在文化建设的整体脉络中省察家族文化现代转化的可能。实际上,家族文化的当代意义在李佩甫《羊的门》中,我们已可见其端倪。激进政治年代,呼家堡之所以能够成为中原首富的"第一村",没有呼天成的家族式治理,没有家族文化起到秩序维系、社会执行、意义分配和情感认同等功能,是绝然不可能的。呼天成的身上,传统家族统治者"内圣外王"的道德实践形态,因呼家堡的的成功治理而焕发出时代的魅力。

然而纵观近些年的家族小说,尽管许多作品都有对家族文化的反思,并且作家们的确也有不少精彩的识见,但他们基本上采取的还是把家族文化推向历史的远距离静态叙述的方法,缺少那种真正把家族文化拉进当代生活,在当下社会复杂矛盾中观察家族文化价值之现代转化及其可能与意义的佳作。在这方面,张炜的《古船》值得重视。小说从土改写起,一直写到改革开放。作为家族小说,《古船》同样写到错综复杂的家族间的恩怨情仇,不过隋、赵、李三姓宗族间的恩怨,却有一个现实的聚焦点,那就是镇粉丝厂经营和管理权的争夺。在这个现实的基点上,作家展开对家族历史与现实的铺叙。作为小说的主要人物,隋抱朴身上承载着传统儒家的几乎一切美德,仁厚、坚忍、内敛、自省,深具忧患意识与救世情怀;但是,作家的立意显然不在于去塑造一个道德圣徒,而在于通过对家族历史、时代与现实的观照,通过对人性的病痛、人类苦难的反思,试图寻找传统道德智慧与当代思想的融合,并进而寻求救赎之路。这样,张炜所叙述的传统家族文化,就获得了一种现实的有效支撑。——可惜的是,这样的美学努力,在当代作家的家族写作中却并不多见。

三、"个人"逸出与"社会人"伦理

小说的核心是人,这和历史以事件为中心的叙述方式是完全不一样的。对家族小说而言，人的问题要更加突出，因为，家族的解组，政治、经济、文化方面的原因当然重要，但“个人”的形成并散逸出家族，使得家族发展的伦理链条中断，无疑是家族颓败的结构性因素。我们知道，中国传统的家族社会是以“父—子”关系为主轴的。家族的昌盛、赓续，家族的荣耀，依靠的都是血缘和家族精神的代际相传。子承父业所承继的，除财产、身份以外，还有家族的理想和对家族价值的认同。传统中国，个人的存在从来不是以个人为目的，而是以家族的整体利益为目的，一旦个人脱离家族延续的链条，家族的衰落就在所难免。《红楼梦》中，贾府的衰败，与贾宝玉不愿重蹈读书求取功名的道路就有莫大的关联；巴金的《家》里面，高家的衰落，与“克字辈”不守祖训，糜烂堕落，以及“觉字辈”接受新式教育，挣脱家庭走向社会都有着深切联系。

在中国现当代家族小说创作中，这种个人从家族的逸出是屡见不鲜的，在情节构思和文本结构上，它演化为一幕幕“出走”或“父子(女)冲突”的“突围”正剧；在人物形象塑造方面，它创造出形形色色的“叛逆者”和“败家子”形象。这些从家族散逸出的个人，现代时期有《伤逝》中的子君，《家》中的觉慧，《春》、《秋》中的高觉民、琴、高淑英，《财主底儿女们》中的蒋少祖、蒋纯祖，《前夕》中的黄静茵、黄静玲，《京华烟云》中的牛黛云、曾阿通，《四世同堂》中的祁瑞全，《科尔沁旗草原》中的丁宁等；当代文学时期，《青春之歌》中的林道静，《三家巷》中的周炳，《创业史》中的梁生宝等，均以不同的方式演绎了个人对家族(家庭)的逸出。20 世纪 80 年代以来，虽然主流意识形态对家族小说的影响逐渐淡化，但是，觉慧式的“到上海去”和林道静式的“找革命去”的叙事构架，依然相当充分地出现在家族小说中，《家族》中的宁珂、《白鹿原》中的鹿兆鹏和白灵，《旧址》中的李乃之、李紫痕，《最后一个匈奴》中的杨作新等，都是以不同的方式走出家庭而投身革命。

个人从家族的逸出是个相当复杂的历史现象和社会学现象。个人之所以能够逸出，就其特殊性而言，与晚清时期科举制度取消、中国近代教育的兴起、现代启蒙运动对家族制度的抨击以及社会多元化发展给个人提供多种生存的可能有关。随着 1905 年科举制度的取消，传统士学一体的生活方式被打破,同时新式教育给青年人灌输的现代价值理念,显然有悖于传统的家族观念。一边是精神上形成新的认同,另一边,出走家庭的知识分子可以依靠社会公共服务、写作、出版等方式谋生,这样,青年知识分子从家族逸出,追求新的生活经验就极为轻松。况且,中国的历史上从来就不缺少诸如为生活所迫,或因政治迫害而逸出的个人(比较典型的如《水浒传》)。种种因素,决定着个人走出家庭乃是大势所趋。但问题是:个人走出家庭以后又怎样?他们走向何方?他们能否重构出一个家族外的社会?这些问题是家族小说颓败叙事必然要去面对或回应的。事实上,这样的问题并非新话题。早在1923年,鲁迅在高等师范学校文艺会讲中,就提出过著名的"娜拉走后怎样"的"鲁迅之问"。按照鲁迅的说法,娜拉要么堕落,要么回来,两种结果虽然悲观,但却不乏历史的洞见。

实际上,娜拉的问题不仅是现代的问题。在《红楼梦》里,贾宝玉就曾面临着出走的选择性的困境,曹雪芹给贾宝玉安排的结局是最终走向鸿蒙大荒,走向虚无,这显然不是一个现实的道路。现代文学中觉慧的"到上海去"、林道静走向"一二·九"运动的街头,这也只是革命乐观主义的一种激情叙述,事实上,在丁玲的《在医院中》、《我在霞村的时候》等作品中,我们已经领略到觉慧、林道静们"在延安"的基本命运。因此,个人逸出家庭,走向社会以后如何,这的确构成一个思想与美学上的难题。就当代家族叙事情况观察,作家们对这种娜拉式的追问显然还缺乏明晰的认知和应有的思考,但作为一个切实的问题,文学创作又无法绕开这样的问题。如此,我们就看到一种饶有意味的叙事无意识现象,那就是相当多的作品都是在"家国同构"的传统构架中,给逸出者提供一个走向"国"、走向"革命"的道路。只不过,林道静那种九死未悔的忠诚和坚硬的革命道德理性,已转化为当下作家荒原式的非理性革命冲动书写。《白鹿原》中白灵和鹿兆海抛银元决定参加国民党还是共产党,《旧址》中李紫痕出于照顾弟弟的情谊参加革命,就是这种非理性冲动的真实写照。似乎并非偶然,这些从家族中逸出的个人,却无不背负着家族的重负,在革命中遭受原罪式的惩罚。

《家族》中宁珂在革命中屡立战功，却在革命胜利后受到莫须有的审查；《最后一个匈奴》中的杨作新，在中央红军到达陕北后受到怀疑，虽与毛泽东、刘志丹颇有交往，但仍未逃脱被投进监狱，尔后自杀的命运；《栎树的囚徒》中的苏柳、悯生，她们渴望自由，竭力融入新时代，然而在新的时代里，结局却是或死或疯，作品中苏柳反复“洗手”的细节，“我的手是洁净的，身体是洁净的”，表露的正是她内心的恐惧。《白鹿原》中白灵被革命者指认为潜伏特务遭到活埋，还有《故乡天下黄花》中的孙实根、《旧址》中李乃之等，都没有逃脱这种原罪式惩罚。

个人逸出家族走向社会，为何处处危机？我想，这并不是作家们叙述到的革命非理性能够解释得了的，因为，在近些年的“乡下人进城”之类的小说中，那些离“家”进“城”的乡下人，他们在逸出家庭走向另一社会时，我们看到，他们同样踏进“社会”的陷阱。鬼子《被雨淋湿的河》、尤凤伟《泥鳅》、孙惠芬《歇马山庄的两个女人》、《民工》、铁凝《谁能让我羞愧》、刘庆邦《回家》、荆永鸣系列短篇《外地人》、李锐《扁担》、陈应松《太平狗》等，都写到“社会”(城市)对逸出者的冷漠。许多作家还以血腥、惨烈的方式，写到逸出者们以牙还牙、以眼还眼的杀人或者自杀行为。这些“进城”的当下家庭逸出者，与那些大家族逸出者的社会遭遇似有异曲同工之处。对于个人的社会归属感问题，台湾学者韦政通曾说：“在传统社会，只有在框架内的个人间，才会表示仁慈、和善和宽大。一旦出离这框架，个人就会变得迷惑、恐惧，并狂乱地渴望着重新回到这个框架……凡是内在于体制的个人是幸福的、安全的、幸运的，外在于此体制，就会变得不幸福，还要受苦并失去安全保障”。[①] 当代作家家族叙事中逸出者的结局，似乎印证着这个判断的正确性。

逸出者的社会危机事实上是伦理的危机。我们知道，传统的中国社会是一个“差序格局”的“同心圆”社会，人的亲疏远近皆以血缘而论，有血缘、地缘关系的，人们自有相处之道；难处的是陌生人社会。儒家虽有“推己及人”的“善推”之论，如“老吾老以及人之老，幼吾幼以及人之幼”，

① 韦政通：《中国文化与现代生活》，广西师范大学出版社 2005 年版，第 38 页。

“人不独亲其亲，不独子其子”、“己所不欲，勿施于人”等，但是“善推”不是人的自然德性，而是道德的理想状况，并以人的善根为基础。糟糕的是，如赵汀阳所说，人的“性恶之心比性善之心更有力量，最为显著的是，自私之心无处不在，其动力之大，即使为了蝇头小利也足以使人利令智昏而草菅人命……趋利避害、谋求安全、争夺生存条件和生存优势甚至无端侵犯，都被证明是人性中最具决定性的力量”。[①] 这样，姑且不论“善推”能否成立；即便成立，依靠人的善根而存在的“善推”也不可能成为普遍伦理。正是这样，个人逸出者如何得到“社会人”伦理的善待，就对个人能否成为“社会人”起到一定的决定性作用。

实际上我们知道，个人的逸出是现代社会的重要事件和普遍现象。每个人要么是现实的逸出者，要么是潜在的逸出者。作家们叙述到的逸出者危机，并非想象性的梦呓，而是“现代中国”的真实伦理面影。这些年来，“彭宇案”、“药家鑫案”、“三聚氰胺事件”、有毒食品泛滥等现象，一直在逼问我们这个社会的良知。因此，建立当下性的陌生人伦理，是对个人最大的关怀，“一个充分有效的伦理体系需要多少原则，这很难确定，但无论一个有效的伦理体系由多少原则构成，其中都必须包括一个能够解释如何对待陌生人的普遍原则，因为陌生人才是典型的他人，不能解释陌生人就等于不能解释任何他人”。[②] 韦政通也曾指出，虽然我们是个文明古国，是个礼仪之邦，“然而我们对于个人与陌生社会大众之间的关系，则缺乏适当的规范”。因此，他认为中华民族重建新伦理的当务之急，就是建立传统五伦私德之外，作为社会公共伦理而存在的“第六伦”——群己之德。[③] 恐怕谁都会相信，中国传统的道德智慧既博大精深，又有难以祛除的幽暗意识。在人际交往方面，中国人最讲究关系，最会“搞”关系，纵横勾连的权术，口蜜腹剑的心术，拉帮结派，排除异己，明修栈道、暗渡陈仓等，都是我们非常熟悉的伦理经验存在；但中国人的公

---

① 赵汀阳：《坏世界研究——作为第一哲学的政治哲学》，中国人民大学出版社 2009 年版，第 140 页。

② 赵汀阳：《坏世界研究——作为第一哲学的政治哲学》，中国人民大学出版社 2009 年版，第 140 页。

③ 韦政通：《伦理思想的突破》，广西师范大学出版社 2005 年版，第 292 页。

德意识、团队意识、服务社会意识，和成为真正“个人”的能力，个人的“个体化”水准等，又都很让人怀疑。

从当代家族小说创作看，这种陌生人的“他者”伦理作家们其实着墨不少，但基本的路径都在两点：一是像《古船》、《白鹿原》、《羊的门》、《秦腔》等作品那样，通过对传统儒家道德思想内质的辨识，试图复活其中的优质资源，如仁爱、宽恕、重义轻利等，其当代意义在于辨识，然而建设性不够；一是像《旧址》、《奔丧》、《故乡天下黄花》、《米》等那样，叙写“他者”的地狱伦理景象。个人就像苏童的《河岸》所隐喻的那样，处在河流上的漂泊状态，社会的“岸”上，充满着惊恐、危机和不安。我们的家族小说在处理家族与家族、人与人之间的关系时，敌意、仇恨、阴谋、残杀、血腥、暴力写得太多、太过，而如何通过对历史的反省和对现实的批判，发掘出具有当代意识的“他者”伦理，审美地重构一种“社会人”伦理，作家们显然在意不多。这对当代文化思想建设与文学自身的发展来说，都不是什么好事。

第二章　乡土叙事:“冲突”美学与道德难度

乡土叙述在中国文学发展流程中具有特别重要的意义,这不仅是因为乡土题材的文学创作贯穿百年文学的总体进程,更重要的是乡土承荷着现代以来中国社会的全部思想难题。中国与西方、传统与现代、城市与乡村、激进与保守等时代性命题,都可以从中国作家的乡土叙述里面找到对证。从上世纪初的思想启蒙运动到新世纪的“三农”问题,乡土与其说是中国文学的重要叙事母题,毋宁说是中国社会现代化进程中这些思想命题对决的阵地,社会生活的任何变化,都会牵动起乡土不安的风雨。乡土叙述重要性的形成,当然与传统中国社会的农耕文明形态、宗法社会的血缘,家园伦理和中国先民的土地崇拜有关,但更重要的,却源自近现代以来中国传统社会与现代化共振导致的文化震荡和生命伦理经验纠葛。这种文化震荡与伦理纠葛所滋生的情感、心理与价值矛盾和思想角逐,是中国作家难以弃置乡土的最根本原因。

当代中国的乡土书写,并非可以全部归入到启蒙文学的名下;但启蒙思想对乡土写作有着重要的影响,这却是不争的事实。这种影响得以存在,并不单纯是因为启蒙作为一种基本观念或者社会、文化实践对文学的普遍影响,更主要的是,乡土写作所处理的许多生活经验与文化价值冲突,正是启蒙内部最激烈的论辩。基于这种特殊性,不管作家是否以启蒙为念,启蒙的基本观念和价值诉求都势必会顺势而下,进入到作家的写作意识当中,影响乡土书写的叙事形态。启蒙和乡土写作的这种同一性,表明从启蒙的角度研究乡土写作不仅是可能的,而且很有必要。

首先，在中国这样的传统农耕文明国家，百年的现代化进程，传统的乡村社会正经历着变革的阵痛；这种阵痛就绵延在作家们的乡土写作当中，如何考辨乡土写作的是非得失，在现实、思想与文学等方面都有特别意义。另外，启蒙心态可谓是百年中国作家的强势心态，它不但规约着作家的观念和思维，还塑造着中国文学的“现代传统”。因此，我们对乡土写作的反思，就不单纯是对作为一种写作类型的文学现象的反思，而是延伸到文学的内部，去探测一种具有现代意味的“文学传统”在乡土书写中建立的哲学基础，并对这种似乎不证自明的“传统”作出反思。

一、城乡冲突与“发展”的道德

现代以来中国作家的乡土书写，一个基本的结构性矛盾，就是城市与乡村、现代与传统间的二元“冲突”。早在“五四”时期，启蒙作家就把城市作为隐含的批判视野，用以观照乡村的萧条、凋敝、贫困与野蛮。鲁迅的《故乡》、蹇先艾的《水葬》、台静农的《烛焰》、许杰的《惨雾》和《赌徒吉顺》、彭家煌的《活鬼》、王鲁彦的《菊花的出嫁》等，都是这方面的代表性作品。佷工的《隔绝的世界》，更是在情感与道德的双重层面，写出城市与乡村不同阶层的“隔绝”。马车夫的孩子病死，“狭而长的小黄土堆”旁，城里的诗人画家只知捕捉乡村山影、鸟的啼鸣、竹林风声之美，全然不察马车夫夫妇内心的悲苦。到沈从文，城乡敌对更成为作家的自觉叙事意识。他的《边城》、《八骏图》等，尽显作家在城乡间作道德抉剔的意图。作家对乡村美德的歌颂，对城市知识者的道德责伐，都有城乡互为参照的比较视野。

改革开放以来，中国社会商品化、工业化、城市化进程以及乡村与城市间人口、财富流动性的加大，城市与乡村、传统与现代之间的冲突，更是构成大多数作品从题材到主题的基本架构。作家们或以现代“文明”逼视传统“愚昧”；或在历史层面写出伴随着商品经济的兴起，新兴的商品意识形态与资本伦理，与传统仁义伦理的历史性冲突；或在文化层面，写出当下中国在传统与现代的交汇与裂变中，所面临的文化根性的去留选择的痛苦;或在现实层面,抓住当下“农民工进城”这个普遍性现象,书写民工们的命运际遇与苦难挣扎,写出城市与乡村在财富、人性与道德等方面的冲突。

城市与乡村、传统与现代的冲突,何以构成百年中国作家乡土叙述的“问题意识”?这种“问题意识”如何而来?值得深究。很显然,所谓“冲突”并非不证自明,而是有其特定起源。就其现实性而言,城市与乡村、传统与现代间的“冲突”,是中国社会现代化发展的必然;但这种“冲突”与启蒙预设亦有至深联系。晚清以降,中国的被殖民危机,导致近现代知识分子普遍陷入对西方科技与物质文明的迷狂,东西方文明被置换为先进/落后、新/旧的价值关系,“近世文明,东西洋绝别有二。代表东洋文明者,曰印度,曰中国。此二种文明虽不无相异之点,而大体相同,其质量举未能脱古代文明之窠臼,名为‘近世’,其实犹古之遗也。可称曰‘近世文明’者,乃欧罗巴之所独有,即西洋文明也,亦谓之欧罗巴文明”。[①] 西方文明“先进”,故而代表着中国的未来,东西方的文明之争,不再是两种文明之争,而是被观念性地演绎为所谓“文明与愚昧的冲突”。[②]

这种西方文明优越论与历史进步论的启蒙主义预设,构造出现代以来中国作家乡土叙述的“文明批判”传统。“新”的现代生活与城市文明,构成“旧”的乡土社会的绝对化尺度和典律。1983年,贾平凹的中篇小说《鸡窝洼人家》发表,在这部后来被改编成电影《野山》的小说中,作家讲述了一对农民“换妻”的故事。起初,“败家子”禾禾的倒霉与狼狈相,回回家“一应农具俱全”的殷实和富有,都只不过是作家设置的叙事学“包袱”;禾禾后来意料中的成功,回回代表的传统生活难挡历史潮流走向失败,才是贾平凹叙事的落脚之处。尤其回回与禾禾“换妻”后,回回不能生育的妻子烟峰出人意料的怀孕,更昭示传统乡村生活的“绝子绝孙”。像这种向传统决绝告别的态度,贾平凹在他的《高老庄》里亦有鲜明表现,矮小的大学教授子路和乡下妻子菊娃离婚,娶了犹如大宛名马

① 陈独秀:《法兰西人与近世文明》,《陈独秀文章选编》(上),生活·读书·新知三联书店1981年版,第79页。

② 季红真:《文明与愚昧的冲突》,《中国社会科学》1985年第3期。

一般高大的城里妻子西夏；子路和菊娃生下的孩子石头先天性残疾，这一切似都在表明，乡村文化已然呈现出退化的迹象，并形成对生命的弱化，必得改良基因，方可得以生存。

那么，作家们接受启蒙预设的西方（现代、城市）优越论，是否就表明他们对现代文明的欣然接受？对传统乡村文化就没有丝毫的留恋之心？显然不能做这样武断的认定。理性层面上讲，作家们知道，传统与现代的确处在一个时间的链条中，虽不能简化为“文明与愚昧的冲突”，但传统义理与道德生活基础必将被现代生活打破，这是不可逆转的趋势。然而在感性层次上，姑且不论传统乡村生活是如何给我们提供安身立命的心性解释，如何维系着我们文化的根，单就“城市”代表的“先进”文明在中国的特殊起源来看，就知道我们对“先进”文明的接受，是与殖民主义历史记忆有着隐秘联系的，是西方“船坚炮利”的产物。这种被动的现代化，在塑造出我们对“先进”的仰慕心态的同时，还沉积着集体性的民族耻辱记忆。正是这样，处在传统与现代、城市与乡村的矛盾纠葛中何去何从、如何选择，就构成百年中国作家叙述乡土时难解的纠缠。当启蒙理性占据上风的时候，乡村就是“病态”的乡村，其“病”就在贫困、封闭、麻木、自私、愚昧；而能够治疗此病的，则一定是城市文明与现代性的“知识”。而当情感占上风时，乡村社会传统道德的美感就被复活了，城市就变成作家们倾泻道德不满的目标，基本上就可以与肉场、欢场、角斗场、绞肉机、火坑，道德败坏者、嗜血者、阴谋家、伪善者等相提并论，美轮美奂的传统乡村道德，就构成治疗城市现代文明病的不二药方。李佩甫的《城与灯》就是典型的例子。小说中的刘汉香是作家塑造出的具有宗教献身意味的乡村道德的“圣母”形象。自在小说中出场开始，她就表现得是那么的豁达无私，爱上穷困少年冯家昌，不顾村邻闲言碎语照顾冯家昌全家，被冯家昌抛弃后悄然回到乡下柴房，毫无怨言地表示理解，甚至在被流氓少年轮奸时，也只是不停地说“谁来救救他们”，一副悲天悯人的模样。刘汉香正是那盏照亮“城市”、照亮冯家昌向城市挺进、照亮冯家昌深陷其中的城市文明的“灯”。

当代中国乡土作家普遍有着过渡社会里的“边际人”特征，“这种人脚跨两个(或多个)社会,心理摇摆不定,在他的心灵深处,对这两个世界,同时怀有去留之念、爱憎之感,但分量不同,一强一弱。"[①]他们对传统对西方,对乡土对城市,对新的生活方式与旧的生活方式,都很难找到真正的认同。这种认同感的丧失,在铁凝的《孕妇和牛》与王祥夫的《城市诗篇》里,以一种"寓言"的结构表达出来。《孕妇和牛》里,乡村是宁静、和谐与肃穆的,充满着诗意与道德的美感,但宁静的乡村美感,却抵挡不住"远处"的诱惑。凝望石碑上海碗大的文字,看着放学的小学生们来来往往,孕妇想起自己肚子里的孩子,忍不住想:"住在山里望不出山去,眼光就短;可平原的尽头又是些什么呢?"孕妇的追问,在王祥夫的《城市诗篇》中由鱼贩子齐选作出了回答。齐选实现了孕妇的愿望,走到了"平原的尽头"。在成为"城里人"以后,他想洗白自己"乡下人"身份,改了妻子"土气"的名字,让妻子读书、学钢琴,培养她的贵族气质,自己则与城中商界大款、名人交往,过着表面优雅的上流生活。但正像齐选的鱼贩子职业所象征性地表明的那样,鱼离水上岸,等待它的就只有窒息。齐选的妻子承受不住城市中生活的孤独和乏味,穿起结婚时的红棉袄回到乡下。齐选则备感煎熬、失眠、烦躁,不止一次"在梦里梦见了芦芽山,这真是很美妙的事情"。

如何评价当下作家的"边际人"心理与"城乡互否"文化思维,这是一个难题。把它简单地总结为观念化写作,似乎也有不妥。作为一种文学现象,必须承认,近年来中国作家对城乡矛盾的叙述,与对传统—现代的对立性把握,确实呈现出乡村社会"丰富的痛苦",折射出"乡土中国"转型与裂变中的复杂矛盾和困惑。不过,这种把"冲突"作为叙事架构的"问题意识",它自身同时也有很大的"问题"。这个问题就在于,"城市"并非就是"现代","乡土"并非一味地"传统",城市里面有很传统、很乡土的东西,乡村社会自然也有它的先锋和现代。且从文化自身的逻辑来看,传统与现代、乡村与城市并非只有冲突就没有贯通。当代中国作家们乡土书写的"冲突"意识,虽然不一定就是受台湾学者张灏所谓"以现

---

① 转引自韦政通:《中国文化与现代生活》,广西师范大学出版社2005年版,第19页。

代化批判传统，以传统批判现代化”的简单二元对立思想影响，但这种二元对立的顽固性还是非常明显的。如何跳出二元对立，在更为开敞的文化空间审察乡土的命运，这是深具创作论意味的命题。在近些年的创作中，不是说作家们对此就没有思考，如贾平凹《土门》、《高老庄》等作品，作家就试图突破文化“冲突”而寻求两者贯通的可能。《高老庄》中的蔡老黑，一面积极发展经济、参与民主政治，一面又以重建白塔的迷信手段为自己拉选票，用他自己的话说就是“咱是农民么，土洋结合咧”。《土门》中的成义以现代制度设计治理仁厚村，却同样辅以修理坟场、门楼牌坊建设等传统德目手段。在蔡老黑和成义身上，贾平凹是否想参详出一种“西学为体，中学为用”的乡村道路？不敢妄言，但作家的思考是值得注意的。相比较来看，王安忆的探索似乎更具文学实践意义。她的《民工刘建华》、《骄傲的皮匠》等，都是写农民的城市生活的小说，但作家却没有刻意去突出城乡“冲突”，而是在一个更为超越的人文空间，写出人物性格的力量与人性光辉。《民工刘建华》中的刘建华，始终以平和心态面对城市，不卑不亢，能干中略带些狡猾，务实却绝不贪婪。作家没有把刘建华塑造成流行的“怨民”或“暴民”形象，而是力图去刻画刘建华身上铭记的数千年乡村文化涵养的人格与人生智慧。《骄傲的皮匠》中，王安忆在日常生活细节处，不显山不露水地雕刻出小皮匠根海的形象，他爱干净，喜看书，有见识。小皮匠虽置身浮华都市，却能以超然的态度守住内心的宁静，虽未刻意追求，却能保持体面的生活和对道德生活的敬畏。这两篇作品，格局、境界和气象均有可赞许之处。作家没有陷在传统与现代、乡村与城市的死结里难以自拔，而是抓住人物的生活与性格，轻灵地以文学的方式实现对思想命题的超越，把人物拉回到凡俗的日常生活，拉回到时间与空间存在里，这样，作家就避开了纯粹的价值论追问，而以生活的模糊和人物性格的感性，以真正意义上的审美，抵制了抽象的“思想小说”的冲击。

二、物质主义与“跛足”的启蒙

尽管当下作家的乡土叙述深陷城市与乡村、传统与现代的二元对立难以自拔,但并不是说他们就没有自己的中心意识。自"五四"至今,中国作家的乡土叙述持续的中心意识,就是启蒙的进步与发展观念。因为中国后发性的现代化特点,以及近现代富国强民的现实要求,中国作家的"发展",主要表现为一种"崇拜力量、崇拜技术、崇拜物质形态的现代性"。[①] 追求物质形态意义上的"发展",构成中国作家乡土叙述的重要结构性力量。鲁迅虽说深察人的精神贫困对民族发展的重要,但他同样无法回避人的"生计问题",一贫如洗的阿Q,却富有讽刺意味地住在带有丰收和子嗣延续气象的"土谷祠"里;闰土的麻木与迟钝,根子不在人的心灵,而在"多子,饥荒,苛税,兵,匪,官,绅"等生存事实;祥林嫂死后,鲁镇繁荣的"祝福"中,鲁迅写道:"只觉得天地圣众歆享了牲醴和香烟,都醉醺醺地在空中蹒跚,预备给鲁镇的人们无限的幸福"。鲁迅是深知物质发展与人的精神发展的同等意义的。

新时期以来,在改革开放和"发展才是硬道理"的大背景下,当代作家的乡土书写更是把物质发展的意义推到极致。高晓声的《陈奂生上城》、何士光的《乡场上》等,都写到经济发展与底层民众获得尊严的必然联系。"漏斗户主"陈奂生,之所以能够"今日悠悠上城来",主要还是得力于"肚里吃得饱,身上穿得新";冯幺爸、罗二娘等农民在物质条件改善以后,开始挺直腰杆做人,尊严和自尊意识开始复苏。陈奂生和冯幺爸的形象似乎向人们证实:所谓"国民性"问题,不过是物质贫困的产物,当物质贫困问题解决后,人的精神贫困自然就会解决。刘恒的《狗日的粮食》和东西的《目光越拉越长》,均以近乎残酷的闹剧式叙述,完成对"吃"的历史意义发现。《狗日的粮食》里,粮食之根——谷子,被杨天宽作为象征性资本,摆在具有性、生殖与生命延续意义的炕上。杨天宽换回"瘿袋"老婆,是因为有粮食;"瘿袋"嘴狠心凶与人斗狠,是为了粮食;"瘿袋"为了维持一家的生计,偷窃集体粮食,最后丢失购粮证吞食苦杏仁自杀,还是为了粮食。粮食具备了重构生命与道德起源的叙事学功能。《目光越拉越长》中,刘井的丈夫好逸恶劳,她只能与儿子相依为命。儿子离家

① 哈佛燕京学社编:《启蒙的反思》,江苏教育出版社2005年版,第42页。

出走后，刘井忧心如焚。从小说创作的角度讲，如何写出刘井的失子之痛，是最可看出作家细节把握能力的地方。作家没有展开正面强攻，而是以虚化的笔法，写刘井登上屋顶向远处眺望，似乎看到儿子马一定坐在宽敞的房子里，面前堆满雪白的馒头和白米饭，刘井内心顿时释然，甚至不乏嫉妒地说："他妈的，吃得比我还要好"。

在《狗日的粮食》和《目光越拉越长》里，"吃"是具有历史"拐点"意义的，如果说鲁迅《狂人日记》意在以"吃人"的历史发现建构起精神启蒙的神话，那么，这两篇小说则通过对"人吃"的人道主义审美发现，把启蒙从历史与文化批判的隧道里，拉回到人的世俗生存轨道。这种物质层面的发展问题，是乡村社会个体民众的头等大事，也是基层政权的烦恼。刘醒龙《挑担茶叶上北京》、《分享艰难》，何申《穷县》、《年前年后》，谭文峰《扶贫纪事》等，纷纷写到发展经济条件下乡村政权的无奈。

作家们写乡村民众的生存与发展是没有问题的。问题在于，社会的发展并非只有单一意义上的物质发展，还有人的精神发展。作家们如何处理乡村社会物质发展和人的精神发展的关系？如何审美地看待物质的发展给人带来的精神困境，并进而重审发展的意义？尽管从理论上讲，这不是什么宏深的命题，但从创作实践上看，这些年的乡土写作确实还没有很好地意识到并解决好这个问题。过度关注人的物质存在性，而有意无意地淡化乃至遗忘了乡土社会人的精神存在性，可以说是多数作品的通病。不是说如今作家就不关注乡村社会人的心灵问题。在经历1980年代文学向"人学"与"文学性"回归以后，现在的作家对乡村人心的领悟和对人性的把握，都有自觉意识并体现出很强的能力。但当下作家所写的人心或人性，又很难说是精神层次的，更多时候作家们是在写普遍的"人性"而不是"精神"，特别是带着对过去文学"人"的叙述过度意识形态化的修复意识，作家们的乡村书写，更加突出的是人的自然与原始性。这样，"五四"启蒙文学开创的从历史与文化延续中捕捉"国民性"的写作传统，就被当下作家的自然主义人性叙述所取代。胡学文《命案高悬》就是典型的例子。小说写护林员吴响追踪尹小梅之死的真相。作家的立意，是想写出一种当下乡村基层政权对人的生命的漠视，吴响被塑造成一个具有正义感的底层英雄。但小说中,尹小梅之死的真正凶手恰恰就是吴响。如果不是吴响设置圈套,故意放尹小梅进草场而后再逼迫她"脱裤子",占她的便宜,尹小梅就不会被乡政府抓个正着,也就不会在关押期间不明不白死去。但是在小说的情节安排中,作家很显然没太在意吴响可怕的特权思想,而是在"性格"塑造的层面写他诱迫妇女"脱裤子"的爱好。这样,一种根植民族传统特权思想的"民格"问题,就被置换为个体性的"人格"或"性格"问题,从而搁置了启蒙主义对国民性格做深刻文化探讨的写作传统。

就当代中国的乡土写作来说,启蒙主义的国民性批判显然没有得到伸展。除阎连科的《小镇蝴蝶铁翅膀》、张继的《村长的玉米》等少数作品,还在一种相对较为老套的"主/奴"叙事架构下讲述乡村基层政权的蛮横、霸道以及底层民众的人格自觉意识匮乏外,我们很难见到鲁迅那种犹如手术刀般的凝集着批判力量的作品。启蒙文学何以偃旗息鼓?这个话题太过复杂,殊难展开。但可以明确的是,因为现代化的特殊起源,当下中国正处在丁帆所说的前现代、现代、后现代处于同一时空,多种文明相互冲突、缠绕,"乡土经验"有待重新整合的特殊时期。[①] 这种前现代、现代与后现代的文化并置,意味着我们既要以现代启蒙理性批判传统的弊害,同时也要警觉和反思启蒙理性内在的弊端。从社会现实的角度看,的确,这些年来的经济发展滋生出很多问题,比如社会不公、贪污腐败、诚信丧失、有毒食品泛滥、暴力拆迁引发流血冲突、分配不公导致族群仇恨等,这些问题既有传统"国民性"的影子,也有对现代化、对发展的盲目崇拜导致的价值混乱。

当作家们对人的精神发展关怀意识不足,而对物质发展推崇备至时,乡土写作必然会出现诸多病相与乱象。一种情况是,赚钱与物质发展被提到绝对高度,作家们写出了一大批所谓"站着干活,跪着做人,就是为了看到钱"的游走在乡村与城市之间,心灵被严重物化的乡村漂泊者形象,罗伟章的《我们的路》、《大嫂谣》,孙惠芬的《民工》、《歇马山庄》,

① 参阅丁帆:《中国乡土小说生存的特殊背景与价值的失范》,《文艺研究》2005年第8期。

荆永鸣的《白水羊头葫芦丝》、《外地人》等作品中，这类形象可谓比比皆是。另一方面，当赚钱成为绝对的道德典律，目的的正当性似乎就决定手段的正当性。《柳乡长》中槐花，李晓兵《生存之民工》中王家慧，盛可以《北妹》中钱小红、李思江，李铁《城市里的一棵庄稼》中崔喜，关仁山《九月还乡》中九月和孙艳，巴桥《阿瑶》中阿瑶等，当代文学充斥着大批进城卖身求"发展"的农村妇女形象。"发展"的道德摧毁了人类的普遍道德。

何以启蒙理性失去了它对"国民性"的批判力？可能不同的角度有不同的反思。在我看来，恐怕还得回到中国现代启蒙的内在结构性缺陷上看。诚如所知，现代意义上的启蒙，其目的是恢复人的自主与理性，承认世俗幸福的正当性。然而中国的启蒙却有很大不同。如果说西方启蒙是一种对人的世俗与精神的内外兼修，那么，中国的启蒙接受的却"不是启蒙的文明理念的影响，主要是工具主义的影响"。[①] 这种启蒙的工具理性特点，我们从鲁迅的"立人"以"立国"逻辑上就可以看得很清楚。启蒙是为了国家富强，革命也是如此，故而李泽厚所说的"救亡压倒启蒙"，实质上更准确地说是"启蒙让位给救亡"。启蒙对中国社会的富强而言是中药调理，革命则是西药急救。在这种启蒙、革命、富国强民、发展的链条上，启蒙与发展有着内在的一致性，坚持启蒙观念的作家很难去批判发展。正是如此，指望从启蒙理性的内部产生出对于发展的批判性价值基础，是相当困难的。如果我们不跳出启蒙的工具理性，回到现代人文理性的层面，不把"发展"送回到人道主义的工具论立场，而把它视为目的，把人视为发展的工具，就很难去对发展作出富有当代意识的反思。这种反思立场的缺乏，使得我们看到，尽管在有些小说中作家试图去反思"发展"，但他们的反思却只是道德感性层面的，还没有出现深具理性穿透力的作品。如阎连科的《柳乡长》，柳乡长一边为靠卖淫致富的槐花竖起"学习槐花好榜样"的碑，一边在众人散尽之后，"朝那碑前吐了一口痰"，"又朝那碑的青石座上踢一脚"，感性的道德愤怒有余，却于

---

① 哈佛燕京学社编:《启蒙的反思》，江苏教育出版社 2005 年版，第 14 页。

"发展"这个现代性神话毫发无损。曹征路的《赶尸匠的子孙》,立足反省天堂乡的"鸡的屁"主义(GDP),写任义为对死去的养父母尽孝,对抗乡政府不准土葬的政策,盗墓挖了别人的坟,从此一发不可收拾,专干起了卖死人的生意。终归是以闹剧的荒诞回应荒诞的闹剧。当然,从文学的角度看,我们不能要求作家一定要给出什么清楚的理性辨识,给出是非立辨的答案,但如果作家没有一个元道德作为审视的价值基点,没有"对一个以他的正义观念和人道主义所无法接受的生活方式,表现出无可奈何的痛苦谴责,并把这种生活方式用强烈的笔触表现出来"。[①] 那么我们乡土小说,要想获得普遍的审美意义,终究是不可能的。

三、城乡善恶书写的复杂心理地形

文学创作难免会受到作家观念的影响,作家的观念一旦出现问题,他对世界的想象与审美重构就必然会走样。在这个大变革的时代,乡村社会的矛盾和冲突、裂变和重组,注定我们的观念是异常丰富的。当代中国的乡土写作,作家在观念和文学间的游移、挣扎,在乡土人物的塑造上可以清晰地体现。文学的要义在写人,如何通过写活人物而写出变革中的乡村阵痛,写出乡村社会人心、人性的丰富性与复杂性,这是我们观察当下乡土写作的重要着眼点。当然,文学所写之人绝非超凡脱俗之人,而是在具体的历史与现实规定性中活动的人。就当代乡土写作而论,虽然说城市与乡村、传统与现代的二元对立,多少带有启蒙主义观念预设的成分,但这种二元结构,无疑还是乡土写作最值得注意的历史与文化具体性。20世纪至今,中国农耕文明的特殊性,决定我们的现代性只能是"乡土现代性",中国文学的主流还是乡土文学而非城市文学。老舍的《骆驼祥子》、《四世同堂》,写的虽是北京皇城故事,但所写之城不过是"乡中之城",车主刘四和祁老太爷,精神层面上更像乡下的地主和大宗族的长者,老舍的本意似乎也不在于对城

① 参阅《诺贝尔文学奖颁奖、获奖演说全集》,中央广播电视出版社1993年版,第362页。

市精神的拿捏。而王安忆的《骄傲的皮匠》、《民工刘建华》与《富萍》等,则有把乡下故事搬到城中讲述,有写"城中之乡"的味道。《骄傲的皮匠》开头,王安忆用地方志的写法,写小皮匠修鞋之处的地理变迁,先是城市近郊,后是外国人墓园,再后来是上海弄堂和殡葬店、水果摊、修鞋铺、馄饨挑等的集散地。似乎表明:所谓的"城市"与"乡村",不过是时间流转中的"风景"而已。

"乡土现代性"境域下,乡土与城市互为参照、互为"镜像"、相互渗透实属必然。如何不拘限于城乡"冲突"的观念,而写出"乡土现代性"的人心、人性的特殊况味,确实是创作上相当具有挑战性的难题。这么些年来,作家们的乡土写作尽管多有涉及城市,但城市形象却一直是模糊不清的;并不是说作家们就没有写出城市的形象感,而是说他们写到的城市往往是相当符号化的。理性上,人们承认城市体现着现代文明,但创作实践上,写"城市之善"的作品却难得一见,城市留给我们的,基本上是"恶"的形象。20世纪30年代,"京派"和"海派"虽有艺术主张、美学趣味乃至地域派系之争,但对城市的批判,废名、沈从文与"新感觉派"作家刘呐鸥、穆时英、施蛰存等却如出一辙。革命作家阵营中,从蒋光慈、丁玲、夏衍、茅盾等"左翼"作家,到新中国成立后萧也牧《我们夫妇之间》、周而复《上海的早晨》、沈西蒙《霓虹灯下的哨兵》等,城市同样类同于罪感符号。"新时期"以来,贾平凹虽有"在传统文化的其中浸淫愈久,愈知传统文化带给我的痛苦,愈对其的种种弊害深恶痛绝"之论。[①] 然他的《废都》却是写城市颓废、沉沦的最极端之作。有人归纳近年"乡下人进城"小说的"城市恐惧症",列举了"逼良为娼型"、"好人变坏型"、"绝望自杀型"[②],姑且不论这样的归类是否准确,单就作家写到的"城市之恶"而言,确实是"罪恶滔天"且"罪无可恕"。

城市当然不止是道德败坏的负面形象。以历史的眼光看,因为城乡互为参照、互为"镜像",可以说,城市写得怎么样,相当程度上决定着乡土写作的成就;写不好城市,当然未必就写不好乡村,但会在相当程度上

---

① 贾平凹:《高老庄(后记)》,长江文艺出版社2003年版,第358页。

② 雷鸣:《新世纪乡土小说的三大病症》,《文艺评论》2010年第6期。

制约乡土叙事的充沛与深广。那么,何以现代以来中国作家如此仇视城市?我想,城市的物质性隐含着的与欲望、贪婪、自私等的可能联系,与传统农耕社会"重义轻利"的价值疏离,自然是其中的重要原因,但对于中国作家来说,更重要的恐怕还是传统农耕文明对现代性的阻抗,以及前面提及的殖民主义记忆与我们对现代文明的怀恨接受。不管怎么说,乡土写作对城市有严重的误读、遮蔽、扭曲,这都是不可回避的事实。当现代化已成不可扭转趋势之时,如何写出富有历史、文化、时代、生命内涵的城市文学,这是当下作家须要攻克的难题。

实际上,这种对于城市"恶"的符号化叙述,已然影响到作家们的乡村道德想象,特别是在那些颇具城乡对照、传统与现代"冲突"意味的作品中,作为"城市—现代之恶"的镜像而存在的乡村之善,同样有严重的观念化、符号化的痕迹。王滋润《鲁班的子孙》以父子冲突的经典叙事模式,演绎老木匠安贫乐道、固守乡情仁义的古朴道德,老木匠与儿子之间的矛盾,复现了传统社会"义利"伦理冲突。关仁山《醉鼓》,雪莲湾鼓王世家传人老鼓,凭"鼓王世家的良心",宁愿下冰海捕鱼也不愿为赚钱击鼓。李佩甫《黑蜻蜓》中的乡下二姐,有着"诗一样的人生",苦难、坚忍、聪慧、通达、执著、重情、多义,是二姐的基本品质;而"我"的城市妻子,却冷漠、不通人情。这些作品里面,作家对乡村之善的想象,可以说是非常陈旧老套的,与其说是作家在生活中生发起的道德感兴,毋宁说是在复活传统道德的记忆,既缺乏现代意味,亦经不起理性推敲。《醉鼓》中的老鼓,何以坚守"鼓王世家的良心",就非要排斥经济?财富和鼓之间,何以就水火不容?《黑蜻蜓》中,作家在乡下二姐身上发掘道德神意,即便是二姐身上的虱子,都因"血和汗水的喂养"而有了神圣感,但何以城里的妻子非得是"冷血人"?

作家对传统德目的当代书写,如果只是意在缅怀,或者是以对抗、消解的心态抵制现代价值,那么,这种写作的价值其实是很可疑的。真正有意味的写作,我认为还是立足当代生活,在传统与现代对话基础上,写出传统德目进入当下生活的可能,如林毓生所说,追寻传统德目的"创造性转化",只不过不是以思想而是文学的方式进行。从这个维度上讲，当下作家有如此命意的尚不多见。现代化道路上对乡土社会的浓浓“乡愁”，使得作家们整体上对传统道德都有不同的留恋、缅怀与美化的心态。上述作家如是，汪曾祺、林斤澜、刘绍棠、迟子建等作家也是如此。尽管这些作家的不少作品都写过对乡村社会人性的深切批判，如迟子建的《雾月牛栏》，但大体而言，他们还是注重发掘乡村道德美感的。承续废名、沈从文等的乡土抒情主义传统，作家们侧重从乡土的自然性中体察乡村的心灵生活与道德世界，凝视生发于乡村世俗却超脱世俗的自然人性及其原始之美。如汪曾祺的《大淖纪事》、《受戒》，林斤澜的《矮凳桥风情》，刘绍棠的《蒲柳人家》，迟子建的《五丈寺庙会》、《河柳图》等，都是很有代表性的作品。这些作家对乡村道德美感的开掘各具特色，又颇具共同点，即在“大传统”与“小传统”的汇通中把握乡土生活经验。一方面，文化“大传统”涵养出的“天人合一”思维与士大夫心态，使得他们把追求淳朴自然、生机无限的生活，领悟乡间道德生活的纯粹性，作为自己乡土写作的主导审美追求；另一方面，作家们普遍显现出对地域性民间“小传统”、地方性道德的尊重，立意捕捉乡土生活的独特美感经验。这种突出乡村生活的“慢”，写乡村生活恒久而绵长的特殊气质的写作经验，与贾平凹等强化乡村之变、之快，是有很大反差的。

在现代社会，传统与乡土已经“不合时宜”。作家如何发现并写出乡土之善，的确有些障碍和难度，作家陷入现代性内部被规定好的想象，或对乡村道德作美化处理，或作观念化理解，似乎都有些在所难免。而对乡土之恶，则似乎没有多少羁绊，作家们纵横笔力、任才使气，倒是写出不少力透纸背、透彻入骨的作品。总览当下乡土写作，作家所写到的乡村之恶可谓形色各异、应有尽有，纵欲、放荡、贪婪、自私、阴谋、背叛、懒惰、轻浮、恶意、卖淫、杀人……凡人类所能说出的恶性与恶行，当下作家的笔下都可找到。作家所写的众多乡村恶行，这里无法全部列举论析，单以最为暴戾的“杀人”来看，就有熊正良的《苍蝇苍蝇真美丽》、鬼子的《被雨淋湿的河》、尤凤伟的《泥鳅》、罗伟章的《翻身农奴把歌唱》、王祥夫的《街头》、陈应松的《马嘶岭血案》、孙慧芬的《狗皮袖筒》、胡学文的《一个谜面有几个谜底》等大批作品。这些作品，作家或写尖锐的城乡敌对；或写乡下民工进城后，由希望而绝望，再由绝望而杀人的过程。陈应松的《马嘶岭血案》不是这类作品中最具恶性的作品，但肯定是写恶写得最为原始、最为暴烈的。九财叔和"我"受雇给城里的踏勘队当挑夫，因为被扣了20元钱工资，和有后台的老麻打架，九财叔被提前解雇，遂和"我"抢劫杀人。九财叔和"我"连杀七人，最后杀红了眼，甚至连"我"也不放过。在这部以杀人为叙事脉络的小说里，作家写到了城乡之间本然的敌对，城里人的傲慢、对乡下人的轻侮，都是导致残杀的动机。当然，作家的本意还是想在生存伦理视域下讲述杀人的贫困动力学起源。九财叔养着三个女儿和八十多岁的老母，他想弄钱给三个女儿做学费；而"我"则因为快做父亲了，交不起农特税，村长威胁说不交税就不准生娃，才铤而走险杀人。这种以生存为理由，为"弱势群体"作道德辩护的修辞，在当下的乡土书写中我们并不陌生。但是，我们必须说，杀人就叫杀人，而不叫捍卫什么"生存权"；以捍卫自己的生存权为借口，肆意剥夺他者的生命，这不是道德问题，而是罪与恶的问题。陈九财和"我"为钱杀人，最根本的还是因为本性的残忍和内心的残暴。

当代中国的乡土书写，类似这种叙写乡村恶性的作品特别多，刘庆邦《神木》里矿工宋金明、唐朝阳谋财害命之"毒"；胡学文的《一个谜面有几个谜底》里老六、尤凤伟的《泥鳅》里蔡毅江、宋元《杀入重围》里刘连生、邓一光《怀念一个没有去过的地方》里远子等对城市和城市人疯狂报复之"狠"；方方《奔跑的火光》里英芝给丈夫贵清浇上汽油、点火烧杀时候之"怨"；孙春平《二舅，二舅你是谁》里霍林舟在"闹尸"事件当中，在儿子之死与金钱的欲望之间所表现出的"冷"等，都给我们留下了深刻的印象。在这些作品中，我们丝毫看不到人心里面柔软的力量，我们看到的是坚硬、粗糙、潮湿、黑暗、荒芜，特别是在某些书写社会级层分化的作品中，作家们所写的种种仇恨、敌对、报复、疯狂、毁灭、非理性，等等，更让我们看到，虽然"阶级斗争"已然远去，但是"阶级斗争"的顽固思维和叙事模式，还残留在不少作家的意识深处。

当代作家写到的乡村之恶，是不是“现实主义”的，是不是当下中国乡村社会现实的铭记，这里不去讨论。值得指出的是，恶欲叙事的大行其道，其实与作家的文学观念与启蒙文学的叙事传统有很大关系。1980年代先锋小说之后，西方“写人性”的小说观念在中国被高度典律化，几乎内化为文学的“本质”。作家谈文论艺，必是如何“写人性”。而受西方现代主义影响，作家们热衷的“写人性”，很多时候就是写人性恶，加之乡村社会人性原有的自然性与原始性，“性恶论”虽不敢说是作为作家写作的哲学基础而存在，但至少是乡土写作领域非常普遍的现象。因为没有宗教作为审视的背景，中国作家的恶欲叙事，隐含着很大的破坏性。从启蒙的角度看，这种恶欲叙事与启蒙文学的“国民性”批判亦有至深联系。“五四”启蒙文学，是知识分子改造底层民众（主要是农民）的文学，既以启“蒙”为鹄的，必是竭尽所能写人心之暗昧、潮湿与阴冷。启蒙知识分子居高临下、真理在握的“我—他”叙事，极易形成在启蒙的观念上重视“人”，却轻蔑具体的人的现象。鲁迅在写阿Q外表之猥琐，“豆腐西施”杨二嫂的“双脚伶仃的圆规”外相时，都有刻薄之处。这种刻薄在当下乡土写作中亦十分盛行，特别是在“写人性”的经典意识支配下，作家们大写特写的乡村“人性”，很多时候都是原始的动物性。《狗日的粮食》杨天宽的食色性是动物性，莫言《丰乳肥臀》的生殖神话是动物性，贾平凹《古炉》对外号“狗尿苔”的描写亦如是：

> 啊狗尿苔呀狗尿苔，咋说你呢？你要是个贫下中农，长得黑就黑吧，可你不是贫下中农，眼珠子却这么突！如果眼睛突也就算了，还肚子大腿儿细！肚子大腿儿细也行呀，偏还是个乍耳朵！乍耳朵就够了，只要个子高也说得过去，但你毬高的，咋就不长了呢？

文学写作必有善恶，但如何写恶确实是个问题。应当承认，在不少作品里，作家们叙写的乡村之恶，确实有现实、人性的批判力；但在有些作品里，恶则似乎成为写作的目的，作家要么是以抽象的人性论写恶，要么是在恶的书写中获取宣泄的快感。这种恶欲叙事，在叙事伦理上就是面目可疑的。德国伦理学家包尔生说：“无论什么样的恶都没有价值，没有权利存在。它存在仅仅是为了善的缘故,为了使善能够活动并实现自身"。[①] 作家不能为写恶而写恶。尽管作家不是伦理学家,无法回应现实社会的道德挑战,但文学写作的基本善意还是要有的。这个善意,就是对历史与现实的充分尊重,作家应在历史与现实的绵延当中,让恶得到真实的展示,让人们看到恶的来龙去脉,从而让人们看到规避恶和寻求善意的可能。在这种意义上,刘庆邦的《我们的村庄》我认为值得一读。小说所塑造的叶海阳,是一个"人民公社"时代的"遗民"和改革开放时代的"弃民"形象。叶海阳的父亲是大集体时代公社的粮站会计,手上掌握的权力,给叶海阳带来生活与心理上的优越感。改革开放以后,随着父亲的退休,叶海阳渐渐变成一个好逸恶劳的人。作家从历史的绵延与断裂中,写出叶海阳在世事轮回中的心理转换,过去有权有势,处处高人一等;现在却是一无所有,只能靠虚张声势、逞凶斗勇、欺负弱者来维持自己的"狠",维持自己在叶桥村的"地位"。叶海阳刚出场时,作家就写他"身穿红秋衣,黑色西服在臂弯里搭着,左手抓着双截棍",脸色有些发白,"刚在河堤的堤面上练过武"。透过叶海阳"发白"的"脸色",作家揭示出的是叶海阳的病态的灵魂,表面上的强悍,反证出的却是他内心的虚弱,一个可怜、可悲的"遗民"和"弃民"形象跃然纸上。似乎可以说,作家是通过写活一个人,而写出当代中国乡村社会变革的"心史"。作家所写到的乡村之恶,不是抽象的人性恶,而是既深入历史褶皱又带着人性体温的具体恶。

---

① [德]弗雷德里希·包尔生:《伦理学体系》,何怀宏等译,中国社会科学出版社 1988 年版,第 279 页。

第三章　底层叙事:“左翼美学”的诗学正义与困境

底层写作已经成为新世纪文学炙手可热的重要现象。这种现象的发生,直接原因当然可归结为转型时期中国社会阶层分化愈演愈烈、贫富悬殊日渐加剧的现实,正是因为社会变革期底层社会的大面积浮现,导致了当代中国文学转向对底层民众的现实主义关怀。然而从情感和价值心理学角度来看,这与当代中国作家根深蒂固的宏大叙事历史情结是分不开的。虽然上世纪 80 年代始,中国作家通过对历史的反思逐步确立起对历史、国家、政治、革命等宏大叙事的规避,但深受感时忧国传统和近现代启蒙思想影响的中国作家,其实很难从根柢上摆脱宏大叙事的心理缠绕,宏大叙事不仅相当程度地满足着作家们的国家伦理和道德义务感,还赋予文学特殊的历史质感,正因如此,许多作家表面坚定不移地拒绝着宏大叙事,但内在心理上,却潜移默化地把宏大叙事视做文学书写的不二法门,故而每逢社会变革期出现新事物、新现象,变形的宏大叙事总会顺势而生,像新写实小说、现实主义冲击波、反贪文学等,都不同程度地折射出这样的思想面影。

一、批判美学与道德的单极书写

毫无疑问,底层写作正是凭借其话题自身丰满的道德意蕴和意识形态神魅,赢得当代中国作家的青睐。底层写作既满足着作家们的“现实主义”激情,同时还满足着作家们作为叙述主体对诸如“良知”、“良心”等的道德内在要求。这样说并非意味着我对当下中国底层写作的否定，而是说，由于历史、美学、思想和诸多意识形态的复杂纠缠，当下中国的底层写作的确存在着许多待解的问题，存在着诸多思想和审美的误区，如何看待和解决这些问题和误区，需要引起我们的警觉。

历史地看，底层写作并非当代特有现象，而是作为中国文学的重要起源和最具个性的特质存在的。早在《诗经》时代，中国文学的发展就分为两路：一为"国风"为代表的底层写作现象；另一路是以"雅"、"颂"为代表的文人文学和庙堂文学传统。尽管在常规的文学史叙述中，民间底层社会的创作多因其匿名特征而难以被历史化，然底层写作对中国文学的贡献却不可低估，单就文体而论，诗歌、传奇、杂剧、小说、词、曲、小令等，这些文体的产生，无不闪耀着民间底层社会的审美智慧。钱穆在《中国文学史概观》中，把中国文学分为"政治性的上层文学和社会性的下层文学"，[①]如此描述可谓言简意赅。民间底层社会的文学创作，构成中国文学坚实的存在。而作为文人文学来看，杜甫、白居易的诗歌创作亦颇多底层关怀之作。

但很显然，20 世纪以来，中国文学发展过程中的"底层"概念，是有别于我们的文学史传统的。如果说传统意义上的底层写作指向的是某种文学发生和创作的常规样态（当然也难以避免道德和其他意识形态纠葛），那么 20 世纪以来的底层写作——不管是指写底层还是底层写，更多指向的却是社会、历史和政治学内涵。在启蒙、革命、救亡等历史观念的笼罩和左翼伦理的观照下，"底层"被充分地意识形态化了。在启蒙主义的叙述视界里，它被当作人性暗昧和思想不觉悟的喻体在书写；在革命叙述的思想路线图上，它替代的是阶级、剥削、压迫等历史措辞。底层概念既非中国作家诗性正义的表达，亦非作为文学史修辞而存在的，而是被作为思想解放、阶级意识觉醒、革命、解放和翻身的神话讲述的。这种写作方式在阿 Q、闰土、多多头、祥子、白毛女等人物形象背后我们是不难体味的。即便是沈从文那样的自由主义作家，在叙述乡村底层社会

① 钱穆：《中国文学史概观》，见《中国文学论丛》，生活・读书・新知三联书店 2002 年版，第 48 页。

经验时，亦把它作为作家所批判的现代都市文明的对应物来写，故而在沈从文的笔下，我们解读到的底层，总是充满诗性化的美轮美奂的特质，底层同样被别样的意识形态所扭曲。

新世纪以来，如果说底层写作承续的是某种文学史的传统的话，那么，毫无疑问它接续的是现代以来的思想伦理经验和文学审美传统。作为常识问题，我们知道，底层其实是个自足的文化空间形象。在这个文化空间内部，包含着生活的全部，浓缩着社会、时代、历史、政治、经济和文化的整体经验。作为一种存在着的生活形态与社会形态，底层可以说是幸福与苦难并存，黑暗与光明同在。底层当然可能包含着痛苦、不幸、磨难、沉沦、欺诈、不公等人生经验与社会伦理，但同时它还应该包含着勤劳、智慧、勇敢、诚实、创造、幸福等美好的一面。但是，由于深受 20 世纪文学主导性审美意识形态的影响，当下的底层写作，作家们往往采取单极化的书写方式来处理底层生活经验。说不准是有意忽略还是无意误读，底层美好、光明的一面总是被作家们遮蔽了，作品呈现给我们的，都是其中复杂的另面景象，而且是被极端处理的另面景象。这种特征在文学创作中的体现，我们可以从以下三点看得出来：

第一，唯物质主义叙事。事实上，对“底层”的想象和叙述，在 20 世纪中国文学的不同时段和不同思想背景下，总会呈现出不同的风貌。在启蒙主义文学时代，作家对底层民众的精神要求，要远远超出物质上的要求，独立、自由、个性、思想解放、尊严等，无不是当时作家们耐心演绎的叙述话语。但在当下的底层写作中，底层民众的思想存在和精神状况基本被过滤了，底层生活的物质性存在成为当代作家虚构和想象底层世界的虽非唯一但肯定是重要的关怀所在。尤凤伟的《泥鳅》、曹征路的《那儿》、刘继明的《我们夫妇之间》等这些年引起轰动性影响的作品中，作家们真正的用力之处，都在刻画和叙述底层世界物质生活的贫困方面，衣、食、住、行、生、老、病、死，基本生存保障的匮乏，贫困的物质生活构成小说故事层面人与他人、人与社会的冲突的主要根由。这种物质主义的叙事形态，以新写实小说为肇始，这些年来日渐成为涉及底层写作的主导型叙事方式。作家们的伦理诉求，多局限在民权、机会、社会公正、平等、正义等伦理范畴。并非说作家们所追问的这些问题就不重要,或者说这些作家作品就缺乏对人物内在心理的真实描摹与准确洞察,而是如有的论者所说:"作家有必要将'农民问题'或者别的具有现实性的紧迫性的问题转换成'人的问题'。作家既要关注他的主人公的外在遭遇,更应当关注他们的精神和灵魂"。[①] 因为,只有真正地去关注人的灵魂和精神问题,并由此而触及对现实的"看法",这样的"看法"才是文学的。但是当下的许多作家并没有意识到这样的问题,如果说启蒙时代作家们对人的灵魂与精神问题的关注,是试图以自己的思维方式去改变民众的思维方式,创造出革命的意识形态,那么,当代中国作家在底层叙事过程中对人的灵魂与精神问题的消磁,转而以直观的、极端化的、惨烈的现象性物质主义书写代之,除作家重构和想象生活能力的欠缺外,主观上讲,不能说与当代作家过度发达和强盛的干预、批判现实的思想意念无关。

第二,泛苦难化处理方式。不管底层的原始样态是如何丰富,底层生活在道德形态上如何复杂,当下作家在书写底层时,着力渲染的总是底层生活的苦难。在许多作家那里,底层被简单化地处理成充满苦难兮兮特质的单一维度存在,似乎只要有"苦",就足以表达底层;只要有"苦",就足以表达农民、城市平民和下岗工人的生存状况。"苦"构成了底层生活的标签式的存在。作家们现实主义的叙事功力,主要就体现在对苦难事件、苦难的人物形象、底层卑微人物物质生活贫乏的抽丝剥茧式的精雕细琢和细致刻画上,而不是对历史、时代、生活和人性等的辩证把握。和物质主义叙事形态相关联的是,当代作家对底层苦难的理解更多的是局限在物质性的层面,一个不变的叙述程式是:正是因为物质的匮乏,导致底层民众生存的不幸和艰辛,作品中的人物或死或疯或堕落、或自杀或杀人,终归是在"钱"字上面。作家们陷入和现实的苦苦缠斗,他们的笔触很少触及人类的精神苦难,去探问作为人类整体性命运的苦难在底层社会特殊生存情态下的特殊表现形态。尤为明显的是,作家们

---

① 陈离:《"泥鳅"为什么没有能够抵达它向往的地方》,《杭州师范学院学报》2003 年第 1 期。

普遍对底层社会民众的喜、怒、哀、乐做过滤处理，似乎只要写到无产阶级或者卑微人群，就只能有哀和怒而不能有喜和乐；就只能有因贫困而衍生的诸般苦难，而不能有安贫乐道、知足长乐的底层幸福或者人生满足感，更不用说像沈从文、汪曾祺、刘绍棠等作家那样去写出乡村底层社会生活的野趣和情趣，人与人之间的温情和天道人伦之乐了。

第三，"恶"的书写。从本然的层面理解，底层这个概念在道德情感上，必然会涉及不同社会群体间的同情、友爱、怜悯、慈善等美好德性，涉及团结、友谊、合作、互助这些人类作为社会存在的美好品质。这些情感和品质，是人类的高贵、希望、诗意和尊严之所在，在现实生活中我们并不难见到。但是返观当下的文学创作，呈现在我们视野中的，更多的却是仇恨、愤怒、冷漠、自私、贪婪、虚伪、欺诈、敌对等情感，作家们似乎对人类那些美好的正面道德情感视而不见。在他们的创作中，作家更愿意通过官民、商民、城乡、上流社会和下层社会等一系列冲突，去展示人性的恶，揭露和抨击现实的黑暗。这个时候，人类的善意、德性、希望隐匿不见了，恶、黑暗、绝望和毁灭牢牢地占据着作品的中心。作家们痴情与迷恋着去书写生活和人类的恶。每每写到底层人物的悲剧命运，总是直指社会的不公和富裕阶层的不义。而在面对底层人物时，他们除极度渲染底层民众的苦难生活和不幸遭遇外，传统文学视界中对民间底层社会勤劳、勇敢、朴素、奋斗、智慧、创造这些美好品质的歌颂，对劳动的诗意颂祷，对苦难的神意坚忍，在我们的文学作品中却很难看到。作家们很少正面去书写作为现实存在的底层民众的自尊、自强，书写底层人物的人格尊严。

这样说并非要求作家去写现实的颂歌，去美化现实甚至是粉饰太平。我想说的是，既然我们以文学的方式来表达我们对当下中国底层社会的道德关切，那么作家就必须要尊重文学自身的叙事伦理，那就是追求客观与真实。我们承认，在这个社会变革期，底层社会在当下的社会利益分配格局中往往充当着无辜的牺牲品，文学关注底层民间社会的民权和民生问题，并由此出发，对现实的黑暗和社会的不公作出必要的批判，这是作家作为公共知识分子的道义和良知所在，但我们必须得同时承认,我们的生活并非只有黑暗而没有光明,只有绝望而没有希望。既然底层写作以"直面生活"相标榜,就不应当只写黑暗不写光明,只写绝望不写希望。但遗憾的是,眼下的中国作家却正是如此,在左翼以来的二元对立思维模式和斗争美学的影响下,他们对历史和生活的把握,并没有超出左翼美学传统。一方面,现代作家在民族的屈辱中培植出的道德怨恨情绪以及历史乌托邦的意绪作为文化遗产顺势流进他们的血液,当下的作家像20世纪的其他作家那样,"在写'恶'、'黑暗'的时候比较有力量,但如何写出生活中的善、温暖和美好并使其可信,就显得苍白和无力"。[①] 道德怨恨和恶的历史动力学遮蔽了他们的审美目光,形成他们底层写作过程中的单极化书写倾向,难以对时代、现实、底层社会作出综合的全面的把握,最终导致审美的偏至。另一方面,他们的叙述模式和左翼文学亦是大同小异。在现代以来的革命文学叙事中,底层的苦难与愤怒往往是作为革命讲述的铺垫来写的,小说不管是以《少年漂泊者》里汪中、《红旗谱》里朱老忠那样的漂泊、流浪、革命,还是像《骆驼祥子》中祥子那样做"个人主义的末路鬼"来收束故事,都是以"舍命"的反抗形式,来表达对现实的否定和对革命的肯定。而在当下的底层文学中,当革命讲述不再具有叙事合法性的时候,作家们悄然把现代以来的"舍命"/"革命"叙述模式置换成当下的"舍身"/"活命"叙事模式,从当代创作情况看,举凡写到底层生活的贫困,就多会写到底层女子或下岗女职工沦为三陪或妓女养家活口这样的故事,比如《泥鳅》中的寇兰、《那儿》中的杜月梅、《我们夫妇之间》的淑英、李肇正《姐妹》中的宁德珍和舒小妹、熊正良《谁为我们祝福》中的刘金娣等。就像小说《那儿》中的西门庆评价叙述人"我"所说的那样:"你呀你呀你呀,你小子太现实主义了,太当下了。现在说的苦难都是没有历史内容的苦难,是抽象的人类苦难。你怎么连这个都不懂?那还搞什么纯文学?再说你小舅都那么大岁数了,他还有性能力吗?没有精彩的性狂欢,苦难怎么能被超越呢?不能超越的苦难还能叫苦难吗?""性"和"革命",构成两个时代具有文学史结

---

① 参阅《值得期待、前程远大的文学生力军——"文学湘军五少将"创作研讨会综述》,《理论与创作》2007年第5期。

构力的作家想象底层的基本方式，构成两个时代作家具有异曲同工之妙的叙事狂欢。话语悄然转换当中，铭刻着历史与时代的真实。

二、视点匮乏与泛道德主义

虽然我从两种传统层面对当下底层写作作出观照，但当代底层写作存在的悖谬，却绝非单纯是遵从何种传统问题。相当多的论者在分析当前底层写作存在的问题时，都指出作家中产阶级化带来的身份位移及其与底层社会的“隔”，是当前底层写作模式化、观念化和流于表面的原因。这种分析自有其道理。但是我想，经验层面的事实仍然不是作家处理底层叙事失当的深层缘由，最根本的还是在于作家在历史与现实的交织中形成的特殊审美思想意识、价值心态和伦理取向。综观最近几年学术思想界围绕底层话题的讨论，争论最多的依然是“何谓底层”、“谁的底层”、“底层的表述”、“底层如何被表述”等问题。对于当下文学发展来讲，“底层”概念意谓何指其实并不重要，重要的是作家表述底层的立场、情感、姿态和话语方式问题。在世界文学范围内，底层写作并非中国独有现象，而是像底层社会那样广泛存在于世界各国文学。单就俄国文学而言，托尔斯泰、涅克拉索夫、高尔基、屠格涅夫、果戈理、民粹派小说家乌斯宾斯基……我们就可以列出一长串的名单。这些作家以其独特的思想魅力和审美智慧给人类留下宝贵的精神遗产，创造出许多堪称经典的优秀文学作品。或许我们会对托尔斯泰对“人民”的宗教式的负罪感，对乌斯宾斯基的“土地—人民性”的超历史道德力量，对俄罗斯作家追求道德良知胜过审美良知的做法有些看法，但难以否认，那些俄国文学知识分子正是因为拥有自己独到的立场，坚执地站在自身的立场审视历史、时代和人民，才使他们的作品获得对民间、底层、人民的独特判断，而这正是他们的创作能够被经典化的重要基础。俄国作家审视问题的基本眼光，得益于俄罗斯文化的滋润，得益于知识分子巨大的精神原创力和他们持之以恒地践行自己的道德理想和人类真理的实践品性。俄国思想家弗兰克在评价他的知识分子同胞时说：“人应当做的只是把自己的全部力量献给大多数人的命运之改善,拒绝这一点的一切人与事物都是恶,都应当无情地消灭——这就是俄国知识分子的一切行为和评价所遵循的古怪的推理链条,它在逻辑上缺乏根据,在心理上却是紧紧衔接的"。[①] 俄国文学就是凭借着作家们的民粹主义式的"人民宗教",建立起表达底层、人民的诗学途径。

俄国作家的幸运却是中国作家的不幸。和西方社会不同,传统的中国社会,中国知识者族群并非作为独立的社会阶层而存在的,他们是官僚的预备队,"达则兼济天下,穷则独善其身";"居庙堂之高则忧其民,处江湖之远则忧其君"……中国知识分子从来没有发展出自身作为独立的社会阶层的职责、立场、话语方式和价值体系。他们总是在进与退、仕与隐、君与民、庙堂与江湖、贵族与平民之间两难逡巡;他们的职责意识和价值取向,他们代表谁说话、如何发声、发出怎样的声音等,总是随着外部环境的变化而变化。正是如此,中国的整个知识分子阶层其实一直没有处理好如何讲述底层的问题,他们缺乏独立的、自足的讲述视点。整个20世纪,中国文学围绕"大众化"问题屡屡展开讨论而屡屡难有结果,其最终的症结就在这里。而返观文学自身,无论是启蒙还是革命讲述,对于底层,作家们讲来讲去都难以绕开传统文化中的"主—奴"权力意识结构,启蒙文学批判的是国民的"奴性"哲学,革命文学承诺的是底层民众"当家做主"这种意识结构,我们不难看到以反传统自居的现代文学知识分子,缺乏思想根基后向传统意识形态的无意识回归。

这种讲述底层的视点匮乏症,在时下的底层写作中要更加严重,因为在启蒙和革命讲述时代,民主、科学、自由、解放等观念还可以为作家支付了讲述底层的历史合理性,但是在今天,当启蒙和革命的讲述双双失效后,作家如何讲述底层,思想资源就变得尤为重要。从当下的底层创作情况看,中国作家显然没有解决好这个问题。底层话题虽说是展示文学知识分子良知和道义的最好场所,但是如何通过展开底

---

① [俄]弗兰克:《俄国知识人与精神偶像》,徐凤林译,学林出版社1999年版,第54页。

层话题培育自己的感悟力，借这些问题的刺激形成自己的理想，培植批判的心灵和健全的心智，——至少从目前来看，中国作家还没有理出头绪来。正是如此，在目前的底层书写中，多数作家都捞起道德主义这根救命稻草，自觉不自觉地把道德主义作为审视问题的基本视点。这一方面当然是与底层这个概念本身所带有的道德神魅息息相关，但同时，与道德主义所具有的先天真理性和话语优势却是分不开的。似乎占据着道德主义的思想高地，就天然地占据着发言的真理席位，就可以弥补作家作为发言者的视点缺席。这样，一种知识分子泛道德主义的思想暴力在文学作品中随处可见。而它在文学中的具体表现形态，可以从两点看得出来：

其一是社会问题的道德化。在底层这个涉及政治、经济和文化等多重元素相互扭结的复杂问题上，多数作家对底层现象缺少宏观的把握和辩证的分析，而是以道德批判凌驾其他问题之上，以道德主义话语形式取代对现实生活的整体分析。相当多的作家都把底层贫民抽象的生存权作为绝对的道德命题放置在作品的中心，以生存权绝然不可侵犯作为批判的逻辑起点，展开对现实和社会问题的批判，而绝少对生存权与现实、社会、历史、人生的深度勾连作立体探讨。尤凤伟的《泥鳅》在这方面很有代表性。小说叙写一群像“泥鳅”那样具有顽强生命力的农民工进城后的遭遇，但作品的主旨却并非表现民工坚韧顽强的生存力和生命力，而是书写“泥鳅”的卑微和毁灭。围绕着“毁灭”这样的叙事预设，小说叙写了国瑞们的命运悲欢，他们之所以进城，既是盼望着“好歹留在城里，没准哪一天就会得到机遇”，亦是出自对乡村“荞麦地里打死人”现实的绝望。乡村的现实恨，迫使国瑞们进城，但进城后城市却并没有给他们提供任何机会，“见了你们这号人就犯恶心”的城里人瞧不起他们，他们遭遇到诸般歧视、侮辱、欺骗、利用、背叛。他们带着美好的梦想走进城市，却在梦想的破灭中走向毁灭。小说中的人物寇兰被逼卖淫；蔡毅江致残后摇身变成黑社会老大；小解走投无路铤而走险抢劫后做起合法生意；王玉城出卖良心做卧底，被愤怒的工人殴打致残；国瑞被卷进融资骗局，最后被送上刑场……这些“泥鳅”们因绝望而寻找希望，但希望本就并未对他们敞开，他们只好再度陷入绝望，在绝望里走向毁灭。但是在作品中我们看到，"绝境"构成"泥鳅"们的生活本质，在这样的绝境里，任凭国瑞们怎样努力、挣扎，都是徒劳无益的，因为绝境依然构成他们生活的本质。问题在于：这种"绝境"虽然在作品中被作家作本质化处理，但是这种本质却是作家道德先验的产物，作家是在一个非常清楚的逻辑结构中讲述着"泥鳅"们的不可能的故事。在这样的叙事逻辑中，"泥鳅"们的一切命运，都是直奔"毁灭"这个叙事目标去的，有了这样的叙事预设，他们的毁灭是正常的，不毁灭倒是有些不合情理。这种道德主义的先验逻辑结构，在20世纪中国文学发展过程中我们并不鲜见。它和早些年的"主题先行"并没有多少差别，只不过把历史批判置换成道德批判而已。而在审美效果和读者的阅读接受上两者却有天壤之别，这是因为阶级论的历史批判更多是观念的、符号化的，而生存论的道德批判却是现象的、情感的。故而，像《泥鳅》、《那儿》这些底层小说发表后引起叫好之声，就不是什么奇怪的事情。

其二是道德问题的社会化。任何道德问题都是社会、历史和文化的特殊产物，这没有错，但道德作为人类的文明形态，它毕竟具有自足的价值体系和判断，因此，在涉及对具体道德现象作判断时，我们应该把上帝的归于上帝，凯撒的还给凯撒。时下中国作家的底层书写，在判断某些道德现象特别是底层人物身上出现的道德现象时，却不同程度地存在着错位的"社会归咎"原则，对于人物出现的非正当性道德行为，作家很少从人物自身角度找原因，而是把所有的过错归咎于社会，归咎于社会的不公和现实的黑暗，以此来强化道德批判的合理性。刘继明的小说《我们夫妇之间》中，丈夫"我"和妻子淑英在企业改制后双双下岗，在叙述家境困顿和底层人物遭遇到的所有困难时，小说没有超出新写实以来物质主义的叙事框架，像其他许多小说一样，下岗女工淑英最后做了妓女。但是在小说中，淑英和"我"有段对话却发人深省："大不了我也像我表姐那样到菜市场卖鳝鱼去！"淑英赌气地说。我瞥瞥她："每天起早摸黑，浑身鱼腥味儿，还赚不了几张毛角子，你吃得了那样的苦？"27岁的淑英皮肤虽然比从前粗了些，面孔也变黑了不少，可身段和五官仍然像过去那么秀气，她没好气地白了我一眼，“那你说怎么办？非坐着饿死不成？”可见，淑英做妓女出卖自己的肉体和灵魂，根本不是社会因素使然，而是有着生命个体人格、性格等的偶在因素，因为至少她完全可以像她的表姐那样，去做自食其力的劳动者。但是，作为工人阶级的劳动者，淑英和“我”却对劳动有着本能的鄙弃（浑身鱼腥味儿），吃不得苦，最后自愿地选择做了出卖灵魂与尊严的妓女。如果说出卖肉体是不道德的，那么这个道德责任主体应该是谁？答案很清楚。这个时候，我们完全可以反过来想，像淑英和“我”这样“吃不得苦”的工人阶级，他们对工厂的依赖在精神形态上意味着什么？如果环境允许，他们会不会同样发育成养尊处优的寄生阶层？我看很难说。而这些，在作家对底层苦难充满同情和悲悯的叙述中都被覆盖了。

这种泛道德主义审视眼光，问题倒不在于它搅混社会与道德之间的界限（实际上道德与社会是分不开的），而在于它以先验性的叙述预设导致道德价值自身的扭曲，带来作家道德探索上的迷误。一方面，在叙述底层的过程中，作家们自然而然地站在底层、弱者的立场上，以代底层立言，维护底层利益，伸张社会正义自居，因而有意无意间形成“贫穷即正义”的这种偏颇的道德认知方式。似乎只要是贫困者，只要是弱者，就不证自明地拥有道德上的正义感，就具有比富人阶层和权力阶层更多的德性。作家们在思想情感上承续着现代革命中的“为富不仁”、“贫穷即美德”的理念，美学上复活了革命文学传统中的“审富”心态。另一方面，作家对社会的整体认知，对人性的审美批判同样存在着某种偏斜。在对社会、现实、权力、经济等外部环境展开批判时，他们的态度是彻底而坚决的；但在面对底层民众的人性弱点、思想局限乃至过错和罪恶时，却颇多犹豫含混。胡学文的小说《命案高悬》，以乡村护林员和看坡员吴响对一桩命案的追踪，揭示当下中国乡村底层社会农民的生存状态、精神状态和农村基层权力运行方式。在吴响追踪尹小梅死因过程中，作家对作为整体性存在的当代农民习惯性的忍气吞声、麻木不仁、人格和人权意识的不觉悟是有所揭示和批判的，但是就个体而言，作家的情感态度却很可怀疑，作家批判的重心显然放在农村基层政权对民众生命的漠视，权力运行中的官官相护、权钱勾结等方面,对尹小梅和吴响这些主要人物,却缺乏必要的省察和批判。尹小梅明知草场不能放牛,却置禁令不顾,最后被关押到乡政府不明不白死去;吴响作为护林员,以权谋私,每次捉住王虎女人私进草场,他都以女人“脱裤子”作为交换放走王虎女人。而尹小梅之死,吴响更是难逃其咎,如果不是吴响处心积虑想把尹小梅“搞到手”,如果不是吴响欲擒故纵故设圈套,尹小梅的劫难完全可以避开。对于尹小梅来说,错可以有轻重,尹小梅错不致死;但对吴响来说,罪与恶就没有大小轻重之分了,古人云:“莫以善小而不为,莫以恶小而为之”。吴响手中有芝麻粒大的权力,就可因私废公、搞权色交易,如果他手握重权,吴响会是怎样的人就不得而知了。作家在塑造吴响这个人物时,其实还是把他喜欢“搞女人”作为人物形象的丰富性和层次感在写的,对他的权色交易,亦是在性格和个性层面来把握的,还没有深入到文化层面作出有力批判。

当代作家叙述底层的视点匮乏症,并非仅仅表现在思想和情感上,似乎还可以在作家叙事视角的选择和叙述方法的确立上看得出来。在现代启蒙文学关于底层的叙述中,不少作家都有以第一人称作为叙述人的小说,而且小说中的叙述人“我”往往就是指代作家自己,或至少是以知识分子的价值视角展开叙述的。不管作家坚持何种判断,作家在作品中敢于大胆明确地表达着自己的思想、情感、价值和立场,这都是不争的事实,比如像鲁迅的《故乡》、《祝福》等。而在眼下的底层写作中,作家们基本上都采用第三人称的叙述视角,即便是使用第一人称,小说中的“我”和作家自身叙述口吻亦大相径庭,比如《我们夫妇之间》的“我”是丈夫角色;《那儿》中叙述“小舅”故事的“我”,是报社的记者;《谁在为我们祝福》中的叙述人“我”是家庭最小的儿子,等等。虽说不能据此就确认当下作家叙述底层的自信力不足,但作为一种征候,它所征兆的时代思想和美学信息,的确耐人寻味。

三、底层写作的道德与美学前景

对于中国文学来说,底层写作具有特别的意义,它不仅关涉到中国文学的美学传统，还与中国社会当代发展的特殊现实相关。如何调整和发展当下中国的底层写作，这是历史和现实给我们提出的严峻课题。目前的底层写作，如果说体现出的是当代中国作家对现实的深刻关切，体现出的是他们的道义和良知，那么，当底层写作最终因题材流行而成为创作的热潮时，中国作家近些年的跟风恶习亦昭然若揭，如同某些评论者所说："一些作家，未必有真诚的'底层关怀'，却因'题材热'、'政治正确'挤进来……致使大量质量粗劣的'底层文学'充斥版面"。[1] 不管底层写作起因何在，它同中国传统审美意识、同现代文学传统有着怎样的深层扭结以及如何评价目前的底层写作，应当明确的是，在经历了一个世纪文学的潮起潮落之后，在新世纪中国文学这个重要的转型当口，我们都需要在一个更为宽广的视野中来审查和思考当前底层文学创作的现状、问题和出路，况且，中国文学的悠久历史，世界其他国家文学的丰富思想和审美经验，现代以来中国文学发展的经验和教训，已经为这种审查提供了重要的基本场域，我们需要在这个场域中参照、借鉴、咀嚼、反刍、消化、吸收，最终融创出底层文学创作的新机。虽说底层文学的某些美学思想命题我们很难在短时间内得到解决(比如文学知识分子讲述底层的思想资源问题)，但这并不妨碍我们以发展的眼光对某些命题作出必要的清理和思考。就当前底层写作来看，我认为以下几点尤为重要：

第一，恢复现实主义的美学思想力量。如果说底层文学在中国有着自身的血脉传统，那么，现实主义就是这种传统最集中的体现。早在《诗经》时期，中国先民们就凭藉着"饥者歌其食，劳者歌其事"的现实主义精神，创作出优秀的诗歌作品。这种现实主义精神对后来的乐府诗、戏曲、小说等民间文学和其他文人文学都产生过深远的影响。20 世纪，由于深受既定的意识形态观念的影响，现实主义有些时候显得面目颇为可疑，但这并非现实主义自身的过错，而是作家对"现实"和"现实主义"的理解偏差导致的艺术实践失败。不管如何理解和评判现实主义，可以

① 曹文轩、邵燕君主编：《2006 年中国小说·导言》，北京大学出版社 2007 年。

说,作为作家的一种人生态度、体验方式和审美建构世界的心理倾向,现实主义永远是文学存在的基本样态,没有现实就没有文学,只要有现实,就难免会产生人们对现实的“主义”与“看法”,因此文学总是“现实”主义的。在今天这个文学时代,在我们的底层文学写作中,我们一方面应当避开历史上现实主义曾经有过的迷误,在当下的历史和现实语境中促进和发展现实主义,使现实主义达到苏联艺术理论家苏契科夫所期望的“人生伟大的史家,人类的特殊的记录,人的思想和感情、希望和筹画的容器”的境界。① 同时,另外一方面,作家们应该以真正的现实主义精神,去拓展和深化底层文学创作的审美空间和美学深度,使底层文学更加具有发现和批判的力量。结合当前底层文学创作存在的问题来看,恢复和发展现实主义的美学思想力量,作家们首先就应当坚持公正地对待世界、平等地审视底层、客观地描述生活这样一些基本的理念。目前的底层文学创作中,作家们最缺少的恐怕就是公正、平等与客观的态度和理念。他们对底层社会与非底层社会、社会与人、城市与乡村、贫民与富有者,等等,并非是在同样的情感和价值平台上展开叙述的。由于受到先验的价值情感预设、二元对立思维模式和斗争美学的影响,作家们在叙述社会外部环境和富裕阶层时,往往是义愤填膺;而在叙述到底层平民时,则充分体现出包容和宽宏大量。在许多小说中,作家们对底层民众、弱者形象的描述和刻画可谓有血有肉,而在处理对立人物形象时,则往往显得苍白而空洞,多是一“恶”了事,缺乏性格的柔韧性和层次感,比如《命案高悬》中的副乡长毛文明、派出所长,《泥鳅》中的女医生等。而有些时候甚至是完全虚写的,比如《那儿》中的“小舅”的对立面,《我们夫妇之间》中的“董事长”、“总经理”们。作家处理矛盾和冲突的方法是非现实主义的,阐释复杂社会现象和道德现象的思想基础也不是现实主义的。其次,作家必须要处理好现实情感和文学情感两者间的关系。现实主义拒绝偏见,但是并不拒绝主观,现实主义同样需要作家主体性的思想和情感的介入,但这种思想和情感必须是独立、自由、公正和平等的,

① [法]罗杰・加洛蒂:《论无边的现实主义》,吴岳添译,百花文艺出版社1998年版,第248页。

这是文学情感与现实情感的真正区别所在。这就是说，在现实生活中，我们可以对以国瑞和杜月梅们为代表的底层弱者抱有人道主义的同情，但是在文学创作过程中，作家却必须尊重文学自身的规律，以文学的情感方式来处理生活和人性的关系，以文学情感节制现实情感。当然，并不是说文学的情感方式就会排斥作家对底层和弱者的同情、悲悯态度，但作家的情感只能融入在语言、人物形象塑造和生活细节的刻画中，通过形象创造寄寓作家的情感和思想，而不是以先在的情感和思想去对生活加以改写。再次，就是作家需有超越是非之“大心”。20 世纪中国作家最大的心理障碍，就是受历史的干扰导致了过度发达的功利之心和是非之心。虽然说文学不能没有是非判断，但是真正好的文学作品、好的作家，都不会拘囿一时一事的是非。作家唯有具备超越具体是非的胸襟和能力，方可冷眼探勘史诗视野中的烦琐人生与人性病痛，穿透无常的历史表象，而不是受制于俗世伦常的是非，为无常的历史造影。唯有如此，作品方可拥有超越时代、历史的恒久生命力。当下的底层写作中，由于底层社会涵纳着太多复杂的人生现象、道德现象和社会现象，作家们的是非之心显得比近些年来其他文学样态更为强盛，他们或为辨别是非而写实，或为评断是非而作主观化的叙写，或为是非所惑扭曲现实与历史。是非之心过度发达，就难以超越现实、现象之外，目光势必会为即时性的现实、现象所拘囿。

第二，处理好道德批判和道德建设的关系。和现实主义美学要求相统一，当下的底层写作，作家应当辩证地而不是片面地对待人类社会和底层生活中的美与丑、善与恶、是与非等问题。虽说批判是文学的基本功能之一，在中国古代美学思想中，“美刺”甚至还占据着相当重要的美学位置，但是，批判并非文学的唯一功能和最终目的，作家也不能单纯地为了批判而批判，为否定而否定，而应当把批判和否定性叙述的目的，建基在一种人性的、社会的和文明的建设性层面，追求其中的肯定性价值。在否定中求得肯定，在批判中求得建设，协调和平衡处理好创作意识中的批判与建设的关系，从而真正地站在历史和时代的前沿，创作出具有深刻思想洞察力和丰富时代表现力的优秀作品。有鉴于此，我认为当下的底层写作作家应当把握好的两个原则就是:其一,是同情地理解历史的主流性原则。在当前的中国社会中,因社会利益分配机制不健全等原因,底层民众的确处在弱势阶层,这当然是需要同情的。但是,在同情地理解这个时代的底层民众——“人”的苦难和不幸的同时,作家同样需要同情地理解“历史”,必须要认识到当下底层社会存在的诸多消极、腐朽现象,既有人为的偶然性因素,更有社会发展的必然性因素。许多问题都是中国社会发展过程中难以避免的矛盾和冲突。中国自改革开放以来,时代的阵痛无不牵涉到历史的隐痛,每种社会现象和人生现象,都暗含着文化变迁的风雨沧桑。作家们在创作过程中只有抓住时代的主流,才能对当下的社会矛盾和问题作出辩证的分析和把握。只有意识到我们这个时代的主流是发展,所有的矛盾和问题,都是发展过程中的问题,并且只有通过发展才能得到根本解决,作家们才能真正地实践现实主义的美学主张,创作出无愧于时代的优秀现实主义作品。其二,与现实高度统一的理想性原则。如加缪所说:“没有一部真正的作品不在结尾给每一个懂得自由并热爱自由的人增添某种内在的自由”。[①] 当下的底层文学作家,在对当代社会出现的各种不正常现象,对现实人类的心理痼疾作尖锐批判时,理当注意到,不管我们的社会和现实中的人存在何种问题,作为人类,我们都有不可摧毁的信念和希望,作家必须对人怀有敬意和信任,写出人类的正面价值情感。作为人类对自身生命状态的一种审美把握形式,文学的目的并不是通过发现社会和人性的黑暗,因此而把人类导向绝望的深渊,而是帮助人类勘探存在的真实境况,发现存在的真相,并由此得到领悟从而在困难中找到未来的理想和出路,这才是文学存在的真正理由和它自身的伦理所在。正如鲁迅发现“铁屋子”意非直指人类失去希望,而是考量有无打破它的可能。小说《药》的结尾革命者夏瑜坟头会有一圈小小的花环,真正优秀的按照人道主义写作的作家,决然不会只取批判、破坏、否定的态度,而彻底取消建设与肯定。因此,在创作中,作家应当着眼于建设,去发现内在地包含在人物形象真实

① 柳鸣九:《20世纪现实主义》,中国社会科学出版社1992年版,第247页。

生活和生命形态中的自由意志、创造性激情，去发现存在于人物生命理解中的希望、信念、信心、热爱和美，以作家对真、善、美的理解，启示和指引人类对真善美的热爱和追求。这样的文学，是温暖而充满善意的；这样的作家，是值得我们尊重的、真正的人道主义作家。

第三，重建新的启蒙思想视野。当下底层文学出现的问题，根柢还在文学知识分子讲述底层的合法性危机。这种合法性危机，虽有知识层面的“学统”问题，但关键还是价值思想层面的“道统”问题。如果说西方知识分子是以社会批判作为自己的职志所在，那么他们的思想武器，无疑就是西方社会历史性地发展出的一套人文主义知识和价值体系。早在“五四”时期，中国作家就曾经借来西方的自由、民主、平等、个性、科学等“普罗米修斯之火”，试图以西方的“人文精神”来颠覆和改造中国传统的“人伦精神”，以这些新的思想理念启发国民心智，但是，由于特殊的社会、历史、文化状况，这场大火并未形成燎原之势，而是很快被革命的圣火所取代。中国的老庄道学原本可以形成批判性思想，但因偏逢乱世最后发展出的却是避祸哲学。现在重提底层文学的启蒙思想和启蒙视野，倒不是说底层文学创作必须要建立起知识分子言说的文化合理性，况且这种文化合理性的建立并非一朝一夕之功，而是说，我们必须要有一个审视底层问题的基本视野。就此而言，我们需要思考的是底层写作作为文学存在的基本价值和我们所处时代的特殊时代精神问题，为何言说底层，如何言说底层，都需要在文学基本价值和时代精神这两个基本框架内进行。这里，我很难就文学基本价值和时代精神作出恰如其分的解释，但是我想，人类的自我发现、自我解放、自我实现和自我发展，无论如何都应该构成他们的轴心思想，这是文学和人类文化建设的根本要义所在。在这一切尚未能得到最终实现的时候，启蒙就是未竟的事业。因此，无论我们把理性主义、个性主义当作启蒙的哲学基础，还是把“唤醒世界，祛除神话，并用知识代替幻想”视作启蒙的最后纲领，[①]启蒙都是文学的重要课题。当下的底层文学创作，理应回到这个根本道路上来。

---

① [德]霍克海默、阿道尔诺：《启蒙辩证法》，渠敬东、曹卫东译，上海人民出版社 2003 年版，第 1 页。

作家们应当以人的价值为核心价值来引领文学创作。当代中国处在特定的发展阶段,政治、经济、文化的发展,都必须围绕促进人类的共同进步、幸福与和谐。和"人"相比,政治、经济、文化等都不过是人的合目的性的再造物,因此,人的价值是作家衡量评判政治、经济、文化发展的轴心价值。很显然,当前的底层文学作家对此是有认识的,大多数的作品,作家都把底层民众的生存权和生命权作为核心价值来叙述,并由此展开对社会现实的批判。但是,当作家们有意无意地取消底层人民的精神生活,千篇一律把底层人民叙述成只有动物式的物质要求、内心充满着无穷欲望的人物,是否还能体现出他们对底层人民的人道主义关切?实际上,这种把底层人民粗鄙化的叙述方式,在当下的底层文学作品中可谓比比皆是。许多小说中,作家们一边叙述着底层人民的苦难与挣扎,一边却大书特书底层人物动物式的欲望生活,比如《谁在为我们祝福》、《我们夫妇之间》、《泥鳅》、《那儿》等,叙事的基本构造就是"女人卖淫,男人偷情",前者指向社会伦理批判,后者则表征出某种简约的生命原欲伦理,但总体而言,这些表面上看来严肃的底层小说,却处处充满着艳情的意味,这无疑降低了底层写作的美学品格。不是说底层人物就必须是正义的、严肃的,而是说作家对底层人物的人道主义关怀不能仅仅停留在食、色、性这样的简单层面,在关注底层人物的物质生存状态时,作家同样需要关切他们的精神和道德生活,去思考我们这个时代物质发展和精神发展在底层社会的思想纠缠。在这一点上,当代作家做得显然还不够,他们过度关注的是底层人物的物质性存在,却忽视或者忽略了他们的精神性存在。作家们总是以片面的人道主义姿态同情着、怜悯着"底层",却很少像鲁迅那样尖锐地解剖底层社会的人性病痛,社会的批判压倒了人性的批判。他们的作品染上浓厚的"社会问题小说"特点,却少了些"为人生"和"人的文学"的旨趣。

第四,在中国诗学传统中整合底层写作的美学思想经验。底层民众的文学创作,历来就是中国文学的重要构成,只是20世纪以来,随着社会分工日渐细致和"作家"职业的专门化倾向,民间创作才最终淡出文学史视野。因作为知识分子集团的"作家"的现代定形,中国文学完成从古代的“泛文学”到现在的“纯文学”的过渡。现代以来，文学创作似乎成为文人作家的专利，举凡论文学者，莫过小说、诗歌、散文、戏剧，古代民间底层化诗为词、化词为曲的巨大创造性激情，百年文学史上难觅踪迹。“文变染乎世情，兴废系乎时序”，文学的变化虽说是常有的事，但传统底层文学创作给我们积累了丰富宝贵的美学思想经验，这却是不争的事实。最近若干年来，中国文学经历着继晚清和“五四”时期现代转型以来的再次深刻转型，经历着由经济杠杆调节、科学技术和全球化影响下的文学从生产、传播、阅读、书写、介质到观念形态和文体边界的全面转轨，并且涌现出许多新的文学现象。在这个文学大变局中，我们如何看待传统底层文学的美学思想经验，可否把当下的底层文学纳入传统底层写作框架中加以讨论，传统底层写作的美学思想经验在今天如何完成它的创造性转化，可否实现传统底层文学与当下写作经验的对接等，这些问题都是饶有意味的。它们不仅对底层文学自身的建设具有启发意义，而且对中国文学整体发展有着重要借鉴作用。当然，对于这些问题，目前我们还很难给出答案，不过我们可据此提出这样几个相关性论题：首先，就是“底层”表述的中性化问题。在传统文学视界里，“底层”虽有社会等级意味，但总体而言却是中性的社会学表达概念，然在20世纪的文学表述里，底层概念被塞进了过多的历史的、政治的、经济的、道德的等内容，故而作家在叙述底层时，自然会赋予底层特殊的意识形态含义。当底层是作为中性概念存在的时候，底层文学应该就是关乎底层生活和底层情感的平实的文学；而当底层被政治化、道德化以后，底层人心百态、风土情物这些更具审美价值的内容往往就难免会被某些观念所征用和篡改，最终使底层失去其本真蕴含而成为观念化的叙述符号。当下的底层写作，如何对“底层”作意识形态的消磁处理，使其更显生活化内容，应该值得我们考虑。其次，就是底层写作的主体性与“纯文学”问题。如前所说，中国古代社会“作家”身份的独立性不强，所以民间底层社会的文学创作获得了和文人文学鼎足而立的机会。但是在当下语境中，在“纯文学”观念的支配下，底层文学的主体已经被置换成知识分子，即便有底层写作(底层写),如果不符合现有的“纯文学”理念、范式,甚至传播方式(公开出版和发表),也很难被纳入“文学”的范畴来看。在这种“纯文学”对底层原始写作的压抑中,类似民间歌谣、民间故事、民间戏曲乃至其他样式的底层创作,不仅是现在,恐怕将来都很难被接纳,而类似“打工者文学”这类的作品,往往亦多在网络或地摊上传播和流布。当底层被隔离在“文学”门槛之外时,文学史上曾经有过的底层社会的辉煌艺术创作经验,在未来的文学史上即将断流,而底层创作的审美精神、情感意志等同样很难借助文学表达出来。因此,今天我们可否以开放的“文学”观念来重新审查底层的艺术创作,这是另一个待解的问题。

最后,是底层写作过程中底层社会与知识分子社会的价值共通问题。从中国文学的传统来看,底层民众创造的底层文学和文人作家的底层文学,两者存在着题材选择、叙述立场、动机、风格、修辞等方面的很大不同。民间底层社会自有民间底层社会的生活、思考和情趣,故民间底层社会的文学创作自有其独特意蕴和风格,朱熹说风诗“多男女相悦相念之辞”,意即在此。而文人文学的底层叙述,情感逻辑上不外是忧叹和同情,道德姿态上难脱知识者的自我优越感,因此,两者的“隔”就是不可避免的。知识分子自说自话式的底层写作,究竟需要与否、能否得到底层社会的认同?至少从20世纪以来的文学发展情况来看,单从“大众化”、“民间化”、“口语化”等运动的频繁上演,我们就不难看出,知识分子的写作是需要底层认同的,但知识分子的底层写作能否得到底层的认同,这倒的确是个问题。因为,两者的“隔”并非仅仅是形式美学与接受问题,更为深刻的冲突,是体现在两种社会阶层的思想、情感、价值差异等方面。所谓“雅俗共赏”,如若仅仅出自形式因素思考,而不考虑思想、情感层面的共同美和共同善等,则很难真正达到“共赏”。但是,20世纪我们所做出的文学民间化努力,要么纯粹定位在艺术形式层面,不考虑思想和情感问题,要么是要求知识分子彻底地放弃自我,做底层民众的学生,接受“再教育”,强调的都是两种社会阶层之间的差异性,从来没有把底层写作与知识分子写作的价值共通性问题拿出来考虑。所以,即便是赵树理那样的“代农民立言”,或者如莫言所说的“作为老百姓的写作”,所确立的仍然是以遮蔽和压抑某方面的存在为主导的叙事方式,还没有接触到两者的价值共通性问题,而无论是遮蔽、压抑底层还是放弃知识分子的自我立场,都不是打通底层和知识阶层价值共通的最好出路,也最终难以建立知识分子话语和民间底层社会话语的视界融合。这一点,是当下底层文学需要作出进一步反思的。

第四章　革命叙事:道德革命与“革命”的道德

新历史小说作为文学思潮已经终结,然其累积的文学思想经验却仍需总结,特别是内含其中的重述革命的另类叙事经验就更是如此。“革命”[①]不单纯是意识形态构造的“现实”,同时也是道德问题,姑且不论革命者如何将他们的“个人之善”和所追求的道德真理诉诸革命实践,单就革命提出的各种主张而论,就是切实的社会道德理想与实践问题。新时期至今,重写中国现代革命历史的小说大致可分为两类:一类是以魏巍《地球上的红飘带》、周而复《长城万里图》、王火《战争与人》、黎汝清《皖南事变》、徐贵祥《历史的天空》等为代表的现实主义路向的小说;一类就是新历史小说。就作家们对革命的观念认知和价值确认而言,第一类作品与“十七年”时期并没有多少本质的区别,因此,这里将不作重点讨论。我们重点要探讨的,是新历史小说的革命“新”叙事。或许我们都会承认,新历史小说的革命叙事,是以对“十七年”时期经典革命历史小说的纠偏植入人们的文学史记忆的。但是需要追问的是:新历史小说作家在以对“革命”的颠覆态势突破当代经典革命历史小说的意识形态拘囿以后,究竟为我们提供何种新的革命叙事经验?新历史小说作家的革命叙事,在精神形态上提供了哪些新的革命道德认同?他们对革命的重新述说,揭示出多少为人耳目一新的道德审美意蕴?这些问题并非可有可

① 现代中国革命包括新中国成立前以战争为手段的政治、民族革命和新中国成立后以阶级斗争、思想改造为手段的经济革命与文化革命。两者性质有所不同,本文所使用“革命”概念,意指前者。

无，而是事关中国文学革命书写或者说中国作家革命书写从事件化、表象化、观念化向“革命文化”深层掘进的重要命题。一方面，革命是20世纪中国最重要的现象，对中国社会的发展以及人们的历史观念与价值观念影响深远。历史地看，甚至可以说，革命是中国社会发展最重要的动力起源，一部中国社会发展史，就是天命轮回、王朝易姓、乱治更替的革命演变史，以至于有学者指出，“革命在中国人的心目中总是一个再度认同的信仰”[①]；另一方面，自鲁迅的《阿Q正传》始，从左翼文学到新中国成立以后的“十七年”文学，直至上世纪80—90年代的新历史小说，乃至当下《激情燃烧的岁月》、《亮剑》、《潜伏》、《地下地上》、《沧海》等影视剧的热播，革命被中国作家反反复复写了将近一百年，但是这一百年，中国作家的革命书写究竟有多少经典之作问世，却是值得追问的严肃问题。

一、“身体”：革命伦理的修辞与辩难

论述新历史小说革命叙述的道德革命与对革命的道德呈现，不能不提及当代传统意义上的革命道德哲学基础。和中国历史上的其他革命相比，现代中国革命最大的不同，就是突破了历史上其他革命的道德神秘主义（诸如“苍天已死，黄天当立”、“替天行道”等）的文化幽暗性，在现代道德价值基础上建立起革命的理念、理想与主张。在《中国革命与中国共产党》、《新民主主义论》等文章中，毛泽东指出，中国革命的任务就是推翻“帝国主义和封建势力”“这两个主要敌人的民族革命与民主革命”；革命在性质上是属于“新民主主义的革命”。[②] 这种革命理论的形成，与近、现代以来民族国家观念在中国的确立，马克思主义和俄苏革命理论的输入以及“五四”以后西方的民主、自由、平等、民权等观念的引入都有密切的联系。但是在“非明言”（甘阳语）的层面上，现代中国革命与人类历史上的其他革命一样，都是以某种“道德正确”为先验预设，召唤

---

① 李向平：《信仰、革命与权力秩序》，上海人民出版社2006年版，第2页。

② 毛泽东：《中国革命与中国共产党》，《毛泽东选集》第2卷，人民出版社1968年版，第609页。

起民众对于革命的道德敬意。现代中国革命的道德内蕴,与传统中国的“天下”观念及拯时济世的使命意识有着文化血脉上的联系,但在现代中国,它们更多转化为民族“解放”、底层民众“翻身”、人的“自由”、社会“民主”等诸如此类的现代理念。因为革命代表着如此的价值向度,“革命者”就不证自明地占据着某种道德高地,而“反革命”自然而然就不是与革命为敌,而是与先验的道德价值为敌,毋庸置疑地成为人民的公敌。当革命所代表的价值理念拥有如此道德高度和道德优势以后,革命者的革命,就拥有着宗教徒式的为信仰献身的献祭者的崇高意味。诚如美国学者布兰察德所说,“将对个人德行的追求与严格的自我克制、自我否定,甚至自我摧残结合在一起,是圣人、殉道者社会改革者和革命者的共同特征”。[①] 至少就文学领域来看,“十七年”时期中国作家对现代革命的历史书写,革命宛然是与宗教有着内在偶合的。《青春之歌》中林道静走向革命之路,就有着宗教徒般的虔敬,她的苦行与灵修精神,折射出的是她对革命的沉重负罪感。小说中,林道静地主家庭出身,内涵着她对革命与生俱来的负罪;而她的生母贫苦家庭出身,遭其父亲强暴而生下林道静,在为林道静的革命“原罪”赎罪的同时,还埋设了林道静参加革命的内在合理与可能性。在《林海雪原》、《红日》、《红岩》、《保卫延安》、《红旗谱》等作品中,众多英雄人物同样是在自我牺牲、受难与痛苦中追求廓然大公的超越革命者个人生命存在的道德之善。

对于“十七年”经典革命历史小说的道德哲学观察,身体修辞是一个非常有效的观察点。在革命的众多理论中,一个基本的道德正义命题就是大众的“翻身”。但在革命者的信仰价值体系中,身体却并非是作为生命的原初载体存在的,而是类似于检验革命者信仰忠诚度的试金石。小说《红岩》中的江姐、许云峰等面对老虎凳、吊索、带刺的钢鞭、撬杠、电刑,甚至竹签钉进十指,始终坚贞不屈,“毒刑拷打,那是太小的考验。竹签子是竹子做的,共产党员的意志是钢铁铸成的!”革命者的信仰正是通过“身”对苦难的承受得到忠诚的检验。这种情节模式在现实中,则有黄

① [美]布兰察德:《革命道德:关于革命者的精神分析》,戴长征译,中央编译出版社 2004 年版,第 16 页。

继光、董存瑞、邱少云等英雄的舍“身”得到印证。在《“灰阑”中的叙述》一书中，黄子平曾较为详尽地分析了革命历史小说的宗教修辞。革命对革命者“无性的身体”改造，“‘英雄血’还在，但那是‘集体英雄’，集体英雄是中性或无性的，不分男女”。[①] 如此描述，我们尽可体悟到“身体”在革命价值谱系中的尴尬。深含意味的是，身体对英雄的成长或许可有可无，但是在对“反革命”的道德批判话语中，却被圣洁化了。特别是女性身体的被觊觎或玷污，构成作家批判反革命者阶级恶性和他们不可饶恕的罪恶的不二法门。像《白毛女》中黄世仁对喜儿的强奸，《王贵与李香香》中地主崔二爷对李香香的威逼利诱，《创业史》中富农姚士杰对栓栓媳妇素芳的诱奸（并挑唆她勾引梁生宝），《林海雪原》中“定河道人”宋宝森修善堂藏女人……在所有这些细节中，作家们都沿袭着“万恶淫为首”的道德观念，通过女性的身体修辞，完成对革命对立面者的“不道德”形象塑造。

新历史小说对传统革命历史小说的颠覆，当然有意识形态的谋虑在内，不过从道德修辞与审美的角度看，身体同样是作家们展开道德颠覆的重要切入点。如果说“十七年”时期作家的革命讲述，展示的是革命的社会学分析意义，那么在新历史小说中，革命的道德却被种种与身体有关的人性病理学分析所置换。如格非的《大年》、池莉的《预谋杀人》、刘震云的《天下故乡黄花》、李锐的《传说之死》、王蒙的《恋爱季节》、铁凝的《棉花垛》、陈忠实的《白鹿原》等，都有从人性的感觉、意念、欲望、非理性的潜意识等层面解读革命的趋向。“革命的主角参加革命，不是经典马克思主义理论家描述的阶级意识的觉醒，革命必然性起源于阶级的对抗。他们更多地表现出‘条条道路通革命’的多元色彩，从而复制出一幅盲动含混的革命镜像，革命的起源裸露出一向被忽略的侧面”。[②]

因为经典革命叙事对人的身体与欲望压抑得太久、太深，作为一种反拨，新历史小说作家普遍在一种泛滥的革命的身体性阐释中获得了某

① 黄子平：《“灰阑”中的叙述》，上海文艺出版社 2001 年版，第 64 页。

② 雷鸣、马景文：《历史的哗变与圣者的遁逸——论新历史小说的革命叙事》，《河北学刊》2006 年第 1 期。

种撒欢式的、报复性的快感。在身体作为革命的动力学起源得到审美呈现的同时，新历史小说作家还不约而同地写到众多革命者或者准革命者的身体毁灭。与经典革命历史小说通过牺牲、受难等身体的“献祭”形式，为革命赢得胜利从而获得崇高的正义感不同，新历史小说作家叙述到的身体毁灭，多是以一种命运的偶然和无意义的形式，呈现出“生命之轻”。《白鹿原》中，鹿兆海由铜元决定投身共产党组织，白灵则选择国民党。然而，最终却阴差阳错，鹿兆海为国民党的事业捐躯，白灵成为坚定的共产党员，并在革命成功后被自己人活埋。李晓《相会在K市》中的知识分子刘冬与他的女朋友对革命均有宗教般的狂热，“八·一三”以后积极投身抗战，编小报、油印散发传单、慰问伤兵、朗诵诗歌……刘冬作为知识分子，他对革命的选择，在中国现当代文学的人物谱系中可谓屡见不鲜。过去的文学经典叙述中，作家们往往会在开敞的时间和空间结构中，展示刘冬作为知识分子是如何在革命的熔炉中祛除小资产阶级的个人虚妄性，然后历经灵魂的百般考验百炼成钢。但在新历史小说作家的笔下，刘冬却在投身革命的前夕，被作为奸细处死。白灵和刘冬之死，都是轻如鸿毛。白灵的死，体现的是革命自身的残忍，而刘冬则多有命运神秘主义的色彩与意味。如果再联想到乔良《灵旗》中，党代表被革命阵营以“咬卵弹琴”的残暴方式处死，革命在“思想”斗争中对身体的残暴，恐怕就更有深深的寒意。

在新历史小说作家的革命叙述中，一个饶有意味的现象，就是革命和革命者、被革命者与革命行动的身体病理学隐喻。这种革命的身体病理学隐喻，在鲁迅的《药》里就有堪称经典的使用，革命者夏瑜作为社会病症的诊断者与治疗者，他的鲜血却被做成“人血馒头”，用于治疗华小栓的“痨病”。而在新历史小说中，尽管作家们并未写出鲁迅式的触目惊心的景象，但是革命与疾病的关联却无处不在。《大年》中唐济尧“乡村医生”的身份，玫“苍白”的脸相以及玫脸相的“苍白”给唐济尧带来的情欲；《预谋杀人》中王腊狗患“天花”留下的“麻脸”女人等，都把疾病植入到革命的叙述当中，构成故事的转折与关联。最典型的当属刘恒的《逍遥颂》与阎连科的《坚硬如水》。两部小说都以1966—1976年之间的特殊历史为背景，前者叙述一群少年创立“中华红卫兵第一红色方面军第一突击兵团第一快速纵队独立八八八少年赤卫军”，试图掀起全国乃至全球的革命新高潮；后者写疯狂年代革命狂热的追随者高爱军、夏红梅的革命臆想症与情史。两部小说叙述的故事形态虽有很大不同，但在立意上，都有以疯癫、偏执、自虐狂、妄想症、受虐狂等精神疾病，展开书写革命内在魅惑的心机。《逍遥颂》中那群疯狂而亢奋的少年，通过革命的激狂获得致幻的快感。《坚硬如水》中夏红梅患上了革命的“魔病”，在虚幻的狂想中，想当然地以为受到毛主席的接见，“回到镇上见谁都伸出手来让人家看，说毛主席握的就是那只手。这样她那只手就不拿筷子了，不沾水洗手了，说毛主席手上的热气还在她手上呢。”两部小说对革命的身体病理学的最好隐喻，就是革命与性的勾连。革命的迷执与性的遐想、革命的血性与性的亢奋、革命的臆想与性的虚幻、革命的血腥与性的肉欲、革命的脆弱与性的虚脱、革命的阴暗与性的潮湿……无论是《逍遥颂》中那群少年革命者，还是在《坚硬如水》中的高爱军、夏红梅身上，都得到充分的艺术呈现。

二、“人性中心论”：道德革命及其问题

新历史小说革命叙述对传统经典革命历史小说的突破，当然并非局限在身体美学或身体伦理层面，而是在多维度、多方面展开的。这里选择身体作为分析视角，是因为身体本身就是价值观的问题，并且包含着相应的时代与历史文化内涵。作为一种道德文化符号，通过对身体在革命历史小说中的衍变的分析与把握，可以得出结论：相对传统革命历史小说，新历史小说作家的革命叙述自有其道德拓展与审美创新价值。主要就表现在：

其一，道德价值方面，新历史小说作家的革命叙述中对身体的重视，并非单纯是在“物”的层面上解放了身体，更为重要的，是在人道主义的精神层面接通了与现代人文主义的联系，体现出对人作为生命物的还原意识与尊重。这点，与传统革命历史小说过度强调观念的道德正义，强

调个体对观念正义的“献身”，忽视生命价值有所不同。乔良的《灵旗》，叙述半个世纪以前的湘江战役。半个世纪的风雨沧桑，战争的正义与非正义，战争过程中红军将士行为的英雄或者非英雄，一切都变得不再重要。重要的是“湘江之战，死伤过半”的战争惨烈，生命的消逝以及红军内部血腥清洗的荒诞。小说通过对叙述人身份的设置——由红军逃兵青果老爹来叙述那段掩埋在历史深处的往事，这种叙述人身份的合法化，其实已经消解了正统意识形态的价值取向。像《灵旗》这样祭起生命至上的“灵旗”，瓦解历史道德理性对生命的漠视的作品还有很多，尤凤伟的《生命通道》、赵琪的《苍茫组歌》等有相当的代表性。新历史小说作家对生命的尊重，同时隐含着对“革命”的观念反思。尽管我们很难从作家们的直接表述中，看到他们对“革命”的直观理解，但是通过众多作品，仍然可以看到作家对现代中国革命“一个阶级为推翻一个阶级的暴烈的行动”[①]的美学反思。尤凤伟的《诺言》，借助知识分子出身的易队长的视角，对农民在土地革命中的暴力行径就有深刻揭示。小说中的暴行，显然不是阶级仇恨能够解释得了的，它与人性深处的残忍与凶暴密切相关。而当这种残忍被革命激发出来，并在革命叙述语境中被正当化，就不得不引起我们对革命自身的反思。

其二，在革命的历史审美认识论方面，新历史小说作家的突出贡献，在于完成了“观念的历史”向“人性的历史”的转化。作家们不再按照“十七年”时期由革命道德理性来解释人性的方式来写作，而是通过对人性的踪迹寻觅，审美地把握和解释革命的历史。“十七年”时期经典革命历史小说，人物及其行为的是非善恶，乃至人物的外部形象等，都由某种先验的道德预设安排和决定。革命首先是义正词严的观念，然后才是由革命的观念派生出的人的进步与落后、革命与反动、善良与丑恶。这种认知最大的问题，就是祛除了近代历史学家们反复强调的对于历史的“社会心理学”与“史心”的尊重。如同雅斯贝尔斯所说，“历史是一个舞台，在这个舞台上，人能够显示他是什么，他能做什么，他能成为什么，他擅

① 毛泽东：《湖南农民运动考察报告》，《毛泽东选集》第1卷，人民出版社1968年版，第17页。

长什么”。[①] 历史虽然是一系列过去发生的实实在在的事件，但所有事件都是人心的结果。祛除历史的“史心”，以观念的是非来判别革命和革命人物，其必然产物就是塑造出朋霍费尔在他的《伦理学》中所批评的“超人精神”、“半神本质”等“不真实”的人。[②]

其三，是小说本体范式方面。新历史小说作家普遍从传统的道德必然律向当下的道德偶然律转化，由此而带来小说叙事质态的变化。如果说“十七年”时期的革命历史小说，作家们是在革命意识形态的普遍伦理规训下，“主要讲述‘革命’起源的故事，讲述革命在经历了曲折的过程之后，如何最终走向胜利”的历史必然，[③]那么，新历史小说的革命叙述，因为“人性的历史”的叙事差别性，作家们更愿意在一种生命个体的特殊伦理中，细致入微地叙述革命在个体生命感觉中的生动景象。革命的发生，革命者道路的选择、命运的转折、生死的逆转等，在新历史小说作家笔下都充满着一种人性内部的隐秘与命运的无常。新历史小说作家对道德偶然律的叙事学呈现，体现出的是对“小说”的基本尊重，因为，正如刘小枫在提出叙事伦理这个概念时所强调的，“叙事伦理学总是出于在某一个人身上遭遇的普遍伦理的例外情形，不可能编制出具有规范性的伦理规则”。[④] “小说”之丰富、广袤与复杂，并不体现在作家对历史道德理性与人性“本质”的“深刻”揭示，而在于作家在个体生命痕迹的特殊性中，展开对道德特殊状况的关切。因此，注重必然，小说的叙事必然会被同质化；注重偶然，方可深入个人的生命奇遇并从中转出“类”的普遍伦理感觉。正是在这种意义上，新历史小说作家的革命叙述突破了传统革命历史小说的理性伦理学同质化形态，给我们提供了诸多充满复杂道德经验的叙事文本。

在承认新历史小说革命叙述的突破性成就的同时，必须要看到，新历史小说的革命叙述还存在不少问题，最为突出的一点，就是作家

---

① 转引自许苏民《历史的悲剧意识》，上海人民出版社 1992 年版，第 4 页。

② [德]朋霍费尔：《伦理学》，胡其鼎译，上海世纪出版集团 2007 年版，第 84 页。

③ 洪子诚：《中国当代文学史》，北京大学出版社 1999 年版，第 107 页。

④ 刘小枫：《沉重的肉身》，上海人民出版社 1999 年版，第 4 页。

普遍存在一种“人性中心论”思想。这种思想对新历史小说作家创作的影响与局限，倒不是因为人性化叙述的方法之谬，而是作家们在以人性作为审美视角，对革命历史作出审美阐释的时候，不同程度地存在着把人性绝对化、单一化的现象，并以此排斥其他话语的叙事介入。诚如所知，人性作为人之存在的本质特殊性，是多层面、多向度的，既有人作为生命存在物的一般物理特性，也有人作为社会存在物的其他特殊规定性。如卡西尔所说：“我们不能以任何构成人的形而上学的本质的内在原则给人下定义；我们也不能用可以靠经验的观察来确定的天生能力或本能来给人下定义。人的突出特征，人与众不同的标志，既不是他的形而上学本性也不是他的物理本性，而是他的劳作（work）。正是这种劳作，正是这种人类活动的体系，规定和划定了‘人性’的圆周”。① 人性是自然与社会的统一。但是在新历史小说创作中，不少作家对人性的理解，都还有意无意地停留在“动物性”本能与“自然生命力冲动”这个层面，人性的形而上学、人的社会属性被剥离出革命的叙述话语。在告别传统革命历史小说的社会“宏大叙事”以后，人性的自然法则与阴湿的成分，构成新历史小说作家图解革命的一种新的叙述源码。性、自私、权力欲望、残忍的暴行、冷酷无情，等等，几乎可看做是作家们叙述革命的大部分内容。

当革命者作为道德主体的社会普遍性被充分瓦解，自然普遍性被拉入到小说叙述的中心位置的时候，新历史小说作家试图反抗革命的道德形而上学，追求个体生命存在的道德感觉的特殊性，势必就会陷入到一种新的悖论当中，那就是以“自然生命力冲动”的道德普遍性取代革命经典叙述的历史理性规划的道德普遍性，作家们在嘲笑道德普遍性的同时，却以另一种道德普遍性取而代之。正是如此，我们可以提出这样的疑问：人的“自然生命力冲动”当然是一种生命的客观存在，那么，对少数真正的革命者而言，英雄主义、献身精神、自我牺牲包括谋求社会解放和大众幸福，是否就不能构成革命者的道德特殊性？就必然是一种意识形

① ［德］卡西尔：《人论》，甘阳译，西苑出版社2003年版，第119、120页。

态虚构的“不真实”神话？我们何以能够接纳无数像“豹子”那样凭借着生命力冲动走向革命的伪革命者，就难以承受“江竹筠”、“刘胡兰”等为自己的社会理想而献身的真正的革命者？实际上，不管我们怎么看待人类历史上的革命，不可否认的是，在革命的历史链条当中，向来就不缺乏像马克思、列宁、孙中山、毛泽东、甘地、格瓦纳等真正把革命和个人的道德信仰、社会主张联系在一起的革命家。美国学者布兰查德在提到孙中山时说：“很明显，孙逸仙认为他只是一个要为中国人民带来道德上的改变，才去寻求权力的人”，“要在人民中树立道德权威和为人民创造一种特别的革命道德的愿望，很明显成为孙逸仙身上一种持久的和占统治地位的冲动”。[①] 非常清楚，布兰查德是用一种深具洞见的道德措辞，而不是意识形态的政治分析解读孙中山的。这至少表明，革命并非总是令人厌恶的“意识形态”问题，同时还有个人的道德真实。

反观近些年新历史小说作家的革命叙述，作家们更多是以一种类似于“豹子”这样的“匿名的大众”虚构的“革命者”为叙述对象，来讲述“世俗伦理”层面的革命故事，而对于某些可以上升到“神性伦理”层面的英雄故事，新历史小说却呈现出惊人的空白。相反，倒是在被新历史小说作家普遍视为“不真实”的主流革命叙事中，作家对革命者的革命情结、情感意志与生命情态的把握，却展现出令人感动与震惊的“真实性”。如石钟山的中篇小说《父亲进城》以及据此改编而成的电视连续剧《激情燃烧的岁月》里面的石光荣，就是一个既有历史真实同时亦有人性真实的鲜明形象。石光荣对革命的信仰、对革命的忠诚、对战火纷飞岁月的悠长记忆，的确有着作为老革命者和老军人的深刻的道德特殊性。“男儿何不带吴钩，收取关山五十州”，“醉卧沙场君莫笑，古来征战几人回”，对于石光荣那样在战争中成长的老兵来说，战场是体现其自身价值、体现个人存在必要性的最好场所。当战争的硝烟已然远去，石光荣的落寞、感伤、无聊，就决然不是一种战争狂热催生的心理病症，而是来自于特殊生命个体交相辉映的一种革命“乡愁”。这种乡愁，不仅有它的历史合理

---

① [美]布兰察德：《革命道德：关于革命者的精神分析》，戴长征译，中央编译出版社 2004 年版，第 237、239 页。

性内涵,同时还有着重要的人性合理性,是革命历史深处的一种难得的真实。但是,在新历史小说作家的笔下,我们是很难看到这种真实的。作家们在以一种放低人性的写作方式抗辩意识形态革命书写的虚妄性,抗拒革命对人性真实的遮蔽的同时,不经意间却遮蔽了内涵于革命中的另一种历史与人性的真实。这不能说不是新历史小说的遗憾。他们的真实诉求,注定是一种有偏见的“真实”。

正是如此,指望新历史小说作家“辩证地”看待现代中国革命的是非功过,正视革命对于民族独立、民众解放、社会发展的积极意义,只能是一种奢望。因为受“人性中心论”的影响,新历史小说作家在人物塑造方面,也存在难以克服的偏颇。许多新历史小说作家在塑造人物时,普遍性的做法,就是故意和经典革命历史小说的阶级论和出身论对着干,在经典革命历史小说确定的“进步阶级”或“好人”身上,新历史小说作家偏偏要写出他们潮湿的内心、阴暗的人性;而在经典革命历史小说典律化的“反动阶级”和“坏人”身上,作家们却又偏偏要写出他们的美德与良知。革命的与反革命的,在道德层面上难分轩轾。在作家们的隐性思维中,“不道德”的革命者,似乎就具有了解构革命道德神话的叙事功能。比如说《大年》中的乡民豹子、《预谋杀人》中的佃户王腊狗,作为最具革命内驱力的农民阶层,作品中可谓恶贯满盈、阴险狡诈,而地主丁伯高、丁宗望等却深具民族大义、秉持气节,深涵令人敬仰的德性。当然,这种把握人物的方式并无问题,谁都不能说,我们能以财产的多寡、阶层的分布来划定人的道德境界。不过,就新历史小说而言,作家们如此颠倒经典革命历史小说的阶级道德设定,其根据不在道德“阶级论”荒谬的知性自觉,而在内心捣毁神像的顽童式撒欢。一个具有反讽意味的证明是,在当下底层文学中,作家们却不约而同地玩起“为富不仁”的审美游戏,现实生活中“男人有钱就变坏,女人变坏就有钱”的口头禅,在文学叙事场域下却构成屡试不爽的法则。革命历史小说构造的财富与道德的机械论约定,在当下中国作家笔下同样具有普遍性。虽然底层文学与新历史小说不可等而视之,但其中隐含的时代道德判断与审美风尚,却具有文学史的内在统一性。

三、“史识”与“史心”：回归真正人道主义

从文学史的视野看，这些年来新历史小说作家的革命叙述，无论是从题材、主题、情节模式、故事的构造上看，还是在审美立意方面，其实都并没有超出鲁迅的运思。在《阿Q正传》、《药》等小说中，鲁迅很早就写到当代作家乐此不疲地反复书写的革命与性（阿Q调戏吴妈与小尼姑）、革命与掠夺（阿Q与金银财宝、秀才娘子宁式床、白盔白甲革命党深夜搬运东西）、革命与权力欲望（阿Q的“我喜欢谁就是谁”）、革命与荒诞（阿Q的“不准革命”、阿Q被砍头、夏瑜之死与人血馒头）等各种关系。鲁迅的过人之处，就在于他不是把这些作为宣示个人的“革命”观念的手段，或者增加小说可读性的故事元素，而是以一种悲天悯人的情怀，在个人与时代的紧张关系中，俯瞰革命时代特殊生命个体的伦理状况与命运遭际。《药》这篇小说，鲁迅把革命者夏瑜和华小栓放在相同的文化/历史的坐标上，通过对拯救者与被拯救者的共同悲剧性死亡结局的深刻刻画，提出社会与人心治疗的内在关联这个启蒙主义命题。《阿Q正传》里面，阿Q的革命冲动固然荒唐而且可笑，但最具革命资质的阿Q不仅被开革出去“不准革命”，甚至还遭到“被革命”的被杀厄运，这不仅是阿Q的悲剧，更是革命的悲剧，同时还是历史的悲剧、文化的悲剧。

对鲁迅而言，他对革命当然有所认识并有深刻反思的。鲁迅不仅思考他所处时代的辛亥革命，还把思想的触角延伸到中国历史深处，触摸到一种中国式的“革命文化”。所谓“革命，反革命，不革命。革命的被杀于反革命的。反革命的被杀于革命的。不革命的或当做革命的而被杀于反革命的，或当做反革命的而被杀于革命的，或并不当做什么而被杀于革命的或反革命的。革命，革革命，革革革命，革革……”[①]道尽了革命的迷狂与错乱。在《药》和《阿Q正传》里，鲁迅就是从中国文化的总体性中，把握到“革命”的本质，并且通过对革命的审视，展开对中国传统

① 鲁迅：《小杂感》，《鲁迅全集》第3卷，人民文学出版社1981年版，第532页。

文化的批判。但是，鲁迅的最大关怀，却不是在革命的本质问题，而是革命中的大写的“人”。鲁迅同时说：“其实革命并非教人死而是教人活的”。[①] 唯其如此，我们才能够理解，向来痛恨革命的鲁迅，后来为何倾注对共产党的同情。

鲁迅的革命书写，是彻头彻尾的人道主义。而鲁迅留给我们的文化遗产，或者说启迪也正是他那坚实的人道主义。这种人道主义价值立场，对近些年来中国作家特别是新历史小说作家，无疑有重要的殷鉴意义。不是说当下作家就没有人道主义，他们反抗传统政治道德理性对人的生命的压制，他们对人的身体世俗性伦理需求的尊重，他们对人的在世伦理感觉的复活，都是人道主义精神的审美体现。但是，我们必须要认识到，人道主义在新历史小说作家笔下，大多还只能说停留在工具理性的层次，并没有转化成一种自觉的价值目标追求。很多情况下，新历史小说作家的人道主义，只是因为反抗经典革命历史小说对人、人性、人的身体伦理的遮蔽和压抑，才作为反抗的工具而被拉回到审美实践当中。革命对日常人性的挤压愈是严酷，作家们的反抗就愈是激越；革命的道德理想愈是冠冕堂皇、高不可攀，作家们的人性铭记就愈是世俗伦常。正是这样，新历史小说的革命叙写，充满着种种和崇高的历史道德理性背道而驰的原始气息，乃至不堪入目的低俗，性、残忍、暴力、自私、愚昧、阴谋、麻木等，都不一而足地构成“革命”中的人性，构成“人性”中的革命阐释。在这种二元对立的心理图式纠结当中，自我标榜帮助人性复苏的新历史小说作家，其实很难写出真正意义上的复杂的多元的人性，——既有生物学意义上的人性，也有社会学意义上的人性，同时更高的灵魂层面的具有精神价值意义的人性。他们的人性诉求，注定是一种工具化的对抗道德理性的非理性道德。他们试图反抗传统革命书写中政治道德对人性的清洗，却宿命般陷溺于一种新的人性政治的旋涡难以自拔。而在另外方面看，因为“人性”是作为革命的消解力量而存在的，新历史小说作家尽管写到很多不健全的阴暗、病态、丑陋的人性现象，但

---

① 鲁迅：《上海文艺之一瞥》，《鲁迅全集》第4卷，人民文学出版社1981年版，第297页。

是在作家主体意识当中，大多对这些现象都缺乏基本的批判，这很显然不是人道主义者应有的立场。

行文至此，一个小说美学上的问题自然就浮出水面，即作家们的革命叙写，是否必然要直接去书写革命？可否淡化革命的具体历史，而将革命的历史作背景化、空濛化处理，并专注于革命中人的具体存在，探求人之生命存在的真意？实际上，这样的问题已经不是什么新鲜的问题。从世界文学范围内来看，托尔斯泰、卡夫卡、卡尔维诺、昆德拉、福克纳等世界文学巨匠，已然给出了回答。托尔斯泰被列宁视为“俄国革命的一面镜子”，但是这面“镜子”却不是——当然也不可能——直接反照出他身后1917年的俄国革命。他的《战争与和平》、《安娜·卡列尼娜》、《复活》等作品，其中就不乏写到俄国卫国战争、沙皇俄国农奴制度的黑暗、司法的腐败等，不乏“史诗性”和“编年史”的美学气质，但托尔斯泰苦苦寻觅的，却是人在历史中的幸福与内心安宁问题。他希望人类靠克制与隐忍的宗教理想来解决社会问题，他的“勿以暴力抗恶”态度，与被誉为“革命的一面镜子”，当然不是出自“史性”的考量，而是“史心”的识见。昆德拉有一个著名的判断，“人类的历史与小说的历史是完全不同的两码事。假如说前者不属于人，假如说它像一般陌生外力那样强加于人的话，那么，小说（绘画、音乐也同样）的历史则诞生于人的自由，诞生于人的彻底个性化的创造，诞生于人的选择”。[①] 他的《生活在别处》、《生命不能承受之轻》、《玩笑》、《不朽》等，题材上涉及不少诸如政治审判、迫害、禁书和合法谋杀以及苏军对他的祖国捷克的粗暴入侵，但昆德拉的写作却不是直接去强攻历史，而是以他特有的方式，过滤掉历史的外部表象，深入到人性、生活、历史、时代的内部纽结当中，以他的独特领悟和卓越的艺术才华，创造出充满着生动的对人类的存在谜底展开“勘探”的话语世界。

近几个世纪，西方社会同样革命频发，美国的南北战争、法国大革命、俄国革命等，都是著名的革命运动。然在文学史上，我们却很少看到

---

① [捷]米兰·昆德拉：《被背叛的遗嘱》，余中先译，上海译文出版社2003年版，第16页。

西方作家那种直接以革命为写作对象的作品问世。究其原因,恐怕不单是西方作家对"革命"概念中的"暴力"警觉,[①]根源还在西方沉实厚重的人道主义思想对"小说"的观念塑造。唯其以人为绝对的价值核心,小说才摆脱历史的大叙事影响,另辟蹊径,赓续出充满人文内涵和深刻人性铭记的不朽之作。在这点上,中国作家应该向西方作家致敬。返观中国当代作家,因为传统史学和史官文化过于发达,传统文学思想中叙事文学对历史的过度倚重,20世纪以来,文学对"史诗性"的价值诉求与历史大叙事的追摹,在历史大变革的形势下甚至更为严重。虽然自20世纪80年代初期开始,中国作家多以西方作家为师,试图完成中国文学与世界文学的接轨,但是,除王安忆的《长恨歌》、余华的《活着》等少数作品做到了"祛历史化"的人学转型,大多作家只是照搬照套西方的观念与思想,对西方文学内在的意理与处理文学与生活、历史、时代的人道主义方法,却往往是买椟还珠。这不能说不是一种遗憾。新历史小说作家的革命叙事,解构"革命"的叙事冲动,正是来自作家们追摹历史、革命理念辨析的叙事意识。即便是赢得广泛声誉的《白鹿原》和《故乡天下黄花》都概莫能外。

当然,追求革命叙述的史性气质与历史真实本来无可厚非。作为中国小说存在的固有样态,历史质感同样具有生动的审美意趣。可问题是,我们在对革命做观念辨析与历史把握的时候,如何正确处理好"史"与"人"的关系?没有人道主义作为审美视点,我们的历史把握与观念辨析,能否走出观念自身的牢笼?会否形成一种新的话语暴力?这样的担心并不是多余的。实际上,在这些年许多新历史小说作家的革命叙述中,因为缺乏真正意义上的人道主义的道德关切,缺乏一种对超越性价值理想的信仰与追求,中国作家在对革命作出"人性化"的还原时,存在论意义上的"人"的意味已经荡然无存,唯有"性"的破碎旗帜在文学的领空拓展。薛荣的《沙家浜》(《江南》2003年第1期)就是典型的例证。作者自述创作动机说:"京剧《沙家浜》我是特别熟悉,一直以来,它给我的

① 参阅陈建华著《"革命"的现代性——中国革命话语考论》,上海古籍出版社2000年版,第169页。

总体感受就是一个女人与三个男人的关系，在以前的创作中，这种关系表现为革命关系，而在现实生活中，只有这种关系是不正常的，还应该有夫妻关系以及另外的人性化的关系，因此，能不能将他们可能存在的这些人性化的关系虚构出来，进行新的创作。再想，在小说创作上我是有这个自由的，因此就写了”。[①] 革命经典小说《芦荡火种》、革命样板戏《沙家浜》里阿庆嫂机智、英勇、果敢、忠诚的革命信仰被剥除以后，被“还原”成“一只不会下蛋的母鸡”，一个周旋于伪军司令胡传魁、新四军指导员郭建光和丈夫阿庆三个男人间的风流成性、性欲旺盛的“荡妇”形象。小说中的郭建光被改写成胆小懦弱的窝囊废，伪军司令胡传魁则被重塑为豪气干云的英雄。且不论小说发表后人们围绕作品的意识形态争论，单就作者的创作立论来看，就很成问题，人与人之间的革命关系或许是现实生活中所没有的“不真实的”关系，但人类的“现实”和“真实”，是不是就只有性而且是泛滥的性，没有其他？人类的自然与社会关系，如果只有性而没有其他，人将何以为人？如此看来，自诩为追求“真实”而把革命性欲化、狂欢化的作家，如果不是缺乏对人、人性最起码的常识和人道主义想象力，那么就是在低俗而浅薄的写作时尚中把革命从政治意识形态的“不真实”的高地，推向作家自我内心“真实”的消费意识形态的洼地。设若果真如此，指望这样的作家把我们带向广袤的人文主义视野，让革命得到真正的审视与反思，将是绝对不可能的。

① 《丑化阿庆嫂争论的背后——小说〈沙家浜〉作者昨打破沉默》，《江南时报》2003年2月24日。

第五章　官场叙事:政治伦理与人性道德政治

目前,严肃文学的边缘化趋势日趋严重,但却并没有影响到像“官场小说”这样的类型小说的持续走红。官场小说深受作家的青睐与读者追捧,原因是多方面的,研究者提得比较多的,是中国文化传统的官本位思想对人们的价值观念与生活形态的影响,现实层面中国社会转型中经济改革与政治改革不同步导致的权力异化、腐败滋生以及读者接受角度社会民众对官场生活的猎奇心理以及罪恶得到惩罚、正义得到伸张的情感诉求等方面原因。这样的把握应当是较为准确的。不过,官场小说虽在图书市场上一路走俏,很多还被改编成影视剧在国内热播,或者频获“茅盾文学奖”、“五个一工程奖”以及各种文学期刊奖项,但人们对官场小说的质疑却从未间断,有时甚至还是毁多誉少,比如“只有官场,没有小说”、“故事老套”、“艺术手法单一”、“观念滞后”等,都是惯见于理论批评家笔端的尖锐语汇。

市场上的“热”与理论批评的“冷”,映衬出的是当下中国文学生态环境的复杂性,同时,昭示出转型期的中国文学在处理文学“常”与“变”、文学理想与读者接受现实等方面的尴尬。不管我们怎么看待这种“冷”、“热”失衡的现象,应当承认,理论批评界对官场小说的诟病并非是空穴来风。从文学作品的审美实践上看,近些年官场小说的创作的确是问题丛生,而这些问题,又在不同层面制约着官场小说的审美创造与品质提升。作为一种题材类型,官场密切联系着当代中国的政治与经济、道德与法律、历史与现实、传统与现代。这种纵横交错的复杂勾连，既是官场小说的题材优势，又是需要作家运用思想与叙事智慧化解的难题。如果能够在审美的意义上很好地解决这些问题，可以乐观地认为，官场小说的历史感与现实感、美学气象与人文内质，都是其他题材难以相比的。鉴于官场小说的复杂性，这里并不打算作面面俱到的分析，而主要抽取道德以及道德与人性、道德与政治三个方面，对近年官场小说创作的内在困境与审美偏失作出必要的反省。这三个方面的话题，既是官场小说不可避免的重要论题，同时也是它们存在问题较多的方面。故而，这种盘点对于官场小说创作而言，就显得很有必要。

一、政治伦理与官场道德

道德并非是官场小说需要特别处理的问题，但肯定是官场小说无法绕越的思想命题。这不仅是因为官场政治本身就含有丰赡的道德内涵，还在于道德在传统中国文化结构中具有特殊的位置。古老的中国社会，一方面，政治的主体是由文人集团组成的，文人特有的伦理关怀与道德使命，塑造着中国特殊的政治伦理文化；另一方面，家国同构的社会结构特点，决定着作为家族和国家的执政者，必须具备超凡的道德权威，方可以其道德魅力为其执掌家族或国家提供合法性的道德基础。故此，历来的官场政治生活中，道德与政治的纠葛羼杂可谓是难解难分。在经历过上个世纪 80 年代“新时期”文化的冲击、洗礼之后，如今的中国作家，再从政治意识形态层面解读官场的是非曲直，讲述人物和不同社会力量的正义与非正义，显然已经非常“不合时宜”，因此，在当下的官场小说写作中，新中国成立以后文学所形成的政治生活的意识形态讲述转化成道德讲述，似乎就具有某种文学史的必然性。

观诸近些年来的官场小说创作，作家们的道德关切与道德探索有目共睹，他们一方面在政治哲学的正义、民主、社会公正以及法律的层面，演绎着官场的历史、现实、社会问题与深刻矛盾；另一方面，又以道德作为基本的审视目光，表达着对官场文化以及官场负面现象的批判性关切。张平、周梅森、陆天明等的众多反腐小说,都有相当的代表性。关于这类作品,其实无须多做分析,只要从作品的命名,就可看出作家们对官场政治生活中现行的种种贪污、腐败、私欲、不正常的权力斗争等现象的道德愤怒,比如“天网”、“苍天在上”、“国家诉讼”,等等。作家们除了以极端的写实笔法,客观地叙述官场的种种丑行与弊端,往往还以象征性的整体情境构造,在道德价值视域下对官场腐朽现象与腐败分子的行为作出否定性的道德判决。在小说结构上,当代官场小说的一个经典叙事模式就是“善恶有报”,贪腐者普遍没有好下场。《大雪无痕》中的周密,《绝对权力》中的市长赵芬芳,《黑洞》中的聂明宇等,都是如此。而在小说的意绪营造上,不少小说都以象征性的甚至不乏诗意的笔调,昭示出对官场腐败现象的否定性情绪,如《大雪无痕》中洁白无垠的雪野;阎真《沧浪之水》中的“父亲”在《中国历代文化名人素描》中的自画像以及父亲自题的“高山仰止,景行行止,虽不能至,心向往之”的签名等。很显然,作为一部文人政治小说,《沧浪之水》中的“父亲”形象以及父亲的签名,有着重要的道德提示功能,它不仅对现实中的“我”的所作所为作出批判性的价值反省,同时,还接通历史深处中国传统文人的品德与操守,并以此构筑出对当代官场政治的价值观照视域。如此,这些小说就诚如有的论者所说,因此而“带有强烈的劝诫的味道,甚至带有一点宗教文学(如佛教故事)、民间寓言的影子”。[①]

当然,就官场小说而言,如果只有道德上的批判与反省,而不能写出官场特殊的道德形态,那么,这样的作品充其量只能说是某些既定的先验道德观念的符号化演绎,就谈不上对生活的深度审美阐释。从对官场特殊道德“发现”的角度看,近些年的官场小说的确不乏佳构。李佩甫的《羊的门》,呼家堡虽然只是弹丸之地,但是在呼家堡以及它的统治者呼天成的身上,却浓缩着中国几千年政治文化的精髓。呼天成通过几十年的铁腕治理,把呼家堡上上下下治理得服服帖帖,他给呼家堡人带来福祉,但却不是出自他的个人之善,而是出自统治者的民众驯服策略。对

① 刘复生:《“反腐败”小说的表意模式与叙事成规》,《文学评论》2005年第2期。

呼天成来说，作为统治者的个体行为，无所谓善亦无所谓恶，统治者的最高道德，就是王者野心的自我实现与成功。按照康德的观点，“行为的道德价值要以它的动机来评价，而且只能从它的动机来评价”。[①] 那么，对呼天成这样的“官场”人物及其道德，我们恐怕就很难去作出定性。就其动机而论，统治的目的很难说得上是善还是恶，而他的目的决定着的行为，往往却逼迫着我们去作出善恶的思考，比如他救秀丫，他保护“文革”期间受迫害的老干部，他对秀丫身体的迷恋却从不染指，等等，都混杂着善与恶的纠缠。我们可能会对《羊的门》中作家表现出的对传统中国社会权术文化的叙述迷恋而颇有微词，但不能否认的是，作家在呼天成这个人物形象的塑造上是成功的，特别是对作为“官场”人物的呼天成的道德理想形态与道德实践的把握以及这种道德理想、道德实践与中国传统政治文化的深度关联，李佩甫无疑是作出富有历史感的深度挖掘的。像这样着力洞悉官场特殊道德形态的作品，当代官场小说中不在少数，其他如李春平的《把人做成一朵花》，同样值得认真分析。小说虽然叙述的是官场生活，但作家并没有像大多数作家那样去写官场的权力争斗、尔虞我诈、官官相护以及腐败与反腐败的两种力量角逐，而是在官场的特定人际空间和话语场域下，写出一种充满着官场魅惑的特殊道德人格理想。小说开头引用主人公古长书的话说，“把人做成一朵花，就是做人的最高境界。要让反对你的人理解你，要让理解你的人支持你，要让支持你的人忠诚你，要让忠诚你的人捍卫你。允许有人不喜欢你，但不能让他恨你。万一他要恨你，也要让他怕你。”作家正是通过古长书的官场际遇与命运的展开，描述出一种祛除了道德上的是非善恶，而在“官场”这个特殊场域下规训出的特殊的人格理想与官场的道德意识。

就官场小说而论，作家们的道德思考与探索并不仅限于上述内容。毫无疑问，在避开意识形态的政治解读以后，道德视角无疑给官场小说增添了某种审美的纵深感，强化了小说的审美冲撞性。但值得指出的是，当代作家的官场小说创作在对道德的处理上仍然还存在不少问题。

---

① ［德］康德：《道德形而上学原理》，苗力田译，上海世纪出版集团2005年版，第9页。

从审美的意义上来讲,文学作品有没有作家道德情感的介入,作家有没有写出特殊的官场道德形态,还只是较低层次的要求,更重要的是,作家必须要通过文学作品,在道德创新上展示出自己的艰深探索。特别是在这个道德价值迷乱的时代,作家更应通过对生活的研究与悉心解剖,引领读者穿过生活的迷雾,抵达人类生活与道德的真理。从这点来看,这些年的官场小说创作,显然还做得不够。一个典型的例证,就是许多作家在对官场人物与官场现象作道德判断时,在克服过去意识形态评价偏见以后,表面上看好像具备了某种多元的审美价值视点,但实际上,潜在的意识形态思维还相当顽固。他们往往还停留在政治正确、政策图解官场的道德正当与非正当的简单维度上,似乎只要政治上"正确",那么就等同于道德上高尚。正是如此,他们写出的官场正面人物,往往被附上道德上的神圣油彩,像《抉择》中的李高成,《绝对权力》中的刘重天、齐全盛等,都高度地体现出政治道德与人格良知的统一,文学作品中因此而出现了不少新式的"高大全"人物形象。为凸显正面人物的道德崇高感,不少小说甚至还通过刻意贬低其他人物,来确立正面人物道德崇高的正当性。像杨川庆的《官道》、胡学文的《女县长》,在写到女代县长吴莉莉、副县长陆梅破裂的夫妻情感关系时,就不约而同地把她们的丈夫董述之、薛大兵塑造成粗俗不堪,要么吃喝嫖赌,要么只知玩弄女性的道德上的卑劣之徒,由此而洗清离婚或夫妻感情不和有可能给女主人公带来的道德上的瑕疵。不管是有意还是无意,这样的安排,还是有非常强烈的脸谱化的色彩的,只不过,作家们是由过去的政治脸谱化转变成现在的道德脸谱化而已。因为缺乏相应的道德上的创新能力,创作过程中,很多作家同时还存在以人们既有的道德是非观和善恶观,来参与对官场人物形象塑造的现象。典型的像《官道》,尽管作家也能把政治生活融入到日常生活当中,写出吴莉莉对县委书记康育政的感恩,写到她与亲人、同学、朋友乃至社会底层民众的各种复杂情感,但在处理吴莉莉与姚明春的关系时,作家却难以走出人们习见的道德符号化阐释。请看下面这段描写:

……"你呀,净拣好听的说。我呀,已经是一个黄脸婆了!"她(吴莉莉——笔者注)感叹一句,又看看挂钟,已经是晚上十点多了，问道："住处安排了吗？"

姚明春四周望了望，又看看吴莉莉。

吴莉莉脸上露出歉意，她说："明春……我……我还不能……把你留下来……"

姚明春嘿嘿地坏笑起来："我的大县长，我知道，我的离婚手续还没有办下来，是不是？我呢，一到岭东，就在县宾馆订了房间……"

这样的描写，作者的立意当然在于想凸显吴莉莉道德上的纯粹，但是，从观念形态上看，这样的描写可谓老套而滞后，且有笔法上的矫揉造作。

如果说道德创新不足是当下官场小说创作较为普遍的通病，那么，混淆道德与政治评价的独立性，以道德判断代替政治与法律判断的现象，则是另外值得注意的倾向。特别是在某些反腐小说中，那种以道德审判取代现代人文立场上的政治、法律批判的现象更为突出。像张平的《抉择》、《国家干部》，周梅森的《至高利益》、《绝对权力》，陆天明的《大雪无痕》和《省委书记》等，都不同程度地存在着把政治与法律问题做道德化阐释的明显迹象。"在他们的作品中，反腐的动力和坚持下去的力量，不是来自于制度的建立和启动，而是来自于如包公一样的清官式好干部，来自于他们的党性品质与以民众利益为至高利益的情怀"。[①] 在种种正义与邪恶的较量中，"与其说是法律获得了胜利，还不如说是人格、意志、操守、信念获得了胜利。这里很有意思的是，以反传统，反'人治'，追求现代法治和理性目标为基本诉求的'反腐败'小说，高扬的恰恰不是现代法理与程序，而是带有儒家'内圣'色彩的人格操守"。[②] 在意识形态叙事退场以后，当下作家笔下，"十七年"时期的道德问题政治化，普遍转化为政治问题的道德化趋向。当道德被泛化，越过政治与法律的边界，尤其是受到 90 年代以来的道德相对主义的干扰和影响时，许多基本的政治的、法律的、社会的乃至道德本身的问题，就不同程度地被稀释、

① 姚惟秉：《反腐小说的法律文化反思》，《作家杂志》2009 年第 4 期。

② 刘复生：《"反腐败"小说的表意模式与叙事成规》，《文学评论》2005 年第 2 期。

扭曲和淡化。像《绝对权力》中的赵芬芳,她的堕落与毁灭,固然与自身过度发达的权力欲望有关,对权力的追逐,让她丧失了"女人味",但同时与她作为母亲对儿子的关爱也是分不开的。小说最后,她给在美国的儿子打电话,发现用自己的政治生命与人格操守做交换送出去的儿子,其实只是个花天酒地、挥霍无度、贪图享受的纨绔子弟。作为政治人物的卑劣的道德形象应该具有的批判本质,就在不经意间被作为母亲的悲情气氛所稀释。

二、官场的人性与道德政治

与道德创新相比,人性问题同样是当前官场小说创作值得审慎思考的重要命题。虽说人性是所有文学创作都要面对的问题,但对官场小说来说,因为中国传统社会政治生活对人们的观念影响深远,政治对普通人生活的宰制性影响,故而"官场"的人性,更可显现其独特的审美、历史与文化内涵。如何写出官场的独特人性,如何从社会、历史、政治与文化哲学的多重维度,呈现当代中国官场文化景观与人性的密切关系,是考量作家叙事智慧与审美创造性的重要标准。

在经历"新时期"以降先锋小说的洗礼之后,写人性对中国作家来说并非什么难事,甚至可以说,在这些年的文学创作中,人性已经被作家提高到文学的绝对标准地位而被典律化了。在很多人的判断中,似乎只要一写到人性,就是好的作家、好的作品。因此写人性、谈人性在文学领域已是蔚然成风。而从官场小说创作来看,作家们对官场人性的把握是有自觉意识的,不少作家对官场人性的状摹,对官场人性哲学的揭示,都有非常独到深刻的地方。像阎真的《沧浪之水》,杨少衡的《尼古丁》、《林老板的枪》,毕四海的《财富与人性》,王跃文的《苍黄》,韩少功的《怒目金刚》,等等,都可堪称典范。这些作品的精妙之处,就在于作家们不是简单地写人性,而是在历史与现实、哲学与诗性等多层面写出官场这个特殊场合的特殊人性。韩少功的《怒目金刚》虽说只是短篇小说,且叙写的只是乡村权力架构下的人际纠葛与人性征候,但作家却不是如一般小说那样去凸显乡村底层社会的复杂权力关系，或者是突出底层的“艰难”。作家发力的地方，就在于他透过乡村社会的特殊意识形态与乡村文化的绵延赓续，写出人性的历史文化品格。小说围绕村干部吴玉和与乡党委书记邱天宝的矛盾展开叙述。吴玉和开会迟到，受到能干的、霸气十足的邱天宝的训斥，被骂了“妈那个×”、“猪娘养的！”这种辱骂让吴玉和耿耿于怀，他愤而要求邱天宝道歉并辞职。小说中的吴玉和被作家塑造成双重身份，一重是我们习见的村干部身份，一重是当代中国作家很少写到的“乡儒”身份。他在同性宗亲中辈分居高，读过两三年私塾，能够办文书写对联，唱丧歌，算是知书识礼之士，有时候还被村人尊为“吴先生”，吃酒席总是入上座，祭先人总是跪前排，遇到左邻右舍有事便得出头拿个主意……透过小说我们看到吴玉和的守正持节、威武不屈、刚直不阿与安贫守道，在邱天宝落难时，秉持恕道、放弃私怨给予他无私帮助；在邱天宝复出当了副县长以后，却又避而不见乃至拒绝他的回报，都有着那种“乡儒”文化身份所内涵的人格和心灵力量作为支撑。韩少功正是在历史与文化的深处，写出有着特殊历史厚度与文化质感的特殊的官场人性。

和韩少功从文化层面写出官场人性的方式不同，王跃文的《苍黄》，着意却在于从人性与政治哲学层面去把握人物的“人性”与“官性”的辩证。小说扉页引《墨子·所染》里的一段话：“染于苍则苍，染于黄则黄，所入者变，其色亦变”，正是喻指人性的易变与官场的无常。这部小说的用力之处即在于写出了官场上“人性”与“官性”的挤压、冲突与相互塑造。小说开篇写乌柚县的县委书记刘星明到乡下视察吟诗：“一间茅屋在深山，白云半间僧半间。白云有时行雨去，回头却羡老僧闲。”因此得到“刘半间”的雅号，给人们的印象似乎刘半间是个颇有隐逸之气，对闲适、超脱、自然的人性有着本然的追求的人。这样的追求对官场上的刘半间来说就未必没有人性的真实，但事实上，他却是个善玩袖里乾坤、翻云覆雨，精于玩弄权术的老手。当大权在握的时候，他就做伟人状，志得意满，彰显人性内在的短处，一意孤行，凭一己权势颠倒黑白指鹿为马。主人公李济运，身上虽有知识分子的良知与品格，可置身官场就难免有官场的不良“官性”，得意之时，夸口自己好歹是“从全县 69 万人中选出来的七个县委常委之一”；静下来一思量，无非是戴上面具过着假面舞会的生活而已，察言观色，见风使舵，知其可为而不为，知其不可为而为之，扮演着官场的“死魂灵”，经受着内心良知与道德的拷问。官性来自于人性，而人性则受制于官性。小说糅合着喜剧笔法与荒诞意味。乡党委书记“刘差配”无意中被推举为副县长候选人，却在会场突发疯癫，恍兮惚兮地过着副县长的官瘾。书中的另外两个干部物价局长舒泽光、财政局副局长刘大亮，前者耿直狷介不愿意做差配，骂了县委书记刘半间的老娘，遭到刘半间的打击报复，先被查经济问题，然后又被栽赃嫖娼，最后被送进精神病院；刘大亮为竞争局长行贿刘半间，没有当上后和刘半间反目成仇，结果被免职，送入精神病院关押。“疯癫”几可视为全书中官场文化具有原型意味的象征性意象。“刘差配”的真疯是疯，“刘半间”的权欲熏心是疯；舒泽光的正道是逃不了疯、刘大亮的歪道亦是疯；李济运的失去自我是疯，新任县委书记熊雄的前后不一也是疯……王应了古希腊历史学家希罗多德的那句话：“神欲让其死亡，必先令其疯狂”。而所谓的疯，无非是人们失去了为人之“心”的失“心”之疯。人有为官之欲求，而为官则易让人失去为人之心。作家似乎是借用了鲁迅小说《狂人日记》的某些笔法，“刘差配”在真疯时的疯言疯语，说尽了官场的真话。而在未疯之前，虽然是老实巴交，然却满口假话与荒唐言。

像韩少功、王跃文这样或从传统文化内部，或从人性与政治哲学高度，审察与省思官场人性的审美方式，未必就谈得上有什么独特的创造性，但可以说这是一种正确的把握人性的方式。因为作为常识问题我们知道，人性不是抽象的概念，而是和社会历史的具体存在密切相关的。英国哲学家休谟说，“一切科学对于人性总是或多或少地有些关系，任何学科不论似乎与人性离得多远，它们总是通过这样或那样的途径回到人性。即使数学，自然哲学和自然宗教，也都是在某种程度上依靠于人的科学”。[①] 这表明人类的一切理性、思维、审美与认知

① ［英］休谟：《人性论》，关文运译，商务印书馆 1981 年版，第 6 页。

活动，都关乎着人性问题。因此作家在创作过程中要想真正写好人性，就必须要从自然、生命、社会、历史与文化等的多重统一中来把握人性，既要写出人类生命的质感，同时还要含纳广阔的社会内容与深刻的历史特质。然而，这样的要求对不少作家来说，却似乎有些过高。在这些年中国文学的大环境中，作家们一方面把写人性视作文学不可偏废的典律；另一方面，却好像并没有吃透人性该怎么写。他们总是有意无意地割裂人性与社会历史的外部联系。一写到人性，就是吃喝拉撒性，拼命往低处写、往俗处写。官场小说同样不例外，不少作家在写官员的人性时，也是大写特写他们的基本欲望，似乎只有写他们的基本欲望，写他们的性欲与情欲，才符合“当官的也是人”这个基本常识。这里我们无须多作论述，只要看看作家笔下那些共性化的细节描写就够了。史生荣的《忙来忙去》，写底层乡镇干部的生存窘状，小说开头，作家就写到乡长王双龙的“梦遗”这个细节，王双龙虽是一乡之长，却没办法解决夫妻两地分居问题，于是意淫性质的“梦遗”，就构成作家具有同情性和批判性意味的叙事装置。作品试图通过这样的细节，传达出乡下干部的沉重与无奈。

不是说官场小说就不可以写人的基本欲望和感官冲动，而是说，欲望也好、冲动也罢，它们只是人性的一部分而不是全部。我们的作家既然要写人性，就不应该只写单一维度的生理学意义上的自然人性，这样的人性任何人闭上眼睛都可以写，因为它们不过是生活的常识。作家们更应在人与社会、历史、时代与文化的纠缠中，写出富有生动时代况味与心灵张力的复杂人性，只有这样，才能写出我们这个时代丰富而多样的人性。

这种单一维度的描写，不仅仅体现在作家的人性描写方面，同时还体现在他们对官场文化的揭示方面。很多作家一写到官场文化，就写官场的贪污腐败、权力追逐、人事纠葛等众所共知的现象，而且把这些现象归咎为人性的贪婪、自私、金钱和权力欲望等弱点。这样的描写，姑且不论是如何把官场文化的丰富驳杂作简化处理，它的最大的弊端，就是把官场的不正常现象归结到人性的必然性当中，似乎只要是人，就有人性的弱点；只要有人性的弱点，就难免会出现官场上的贪腐现象。这种从人性的共同弱点出发，对官场负面现象作出审美阐释，以人性解释现实问题的方式，势必会把人们对现实层面的社会政治问题的理解，错误地引导到所谓的人性问题上来，从而遮蔽了人们对中国几千年政治文化积弊与现实层面的制度、法律等问题的思考。

三、官场的道德与政治文化

近年的官场小说，有人称之为“社会政治小说”。这样的命名是否妥当，是需要稍加讨论的问题。在我们看来，目前的官场小说还很难称得上“社会政治小说”。因为，作为“社会政治小说”，就必然有对当代政治文明的深刻思考，有对社会政治文化的精深理解与深刻揭示。正是在对社会政治文化的审美展现与深刻揭示这个环节上，目前的官场小说显然还有不足。尽管很多官场小说都涉及对政治现实问题的思考，但作家们所描述的政治生活，多只是局限在形而下的政治实践层面，对政治文化与政治智慧形而上的思考明显不够。以前面所提到的官场道德问题来讲，中国传统社会就有完整而自足的官场道德的道义理论、义务境界与政治道德用心，涉及仕与学、德与才、君与民、圣与王、道与势、进与隐等一系列范畴。这些范畴，无不密切联系着中国的传统文化与政治道德理想。从创作实践上讲，作家在小说创作过程中，如果能够从历史的文化累积中发掘出官场文化的深厚思想资源，并以此观照当下中国的社会政治实践，而不是一味地去写简单的权力倾轧与权钱交易、情色引诱，或者“正义必然战胜邪恶”的浅显的正义论命题，那么，作品的审美厚度则必然有所提升。事实上，中国传统的政治文化，既有其内在积弊，亦有其不可替代的道德思想优势，不少作家只知道写所谓的官本位，写权术阴谋，很显然是缺乏历史感和历史眼光的表征。这样讲并不意味着作家们在创作中就一定要把当代的官场道德与传统政治文化中的政治道德形态做比附，而是说缺乏一种历史把握，缺乏更高的政治文化精深层面的审视，我们对官场生活的描写，势必会存在表象化与浮泛化的局限。

如果说缺乏对政治文化的历史纵深把握，是当下官场小说创作在政治文化审美创造方面的一个不足，那么，在当今中国社会的大变革时期，如何以文学的方式参与社会文化精神与道德的革新，如何以文学的方式思考并推进政治文化的现代化进程，则应该成为当下作家的另外一种关切。但是从实际结果来看，当今的官场小说作家们同样难以交出合格的答卷。在众多的官场小说作品中，作家们不仅呈现出如前所说的价值与道德观念的滞后，甚至还在某种意义上显现出与现代人文精神、价值理性相背离的立场。在不少小说中，作家们一方面对政治权力的畸变与异化持有强烈的批判态度，但另一方面，又在潜意识中对权力的万能与至高无上顶礼膜拜。比如部分反腐小说中，小说开始的时候反腐工作总是步履维艰，反腐者往往碰得头破血流，直到更高级别、拥有更大权力的人物的出现，反腐工作才峰回路转。就像有的批评家所批评的那样："它只敢写非一把手的涉贪犯罪与腐化堕落，如正、副市长和省市两级驻京办主任等，尽管他们中有的人照例有一个身退心不退、留居北京能量尚在的'某老'做后台，但只要作为'班长'的主管领导带着精神从中央回来，或从党校回来，哪怕是从病院回来，就无一例外如败兵山倒，束手就擒，并'一阵哽咽，泪如泉涌'"。① 这种以权力制约权力，以权力解决权力带来的问题的审美思考方式，很显然是"人治"的而不是法制的，它和现代社会倡导的法制理性格格不入，因此也是反现代的。与此相类似的是，不少作家对现代政治伦理的诠释与思考，同样陷入到某种反现代的思想迷局当中，最典型的就是"为民做主"意识。像阿宁的《无根令》、张平的《抉择》、陆天明的《苍天在上》、王跃文的《国画》、祁智的《陈宗辉的故事》等作品就是如此。表面上看，《无根令》中的李智、《苍天在上》中的黄江北，《抉择》中的李高成等，都有对社会底层平民的命运关切，且这种关切也是非常符合"为人民服务"这一至高无上的国家政党伦理，但那种视民众为沉默的、匿名的群体，视自己为民众利益代表、负责者的思想，其实

① 汪涌豪：《官场小说：不可有官场而无小说》，《文汇读书周报》2009年7月3日。

与现代社会政治文明是背道而驰的。因为,正像欧洲中世纪时期皇权统治下的阿拉贡王国臣民向他们国王宣誓效忠时的宣言所说的:“我们这些并不比你卑贱的人,向你这位并不比我们高贵的人宣誓,如果你能尊重我们的自由并遵守法律,我们就接受你作为我们的最高统治者,否则,我们就不接受”。[①] 现代民主政制的思想精髓,就是人与人之间政治、法律与经济等方面的平等,那种“负责”、“为民做主”等思想,从骨子里来看,其实就是传统“青天”意识的投影。

官场小说如何写官场文化?如何写出一种政治文明历史演进过程中的思想传统与现实形态?如何在现代价值维度上表达出当代政治文明的意识形态创新?这是当下官场小说创作的思想难题。怎样在思想上解决这个问题,很难用三言两语讲清。然而,从审美的角度言之,当代的官场小说要想在政治文化思考方面有所突破,就必须要在政治的审美认识上有所改观。正如我们所知,因为“十七年”时期政治与文学间曾经有过的特殊关系,“新时期”以来,作家们在关涉政治问题时大多有心理上的顾忌,过于贴近现实政治,则有附庸论或意识形态工具论之嫌;不切入现实政治问题,似乎又不够“现实主义”或者不够“现实关怀”。那种文学与政治间的蹩脚的历史关系,塑造了作家们在当下处理文学和政治关系时候的窘迫。可以说,这种心理顾忌有其历史必然性,但却禁不起理论上的推敲,因为,正如马克思所指出的那样,“政治”不仅是指政治制度、国家意识形态乃至阶级斗争的公共话语,同时还是“人的情绪、心理、感情、信仰最直接、最具体的表现形式”。[②] 政治就是人们的日常生活本身,就是人们的衣食住行。因此,无论是刻意规避政治还是强化政治的意识形态功能,都不符合“政治”的本意。

如此看来,官场小说要想在政治文化的审美表达方面有所拓展,需要解决的一个基本的创作认识论问题,就是不要把政治作过度的狭隘化理解,政治不仅仅体现为政党、统治、国家制度与政策等方面,同时它还

① 转引自刘易斯·芒福德:《城市发展史》,中国建筑工业出版社1989年版,第265页。

② 马克思:《路易·波拿巴的雾月十八日》,《马克思恩格斯选集》第1卷,人民出版社1972年版,第629页。

是多维度的、立体的、复合的存在，是一种包括着社会、历史、自然、环境、风俗等的综合体。因此，作家们在创作官场小说时，对政治文化的审美表达，就不一定是和社会的现实政治问题短兵相接，同样可以在一种迂回曲折的，或者是更为广阔的生活空间中，叙写出政治文化的深广内涵来。在这一点上，曹征路的小说《赶尸匠的子孙》不乏可取之处。小说写天堂乡发展旅游经济，在全乡推行火葬。主人公任义替人顶罪劳改释放后，为了把继母土葬，最后拾起了祖传的赶尸手艺，偷了邻村一具尸体烧掉，将继母埋葬。之后，他发现了盗尸的巨大利益空间，于是组织人马干起专门的盗尸行当，在乡长等人的默许下，规模越做越大，最后竟做成了跨国公司，但这时他的妻子却疯掉了。从我们的一般阅读经验来看，曹征路的这篇小说或许算不得真正的官场小说，因为它并不像其他作品那样，热衷去描述官场的权力斗争，但作品对当代中国特别是底层政权的政治现实批判是非常严峻的、小说中的盗尸发家看起来很荒诞不经，让小说有着荒诞的味道，然在天堂乡单纯追求“鸡的屁”(GDP)的“拍脑袋”经济发展模式下，荒诞的也不荒诞了，借用小说中人物大刘子的话讲，就是“这些年天堂乡的头头换了一发又来一发，来一发新人就要想一个新点子。讲起来都叫改革，是新思路”。作家对当代乡村官场政治现实的批判并非剑拔弩张，而是相当含蓄有韵致的，一方面，作家能够把自己的主体意识融入到小说的细节乃至环境描写当中，如在对“水家涝”的地名介绍时，作家写到“水家涝其实不是水涝，是山岗。早年山顶上有片湖，有好几十亩大，所以就叫涝。后来森林砍光了，湖水也就干了，变成了旱地。再后来，退田还林了，又种上了树，是那种有人栽没人养的野林子，稀稀拉拉像秃子头上的毛”。很显然就隐含着对以破坏自然环境为代价追求发展的盲目“鸡的屁”主义的冷嘲热讽；另一方面，也是这部小说的更值得推崇的地方，就是曹征路能够把官场的政治生活与当地的风俗民情糅合在一起。小说中，作家花费不少的篇幅，写出的“赶尸”、“插花”这样的富有地域特色的风情文化，让人物的性格、命运，在地域风情与政治现实间往返穿梭，使作品既充满浓郁的生活气息，同时还获得一种灵动的气质。

像曹征路这样把“官场”从简单的政治现实中拉开,远近结合多层面地叙写官场生活的方法,的确值得很多作家借鉴。不少官场小说作家在写官场时,往往滞重、紧张有余,而轻灵与韵味不足。作家们总是喜欢用类似纪实的、写实的手法,把官场小说写成一种要么是黑幕重重、要么是沉重到让人压抑的人性与权力争斗。这样的写法,可能有“现实主义”的高仿真效果,但终究缺少审美的韵致。

第六章　宗教叙事：伦理救度与价值错位

20个世纪90年代以来，张承志、北村等作家的宗教性写作引起人们的极大兴趣。他们对神圣独立道德的神意颂扬，对经验生活世界的不屑一顾，对世俗生活价值的有力反抗，不仅是文学界热衷谈论的话题，同时也是知识思想界其他学者深刻关注的论域。许多学者从各自学科的独特视角出发，对他们的创作作出个案式研究，虽说评价上多是毁誉参半，但宗教写作的影响力不言而喻。虽然以宗教为价值视野从事创作非这些作家首创，早在“五四”时期，不少作家就接受现代启蒙理性的引领，以宗教性的道德视野观照历史与人生；新时期以来，礼平的《晚霞消失的时候》，张洁的《上帝不在天堂》，张抗抗的《塔》，张行健的《田野上的教堂》，范稳的《水乳大地》等，都不同程度地涉及宗教文化思想，但能够像张承志和北村这样获得轰动性影响的，迄今为止倒不多见。他们的文学活动越过了文学自身边界，俨然具备了思想史和时代精神史的重要意义。这份荣耀，是同时代的其他作家难以望其项背的。而他们的这份荣耀，虽是因文学的机缘，却不能说就是文学上的成功；很大程度上，他们的成功是文学外的。张承志在《心灵史》中说：“这部书是我文学的最高峰，我不敢说——我还有会超过此书的作品”，[①]可是给张承志带来如此自信的，究竟是作为“小说”的《心灵史》，还是“心灵史”的小说？如果剥离文学内与外的影响因素，我们则不难辨识，他们的轰动暗含着我们这个时代的许多其他文化措辞：第一，自改革开放以来，中国向经济社会转

① 张承志：《张承志文学作品选集·心灵史卷》，海南出版社1995年。

型过程中,社会出现过度重物质轻精神、重欲望轻节制、重利益轻义理等道德现象。作为对当代流行文化的某种救治和反抗,他们恰逢其时的出场,高举理想、精神、信仰、良知、勇气、牺牲等旗帜,既以孤傲的姿态表明了他们对现实的拒不妥协,替代性地满足了我们对这个时代某些道德风尚的愤怒情感,他们本身也顺理成章地成为我们这个时代精神的象征。第二,中国知识分子传统的道德洁癖。中国传统文化构成中由于宗教先天性的缺席,知识分子历来就是价值规范的立法者,因此自古以来,知识分子就把对真理的爱、对德性的追求和捍卫知识与价值理性视为自己的使命。这些作家受到肯定,根柢即在他们的精神言说传达了当代知识分子内心的普遍的乡音。第三,中国社会转型期知识分子的价值焦虑。90年代中国社会的急遽变革,给当时的知识思想界带来许多不适感,相当多的知识分子开始萌发文化上的思乡症,他们或反求诸己,以新国学、新儒家的面目出现;或求诸他方,以"文化基督徒"形象现身当代汉语知识思想界。这些作家正是凭借这种寻找精神原乡的思想努力和道德探索,获得当代人不绝于耳的喝彩。

正像康德所指出的:"正是理性,借助于它的道德原则,能够第一次创造出上帝的概念来"[①]。人类对"上帝"的想象与创造,说到底不过是一种道德行为,是人以主体性的姿态对自身提出的某种道德盼望和精神愿望。从这个层面来看,我认为张承志和北村作为中国当代宗教性写作是最具代表性的人物,他们的偏失是显而易见的,最根本就在于他们宗教写作过程中没有正确把握好"神"与"人"的关系。他们不是以"人"为核心和价值本位来思考问题,而是本末倒置地把"神"作为一切思考的逻辑起点和归宿,以对宗教的爱和热情取代对人类的爱和关怀,从而以某种宗教美德颠覆和消解了人类应该持守的美德。这些偏失和错位对于作家来讲可能是无意识迷误,但是对于处在转换中的当代中国的道德建设来说,必须审慎地看待。如果说这些作家试图以重建人类的精神和信仰高度作为现时代文化救治的美妙药方,那么在我看来,强化他们宗教性写作的人本主

① 翁绍军:《信仰与人世——现代宗教伦理面面观》,湖北教育出版社1999年版,第14页。

义立场，则是针对这种写作的本身的有效思想解毒剂。

一、“属灵”与“属心”：人与神的对峙

哲学与神学、理性与信仰、启示真理与哲学真理、人与神的冲突是西方社会最古老的文化冲突。这种冲突是内在地包含在西方文明内部的，其根源就在古希腊的思辨哲学与希伯来的先知文明两者作为西方文明源头的本质差异上。尽管西方社会一直被这种“人本”与“神本”的冲突和辩难深深地折磨着，但是在人—神关系的把握上他们却相当清楚，除少数宗教狂热分子外，西方宗教思想的一个基本立场，就是以“人”而不是“神”为关怀对象来思考人的生活和生存处境问题。正是如此，《圣经》不仅把上帝界定为“道成肉身”的基督，还把上帝设定为“道路、真理、生命”。即便在教父哲学家奥古斯丁那里，“对生命的爱”、“对生存的爱”也是同“对永恒的爱”连接起来的。德国新教神学家施莱尔马赫则直截了当地把宗教定义为“人对上帝的感觉和体验”。马克思则反复强调说，宗教归根到底是“人”的一种“自我意识”和“自我感觉”。[①] 质而言之，在西方思想背景下，宗教实实在在的就是“人学”，宗教探讨的所有问题，都是人的问题。正是因为以人而不是以神为核心，所以，西方社会才有废黜上帝的现代启蒙运动，才有尼采“上帝已死”的庄严宣告。

在西方宗教思想史上相当清楚的问题，到了中国却未必尽然。由于中国本来没有自己的宗教，宗教对中国人来说总是难以和生命最真切的体验联系在一起，难以在存在的意义上确立对宗教的“信”，因此，宗教通常是作为补充性文化形态而存在的。“五四”到新时期，尽管相当多的中国作家都涉及了宗教文化层面，但是无论是思想启蒙还是道德批判，宗教思想对于中国作家来说，至多是审视问题的景观文化，而不是来自作家生命深处的信仰。新时期初期，张雄辉的《挣脱了十字架的耶稣》具有一定的象征意义。小说叙述了一个青年女技工贺玉珊，由于家庭变故，

---

① 参阅《上帝没有激情——托马斯·阿奎那论宗教与人生·总序》，刘清平编译，湖北人民出版社2001年版。

生活波折,特别是"文革"时期"被利用"的不幸遭遇,她从"救世主"变成了"替罪羊",陷入"空虚,一切都是那么空虚"的绝望境地,从而喜欢上了"十字架"的"耶稣"。后在青年标兵佟宁的耐心关怀之下,她把"十字架"放进瓶子里,抛进了江水之中,走向了新的生活。贺玉珊抛弃"十字架"的行为其实是重要的隐喻,表明西方基督教思想对于中国作家的即时性意义。

就张承志和北村对宗教的态度而言,与上述所论作家有根本不同。在他们的意识结构中,宗教不仅是观念层面的存在,同时还内化为作家对生命的源初认证与终极确信,是和他们的全部存在融在一起的。《心灵史》的开篇,张承志就以谦卑的言语表达了对哲合忍耶教派的强烈归宗感,"我如此渺小;而辽阔的世界却在争抢着我……我只想拼命加入进去,变成那潮水中的一粒泡沫,变成那岩石中的一个棱角";[①]北村同样明确表示基督是"宇宙间唯一真活的神",作为作家,他"只是用基督徒的目光打量这个堕落的世界而已"[②]。在张承志和北村看来,"最高的神位是否存在,根本不构成问题,只要我'信'了,就意味着一切;只要信仰在人的精神中发生,就是神圣存在的见证"。[③] 为此,张承志和北村以个体生命的生动体验和深切感悟,感知着神迹在经验世界的发生,领受着神性真理对自我的重要启示。对张承志和北村来说,信仰是超越生死之上的终极问题。张承志说,"让世人因无信仰而生,我宁愿有信仰而死"。[④]《残月》中的杨三老汉,《辉煌的波马》中的碎爷,《九座宫殿》中的韩三十八,张承志借助一系列人物,表明了"念想"或"心劲"对于生存的重要支撑作用。《心灵史》这部小说,与其说张承志是在以文学的方式写出一个教派宗教教义和宗教精神的发展史,还不如说是通过一个教派两百多年的受难史与抗争史,表明信仰所具有的超越尘世生命、超越历史的至高意义。而在北村那里,信仰同样具有生死一线的重要意味,

① 张承志:《张承志文学作品选集·心灵史卷》序言,海南出版社1995年版,第1页。

② 北村:《我与文学的冲突》,《当代作家评论》1995年第4期。

③ 涂险峰:《神圣的姿态与虚无的内核》,《文学评论》2004年第1期。

④ 张承志:《荒芜英雄路》,知识出版社1994年版,第56页。

自从由先锋小说阵营撤离，归入宗教写作路线后，他的小说的一个基本情节模式，就是“有信则生，失信则死”，《施洗的河》中的刘浪、《孙权的故事》中的孙权、《消失的人类》的孔丘、《张生的婚姻》的张生、《玛卓的爱情》中的玛卓、《最后的艺术家》中的杜林，这些人物要么在获得信仰的那一刻就获得永生，要么就在无信仰的黑暗深渊中消失或发疯。信仰与无信仰，在北村的小说叙事视界中构成两种迥然相异的人物命运的分水岭。

问题不在作家信仰什么和如何信仰，而在于如何处理信仰中的此岸和彼岸、神性与人性的关系。如前所述，西方社会虽然自始至终存在着人与神的辩难，但是究其根本文学传统而言，关注的核心永远都是作为社会存在的人，但丁、歌德、莎士比亚、雨果、陀斯妥耶夫斯基、托尔斯泰、卡夫卡这些作家莫不如是。并非说西方作家的文学作品就是处理人神冲突的典范，而是说文学如果丧失了以人为本位这个中心信念，那么文学就应该让位给宗教神学了。张承志和北村的写作都存在这样的问题，他们的写作重点并非放在对“人”的问题的深刻关注，而是对神性与神迹的深度迷恋上。在他们的小说创作中，作家都先验地设置出人的世界与神性世界的尖锐对立，然而他们的思想与审美努力，却并非是在信仰的天国真理与人类存在的基本道德之间寻求通约和转化的可能，而是以超越性的宗教德性来遮蔽或否定现实社会的俗世道德。在他们的笔下，信仰并且只有信仰才是人类的最高德性。人无论物质如何贫穷，生存境遇如何恶劣，只要有信仰，人生就是充盈而幸福的；反之，失信则失德，失德则失乐。张承志虽然创作总量不高，但是在他的全部作品中，我们却很难找到直接以现实生活作为题材的作品，从开始创作，张承志就固执地远离世俗尘世和人间生活。他的笔写到过自然形态的河流与牧场、崇山与戈壁、草原与沙漠，歌颂过中国古代社会“侠”以及“死士”们的“清洁的精神”，歌颂过“红卫兵运动”和“无政府主义”，直到哲合忍耶的“人民暴力主义”，但唯独没有直接书写过现实生活形态的作品。张承志的叙述线路一直停留在超验的自然领域与精神空间，从来没有站在坚实的现实大地上。

熟悉中国文学历史的人都知道，中国作家历来有关怀现实的传统，现代以来的作家尤为突出。那么，张承志为何不写现实？如果说上个世纪90年代张承志乃是出于对现实的深深厌弃而远离现实，那么，80年代刚开始创作的时候呢？我们还是不妨看看张承志自己怎么说的。早在《金牧场》这篇小说里，他就开宗明义地写道，“生命也许是宇宙之间唯一应该受到崇拜的因素。生命的孕育、诞生和显示本质是一种无比激动人心的过程”。“我崇尚高尚的生命的秘密，我崇拜这生命在降生、成长、战斗、伤残、牺牲时迸溅出的钢花焰火。我崇拜一个活灵灵的生命在崇山大河，在海洋和大陆上飘荡无定的自由”。[①] 可以看出，张承志从起初就对现实不感兴趣，他感兴趣的不过是抽象的、超越性的生命道德诉求而已。他对理想的生命道德形态有着预先的设定，接下来的事情，就是如何寻找这个预先设定的主体价值世界与超验道德的对应物，张承志作品反复叙述到的自然、历史精神形态、哲合忍耶的宗教教义等，都不过是他主体性预先设定的超验道德的承载物而已。在张承志迄今为止的创作中，他的叙述对象或者说崇拜对象总是变换不定的，不变的是他在寻找对象和对象显现过程中主体的狂热与痴迷。这种变化无形中消解了张承志对信仰对象的崇拜的坚定程度和真实性，却反而强化了作家主体信仰型人格的独特魅力。在张承志和信仰对象的关系中，能否构成张承志的信仰对象，答案不是先定的，而看信仰对象能否在精神层面契合作家的主体预设。这个时候，我们发现，张承志与其说是在寻找着自我的信仰，还不如说他其实信仰的就是那个预设的价值主体——“自我”。他对自然、道德、宗教的崇敬也是在崇敬自己。他从一开始就把自己放在“圣化”的位置上，灵魂历险的历程，就是“他者”在“自我”的阅读中获得灵悟，“自我”在与“他者”的感应同构中渐渐让“圣化”的“自我”显影和充盈的过程。

在这一点上，北村同样存在着问题。虽然和张承志略显不同，北村自始至终把他的叙事视点归落在人类的基本生活层面上，他的小说以细致入微的笔调，写出了世俗生活中男男女女的吃喝拉撒睡，写出了人类

① 见张承志《金牧场》，《昆仑》1987年第2期。

对真理、爱情、艺术和事业等充满诗意的热爱与美好追求;他的小说中出现了许多现实感相当强的具体可感的人物形象,比如哲学家、诗人、艺术家、教授、大学生、企业家、无业青年等。作家以他的"基督徒的目光"悲悯地审察着人类的所有幸运和不幸,希望、绝望与深渊处境,但是,北村的所有作品,事实上都是一种论证性的描述,北村所要论证的就是:人类作为被造物,其存在最终是虚无的、绝望的;人类只有信靠主,才能最后得救。于是,北村为他的小说建立起一个基本母题和叙事模式,那就是"人是有罪性的——有罪性的人必须信仰——只有信仰才能得到救赎"这样的三段论结构。北村的小说基本上有两种结局,一种是人在信仰中蒙神恩得救,如刘浪(《施洗的河》)、李百义(《愤怒》)、陈步森(《我和上帝有个约》)等;一种是在没有信仰的黑暗世界中消失,如孔丘(《消失的人类》)、玛卓(《马捉到爱情》)等。这个时候我们看到,北村首先是假定性地为人类的存在设置了一个"在信仰中得救"的终极命题,然后所有的叙事目标,——无论是敷衍"得救"还是"消失"的故事,——都不过是直奔这个终极命题而去的过程而已。如果说张承志是以遗忘和遮蔽的形式淡化信仰生活中人类的生存痕迹,那么,北村则是以他的理性逻辑设置,把人类的世俗存在预先就塞进一个先验真理的不可抗辩结构当中,剩下来北村所要做的,就是以叙事的形式把人类通往那个终极命题的过程"仪式化"而已。质而言之,北村的小说中,很多时候人物都不过是充当着演绎那个终极命题的道具。表面上看,北村是在关心着人类的精神出路和现实救赎问题,实际上他却轻而易举地取消了"人"的存在。

由此可见,张承志也好,北村也罢,在"爱宗教"和"爱世人"之间,他们的选择无疑都是倾向于前者的。他们的写作是属"灵"的而不是属"心"的。和"心"的此岸性、体验性、具体性、内在紧张性,或者说它的社会性、政治性、历史性相比,"灵"的写作更多是超越的、抽象的、启示性的。"心"因为是多向度的,故而充满着复杂和矛盾,而"灵"却可以是单向度的、明朗的。就张承志的创作来看,他是以"灵"取代"心",或者说是有"灵"无"心",即便在最具"心灵"意味的小说《心灵史》里也不例外。小说虽以“心灵史”为标题,但却很少有“心”的成分,作家的立意并非在写哲合忍耶教众们在社会、历史、文化的互动关系中形成的心理、意识和情感,而是着力渲染“卫教圣战”过程中精神层面上他们的牺牲、受难与反抗等宗教美德。这些美好的宗教道德先是被作家抽离出历史层面,先验地赋予它某种值得歌颂的品质,然后通过历史事件加以展开和发挥。有的学者认为《心灵史》写出的恰恰是“无史的心灵”,在我看来,它至多是一部哲合忍耶信仰的“灵”的历史,根本上与“心”无缘。张承志写作上的“无心”特性,是与他拒绝人类社会、拒绝世俗生活,与他不以人作为思考和关怀对象,而是孜孜以求超越性的神性事物有关。

二、“人类爱”、“现实恨”与“宗教爱”

我们完全可以把张承志和北村的宗教主义写作纳入到现代以来文学知识分子的启蒙思想文化路线上来看。尽管在90年代的文化语境中,“启蒙”已经是个过时的词汇,但是在中国作家的深层心理意识结构中,可以说并没有脱离开“启蒙”这个现代文化理念的心理缠绕,90年代的“人文精神”讨论,乃至后来的“底层写作”,等等,实际上都可以看到中国作家启蒙精神的阴魂不散。——毕竟在现代知识分子文化形成过程中,“启蒙”是历史多重合力的结果,启蒙思想对现代中国知识分子扮演着重要的形塑作用。张承志和北村同样不例外。张承志对超越性精神理念的执著追求,北村对现实人类处境的宗教主义式批判,其实隐含着的都是作家的“现实主义激情”,只不过他们不是以直接介入现实,不是以改造现实的姿态出现,而是以宗教精神作为批判立场,表达了对现实的某种基本态度而已。

虽然说张承志和北村写作的基本特点是以神而不是以人为关怀对象,但我并不认为这是他们写作的出发点,而认为这是他们写作所呈现出的最终特性。从情感和道德的叙事起点上看,我们必须得承认,无论是张承志还是北村,都是把“爱人类”作为基本出发点的。张承志这样说,“我希望自己的文学中,永远有对于人心、人道和对于人本身的尊重;

永远有底层、穷人、正义的选择；永远有青春、反抗、自由的气质”。[①] 尽管这种“对于人心、人道和对于人本身的尊重”，在张承志的思想发展过程中演化出诸如抗拒意识形态、抗拒商业化乃至张扬民粹主义等不同意味，但是其总体性就在于作家的人道主义立场。正是基建于人道主义这个对人类的基本关怀立场，在90年代初期，在中国社会商业大潮涌动，大众文化甚嚣尘上，知识分子批判意识遁迹无形的时候，张承志连续发表了《以笔为旗》等文章和《清洁的精神》、《荒芜英雄路》等重要的散文随笔集。他高扬理想主义的旗帜，以精神“清道夫”自命，展开悲壮而孤独的英雄式精神抗战。《心灵史》这部作品，体现出的正是作家试图到无知无识的民众信仰中去发现真正的人心和人道的民间道德努力。这种“爱人类”的情感与道德力量，同样支撑着北村的文学信念。在北村的理解中，“人道主义是一个基本的出发点。我们没有理由要求一个小说传达一种意义，但有理由要求它是一个人道主义作品，因为人不能超越这个边界”。[②] 他的所有作品，究其基本关怀而言，莫不是存在论意义上的人的处境和出路问题。北村把现实人类的罪性、恐惧与绝望，人的良知、道义、责任以及人类自身的有限性与社会对于人的道德义务等放置在艺术分析的中心，苦苦探究的就是人类的可能性问题。我们可以对北村给出的结论持有疑虑，但不能否认他对人类的人道主义关怀。

张承志和北村作品和思想意识中的人本与神本、现实与理想的对立，乃至最终形成的以神和宗教性的彼岸为本，并非是作家对待人与现实的立场本身出现了问题，而是他们处理人与神、理想与现实的情感与艺术方式上的逻辑悖论使然。他们是从“现实爱”出发来理解现实与人世的，他们希望现实与人世拥有他们所企求的神性内涵和高贵德性，或者说他们把现实与人世的理想设定在神性层面，但是，现实与人世——很显然，并不能达到他们所企求的道德与精神高度，于是，他们的“现实爱”便转化为“现实恨”。这种“现实爱”转化为“现实恨”的情感和心理过程，我们在现代以来启蒙作家的情感和意识深处并不陌生，鲁迅的“哀其

① 转引自何清：《张承志：残月下的孤旅》扉页，山东文艺出版社1997年。

② 北村：《关于小说（代跋）》，《消失的人类》，新疆人民出版社2002年版，第309页。

不幸，怒其不争”中所讲到的“哀”与“怒”，就包含着这种爱恨交集的复杂性，而且往往是爱之越深则恨之愈切。鲁迅以及现代启蒙作家的许多小说，都可以看到这样两种情感的内在交织与冲撞，《阿Q正传》无疑是最具有代表性的分析文本，小说对阿Q命运的人道主义忧切，与叙事层面阿Q形象从外形的猥琐到精神内质的矮化，形成了强烈的反差。

就张承志和北村而言，他们的“现实爱”就体现在作家创作意识中的人道主义起点，他们对现实社会与文化的尖锐批判，他们对神性价值的诗意张扬，从源初意义上说都是“现实爱”的表现。如果说，现代以来中国其他从事宗教性写作的作家，他们在宗教价值与世俗价值之间、“现实爱”与“现实恨”的转化中能够保持相当的弹性，是因为他们均把宗教价值作为外在批判性文化引入创作活动中，当完成他们的预设的批判目的后，宗教价值自身就变得可有可无的话，那么，张承志和北村则因信仰而不可能有任何折中的态度，不可能保持宗教价值与世俗价值之间的张力和弹性关系，他们的“现实爱”越强，“宗教爱”就越强；他们的“宗教爱”越强，“现实恨”就越强。爱与恨、现实与宗教，就这样在他们的情感和价值结构中构成了相互促进与转化的非同构性关联。正是如此，张承志和北村的一个基本叙事策略，就是以非现实化、反现实化来达到对宗教道德的肯定，或者说通过对宗教道德的肯定，来建立起某种非现实化、反现实化的审美品质。在张承志的笔端，除对现实叙事世界的远离与排斥外，他还同时建立起一种特殊的情感美学，即对城市、世俗权力、知识、理性、艺术等诸如此类人类创造物的不屑一顾。在张承志的作品里，总是会反复出现诸如“都市变成粪坑了”、“卑污的人粥”、“肮脏的世界”这样的比喻，而且他还自觉不自觉地站在人类文化与现代文明的对立面，他把中国文明的核心——孔孟之道，视为一切宗教和理想的“最强大的敌人”，他反对作为精神对立面的人类的一切“仕途经济”行为。这些判断，显然并非出自作家的理性思考，而是与非理性判断导致的极端情感密切相关的。在北村的小说里，“现实恨”的指向虽不如张承志那般直接和明了，但是其中的情节化意味却远胜张承志，尤其是最近几部长篇小说（《愤怒》和《我和上帝有个约》），北村均把宗教伦理与社会伦理作为相互印证的书写对象来写，信仰不再是早期小说中纯粹的个体性的、精神性的事件，信仰是与现实社会丧失公正、时代的愤怒联系在一起的。小说中的主人公，总是因为公正、正义、平等和生存权利等社会伦理的缺失，导致最终走向法律意义上的“犯罪”；因为法律意义上的“犯罪”（不是宗教意义上的“罪性”），从而最终走向宗教伦理层面对上帝的信仰和爱。《愤怒》中的李百义，《我和上帝有个约》中的陈步森，都是沿着这样的轨迹走向信仰的。小说中他们都是杀人犯，都因为杀人而难以逃脱良心的折磨和谴责，最后在教堂里聆听到了福音和真理，从而脱胎换骨、洗心革面。但是，他们走向“信仰”的宗教爱，却全部来自“现实恨”。小说中他们被设置成来自社会底层的平民孩子。陈步森是因为父母离异自小失爱沦落成抢劫犯最后失手杀人；李百义则“经常就睡在尘土飞扬的地上，像一具小尸首一样。没有尊严、没有价值，自生自灭，没人把我们当人看”。李百义和小说中的张德彪、老六以及《我和上帝有个约》中的“土炮”一样，个体的“罪”，是由社会的“恶”造成的，现实社会的不公与不义，诱发他们的“罪性”，最后沦为“罪犯”。他们都是“以暴抗恶”的人，区别在于李百义和陈步森最终以宗教的信仰、宽容与爱，完成了对自己的审判，同时超越了自我，化解了对现实的怨恨，而张德彪、老六、“土炮”他们却在执迷不悟的“恨”中迷失了自己，在“现实恨”中被邪恶击倒，终究成为真正的恶。

我们当然可以对张承志和北村处理“宗教爱”与“现实恨”的关系形式提出批评，尤其是北村，他似乎忘记了：信仰应该是至高的精神事件，如果人是因为对自身罪恶的羞愧，对罪行带来的可能性惩罚的恐惧，或者说是因为个体生命感受到的绝望，再来寻求信仰的精神支援，那么，这个时候信仰的意义究竟是心理学的还是神学的？信仰对于只有宗教“罪性”而没有现实“罪行”的人，它的意义又在何处？如果宗教的道德高贵性，只有通过现实社会伦理的破碎感来提供它自身的正当性，那么这种没有超越性的宗教道德，又何以担当起人类的终极关怀？因此说，北村小说屡屡出现的“被逼信仰”模式，其实恰恰构成对宗教道德自身的消解。但是在现代以来的启蒙主义文学线路图上看，他们的这种写作方式我们还是不难理解的。从现实关怀出发,因对现实的失望而走向宗教;以宗教的眼光回过头来观察现实、理解现实,却强化了作家对现实的怨恨与愤怒。问题在于:这种"现实恨"娩生出的不仅仅是对宗教信仰的坚执,同时还有对现实的丑化与矮化;不仅有现实层面的价值虚无主义,还有以神学伦理价值取代社会伦理价值的不好趋向,这些都是值得我们警觉的。事实上,这些趋向在张承志和北村的创作中已经变成事实。北村的《愤怒》和《我和上帝有个约》,都涉及神学伦理与社会伦理两种价值的尖锐对立。从情感和道义逻辑上讲,李百义和陈步森的杀人都有充分的理由,但从社会伦理层面看,正如卡斯特里奥针对加尔文所说的,"烧死一个人并不叫捍卫一种教义,而是叫杀死一个人",不管他们出于何种动机、何种独特处境、何种目的,伦理选择上讲,他们都没有权利去剥夺他者的生命。然而在宗教伦理层面,李百义和陈步森在杀人后的悔过与良心苏醒则把事情带到两难之境:其一,犯罪必得惩罚,杀人必须抵命,这是正义法则。其二,社会必须容人悔过自新,须有必要的宽容与怜悯。这是仁爱法则。这种相对主义的伦理选择悖论,在北村的小说中,无疑是以宗教伦理的爱的法则,战胜了社会伦理的正义原则。无论是李百义还是陈步森,在小说结尾尽管都以身伏法,但是他们却因信仰而成为真正的胜利者,他们战胜了自我,战胜了邪恶,战胜了个体的恐惧、绝望和内心的黑暗,在信仰的光芒中获得永生。他们的信仰,庇护了他们的罪。灵魂得救与社会正义,表面上看北村找到平衡的方法,以肉身的消亡和精神的升腾化解了两者之间的价值紧张关系,但两者在作家创作意识中的厚薄轻重还是相当清楚的。

三、神本与人本:作为一种写作的道德

应当说,在信仰缺失的当代中国,张承志和北村的宗教写作具有重要探索意义,但他们的写作难度也是可想而知的。因为,作为人类思想文化发展的重要组成部分,宗教在现代世界知识思想图景中的位置比较复杂:一方面,经历漫长的发展,世界各种宗教都形成了自己独特的、完

整的、丰富的思想价值体系，西方文学并且由此而形成深厚的宗教诗学传统。张承志和北村既然以宗教作为写作的思想资源或者说言述对象，就必然要面对固有的宗教思想和文学历史传承，这涉及思想和艺术上的创新问题。如果不能达到思想与艺术方面的突破，他们写作的意义可能就大打折扣。而另一方面，在当代知识思想界，言说宗教多少还有些不合时宜。虽然 20 世纪以来，人类在经历过战争、屠杀、独裁、饥荒、瘟疫、生态恶化等生存梦魇，经历各种意识形态的激烈对抗导致的社会生活领域的迷乱，省察到理性的有限性后，西方学者开始重新探讨将基督教道德的超验理想变成历史进程的内在可能性，试图以宗教伦理来整理人类的精神秩序与道德生活秩序。但人类毕竟在启蒙运动时就已经废黜了上帝，对于现代人类来说，宗教信仰与其说是出自生存信念，毋宁说是来自心理的和历史的习惯。在这样的信仰时代，我们该如何对待传统宗教伦理经验，基于传统宗教经验的伦理理想如何回应现实社会解决现实世界的难题，是困扰着西方知识思想界和宗教哲学家们的头痛问题。

并非说张承志和北村必须面对这种复杂的思想与艺术考验，而是说，张承志和北村如果想以宗教写作的形式去参与人类精神领域的事务，如果想成为真正优秀的宗教写作作家，那么他们就必须对过去人类的思想和写作经验给予必要的尊重，就必须融入人类文明的伟大传统并寄希望于从中脱颖而出。正是如此，我认为这种思想与艺术考验，完全可以作为我们评判张承志和北村宗教写作的重要尺度。这种尺度，既是分析当下中国宗教写作创作类型的有效知识背景，同时还是一种世界性的比较视野。从这样的论题视域出发，我觉得无论是张承志还是北村，都存在根本不足。倒不是说张承志和北村没有给我们提供独特的、超越前人的宗教哲学思考或另辟蹊径的审美创造——这样的要求对他们显然过高，而是说在审美把握的最基本层面上，他们忽略了宗教精神与人类伦理自治之间的内在关联。如前所述，张承志和北村的创作中都存在以“神”而不是“人”为核心的现象，在他们的叙事世界里，人性与神性不是统一的而是对立的；他们不是在人身上发现人，而是在神身上去发现人；他们不是从人的内部去挖掘人的心灵中隐藏着的对理想的热情和追求,去发现存在于人性内部的神性,而是把神性作为人的外部事物悬置起来,然后以此作为对现实人类的批判性根据。这种割裂了人性与神性两者关系的最直接后果,就是他们的创作失去了人的生动性、丰富性和复杂性。张承志的诸多作品中,"人"的问题更多是作家的夫子自道,作家往往是以论述性而不是叙述性的语调,谈论着人类的精神、理想、道德等问题。张承志尽管屡屡提到人道、人心与人性问题,但是他的一个基本出发点,就是纯粹的精神美德是超越现实生活的,故而现实生活中的人类并不具备他所倡扬的精神美德。当这种精神美德不在场的时候,现实人类只能是一个批判性的对象。这样,人的心灵世界或者说人与外部世界的紧张关系,就全部简化为精神美德"有"与"无"的敌对性关系。和张承志的简化人类心灵世界的做法相比,北村倒更愿意去描述人类面临的心灵问题,他的许多小说,都刻意观照人的现实处境,指证人类的罪恶、背叛、谎言,叙写着人类存在的虚无、绝望、恐惧等。但是,北村却把终极解救的道路交付给信仰,他的小说有着明确的答案:人作为被造物,不可能有最终的善,只有生命的原罪与心灵的堕落;人不可能以自己的有限去创造无限,只能在"蒙恩"中去聆听和感知无限。

这个时候,张承志和北村的审美思考就必然会出现某种人学的空隙,那就是在通往真理和至善的道路上,在把诸神视做人类道德理想的最终保证时,人将何为?人有没有属于人的生活?人能否自己引领自己、拯救自己?这个问题,西方宗教哲学家和伦理学家给我们提供了丰富的答案。舍斯托夫尽管毕生认为人类的极乐之路不能通过伦理,不能通过知识,不能通过思辨哲学,而只能通过启示和信仰,但他却同样指出"人不仅能,而且应该用自己的力量拯救自己",因为"只有这样的拯救才是现实的"[1]。德国伦理学家包尔生则把人类追求"合乎自己性质"的"人的生活"视为至善。[2] 西方文化虽然对如何建立起人与神、启示与信仰的通约性,对人如何拯救自己,如何追求合乎自己性质的生活见解不一,并且充满激烈的道德冲突与思想论辩,但强调作为受造物的人类在追求理

① [俄]舍斯托夫:《旷野呼告》,华夏出版社 1999 年版,第 144 页。

② [德]弗里德里希·包尔生:《伦理学体系》,中国社会科学出版社 1997 年版,第 230 页。

想和幸福过程中的主动性，无疑是对人的最大的尊重。而张承志和北村则不是这样。在他们的叙事世界里，他们强调的是信仰的唯一性，人除了信仰别无可能。在张承志那里，精神是作为高度抽象物和歌颂的对象而存在的，他持之以恒地宣示着精神的可贵，但却从未尝试着激发起现实世界中的人们对真理的爱和对德性的追求。他持续批判现实人类在精神面前的昏迷和道德状况的恶劣，但是唯独缺乏的就是给我们出示通往生命真理与德性的某种可能性。最后，他只能以“他们在跳舞，我们在上坟”的孤绝者形象，堂吉诃德般地奔突在个人想象的世界里。与张承志对现实弃置不顾不同，北村则是从现实人类出发来思考人类问题的，但他却以否决人类的自我救赎的可能性来达到消解人类的自主性。在北村的小说里，写到许多哲学家、艺术家、诗人、热恋中的情人等形象，比如张生、杜林、玛卓、周渔、老木等，北村借助这些人物，试图揭示现时代理性、审美、激情对人类灵魂救助的无效性。他们最终都是毫无例外的失败者，而且是没有经过斗争的失败者。他们没有和周围世界的尖锐对立，没有激烈的灵魂冲突，他们先验地被设置成充满无力感的、在下坠中寻求快慰的人。他们的结局或死或疯。其实，北村的叙述目的很简单，他只不过想证明：有限的感性个体生活在自我创造的经验世界里，注定着这种创造是有限的，其中必然充满着矛盾和敌对性力量，这是人类难以摆脱的困境。故而哲学、艺术、诗歌、爱情等，作为人类被造物的创造物，它们根本不能解决人的生存困惑问题，不能改变人类的灵魂结构和存在的处境，不能把人类带领到光明的地方，能够带领人类走向光明的，唯有信仰。

经验与超验、现实与理想、启示与理性，面对这一系列难以克服的难题，张承志和北村如何建立起一种既超乎经验事物之上，又扎根感性现实之中的叙事美学，是值得他们认真思考的问题。这不仅关涉到文学自身的基本道德——作家必须以爱心和智慧忧切人类的现实处境问题，同时还是他们获得创作审美丰富性和深刻性的重要参照。以这个标准来看，我认为张承志和北村都没有给我们交出满意的答卷。张承志式的以道德圣者自居，北村那种以否定人类的自为性存在和伦理自治来达到对某种必然的肯定，都不过是以取消对立的一极来肯定另外一极而已。他们缺少的正是西方思想和文学里面那种直面人与人、人与神、人与外部世界尖锐对质与辩难的伟大传统,他们以单一的信仰审美之维,挤压了存在的生动性与丰富性,根本谈不上什么思想和审美的创造性;他们恰恰是在思想上简化了人类的宗教和人生哲学智慧,艺术上显得比较简单。说张承志和北村精神结构中具有某种"反人类"意识可能有些言过其实,但是,说他们在精神和道德方面钝化了人类的自主性和创造力这却是不争的事实。这时候我们不得不提到俄罗斯作家陀思妥耶夫斯基,同样是宗教感非常强的作家,陀思妥耶夫斯基的可贵,就在于他坚韧地站在19世纪俄罗斯苦难的现实大地上,和同时代的人们同呼吸共命运,在同时代人心灵最黑暗的地方,担负起研究其道德痼疾的责任。陀思妥耶夫斯基的小说虽然充满着深奥的哲学思辨,他的每部长篇小说都可看做是巨大的思想实验室,但是作家决不是精神的迷恋者,他更不会因为对精神的迷恋而无休止地批判人类。相反,他总是站在理想和人道主义的立场坚定地认为,人所置身于其中的世界越是荒诞和惨无人道,人对理想的向往就越强烈,艺术家的责任就越大。所以,在陀思妥耶夫斯基的小说里,"没有一个完全消沉和失去个性的人(即使是失掉常态或被扭曲的)不以各种形式表现出'冲破'行为和思维的传统等级形式的个性"。他笔下的人物,即便是最无个性的和被生活洗劫一空的"抹布式人物","都被卷入了不安于现状的、动荡的和道德探索的复杂过程"。①

张承志和北村创作上的思想局限,究其根源,当然与作家的思想能力与审美创造力的欠缺有关,但从文化哲学的普遍性来看,是不是表明中国作家的精神背景和文化出身的某种先天性不足?我看很难说。如前所说,在中国这样的宗教匮乏的国家,宗教精神很难和中国人的生命活动建立起切己的联系,在更大程度上,宗教是作为超验的精神和信念而存在的,难以内化为中国人的灵魂冲动和感性生命意志。因此,在把宗教思想引入文学创作的时候,中国作家往往不自觉地就会把宗教视为异在的"它性"之物。通过对张承志和北村的创作分析,我们似乎不难证

① [苏]弗里德连杰尔:《陀思妥耶夫斯基与世界文学》,施元译,上海译文出版社1997年版,第9页。

实这一点。和当代中国同样被指认为宗教型作家的史铁生相比，我们或许可以看得更清楚。史铁生因为自身经历的特殊性，他的作品更多追问的是生、老、病、死，残缺与爱情，苦难和信仰等个人性的救赎问题，带有浓重的生存哲学和神学意味。但史铁生和张承志最大的不同之处就在于：他的所有思考，都是基建于个体的真实感性生命存在的；他是从个体的切身体验中提炼出的终极疑问出发，寻找可以抚慰存在、安妥灵魂的答案，而不是从终极真理出发，对人类的现实发出疑问。如果说史铁生的作品带有一定的宗教色彩，那么，他的宗教无疑对现实生命更具有救度的有效性。他的《命若琴弦》、《我与地坛》、《病隙碎笔》等作品，正是借助于作家突出的个体生命体验和独特的思考，由此及彼地具有某种共通的精神普遍性，融创出一种深刻、丰富、大气，偶在性与普遍性、悲剧性与理想主义交相渗透的美学气质。和张承志、北村一样，史铁生的有些作品因为过度强调思想性的缘故，难免有说教的意味，比如《务虚笔记》和《我的丁一之旅》，但总体而言，因为创作的切己性，史铁生的宗教情感和信仰言说，鲜有张承志和北村那样的故作姿态。

这里并非刻意强调张承志和北村的不足，而是想从伦理的和诗学的双重意义上，对当代中国略带普遍性的某些创作倾向提出看法。因为由于“主题先行”曾经盛极一时，当代中国作家中，不仅张承志和北村不善于处理精神和现实的关系，相当多的作家都像古希腊传闻中的色雷斯妇女嘲笑哲学家泰勒斯时说的那样，他们不能看清自己脚下有什么东西，还试想看清上界有什么。最后的结局虽不像泰勒斯那样掉进水井里，但却总是给人们制造出种种空洞的精神神话和新的乌托邦。中国作家的最大毛病就是非常善于把玩精神提纯术，而不是把精神存在熔铸到人类基本生命活动当中，他们对精神本身的热爱要远远超出对人类的热爱。正如狄尔泰所说，“人类的全部创造都是来自内在生命及其与外部世界的关系”。[①] 人类的一切真理、意义、价值，都是生命活动赋予的，并在日常生活与生命感觉中得到实现；如果脱离具体的生命活动，所有的真理、

① ［德］狄尔泰：《哲学的本质》，转引自刘小枫《诗化哲学》，山东文艺出版社 1986 年版，第 160 页。

意义与价值,都不过是空洞的符号。因此,真正的思想与艺术,都应该是从人的现时代的、日常的、此时此刻的问题出发,去叩问存在的普遍的真理,而不是从某种先验的道德预设和价值理想出发,对人类的存在展开批判。张承志和北村应该清楚,在这个众神远遁、价值虚无主义甚嚣尘上的时代,神性存在的真正意义不应该在彼岸,而在此岸和人心。它是人类良知的见证和道德的守护,是人类残缺不全的心灵的抱慰而不是无所不能的解放者。质言之,神性是人类自身理想的目标,应当充满着人类的善意、爱和希望。但张承志和北村显然没有搞清楚这些。他们遥望着彼岸若有若无的神性,有意无意地淡化社会和现实人类这个基本支点。因为很难找到理想形态的精神与现实人类存在的思想与叙事关联,他们的作品总是弥漫着一种浓厚的宗教浪漫主义的氛围和道德热情,他们不约而同地表现出对宗教神迹启示和臆想中的神性道德梦幻般的迷恋。这种宗教浪漫主义的成分里,既有批评界早已熟知的道德理想主义的审美化表现,同时还有病态的精神残渣和道德畸变,比如,张承志笔下对牺牲、仇恨意志的渲染;再比如,北村《我和上帝有个约》中陈步森"找死"的冲动、《最后的艺术家》中杜林等艺术家们对堕落的无限迷恋等。这种精神残渣和道德畸变,最终昭示我们的是:道德热情并不能带来直接的道德结果,当道德热情失去理性的节制,呈现出反理性文化的面貌时,热情很有可能就走向反面,构成人类道德的敌人。

第七章　生态叙事:狼现象与现代"心力"伦理

一、文学历史结构中的"心力"叙事

对于贾平凹的《怀念狼》和姜戎的《狼图腾》,我们单从生态学的角度研究实在是不够的,还应该把它们放置到中国现当代文学的历史结构当中,看到它们与"心力"叙事这个中国文学特殊的现代传统的有机联系。上世纪初至今,中国文学的"心力"叙事有着复杂的起源与发展。从文学自身的角度来看,它肇始于"五四"启蒙文学的"改造国民性"工程,并绵延赓续于近百年中国文学的历史轨辙之中。然而从政治、社会与文化的角度看,这种叙事形态的形成,则与晚清以降中国的国运衰败有着攸切的关联。19世纪中叶,西方社会挟工业文明的利器与长技侵入中国,两次鸦片战争的失败,给古老的华夏民族带来苦涩的耻辱。"师夷长技以制夷"的军事技术变革,并没有带来民族的强盛,相反,甲午一战,泱泱帝国却败刃于千里海疆。山河破碎、民族危机,导致中国政治精英和知识精英普遍为一种民族的羞辱感所笼罩,他们纷纷思考着中国的前途和出路,驱天命而尽人事,骤然成为其中多数人的历史观。他们希望唤醒国人沉睡的意志,"以心力挽劫运",再造中华盛世文明。谭嗣同说:"人所以灵者,以心也。人力或做不到,心当无有做不到者";[①]梁启超则同样认为:"盖心力涣散,勇者亦怯;心力专凝,弱者亦强。是故报大仇、雪大

---

① 高瑞泉主编:《中国近代社会思潮》,上海人民出版社2007年版,第145页。

耻、举大难、定大计、任大事，智士所不能谋，鬼神之所不能通者，莫不成于至人之心力”。[①]

晚清诸贤所开创的“心力”诉求，是在历史的两翼展开的：一为政治实践的社会改造领域，一为文化思想与文学领域。康梁变法的失败，意味着社会改造此一政治实践的铩羽，而在文化思想与文学领域，“心力”的伸展却可谓是风生水起。陈独秀、李大钊、鲁迅、郭沫若等，莫不以此为长思久虑的题目。早在留学日本的时候，鲁迅便力倡“意力主义”，呼唤拜伦式的“摩罗”诗人的诞生。陈独秀更一反彼时盛行的进化论思想，主张“兽性主义”，“强大之族，人性，兽性，同时发展。其他或仅保兽性，或独尊人性，而兽性全失，是皆堕落衰弱之民也”。[②] 鲁迅的“意力主义”和陈独秀的“兽性主义”，从哲学上理解，或可把它们归入到唯心论或者唯意志论范畴，但无论是戊戌前后的知识精英，还是“五四”时期的鲁迅、陈独秀等，他们并不是都在哲学的兴趣上提倡“心力”的，而是在民族生死存亡的高度审察此一命题，并对其寄予殷殷悬望。这种悬望，构成现代以来众多中国作家文学写作的道德起点，每当中国社会处于剧变或生死存亡的紧急关头，作家的滔滔“心力”便贯注于文学其间。“五四”时期，鲁迅的“狂人”，郭沫若的“凤凰”和“天狗”形象等，就是狂飙突进的“心力”形象的时代写照。抗战时期，孙毓堂的长篇叙事史诗《宝马》，郭沫若的《棠棣之花》等系列抗战历史剧，“战国策派”的“强力唯我主义”，等等，均有把“心力”与暴力正当性糅合起来的倾向。“十七年”时期，“心力”叙事则内化为《红岩》、《红旗谱》之类的道德理想主义的“英雄血”。20 世纪 80 年代至 90 年代，改革开放障碍重重，新兴的商品经济异化了人心，便有柯云路的《新星》，莫言的《红高粱》，沙叶新的《寻找男子汉》、贾平凹的《白朗》，张承志的《心灵史》等作品横空出世。形形色色的“心力”形象，斑驳地折射出时代变迁的曲折路迹。

纵观近百年中国文学的潮起潮落，尽管这种“心力”叙事因时而多

① 高瑞泉主编：《中国近代社会思潮》，上海人民出版社 2007 年版，第 145 页。

② 陈独秀：《今日之教育方针》，《陈独秀文章选编》(上)，生活 · 读者 · 新知三联书店 1984 年版，第 89 页。

变，但细加考察便不难发现，作为民族性羞辱经验的因应之物，它事实上一直内含着两种互为表里的修辞：表面上看，中国近现代知识分子的羞辱感，似乎已经转化为积极的历史力量；他们的"心力"叙事，既有对强者、英雄、野性、斗争、力量、破坏、建设等的召唤，更是以此而托负着自己的天下情怀和复兴民族的政治意识。但内底里，这种对"心力"的强调却透视出国势衰败后中国作家由羞辱、危机与恐惧相聚合而演化出的激烈情感旋涡，它包含着乌托邦成分，同时更包含着对自家文明的深刻批判和必然的反省。对于有着数千年"夷夏之辨"的中国知识者来讲，这种批判和反省既身不由己且满怀痛苦。

作为历史叙事链条的一环，《怀念狼》和《狼图腾》都非常典型地体现出了"心力"叙事的基本特征。一方面，它们充满着崇拜力量、崇拜意志、崇拜英雄等具有现代意味的国家主义意识形态魅惑，并把人心的强大视为国家独立、富强的手段；另一方面，两部作品都有着深刻的文明反思意识。在谈到《怀念狼》的写作缘起时，贾平凹这样说道："人是在与狼的斗争中成为人的，狼的消失使人陷入了恐慌、孤独、衰弱和卑鄙，乃至于死亡的境地。怀念狼是怀念着勃发的生命，怀念英雄，怀念着世界的平衡。"[①]作家的立意非常清楚，所谓人与狼的自然关系，世界的平衡等，不过是小说的表层叙事而已，其深层内核，则是试图在人与自然、人与狼的辩证关系中，发掘出狼身上所蕴含的原始野性和自然的力量，以图让人心变得强大起来。在小说叙事模式上，贾平凹采取了鲁迅《狂人日记》等小说擅用的笔法，以"疾病"隐喻着人的脆弱与精神萎顿。小说中的"我"、捕狼队队长傅山、捕狼队队员烂头等，都是怪病缠身。"我"长期居住在城市，现代生活使我变成一个长着"一张苍白松弛的脸"，"下巴上稀稀的几根胡须"的男人。城市文明的进化，造成了"我"自然生命力的退化。"我"追踪狼、给狼照相的过程，实际上是对生命原乡的一种热切追寻，而"我"与"舅舅"傅山的偶遇，实则是作家引入的一种母系神话，代表着作家试图返归自然，祈求输入人

① 廖增湖：《贾平凹访谈录》，《当代作家评论》2000年第4期。

类的原始生命强力，救治现代文明“病症”的愿景。小说中的“疾病”隐喻，在“我”、舅舅傅山和烂头身上体现出三个层次：“我”是作为“人”的符号出现的，在完成了文明进化的同时，却褪却了原始的动物性（狼性），故而也丧失了生命的活力。舅舅傅山，则似乎正处于“人／狼”转换的两难纠葛中。在他的身上，既有着狼的强悍生命力和原始的蛮性，又有着文明社会的人事物理。这种“人／狼”转换，在傅山身上是以多重矛盾呈现的，他既恨狼且又爱狼，护狼而又捕杀狼，可谓是恍兮惚兮，终究不知身在何处、心在何处。小说中的另一个人物——“烂头”，则是典型的未脱“狼性”和原始状态的自然物。他个头矮小，生命力却极其旺盛，一路追随傅山捕狼、护狼的过程中，偷女人、贪牛生殖器、摔狼崽。唯有茹毛饮血的生活，方可治愈他的头痛病。

应当说，在《怀念狼》这部小说中，贾平凹是有辩证思维和文化哲学眼光的。他自然知道，人类只有当自身面对危险的时候，才可以保持高度的危机意识和恐惧感，并时刻处于警觉之中，进而改变和强大自己。倘若没有了恐惧和忧患，则必然会钝化自身的生命能力，从而导致性格的猥琐和精神的困顿。——就像小说中所描写的那样，傅山正是因为狼的祸患连连，才“养成了在崇山峻岭密林沟壑里奔跑，不按时吃饭，不按时睡觉，甚至睡觉从不脱衣服，靠着墙坐着就是一宿”的饱满而紧张的生命状态。“若要穿上西服或中山装，整日坐在办公室说话，吸烟喝茶，翻看文件，他还算是什么猎人的身份？”（第六章）正是在这个层面上，狼的存在对人才有着特殊的意义。但贾平凹同时也知道，现代工业文明的迅猛发展，已然使人类处在一个严整的现代规制和高度发达的科技理性之中。这种理性规制和科技文明在给人带来生活的便利，让我们拥有强大的自然控制力的同时，还不可避免地导致了世俗的精明、算计与理性的傲慢，并进而改变人的自然本性。小说中，大熊猫养殖基地的黄专家和他的大熊猫繁殖就是如此。原本充满勃勃生机、野趣盎然的大熊猫，却被圈养在基地里。黄专家从事大熊猫繁殖研究，目的不过是想获得成果，评上研究员职称。当大熊猫母子死去，黄专家评研究员的愿望也彻底落空之后，他最终疯了，他“仰天地笑，笑，笑着笑着号啕大哭，和前来看热闹的九户山民发生了殴斗，甚至将刚刚剥杀的大熊猫皮裹着自己的裸体，使黑而青的生殖器垂吊在了外边”。（第五章）

就贾平凹的创作情况来看，《怀念狼》并没有超越出他的基本关怀，那就是现代社会重建过程中，人何以“精神地”生活。这样的课题，在贾平凹小说中具有相当的普遍性，也可以说是贾平凹小说一以贯之的主题。在处理这样的主题时，贾平凹的态度一直是矛盾且悲观的，他一边赞许着诸如传统、乡村、自然、野性的勃勃生机，但一边又意识到时势变迁中传统、乡村、自然、野性等的不可逆转。在他的许多小说中，都有个有关“生殖”的象征性情节。《鸡窝洼人家》中农民回回不能生育、《高老庄》中子路和菊娃的儿子石头先天残疾，作家用这些情节，预示着传统日薄西山的时代命运。在《怀念狼》里面，贾平凹再次运用了这种生殖神话。舅舅傅山在无狼可打的情况下，失去了性的能力，作家以此指喻着残酷的竞争中人类自然生命力的末世——包括捕狼队解散后，那些曾做过猎户的人，都慢慢染上十分怪异的病，先是精神萎靡，浑身乏力，视力减退，再就是手脚发麻，日渐枯瘦……贾平凹用非常直观的细节，刻画出人在失去生命的紧张感，“心力”松弛后的生命零落处境。

和贾平凹这种把“人／狼”放在辩证的结构中，书写狼性对人的“心力”建构的重要意义不同，姜戎的《狼图腾》则是在一个开阔的历史与文化视野中，以充满论辩性的强攻的方式，比较了蒙、汉两个民族以及游牧与农耕两种文明的优劣，坚定地表达出自己某些尖锐但却很有些武断的判断和观点，即：游牧文明有着农耕文明根本无法比较的优势。在叙事体式上，《狼图腾》采取的是类似于“成长小说”的法式，叙述了“文化大革命”期间，几个下放到蒙古草原的汉族知识青年陈阵、杨克、张继原等，接受牧民“再教育”的故事。血雨腥风的时代、残酷的争斗、撕裂的人性……诸如此类的时代背景，在这部小说中都被作家切割在苍茫的草原生活之外。姜戎的用力之处，则是叙写几个汉族知识青年在睿智的蒙古老人毕力格的精神引导下以及他们自身经验的增长过程中，最终脱胎换骨,涤除了汉族农耕文化陈旧而保守的生命观、生存观、生活观和价值观,心甘情愿地皈依和认同草原思维和游牧文明的故事。

在《狼图腾》这部小说中,姜戎“心力”叙事的促动机制,无疑是来自作家的历史感和当代意识。尽管我们不能说《狼图腾》就是作家姜戎对美国学者赛缪尔·亨廷顿“在后冷战的世界中,人民之间最重要的区别不是意识形态的、政治的或经济的,而是文化的区别”这个“文明冲突论”观点的回应,[1]但是,在当下这个多极文化竞争,全球政治、经济开始沿着文化线被重构的世界中,姜戎表达了对于民族文化发展的忧思。姜戎试图沿着“五四”启蒙主义开辟的思想理路,对汉民族的民族存在和民族性格作出批判性的反思,并进而为华夏民族在世界的重新崛起寻找突围之路。如果说在贾平凹的《怀念狼》中,作家只是循着鲁迅的方式,只问“病”而不开“药方”的话,那么,在《狼图腾》中,姜戎则是望、闻、问、切并举,历史的与现实的、比较的与分析的、政治的与军事的、理论的与经验的,等等,姜戎用尽百般手段,目的就是要证实,草原文明相对于农耕文明有着得天独厚的优势。姜戎的意图在于,找到华夏民族农耕文明的“病根”,并不惮于引人诟病,给病入“沉疴”的华夏农耕文明开出“药方”。在这部充满论辩性的小说中,姜戎的判断多是借助陈阵、杨克等之口说出的。在小说的结尾部分,姜戎一语道破天机似地说道:所谓“‘中国病’就是‘羊病’,属于‘家畜病’的范畴”。姜戎试图通过近现代中国悲怆的历史让读者们看到,华夏民族虽然也曾经创造出了辉煌灿烂的古代文明,但那不过是以牺牲民族性格和民族发展后劲为代价的。当世界历史越过了农业文明的低级阶段,进入更高层级的文化实力竞争阶段以后,中国注定了要落后挨打。而要治愈这种民族的“家畜病”,则必须要像历史上的秦、汉时期那样,不断完成草原民族对华夏民族的狼性血液的输入,以此大大地冲淡千年来从农耕生活中涌进民族血管的羊血,唯有如此,才能使羊化和孱弱的华夏民族性格再次刚强起来。

---

① [美]赛缪尔·亨廷顿:《文明的冲突与世界秩序的重建》,周琪等译,新华出版社2002年版,第6页。

小说中，姜戎尚力、尚武、尚战、尚争的价值意识是再清楚不过的。作家的这种价值意识，曾招致众多研究者的严厉批评，李建军说：《狼图腾》"以它令人费解的偏执和无畏，顺着贾平凹的《怀念狼》开辟的险恶道路狂跑裸奔，一头扎进险象环生的烂泥塘，又一次让我们看到了疯狂地颠覆常识所造成的喜剧情景和严重后果。"[①]"在人性与兽性之间，他们毁废人性而赞美兽性。嘲笑人类社会的'文明道德'，宣扬一种野性的'丛林道德'"。[②] 丁帆等则指出，《狼图腾》"暗含着的却是一种历史的退化，其本质上就是倒退到'弱肉强食'的原始文化伦理基点上"。[③] 对于这些评论，此处我们不做辨析。我想指出的是，《狼图腾》所体现的尚力、尚武、尚战、尚争特性，根植的正是作家的草原逻辑和游牧思维，而这种思维就是建立在草原民族的生存根基上的。众所周知，草原民族历来逐水草丰美之地而居，他们对草地和牧场并没有严格的私产的观念，往往是强者据而有之，故此，为了争夺有限的草地和牧场，战争、征服、抢夺和杀戮就必不可免，尚力、尚武、尚战、尚争，在草原文明发展过程中也自然而然就是顺理成章之事。姜戎本着批判汉民族和农耕文化的"启蒙式"目的，试图以富有侵略性、进攻性、扩张性的草原文明为参照视野，来批判和反省农耕文明的不合时宜性。作家在小说中有个基本预设，那就是草原思维的正确性预设。一切事物，只要符合草原思维、符合草原逻辑的就是对的；相反，站在草原逻辑对立面的，则统统被作家归入到错误的一面。《狼图腾》中的草原思维可以说比比皆是，比如，在一次捕猎黄羊的战斗中，陈阵看着跪倒在他脚下的可怜无助的黄羊，动起恻隐之念，"这些黄羊真是太可怜了。狼真是可恶，滥杀无辜，把人家的命不当命，真该千刀万剐……"但陈阵这种"怜羊恶狼"的思维，显然不符合草原思维，并因此而招致毕力格老人的愤怒。在老人的草原思维中，"草和草原的命是大命，剩下的都是小命，小命要靠大命才能活命"，故此，"吃草的

---

① 李建军：《是珍珠，还是豌豆？——评〈狼图腾〉》，《海南师范学院学报》2006 年第 6 期。

② 李建军：《被人性和愤恨奴役的单向度写作》，《小说评论》2005 年第 1 期。

③ 丁帆、施龙：《人性与生态的悖论——从〈狼图腾〉看乡土小说转型中的文化伦理蜕变》，《文艺研究》2008 年第 8 期。

东西，要比吃肉的东西更可恶”。（第三章）

二、“狼性哲学”与“心力”的伦理反思

以历史的眼光看，崇尚“心力”和强者哲学，并非中国现当代作家所独有。在人类文明史上，它是具有普遍性的。特别是在人类的早期社会，战争是人们解决问题的最直接、最有效的方式，世界各民族自然就会形成对武力的崇尚。进入现代社会以后，资本的扩张，市场的占有，资源的掠夺，宗教的矛盾，文明的冲突，等等，都是人类“尚力思维”有增无减的重要因素。“人们相信成功的武力征服证明了帝国的优越性，从而证明了其统治世界的权力合法性”。[①] 对狼的崇拜，或者说狼图腾的应运而生，虽然不能说就是人类的这种富有侵略性的“尚力思维”的结果，但肯定与此有着密切联系。尤其是西方文明奠基于海洋和草原，故而，他们对“力”的崇拜相比较于中国而言，更是有过之而无不及。在文学领域，从民间到经典，狼文学在西方社会更是层出不穷，像但丁的《神曲》、雨果的《笑面人》、左拉的《人兽》、杰克·伦敦的《荒野的呼唤》、《狼的儿子》、艾赫玛托夫的《断头台》，等等，都是堪称经典的狼文学作品。确如许多人所指出，西方作家的狼叙述，一般都很少写到狼的狡猾、凶猛、残暴，而更多的却是写它们的勇敢、力量、高贵、智慧、尊严与坚忍。这些拟人化的德性，我认为当与西方社会的历史、精神基础和文明传统有着同构关系。

那么，我们应该如何看待中国语境中的《怀念狼》和《狼图腾》式的狼书写？如何看待近些年中国作家借助狼书写表达出的“心力”诉求？这是研究这些作品的核心命意所在。应当承认，从历史的线索看，无论是贾平凹的《怀念狼》，还是姜戎的《狼图腾》，它们对“狼道哲学”和“心力”的价值张扬，对传统民族性格、民族精神的深入反思，都是有其正面意义的。如前所述，晚清以降，中华民族屡屡遭受外敌的入侵，面对民族危机

① 赵汀阳：《坏世界研究——作为第一哲学的政治哲学》，中国人民大学出版社 2009 年版，第 185 页。

和殖民主义的羞辱，文学知识分子倡导的“心力”政治，虽未必能挽危势于既倾，却可起到凝聚民心、提升民气的作用，对凝炼中国民众的国家认同，也是功不可没。因此，在民族生死存亡的这个根本尺度上，无论作家们怎么强调“狼道哲学”、强调“心力”都不为过。况且，就人类的基本生活而言，我们除了需要应对国家和民族意义上的危机以外，同时还要面对不可预料的自然灾害，还要面对人类自身的欲望、自私、贪婪、恐惧、残暴等，所以，合乎理性和价值尺度的“心力”当然是可贵的德性。

但是，我们必须要注意到的是，“狼道哲学”也好，“心力”也罢，它们其实都是价值的双面体，既包含着积极、进取、顽强、勇气、果敢、智慧等德性，同时也有狡诈、残忍、暴戾、杀戮等负面品格。如何对“狼道哲学”和“心力”保持必要的警觉和清明的理性，这是我们必须要审慎思考的问题。这也就是说，在我们倡导“心力”的时候，必须要注意到“心力”的双重文化属性，必须要给“心力”注入必要的道德基础，以便使其合乎道德理性。唯有如此，“心力”才有可能保持自身的正当性，并产生出积极的历史力量；反之，则有可能把我们带入歧途。

反观中国现当代作家的“心力”叙事，其道德基础可以说是极其可疑的。虽然中国有“心学”的哲学传统，但是，20 世纪以来中国文学的“心力”叙事，很显然承接的并非是中国的古典哲学传统，而是内生于近、现代国家的民族主义危机，是文学知识分子面对民族危机的一种因应方式。这种特殊的起源，决定着我们的“心力”叙事往往包含着突出的现实功利性，其目的，多是在追求变革人心以变革社会，进而化解民族的生存危机乃至富国强民。这样的“心力”叙事，决定着它必然会带有重利害而轻是非、重得失而轻善恶的特点。此一转折，我们从现代作家对西域思想的镜鉴同样可以看出端倪，叔本华、尼采均为德国唯意志论的重要哲学家，然在中国却命运迥异。鲁迅、茅盾、郭沫若等，均曾翻译过尼采的《查拉图斯特拉如是说》，对他的强力意志推崇备至；而同样强调意志力的叔本华却备受冷落，除王国维多有参详外，其他作家、理论家们言之甚少。其原因就在于叔本华认为意志是人痛苦的根源，把人导向悲观主义，而尼采却声称要使个人的要求和欲望得到最大限度发挥。他的哲学具有傲视一切,批判一切的气势。对彼时的中国而言,尼采的哲学显然更切近中国问题,更易转化为文化革故鼎新和社会变革的方法论,故而中国作家重尼采轻叔本华,就不是难解的问题。不过,"心力"叙事的功利性过强,导致其内涵建设不足的问题,对中国文学的影响还是相当深远的。如果说"五四"时期,陈独秀的"兽性主义"、鲁迅的"意力主义",尚因民主、自由、独立、个性和科学这些基本价值作为道德基础,从而可以在一定程度上化解"心力"叙事中隐含的暴戾之气的话,那么,随着"救亡压倒启蒙",当民族独立和民族发展问题成为我们首要之急的时候,"心力"叙事重"力"而不重"心性"的现实功利性特点就更加暴露无遗。《狼图腾》中,作家姜戎"崇蒙抑汉"思维就是典型的例证。小说中,作家之所以欣赏草原民族金戈铁马、以力平天下的卓越武功,对弱肉强食、成王败寇实用主义原则表现出高度的认同,根源就在于作家把"心力"问题纳入到民族兴衰的大框架中,认为在"羊欲静,而狼不休,这条规律仍然支配着世界"的残酷竞争中,中华民族之屡屡被侵犯,根由即在软弱的"文明羊"式民族性格。姜戎寄望于在长久浸润于封建帝王专制的民族精神中,注入狼性的自由强悍的进取精神。作家所竭力渲染的"狼性",包含着对战争意志和力量的无限推崇,同时,作品中作家对狼性的暴力叙写亦多有赞叹之笔。如在小说的第六章,作家描述狼群对马群的攻击时,姜戎这样写道:

> 狼群的这次追击围杀战,全歼马群,无一漏网,报了仇,解了恨,可谓大获全胜,大出了一口气。一群饥狼捕猎了这样大的一群肥马,它们能不狂欢吗?狼群当时一定兴奋得发狂发癫,一定激亢得围着最密集的马尸疯跑邪舞。它们的兴奋也一定持续了很长时间,所以冰湖上留下了这鬼画符似的狼道怪圈。

姜戎以"推己及狼"的方式,揣度狼群捕猎马群后的胜利者的狂欢。这样的描写,与其说是作家对暴力叙事的偏好,毋宁说是对暴力美感的迷恋,因为,在姜戎的眼中,草原狼的激情、力量、气势、勇武、智谋等,一直被他视为高贵的德性,当猎杀成为狼性高贵德性和令人敬佩的品质的展现时，猎杀就洗脱了杀戮的罪恶，摇身一变，成为具有生命美感的普遍性道德。类似这种血腥暴烈场景叙写，在贾平凹《怀念狼》中同样存在。小说的第一章，作家在写到狼祸给老县城带来的灭顶之灾时，就写得惊心动魄：

> 城门外黑压压一片，所有狼眼放着绿光，叠罗汉似的往城墙上爬，任凭人们掷火把，扔砖瓦，放火铳，死了一层又扑上一层。人狼对峙中，竟有一群红毛狼从下水道钻进城，咬死数百名妇女儿童，一时城池陷落……接踵而至的匪乱，匪徒杀死剩下的少半人，烧毁了三条街的房子，知县老爷的身子还坐在大堂上，头却被提走了，与上百个头颅悬挂在城门洞上，每个头颅里还塞着各自的生殖器……

实际上，暴力叙事的偏好和暴力美感的迷恋，在姜戎和贾平凹这里恐怕是合二为一的问题，因为，正是作家把狼性的勇气、力量、强悍、高傲以及对胜利的追逐和渴望，转化成为拟人化的、令人普遍敬佩的品质，并且使之成为普遍性的道德价值，故而才会以沉迷的方式叙述着猎杀的惨烈。就像赵汀阳所说的那样："由于勇气是美的，所以为了表现勇气就必须认可杀戮"。[①] 在作家的历史观念和价值观念中，"力"显然是被强调得过了头的，《狼图腾》甚至借杨克和陈阵之口，对中国的君主制和民主制有这样表述：

> 杨克：在西方，狼性也适度地释放了，民主制也建立了，所以，西方民族走到了世界的最前列。而羊最恐惧自由和独立，一但没有"徐州牧"的看管，羊就会被狼吃掉。软弱的农耕民族都愿意选择专制，农耕人群是集权专制制度的衣食父母。
>
> 陈阵：狼性不强的民族永远不会去争取民主和使用民主。实际上，民主是强悍民族对统治者反抗和讨价还价的结果。（尾声）

君主制和民主制在中国的演进，如此复杂的历史、政治与文化问题，

① 赵汀阳：《坏世界研究——作为第一哲学的政治哲学》，中国人民大学出版社 2009 年版，第 185 页。

却被简单地归结为民族的“心力”问题，这显然是说不过去的。法国学者谢和耐在他的《中国社会史》中曾有如此表述：“我们所习惯的关于君主制与民主制的划分，未免过于绝对化。历史上并未出现过纯粹的民主模式，中国君主制亦非排斥任何调节机制与民众表达形式。剥夺弱小、专制强暴都不是华夏世界的特产。总而言之，历史上其他民族也不见得比中国有更多的正义、更多的人道。有人可以以极其暗淡的色彩描绘中国社会史、政治史，而就欧洲情况而言，要采取同样的办法处理也并非难事”。[①] 谢和耐的这段话，涉及看待经验世界之外其他文明的视角以及叙述的方法论问题。姜戎的错误在于，他是以草原文明的正确性预设作为出发点并由此而审判农耕文明的，当然会得出排斥性的结论。草原文明和农耕文明孰是孰非、孰优孰劣，姑且存而不论。姜戎承接着现代启蒙观念，试图对汉民族的传统文化和民族根性作出反思、批判和清理，自有其相应的意义，但是，如果不能以辩证的眼光、科学的态度，审慎地对待文明，那么，势必就会得出危险的结论。用姜戎自己的话来说，“龙图腾”自然需要检讨和反思。但“狼图腾”又何尝不是如此？历史上看，草原民族曾经凭借万千铁骑，驰骋草原，建立过庞大的帝国。姑且不论战争本身的正当性如何，单就草原文化本身来看，诚如许多学者都研究所指出的，“蒙古本来是没有文教的战斗族群”，尽管凭借铁骑弯刀，将众多族群降伏为蒙古臣民，但终究不能形成一个有效的行政组织系统；相反，没有自身的一套政治与伦理规范，文化上的“自我”，只能消融于众多“他者”之中。[②]

站在21世纪的今天，贾平凹和姜戎对“狼性哲学”和“心力”的浪漫主义想象，作为一种现象我认为本身就值得反思。虽然说，在人类的早期社会，各民族都不同程度经历过尚武、尚力的阶段，但随着人类文明的演进，至少在西方社会，目前已经进入到对以力争天下的强者思维的反思。特别是20世纪以来，经历过法西斯主义的兴风作浪，两次世界大战

① ［法］谢和耐：《中国社会史》，黄建华、黄迅余译，江苏人民出版社2008年版，第21、22页。

② 许倬云：《我者与他者——中国历史上的内外分际》，生活·读者·新知三联书店2010年版，第90—93页。

的杀人盈野，奥斯威辛集中营的巨大耻辱之后，人道主义思想最终占据了上风。人们开始对“强者哲学”作出深入反思。“奥斯维辛之后，写诗是野蛮的”，德国哲学家阿多诺的警言振聋发聩。哈贝马斯则从“国家”的观念层面对纳粹意识形态做出清理。在哈贝马斯看来，那种主张“共有一片疆土、共有日尔曼祖先的德国认同”已不合时宜，唯有自由、平等、正义、人权等原则的道德普遍性，才是联邦德国政治文化发展的价值准则。① 相比较而言，中国作家对“强者哲学”或“狼道哲学”显然还没有足够的反思。“五四”至抗战期间的“战时文学”自不必说，1949 年以后的革命浪漫历史叙事亦毋须多论，单就 1980 年代以来的文学观察，像莫言的《红高粱》、张承志的《心灵史》等，作家们对以“心力”呈现出的戾气、暴行、杀戮等，都没有形成足够的警觉。中国作家的暴力叙事，也屡屡受到读者和批评家的指责，德国汉学家顾彬在谈到《狼图腾》时曾说，“《狼图腾》对我们德国人来说是法西斯主义，这本书让中国丢脸”。② 中国作家何故如此钟情于“心力”，且对“心力”背面的暴力缺乏足够的理性反思？除前面提到的国家、民族独立与发展的假设性焦虑外，我认为，人道主义在我们的文化基因中发展不够成熟乃至匮乏，恐怕是另外一个相当重要的原因。没有人道主义作为基本的价值视野，没有人道主义提供的自由理想、道德平等、个人尊严、尊重生命等作为审视的基本眼光，对暴力和暴力美感的迷恋，就是必然的结果。

三、“人性”与“狼性”的人文辩证

不管“心力”在中国近现代有着怎样的历史必然，“心力”叙事曾给文学注入了何等的英雄之气，塑造出哪些浪漫之美，今天，我们都应该审慎地对待这个命题。因为，“心力”既是历史的重要创造性力量，同时也可能是强大的破坏性力量。在我们今天的社会，当“三聚氰胺”、“地沟油”、

① 陈勋武：《哈贝马斯评传》，中山大学出版社 2008 年版，第 177 页。

② 2006 年 12 月 11 日《重庆晨报》记者报道：德国汉学家顾彬在接受“德国之声”访问时指认在中国极受欢迎的小说《狼图腾》“对我们德国人来说是法西斯主义，这本书让中国丢脸”。

“毒胶囊”、“工业明胶”、“毒大米”侵袭着我们的日常生活;当“环境污染”、“恐怖主义”成为我们这个时代的世界性难题;当“彭宇案”、“药家鑫案”、“小悦悦事件”逼视着我们这个时代的“他者”伦理,面对人性内部这些比狼还贪婪、自私、狠毒、冷漠、残忍的幽暗意识,恐怕很少有人还能够理直气壮地宣示:人类需要“狼的精神”! 当然,或许我们可以说,现当代中国作家的“心力”诉求,是基于民族主义的生存正当性需求,但我们同样应该注意到的是,当“心力”贯通着个人或民族的羞辱、与个人或民族激愤的复仇情绪相缠绕的时候,如果没有正确的价值引导,它就有可能走向正确事物的反面——这是由人类的顽固本性决定的。“靖康耻”和“臣子恨”,孵化出的必然是“饥餐胡虏肉”、“渴饮匈奴血”的暴力性极端仇恨情绪。

因此,对于当代作家的“狼叙事”或者说“心力”诉求来说,我们必须要有历史理性精神和辩证的眼光,一方面,需要认识到“狼性哲学”内在的价值上的复杂性,另一方面,就是要从当下社会现实的需要出发,重新审视“狼性哲学”的当下意义。实际上,无论是“人性”还是“狼性”,都如前文所述,是具有双重性的,在每个人的身体里以及每只狼的文化性意义上的精神构成中,都兼具有愤怒、残忍、嫉妒、骄傲、恐惧和耻辱的一面,和温柔、善良、感恩、希望、微笑和爱的另一面,这是由自然的普遍规则所决定的。因为无论是人还是狼,都只不过是自然的一个种类,从来就属于自然的一部分,不可能超越出自然之外。那种所谓的“人类中心主义”,只不过是现代人类的一种理性的狂妄。作为文学创作来说,作家应该跳出人与狼、人与自然二元对立的思维误区,以天地之心为心,“敬畏每个想生存下去的生命,如同敬畏他自己的生命一样。他如体验他自己的生命一样体验其他生命。他接受生命之善:维持生命,改善生命,培养其所能发展的最大价值;同时知道生命之恶:毁灭生命,伤害生命,压抑生命之发展。这是绝对的、根本的道德原则”。[①] 我们应该喂养着我们身体内部代表着勇气、力量、尊严、荣誉、正义,代表着温柔、善良、感

① 王诺:《欧美生态文学》,北京大学出版社2003年版,第41页。

恩、希望、微笑和爱的"那一只狼",以此克服并审判着人作为自然之子与生俱来的愤怒、残忍、嫉妒、骄傲、恐惧和耻辱等。然而,从《怀念狼》和《狼图腾》来看,贾平凹和姜戎都有一个明显的误区,就是在认识论上错置了"人—狼",或者说"人与自然"的关系。两部小说当中,作家都不约而同地把人/狼放在一种二元对立的关系范畴中来处理。这样的处理方式,我们知道,它是根植于作家的某种文明忧思和文明的问题意识的。在《怀念狼》中,人与狼的对立意味着城市现代文明与乡村自然文明的对立;在《狼图腾》中,则转换成草原文明与农耕文明对立。作家们的这种处理方式,显然是有问题的,他们只是在敌对性的结构中理解人性与狼性的关系,而没有注意到,人性与狼性,都是最高的自然原则的派生之物,在它们各自的内部,都是善与恶、是与非的混合。它们高度统一于自然原则之中,人文性之中贯穿有自然性,自然当中含蕴着人文性。故此,作家们以狼性批判人性的思维方式,事实上都是在强调着人性、狼性的某一极,而忽视它的另一面。

倒不是说贾平凹和姜戎对"心力"叙事的复杂性和"狼性哲学"植入民族性格的难度就没有丝毫的自觉和认知,实际上,两部小说都涉及作家对"狼性哲学"的理性反思。在《怀念狼》中,贾平凹虽以"怀念英雄"、"怀念勃发的生命"的姿态,缅思着"狼性哲学"的文化意义,但是在小说的结尾,他却不无悲观地写道,当狼灭绝以后,雄耳川的多数人却渐渐地变成了"人狼",人们开始像狼一样攻击着人类自身。作家此举意在表明,狼既是人类的精神导师,同时也是人的敌对性存在,当人类失去狼这个精神导师时,某种程度上会有"我需要狼"的精神凭吊,但是,人性内部的凶悍和残忍,却会使得人在同类身上倾泻着凶悍和残忍,人最终变成自己的敌人。贾平凹这样的叙述,无疑是有哲学洞见的,他抓住了人类精神的底部的矛盾与悖论。与贾平凹一样,姜戎同样注意到,狼性的凶猛性格是人类在残酷的自然竞争中赖以生存的基本条件,但狼性对人类文明发展的危害也很大,"如果一个国家里的人群全像狼群一样,这个国家的人群就会在相互厮杀中同归于尽、彻底毁灭"(尾声)。在姜戎看来,人类文明的演进,既需要不断植入兽性狼性,同时也需要压抑和驾驭自身的兽性和狼性,“如果完全或大部消灭了人性中的兽性和狼性,甚至用羊性和家畜性来替代它,那么,人类就又会失去生存的基本条件,被残酷的竞争所淘汰”。(尾声)

然而,因为晚清以降中华民族巨大的生存危机与发展焦虑,迫使我们放大了“心力”的作用,《怀念狼》和《狼图腾》的人性与狼性之辩证,事实上都是源自于一种奇特的世界观和历史观,那就是启蒙主义设定的“改造国民性”的观念。我们总想着通过改造人来改造社会,而改造人的主要手段,则是改造人的灵魂和头脑。从梁启超的“新民”,到鲁迅的“立人”,再到1949年以后的“斗私批修”,直至“灵魂深处闹革命”等,凡此种种,无不显示出我们以“心力”造人的良苦用心。以致于杜维明、黄万盛等不少海外学者都指出,正是这种造神式的造人运动,在1949年以后,“终于从理论转化成实践,而且愈演愈烈,规模越搞越大,导致把整个民族全部卷入思想灵魂改造的文化大革命”。黄万盛甚至认为,“五四”启蒙运动与文化大革命有着深刻的精神联系,在他看来,“人们在批评文化大革命的同时,仍然对‘五四’寄托着无限的未来希望,完全不愿意顾及这两场思想文化运动之间有什么相互联系,甚至要舍近求远地把法国大革命当做中国文化大革命的源头活水,而无视自己的血缘脉络,这实在是荒谬而匪夷所思的”。[①] 的确,黄万盛看到了“五四”启蒙运动与“文化大革命”在“心力”上的同构性,但是,他却错误地理解了其中的因果逻辑关系,因为,“五四”启蒙运动并非文化大革命思想灵魂改造之因,实在是两者均是近现代中国“心力”诉求之果。

放到人类整个文明史上看,“五四”以来文学领域的“心力”叙事包含的“改造灵魂—变革社会”的文化逻辑,其实是很值得怀疑的。一方面,迄今为止,虽说人类已经走过漫长的发展历程,在这个过程当中,我们可能在语言、生活习惯、社会政治制度、经济制度等方面已经发生了翻天覆地的变化,但是,在人性的基本面上,数千年来却没有什么根本的改变。“好的”时代与“坏的”时代的差别似乎仅仅在于:好的社会,往往会以好

① 哈佛燕京学社编:《启蒙的反思》,江苏教育出版社2005年版,第31、32页。

的制度和好的社会环境来激励好的人性的生长，并制约坏的人性；而坏的社会，则会以坏的制度和坏的环境压抑着好的人性，并放纵着人的恶欲。人类的道德建设与文明实践，究竟是应走“改造人性—改变社会”之路，还是应走“改良社会—推动人性”之路以推动人性和道德的优质发展，这本身就是一个颇费思量的问题。另一方面，无论是狼性还是人性，都有高度伦理和低端生物性的双重属性。当我们试图以荣誉感、自由、勇敢、智慧、尊严、力量、坚忍不拔等诸如此类的“高度伦理”植入人性之中，变成民众的道德实践时，这样的想法可能是一厢情愿的，因为，就人的自然本性而言，高度伦理需要人们努力实践、追求方可(未必一定)获得；而伪善、自私、贪婪、享受、欲望、掠夺、占有乃至残忍、暴力、杀戮等低端生物性，则是人作为自然存在物与生俱来的属性。正像物体在运动过程中，上升总比下坠困难一样，人性趋恶的动力要远比向善的力量强大得多。当我们引入“狼性哲学”这个复杂的多面体进入人类的精神世界，试图改造人的灵魂，提升人类的精神质量时，如果不能抑恶扬善、激浊扬清，那么，无异于是以导致危机的手段解决危机，有可能旧的危机未解，新的危机又生。

一边是清醒地认识到狼性内在的复杂性以及狼性不适当地释放的可怕后果，另一边，却无法摆脱“强者哲学”难以言传的诱惑。贾平凹和姜戎的思想困境大致如此。这种思想困境的形成，单从中国现当代文学“心力”叙事的特殊起源来解释其实是不够的，它折射出的还有人类社会的一个普遍性矛盾命题，即：如何对待狼性、强者、争斗等诸如此类的问题。在经验世界中，我们知道，至少到目前为止，无论是个人、民族还是国家之间，仍然存在着大量因为财富归属、权利和利益不统一，争斗乃至暴力冲突必不可免；但在价值理性上，我们却坚决反对暴力和强权。这样就涉及事实层面和道德层面的双重性问题。在事实层面上，人类的生活实践回避不了暴力、强权和争斗；在价值理性层面上，人们对此又颇多诘难。这种政治哲学或者说社会哲学的死结，恐怕是人类有限的智慧难以解开的，当然更不是文学可以解开的。作为作家来说，贾平凹和姜戎只能以文学的方式，呈现着人类现实的文化矛盾。

第八章　两性叙事：文化抗辩的伦理与美学问题

女性文学是当下中国的重要写作现象。虽说在理论上，近些年中国大陆的女性写作和理论批评，都不同程度受到西方性别理论和女权主义的影响，但这种影响却并非是文学创作和理论批评兴盛的根本原因，更为重要的是，性别文化与两性关系对中国作家（尤其是女性作家）而言，本身就具有特殊的传统与现实意义。尽管许多研究者都注意到，当下的女性写作缺乏对"本土经验"和思想资源的关注，但是，作家们的问题视域、价值取向，乃至创作中的写作情绪、矛盾困惑和情感纠葛，却无不是由特定的历史传统与现实境遇所触发的。

两性关系是人类社会的一种基本关系，包含着两性间的自然关系（性、生育）、情感关系（爱、恨、情、仇）、社会关系（家庭、政治、经济）与文化关系（婚恋观、性爱观、平权观）等。两性关系既有丰富的文学意义，亦有充分的思想与现实意义。社会的现代化、个体生命的自由与解放、家庭的稳定与和谐，等等，都离不开健全的、良性的两性关系的建立。因此，从伦理的角度，对近些年女性写作内里的问题作出盘点与反思，是很有必要的。况且，当下中国正处在艰难的文化重组过程中，既为女性写作提供肥沃的土壤，新文化精神的建构也需女性写作的积极参与，这都需要我们正视女性写作的成就与不足。

一、深渊体验与性别道德抗辩

当代中国的女性书写，作家们普遍存在着生存论意义上的"深渊"感受。这种感受既是历史形成的，同时也与当下作家对历史记忆的过度执迷以及她们意识深处源自性别文化和生命感受当中的“受难者”哲学密不可分。从历史的角度看，我们知道，传统的中国社会是一种以“父—子”关系为主轴的“纵式结构”社会，其要义即在于子嗣延续和家族传承。在这个纵式社会结构中，“父—子”关系是家庭的主轴，夫妻关系不过是服务于子嗣延续这一宏大命题的辅助手段。在鲁迅的小说《阿Q正传》中，阿Q对吴妈的调戏，固然有白天摸了小尼姑的头皮，而激发出自身的生命潜能和自然力量之故，但“不孝有三，无后为大”这个潜在的文化规训，更是他调戏吴妈的重要动因。对于女性而言，“男尊女卑”的社会规定倒在其次，在两性关系方面，女性除了充当生殖工具之外，其社会、政治、经济与文化的意义何在，两性间的其他关系如何处理等，似乎历来就是中国思想的盲区。

就中国社会来说，男女两性关系多是由家族制度引申而来，而家族制度在某种意义上是具有宗教意义的，故而，由此而衍生的性别制度与性别文化，就拥有不可抗辩的宗教的威严力量；背谬这种威严，就会得到严厉的惩罚。这种带有宗教意味的性别文化，与西方在自然的基础上和社会演变过程中形成的性别文化相比，无疑更具有不可忤逆的威严尺度，它给女性带来的戕害与摧残也不可同日而语。这种历史形成的女性的“深渊”生存状态，在“五四”启蒙运动时期，受到新文化的严峻挑战，不仅女性作家，在很多男性作家那里，传统的性别制度与性别文化同样构成罪感的符号。

一边是创伤性的历史印记，一边是对于制造创伤体验的社会制度与文化的正义申讨。新时期以来，几乎所有的女性作家的性别书写，都被先验地植入到一种性别对抗的叙事范畴之中，传统族权和男权中心主义的“他者”，构成作家道德反抗的主要目标。学者王绯说，“自从人类文化转向以父权为中心，便把许多残忍的清规戒律只施加于妇女身上，这便注定了永世夏娃们特别的不幸。父权文化在推进文明进步的同时所留下的罪恶，突出地表现为对女性的戕害……创作和批评一旦冠之于女权的时候，便意味着它们的目的首先在于解构父权文化之罪孽，伸张长期压抑的女性人权,其次才是文学和批评自身”。[①] 这段话,既是对上世纪80年代女性文学经验的总结,也是批评家王绯个人立场的一种表述。

女性作家们的深渊感受,使得她们的“他者”叙事充满着道德抗辩的意味。在她们的归咎原则中,“深渊”的起源,即是传统的“他者”——“族权”与“夫权”。如此,“‘他者’即‘地狱’”,就构成女性作家性别书写的一个基本母题。1981年,张洁的小说《方舟》发表。这篇引起强烈轰动的作品,从题目上看就带有浓厚的“深渊—救赎”的宗教性叙事意味。小说开篇作家即写道:“你将要格外不幸,因为你是女人”。小说中的三个女性人物,曹荆华、柳泉、梁倩,被作家塑造成具有独立精神和人格自觉的知识分子女性形象。这种身份塑造,当然是作家赋予她们性别自觉和反抗自觉的一种必然,唯其是“知识女性”,方可有性别苦难的自省与自觉,而不像祥林嫂那样,在麻木不仁、无动于衷中承受着苦难,并进而消解受苦的意义。然而,她们却因自身的女性身份,遭遇到传统的“父权—夫权”魔咒,遭受着命运的折磨和生活的磨难。梁倩的丈夫视婚姻为交易,虽与梁倩早无夫妻之情,却不愿意离婚,意在利用梁倩父亲的关系出国;柳泉在外要承受魏经理之流的骚扰,在家却饱受丈夫的虐待;荆华作为理论工作者,她与丈夫离婚,是因为她对生活有自主的安排,不愿意按丈夫的意志生活。

阅读《方舟》这篇小说,我们不难看到作家对“他者”塑造的两种基本手段:其一,就是以男性为负载物,由“他们”承载着中国传统文化的负面德性。女性总是无辜的,而男性则充当着女性的压迫者角色,满身罪愆。梁倩丈夫的虚伪、曹荆华丈夫的大男子主义意志、柳泉丈夫的粗暴与低俗,在作品中都起到传统男权中心文化的显影剂的功能。其二,则是观念化的人物形象图释。简单地说,就是作家对男性中心主义传统文化的文学叙述,很大程度上还是停留在那些我们耳熟能详的丑陋德性上,男性的自私、狭隘、自我中心、大男子主义、好色等,构成“男性文化”标签式的传达形式。

---

① 转引自张丽杰:《颠覆的纹络——解构男权文化的新时期女性文学》,《文艺评论》2004年第4期。

类似《方舟》这样专注于写女性的深渊体验，同时在塑造“他者”的形象时，又多把两性冲突的罪愆归咎于男性，从而抗辩男性中心传统的作品，在80年代至今的文学史上可以说俯拾皆是，比如张辛欣的《在同一地平线上》、李昂的《杀夫》、池莉的《小姐，你早》、《来来往往》、方方的《奔跑的火光》、徐坤的《游行》、徐小斌的《双鱼星座》、叶文玲的《三生爱》、张抗抗的《作女》、铁凝的《午后悬崖》，包括张洁的《无字》等，我们可列举出一大批类似的作品。尽管从上个世纪80年代至今，女性写作无论是在题材、主题、语言、叙事方式、人物形象塑造，还是写作者的审美视域与精神结构等方面，都已发生深刻变化；作家们在把握两性关系时，80年代那种单一的观念与历史维度批判，早已让渡给种种多变、复杂的人性书写，从而获得80年代难以比拟的审美丰富性与复杂性。但是，有一个基本的结构性的东西却没有多大变化，那就是举凡写到两性关系，男性总是被描绘成男权文化的符号性人物，要么是专横、霸道、内心阴冷、“好色而不仁”；要么是外强中干、内心虚弱、胆怯而卑微，这很显然是过于观念化的理解，同时也是背离男性作为性别集体的本真状态的。

我们无须以繁复的作品细节分析，印证当下女性写作中作家的深渊感受和“他者”的“地狱”想象。我想指出的是，中国数千年的发展，男性中心主义确实给女性带来深重灾难，并且这种文化遗留在当下仍然或潜或显地影响着人们的精神世界和日常生活，但是一个简单的事实是，所谓的“男性中心主义”传统，是不是只存在于男性意识结构之中？作为一种传统，它在女性的内心世界中又有怎样的遗存？在《女性写作与历史场景》一文中，董之林曾提出一个意味深长的疑问：“西方女性主义批评始终面临一个悖论：如果迄今为止的文化传统是她们所要颠覆的以男性为中心的传统，她们本身却又来自这一传统，那么哪里是她们的立足之地？她们的思想和理论资源又来自何方？”[①]尽管这段话是针对西方女性主义批评发问的，但我认为同样适恰于中国作家。简单点说，当代女性尽管高扬性别独立与解放的大旗，然对于“来自这一传统”的当下女性

① 董之林：《女性写作与历史场景—从90年代文学思潮中“躯体写作”谈起》，《文学评论》2000年第6期。

而言，她们是否就在灵魂深处彻底袪除了男性中心主义的瞳瞳鬼影？这是绝无可能的。因为，在一个具有历史普遍性的文化当中，以男人或男性为中心的文化，既在塑造着“男人”，同时也在也塑造着“女人”。这就要求女性作家在以男性作为批判的对象，批判男性身上的男权文化时，同时还要时刻将手术刀对准自己的灵魂，清除自己内心世界中的那个“鬼影”。如果不能清除自我内心的“鬼影”，那么，我们对所谓的男权文化的批判，肯定是不彻底的，任何道德上的抗辩哪怕再义正词严，都徒具形式的意义而难有实质上的改变。这样的文学创作，亦很难创造出具有灵魂辩难的深度和审美冲撞性来。

回过头看，这些年来的女性写作，在叙述“底层女性”的深渊经验和命运际遇时，不少作家都能以现代“启蒙者”的优越审视心态，揭示“她们”身上传统的积弊。如《奔跑的火光》，作家在塑造英芝这个人物形象时，就非常敏锐地抓住了英芝意识深处对男权文化的潜在认同。英芝的命运，既是丈夫贵清（典型的男权负面文化代表）和英芝所寄身的乡村小社会造成的，同时，也与英芝和她的母亲作为女性，对强大的夫权秩序的认同是分不开的。英芝同贵清（夫权）的抗争，毋宁说同时也是和自我的抗争，她的内心有自由的天性，想冲出去，但是，这种自由却是矛盾的、分裂的、有欠缺的。正是在这种内心的分裂中，小说建构起一种深切而充满矛盾的悲剧美学。不过，这种对女性身上男权中心主义的批判，则多集中在作家写社会底层女性——特别是乡村女性身上，而一旦写到知识女性的时候，相当多的作家都对知识女性做出种种“净化”处理，似乎男性文化的传统阴霾，在女性知识分子的内心早就荡然无存，早就被“知识”的阳光一扫而尽。尽管许多作家都不乏对女性的自我审判，但她们更多是在所谓的“人性”层面上，或写她们屈服于自然冲动的盲目威力，或写她们性格乃至人格的缺陷，很少有作家能够深入到知识女性的灵魂深处，去捕捉作为无意识存在的男权文化的“鬼影”。

这种对“无意识”的遮蔽，构成女性作家性别书写的另一种“无意识”，就是因为对女性自身的文化审判与历史批判不足，导致在把握两性关系时，不少作品都把女性的苦难归咎为男性负载的传统罪恶，故而放大了男性之罪和男女两性间的敌对性。如此，我们就不难发现，我们的文学版图上充斥着大量的“抱怨的文学”，唯独缺少那种能够尖锐地突入到女性的内心深处，以现代人文理性去洞察并描绘出女性因为自身的心灵魔咒和有限性、价值的矛盾和分裂，故而加大了和厄运抗争失败的可能，乃至导致悲剧的发生的“悲哀的文学”。在《极限写作与无边的现实主义》中，王蒙曾肯定张洁的《无字》，认为是作者“用生命书写的，通体透明、惊世骇俗”的一部“豁出去”的力作，但他同时也指出，书中“字字血，声声泪”，充斥着太多的愤懑与怨恨，仿佛时时处处都在发泄与声讨，——这就不是雍容大度的女性声音。[①]

事实上，当下女性写作的这个“盲点”，尽管在女性特别是知识女性的塑造上没有得到应有的艺术展示，但是在作家自己的创作意识中和艺术构思上，却淋漓尽致地表现出来。许多女性写作一边宣示着“男人是祸水”的理念，大写特写男人的“缺德”和不可靠，以此奠定女性“独立”叙事话语的合法性。另一边，在寻求女性“深渊”感受的自我救赎之路的时候，当“独立”与“自主”这些老套德目失去效应时，她们又会情不自禁地把男性作为拯救女性的“方舟”，如范小青《女同志》中的康季平之于万丽，王海鸰的《漂亮女孩》中的奶牛场经理之于“漂亮女孩”汪旭，徐坤《春天的二十二个夜晚》中的庞大古埃、汪新荃之于毛榛，王子君《蓝色玫瑰》中布莱恩之于网络作家玫瑰，杜文娟《我们的洪水》中万漠之于慕容玉等，莫不如是。这些作品中，男性要么是在精神，要么是在情感，甚至是在身体的自然欲望上，总是构成女性不可或缺的“救主”。这种对待男性的矛盾的态度，正是作家内在心理的双面复杂性的展现。

二、女性文学的“激情”伦理

当代女性写作，一方面有着女性作家作为性别集体的历史恐惧记忆和深渊体验，这种记忆和体验，必然催生出女性写作者的激烈的道德反

① 王蒙:《极限写作与无边的现实主义》,《读书》2002年第6期。

抗；另一方面，现代性的民主、自由、平等、解放、变革等价值理念，和中国改革开放的历史大背景，又给女性叙述提供了叙事的合法性的支持。两相遇合，可谓是风助火势、火借风威，女性写作遂成燎原之势。近些年来，我们可能对于女性作家的审美意识、写作特征、道德关切等很难去做整体的判断，然而在作家的写作情绪上，我们却很强烈地感受到普遍存在的一种女性文学的"激情"。这种激情不仅体现在创作方面，同时还突出地表现在理论批评和学术研究方面。这些年来，女性文学的热度之高、女性写作作品数量之多，从事女性文学研究者和专著、论文之众，都是我们有目共睹的。国内专门的学术会议召开多次，学术机构纷纷成立，专门的《女性文学教程》和"女性文学史"相继问世……让研究者们乐观地看到"展示了女性文学研究学科化、体制化的最新成果"。① 而在女性文学批评领域，对于捍卫和扩展女性文学生存空间的固执与坚持，观点交锋碰撞之激烈，评论者之意气用事，不同思想之间的剑拔弩张等，都让我们看到其他领域鲜有的激情面孔。

我们知道，激情是一种心理体验和情绪状态，其基本特点，就是认知—审美主体的自我控制力减弱，人们很容易贯注于自我主体的激情体验，而相对淡化激情体验的对象；在激情体验的控制下，人的主体性会被放大，会在激情操控下放纵自己的行为，道德认知能力相对有所减退。就当下的女性写作来看，这种激情气质在文本层次有着非常突出的表现，特别是在一种莫名的性别抗辩与文化抗辩的意识驱使下，女性写作的激情体验出现诸多值得我们分析的现象。主要来看，我觉得有三种书写形式是具有普遍性的：

1. 放纵式。两性之间，性是一种自然的、基本的关系。但无论是中国还是西方，在传统社会当中，"性"都是一个充满罪感的符号，因此，在带有颠覆和解构意味的女性写作这里，作家以"性"为突破口，试图突破文化禁锢而实现生命自由意志的华丽转身，是女性写作的应有之义。在文学"新时期"的开端阶段，张洁、张辛欣等作家的作品里面还很少有涉

① 王春荣、吴玉杰：《反思、调整与超越：21世纪初的女性文学批评》，《文学评论》2008年第6期。

性描写，到上个世纪80年代中期，王安忆的"三恋"、《岗上的世纪》里面，性描写开始逐渐增多。自此以后，像张抗抗的《情爱画廊》、《作女》、铁凝的《玫瑰门》、迟子建的《逆行精灵》、《微风入林》、徐坤的《春天的二十二个夜晚》等，"性"基本上就构成表达女性解放和生命自由的元叙述。20世纪90年代以来，陈染、林白、海男以及棉棉、卫慧、安妮宝贝、九丹、木子美等的"身体写作"和"躯体写作"更是甚嚣尘上，甚至具有文学的"思潮"意义。如果说张洁、张抗抗、王安忆等作家的身体叙述其意并非展示身体自身，而是通过身体表达作家一定的社会思考、文化思考和形而上思辨的话，那么，在后来的作家那里，过度的情色和纵欲场景描写，除了带有商业化社会的身体消费意味以外，更是文化禁忌这个"所罗门的瓶子"打开后魔鬼被释放的结果，以至有的人批评说，它们是"中国大地上疯狂上演的一出令人难堪的'丑剧'"。①

应当说，性本身不是道德问题，它总是被文化规定为"道德"或"非道德"。性既然是人类天性的一部分，那么文学写性就无可厚非。但是问题在于，作家的写作趣味还是有很大差别的，如果没有内心的自由法则，没有对善意和美德的敬畏，没有深刻、正确的理智，而是怀着恶劣的趣味在写，那么，性的书写就必然失去它的美感和道德反抗的意义，人就势必会成为"性"这个"偶然之物"（席勒语）的奴隶，为"性"所奴役。这显然不是文学应该追求的。

2. 偏执式。女性文学的激情还表现在作家们对男人／女人两性关系书写的偏执情绪上。前面已经提到，因为中国社会的男性传统过于强大，当代女性作家的抗辩式书写，在以解构传统为目的的性别"解放"想象中，不约而同地把男性作为男性文化传统的目标，不少作品都刻意放大两性的仇恨，并以极端的方式，寻求两性间的平衡，解决两性间的冲突。方方《奔跑的火光》中，英芝最后浇上汽油放火烧死了好吃懒做、给她带来数不尽苦难的丈夫贵清，自己也受到了法律的严惩；池莉的《小姐，你早》，通篇小说就是写戚润物在丈夫王自力另有新欢以

① 贺昌盛：《也说"另类的疯狂"》，《长江学术》2006年第1期。

后,如何联合李开玲、艾月设置圈套,引王自力一步步上钩,然后让他身败名裂,一无所有。这些两性间的敌对与仇恨引发的报复、算计乃至杀人等极端情绪和极端行为,写得让人触目惊心。在许多作家那里,人类文学叙述了数千年的爱情,都得不到应有的肯定。池莉《绿水长流》里,爱情不过是"给人类带来很多麻烦与痛苦"的东西,初恋是"两个孩子对性的探索";陈染、林白等都认为,唯有同性间的爱才是真正的爱情,而异性间只有欲望和罪恶。因为宣示女性"独立"的价值,她们的作品中甚至很少有男性出场,作品充满"妇女闲聊录"和"闺房蜜语"的诡异气氛。

这种女性主义的激情造成的偏执无所不在,对作家的写作意识、道德认知和作品的情节和意象营造等都产生了深入影响。比如"子宫"意象。这个意象在当代文学作品中并不多见,就我接触过的作品看,阎连科《日光流年》曾有描写。三姓村五代人试图改变村庄的命运,都以失败告终。作品最后,村长司马蓝临终之前,梦见自己回到了母亲的"子宫",那是生命的起源,充满着原始气息和生命的无限可能性,温暖而安全。阎连科的本意,是想在人类的精神、理性无法战胜,无法超越,同时是不可抗拒、不可改变的苦难之外,给人类提供一种温暖的安慰。但是这种生命的原始图腾,在女性作家徐坤看来,却非神圣之物,"不知道是把子宫按照孕育万物之母来赞颂呢,还是按照一个流血受罪的器官来可怜。其实,谁受过罪谁心里最清楚。男人没子宫,就可着劲儿的赞美忽悠吧,而女人要想把遭的那份罪写出来,也不那么容易。时候不到,不允许出声"。[①] 一为象征,一为还原,孰是孰非不论,然彻底剥去文化的涂饰,一味把子宫还原为"受罪的器官",则不失"女权"的偏执。

3. 自恋式。当"独立"成为女权主义的神话,男人成为"罪恶"的符号,成为女性精神生活领域急于要批判和瓦解的男性中心主义的代名词时,一种规避男性、充满女性自身经验激情叙述的自恋式写作就应运而生。阿满的《花蕊》是非常经典的寓言式作品。小说的标题"花蕊"就是

① 徐坤:《从"厨房"到"探戈"——十年一觉女权梦》,《中华读书报》2010年2月11日。

女性性器官的隐喻。刘利和乔曼，一个是妇科医生，一个是女主持人。小说开始写刘利为乔曼检查下体，在一个见惯女性私处的女医生眼里，刘利感觉乔曼是个“上面漂亮下面不漂亮”的人。但随着两人接触特别是身体上的触摸的增多，刘利渐渐改变了那种医生职业性的纯生理判断，萌生一种情感上的美感判断，觉得乔曼“躺着和站着都一样好看”。小说运用写实、对话、自语、独白、回忆等多种手法，既有写实的细节描写，也有玲珑剔透的心理描绘，写出两个女性由性别自我深处激发出的微妙的感发。当乔曼心中的理想男人从她视野中消失时，刘利送给她一个塑料的男人之物，男人成为可以替代的“物品”。刘利的“男人之死”的宣言则是：“一个女人，你的花蕊过于贪恋感情之露，必将有生命不能承受之损”。

类似这种同性恋意味的写作形态，我们毋须多做展开，在这些年的女性文学研究中，陈染、林白、海男、棉棉、卫慧等的许多作品，已经广为人们谈论。我想说的是，同性恋作为一种“题材”，并非不可进入文学；而是说，如果女性文学以女权主义的意识形态，以女性的“独立”、“自主”和性别“解放”为诉求的话，这种回到女性幽闭的生命经验的写作路向就是非常可疑的。因为就像恩格斯所指出的那样，妇女解放的第一个条件，就是“一切妇女重新回到公共的劳动中去”[①]。女性解放需要反抗的正是传统文化对女性的禁锢与束缚，因此，女性文学既然张扬性别解放与男女平等，那就必须首先要把自己从禁锢和幽闭的状态中解放出来，解放到社会的公共生活和公共领域中来；唯有把女性解放到社会的公共生活和事务领域，才能谈得上女性的解放。如果女性作家一味地把女性幽闭到个人经验、女性性别经验的牢笼里，那么，这无异于是对女性解放事业的自毁长城，无异于把自己重新关回到囚笼当中，却又在囚笼里幽怨地呼告“解放”。这种内在的矛盾心理，很显然是背离性别解放和女性文学初衷的。

应当说，当下中国的女性写作，“激情”是非常需要的，因为，女性写

---

① 恩格斯：《家庭、私有制与国家的起源》，《马克思恩格斯选集》第4卷，人民出版社1995年版，第72页。

作无疑是女性自身的一场启蒙运动，在这场摧毁与重建并举的启蒙运动中，激情既不可免亦非常必要。但女性写作需要什么样的激情，作家们如何保持对激情的必要审视？如何凝练出一种独具时代况味和女性性别特色的激情美学？这是值得深入思考的问题。在《论激情》中，席勒曾把激情看做是"对悲剧艺术家的第一个要求"，艺术家们"可以尽量表现痛苦，只要这无损于他的最终目的，不压抑道德上的自由。他必须把苦难的全部分量统统加在他的主人公或者他的读者身上，因为不然就很难说他们对苦难的反抗是一种心灵的行动，是积极的东西，而不仅仅是消极的东西和一个缺点。"[①]在席勒的观念中，激情是悲剧英雄诞生的必要条件，也是悲剧美感产生的重要前提，因为，"悲剧艺术要表现超感性的东西，首先必须表现受苦的自然，灾难性的人生境遇，表现人在受苦的自然中深沉而强烈的情感激动状态，在此基础上才能表现人的意志与情感对灾难的抗争力度，只有这样，其悲剧人物的活动才是'某种积极的事情'，如果仅仅表现人物在受苦的自然中的情感激动状态，没有表现人物情感的激动状态中的精神反抗和道德超越，那么人物的活动就仅仅是'某种消极的事情'"。[②]

席勒是在悲剧艺术的美学角度讨论激情的意义的。但是我们看到，当下的女性写作的"激情"，却恐怕很难把它上升到美学的高度来认识。原因非常简单，我们的女性写作缺少的正是席勒所说的"精神反抗"与"道德超越"的人文理性，缺少激情的意志与情感对苦难的抗争力量。作家们的女性文学激情更多是情绪层面的，而无激情所需的沉稳、坚实的精神品格作为支持。没有相应的精神品格支持，激情写作往往会随着激烈的情绪的消失而烟消云散，甚至走向与消费时代共谋而演化为一场激情的表演秀，很难沉淀出经得起时间和文学史检验的经典。至今为止，当代中国女性写作大多被某种时代情绪和"共名"的文学思潮所裹挟着前进，没有形成自己独立潮头的理论品质和美学品格，我认为根源就在于此。

---

① 席勒：《论激情》，《席勒文集》（理论卷），张玉书译，人民文学出版社2005年版，第53页。

② 陆兴忍：《论席勒的激情观》，《吉首大学学报（社会科学版）》，第26卷第4期，2005年。

三、女性书写与人类整体意识

对于当代女性写作抗辩式书写所呈现出的两性之间的敌对现象，学界已有不少批评。刘思谦、乔以钢、王春荣、李玲等学者，通过对女性写作实践和理论批评的反思，都在不同的场合表明了对消解两性对抗、构建“两性和谐”这一美学图景的期待。这一美学期待，与西方女权主义某些观点不谋而合。盖尔·卢宾早就警告说，女性主义最终“不应是消灭男人，而应是消灭创造了性别歧视和社会性别的社会制度”。①

可问题是，两性和谐只是一种理论状态或理想状态，而不可能是现实。恰恰相反，在当下中国，两性的矛盾和冲突却尤为混沌和复杂，既有传统族权、父权、夫权的阴魂不散，同时又有现代社会萌生的种种新的问题。单以家庭关系而论，诸如阴谋、算计、背叛、明争暗斗、貌合神离、“第三者”、家庭暴力等，都是我们耳熟能详的，许多问题都不是归咎于“传统”就可解释得了的。当代两性之间关系的错综复杂，旧的传统问题未解，新的时代问题又生，可谓一波未平一波又起。这就意味着当下的女性写作，作家们既要打旧的、传统的“死老虎”（制度性的），同时，还要打新的、当代的形形色色“活老虎”。如果我们只是紧盯传统“死老虎”，而放过当代的“活老虎”，那么，构建两性和谐只能是一场空谈。而如果我们把作为理想而存在的“两性和谐”误读为现实，则必然会导致以虚妄的理想代替现实，从而遮蔽现实社会实存的严峻的两性间的冲突。

因此，对于当下的女性写作而言，作家们不单单是以传统为敌，还应警觉当代生活中新生的背离道德理性的两性生活，既不可一味地放大两性间的仇恨与敌对，亦不可盲目沉湎于乐观的“纯爱”书写，而应该以人文主义的态度和清醒的道德理性，在道德普遍性和历史特殊性的张力结构中，把握好两性关系的尺度。一方面，如独立、平等、自由、尊重、责任、诚实、关怀、包容、正直、怜悯、同情、感恩等这些德目，是受到人类普遍尊

① 参阅王政、杜芳琴《社会性别选择》，生活·读书·新知三联书店1998年版，第167页。

重的，任何违背这些德目的两性生活，就必须受到应有的批判。另一方面，在当代中国社会转型的大背景下，作家们必须要建基于“当下”生活的特殊状况，写出两性生活中新旧道德的冲突与碰撞，表现出两性生活价值矛盾的丰富性与复杂性。如前所说，女性文学首要的即在两性关系。世间万事万物，均在有无、动静、虚实、阴阳的变化中相生相克。男、女作为两性而存在，二者各有不同禀赋、气质，既相对立，又互为参照。前文已经提到，男女两性之间，有自然、情感、社会、文化四个关系层面，其中，自然关系最为原始本真，情感、社会与文化关系则各有其演化，四个层面既相互渗透又相互影响。因此，女性写作对两性关系的把握，就应放在这样的立体系统中作综合把握，相互观照，相互镜鉴；抽取其中单一维度，是很难写出具有丰赡审美意蕴和历史内涵的人物形象的。鲁迅的《伤逝》虽非女性写作，然子君形象之所以能站起来，就是因为鲁迅是在情感（爱、分手）、社会（经济、事业、家庭）、文化（婚恋观、自由观、平等观）的多维空间中，对子君作立体透视、散点聚焦的结果。张爱玲《金锁记》中曹七巧的塑造亦复如是。而反观当下的女性写作，我们不难发现，相当多的作家都喜欢在一维观照下塑造人物、叙述故事。有的热衷于在自然层面，写女人的本能和欲望，并以此作为文化抗争的手段，结果写出的人物往往只有形而下的生物性；有的热衷于在观念的层面辩驳男权中心主义传统，人物的设计、故事的推演，都带着浓厚的观念化、符号化的痕迹，又未免失却人性的繁复与生活的具体。大多数作品都避开时代的政治、经济、教育、生产、分配、消费等。如此，当下的女性写作，并没有给我们留下堪与子君、曹七巧等相媲美的人物形象，似乎也在情理之中。

从文学的角度看，作家们要想塑造出具有现代品格的女性形象并不是什么难事，因为有关“现代”的品质，我们已了然于胸。但如何在现代性的性别文化、两性文化视域下，塑造出具有现代气质的女性形象，却并不是简单的事情，难度就在对现代性两性文化的把握，什么样的两性伦理才是良性的？现代社会需要怎样的两性伦理？这些都是创作中需要思考的问题。当下女性写作的传统抗辩虽说甚为必要，但问题也随之而生，那就是现代两性文化并非空穴来风，它是一种现代建构，更是传统的现代性转化。如果我们一味地只知道批驳传统的弊端、与传统抗辩，如何完成传统的现代转化？我们如何辩证传统性别文化的是非善恶？传统性别文化如何走向现代化，其可能和方式如何？这是女性写作必须要破解的思想难题。因为女性书写中普遍存在的“受害者”心态，当下的女性作家很难有从容的心态和文化建设的理性去对传统男性文化作辩证的理解。对待传统，作家们总是以批判性的眼光，着力于挖掘其陈腐的观念和丑恶的德行，传统性别文化的现代化之路，可以说是被彻底堵死的。

这里，我们无法就现代两性伦理作具体明确，但是可以说，如果作家们不是对传统性别文化过度地剑拔弩张，如果不是从既定的意识形态出发，而是怀着一份超然，一份从容，沉潜于生活的经络之中，触摸生活细腻的肌理的话，那么，作家们感受到的可能就是别样的“传统”经验。在这个意义上，我认为乔叶的小说《最慢的是活着》给我们提供了一种可贵的写作经验。小说以孙女“我”为叙述视角，讲述奶奶的一生。奶奶是个生活在传统的经验和意识中的人，她的命运也因此烙上传统的印记，早年丧夫，一人含辛茹苦拉扯大了儿子，又操持儿子、孙子的家庭，一生节俭、勤劳、倔强、能干。因为根深蒂固的重男轻女思想，“她先不喜欢我，我也只好不喜欢她”，祖孙俩隔代的情感鸿沟，用主人公的话来说，就是“亲人间的不喜欢是一种很奇特的感觉”。作家没有在仇恨和敌对情绪中写奶奶的重男轻女，展开书写“我”与奶奶的隔阂、不和与误解，而是以“我”的经验、观察和感受为经，以“我”和奶奶之间的相互感知为纬，写出亲人间那种“不用想，也忘不掉。钉子进了墙，锈也锈到里头了”的复杂情愫；即便有隔阂、不和与误解，也抵不住血浓于水的亲情，会为亲情所化解。小说写出了一种丰瞻、仁慈、悲悯、宽广、博大、温情的大爱。这种大爱在奶奶那里，就是一个“怕”字，怕子孙们这样，怕子孙们那样……奶奶的生命因为“怕”，而变得绵长和久远；生活也因为“怕”，而被拉长，变得“慢”起来。在生命和时间的绵延中，爱恨情仇终归化为一缕云烟，“我”最终看到的是，“我的新貌”，就是“她的陈颜”。时代在变，时间在变，但人类的生命当中，那些恒久而古老的东西却永远也不会变，那就是爱与亲情。它们不仅不会改变，而且还改变着人类自身，改变着我们的仇恨、冷漠、自私与无知。

乔叶的这篇小说获得了2010年第五届鲁迅文学奖。作品的成功之处，我想就在于作家在一个追求速度的时代，写出了一种“慢”的生命精神；在一个矛盾丛生、仇恨弥漫的时代，写出了一种人与人之间、与生活之间和解的态度；在一个亲情丧失、人心涣散的时代，作家重新聚合起一种有效的道德力量，把我们重新拉回到一种久违的心灵记忆当中，重温人类古老的善意与温情。这样的作品，复活的正是我们这个时代文学亟需的道德美感。而作品能够获得成功，原因正在它具备了一种既根植于现实又超越于现实的人文主义品性，作家写到的爱、宽恕、和解，既非“传统”的亦非“现代”的，它们比传统和现代都要广博和高远。尽管作家在奶奶身上，也写出男性中心主义的经验与意识，但是，作家却既没有批判也没有张扬，而是在生活的历史绵延之中，写出母性的光辉和性别经验的美感。这与当下很多其他的女性写作是截然不同的。

事实上，这里就给我们当下的女性写作提出了一个反思的视角，即我们在抗辩男性传统文化的时候，应当站在一个什么样的价值基点和审美视野上来叙述女性的生存经验？表述女性的诉求？这里面就涉及一个视点的高低、视野的狭窄还是广博的问题。文学是面对人类灵魂、面对世界的一项精神事务，作为女性作家来讲，创作的主体性的生成，必然是处在“人类—女性—个体性的自我”这个三位一体的综合系统之中的。如果说人类生活是作为一种普遍性经验而存在的话，那么，女性经验就是一种普遍的特殊性，而作家个体则是一种具体的特殊性。这就是说，每个作家不管个体是如何的特殊，在创作上都必须在自我的特殊性中体现出女性普遍的特殊性和人类的普遍性来；在她们的创作中，都必须体现出“三位一体”的纠缠与渗透。如果女性作家的创作仅仅局限在作家的个体经验，或者女性作为特殊群体的性别经验，难以通达、上升到人类整体意识这个层面，那么，文学的胸襟、格局、境界、气象就很难打开，作品就很难获得更为广泛的认同。——恰恰在这点上，当下中国的女性写作是有所不足的，不少作家要么把自己封闭在个体经验的狭窄范围里，要么过度依赖女性的性别经验写作，对写作中的人类整体意识和普遍意识的自觉明显不够。

对于文学创作和人类的思想、哲学行为而言，人类整体意识和普遍意识的有无是一个重要问题。如果我们的女性写作有了这样的整体意识，我相信当代作家的性别书写，就不单纯会局限男女的二元对立叙事之中；我们就会认识到，所谓的男性文化，作为一种制度性存在或者制度性思维，它的形成不仅有政治、经济作依托，还有一个更深广的人性基础。简单点说，如果在当今社会，女性的收入普遍比男性高，在社会公共生活领域普遍比男性更如鱼得水，那么请问："大女子主义"或者"女性中心主义"会不会成为我们这个社会与家庭的支配性意识形态？答案不言而喻。而无论是男性中心还是女性中心，都是违背自由人性、性别平等、相互尊重等两性原则的。套用法国作家雨果的一句话说："在一个绝对正确的女性主义之上，还有一个绝对正确的人类主义"。没有人的自由，就没有女人的自由；没有人的解放，就没有女人的解放。如果我们的女性作家不能以人类主义的整体思维来审察男性文化，考量两性关系，所要抗辩的不是这个世界本身，不是作为整体的人类的意识，而仅仅是男性文化甚至是男性本身，那么，我就有理由怀疑，所谓的女性写作，不过是在性别"革命"的潜在思维指导下，导演的一场"翻身做主"的"后革命"闹剧。

下编

伦理视域与文学发展理论反思

第九章　伦理文化与文学的“中国性”

对文学的道德叙事做整体的盘点和反思，历史主义的视野和思想方法是不可或缺的。文学的任何思想与方法，都有其独特的起源和来龙去脉，都是历史演变的结果，因此，在中西比较的视野中，考察文学道德叙事的历史起源，辨识其差异，就构成我们分析问题的逻辑起点与基本视野。有鉴于此，本章将从伦理文化与中国文学生成的视角，对中国文学与伦理的特殊关系作出分析。

我们知道，道德虽非文学的决定性因素，但因为两者均根植于特定的文化体系，处理的都是人类社会生活和内心生活的基本经验，故而，道德是文学必然关涉到的基本命题。每个民族都有自己的道德生活，因此每个民族的文学必然有自己的道德叙事形态。这样的道德叙事形态，正是每个民族文学特有的区别于它者的标志性存在。正是如此，借助中国的道德文化这个特定视角，我们可以进一步观察中国文学的某些重要的历史、文化、审美独特品质。

一、理论与实践：中国文学的伦理内质

中国文学自古就有重视伦理道德的传统。在洋洋大观的中国古典文论系统中，谈论道德和文学关系的论断数不胜数。甚至可以说，中国文论的核心或者说总体性问题，就是道德问题。因为：第一，从道德与文学的关系认识上看，早期中国文论的一个重要观点，就是把道德作为第一性的存在，文学不过是作为传道载体而存在的第二性的东西。孔子所

谓的“兴观群怨”之说，字面上看，是承认文学的独立性乃至涵养性情、观察时世、洞察人心的独特功效，但“诗”与“文”存在的真正价值，却不过是依附于“言”和“行”的，所谓的“不学诗，无以言”、“言之无文，行之不远”，这才是孔子论诗谈文的心意所在。这样的意思在《毛诗・大序》中说得就更为清楚了，“诗者，志之所之也，在心为志，发言为诗，情动于中，而形于言”，文学的起源被伦理化了。诸如此类的文学思想对后世文学影响很大，虽说后人不至于就把文学看做是道德宣教的附属之物，但像《毛诗序》那样强调文学“正得失，动天地，感鬼神”的道德教化功能，像刘勰《文心雕龙》那样强调文学的“道心”，倡导“辞之所以能鼓天下者，乃道之文也”，中国文论中并不鲜见。第二，是道德与审美的同一化品质。由于对伦理道德文化的重视，中国传统美学思想对美感认识的一个重要原则，就是以天理人伦作为美的规定性。虽然并不是说所有的美都要符合道德要求，但美的最高境界却被定位在“尽善尽美”。从先秦时期的“思无邪”、“乐而不淫”，到“温柔敦厚”说，都是把道德意义上的善，作为美的标准来看待的。中国传统美学思想的重要特征，就是审美主体把追求道德化的社会生活与内心生活作为至高审美情怀。这点同西方文论迥然有别，西方美学思想自毕达哥拉斯学派始，就特别强调对称、比例、平衡、和谐等形式的美。柏拉图虽然强调美来自“美的理念”，但是他却同样说：“真正的美来自于所谓美的颜色，美的形式”。[①] 西方这种注重形式美感的美学思想，经过 17 世纪新古典主义和英国经验主义美学的传承，到 20 世纪上半叶形成了俄国的形式主义和英美新批评流派。虽然中国文论与美学思想同样有注重形式美感的理论，但多是通过“以我观物”，然后把审美主体的道德意识熔铸到审美对象中，让万物着我之色，以至于像梅、兰、菊、竹等，皆有了不同的“品质”，并因这种“品质”而具备道德的美感。第三，中国作家和读者的强烈道德自觉和道德认同。由于道德生活对我们精神和审美生活的重要性，因此在文学的创作、阅读和鉴赏等实践环节中，作家和读者的道德意识都是非常强烈的。《荀子・乐论》讲

---

① 柏拉图：《文艺对话集》，人民文学出版社 1963 年版，第 298 页。

得非常清楚，艺术要“足以感动人之善心，使夫邪污之气无由得接焉”，而清代薛雪则直言，“著作以人品为先，文章次之”，“盖诗以道性情，感发所至，心若不正，岂可含毫觅句？”（《一瓢诗话》）。中国文学的潜在规约是：作家必须是道德上的高尚者，才能写出卓尔不群的文学作品。因为文学担负着人类道德建设的任务，如果作家不是道德上的至善者，则无法写出有道德高度和涵养的文学作品。因此，自古至今我们一直有把作家的“人品”与“文品”等同起来，从道德的角度，评价作家作品成败得失的习惯，所谓的“知人论世”、“文如其人”，体现出的正是这种思想方法。

理论上想搞清楚中国传统文学思想中伦理道德文化与文学的关系恐怕难以奏效，因为中国文论博大精深，实非片言只语所能讲得清楚的。但和西方文学发展的内在理路相比，我们却可以更清楚地看出两者间的内在差异，那就是：虽然西方艺术理论早在它的起源阶段就涉及了文学的道德相关性问题，比如柏拉图对诗人“伤风败俗”的指责，亚里士多德的悲剧“陶冶说”以及贺拉斯《诗艺》所提到的“寓教于乐”等，但是对西方文学思想而言，道德目标从来就不是文艺的最终目标，而是艺术审美本身的自然产物。亚里士多德和贺拉斯都注意到，诗的道德功能只有通过人的特殊审美情感才能实现，所以亚氏的悲剧理论有一个非常重要的观点，就是认为引起怜悯和恐惧之情，是悲剧独特的快感，通过诗人的摹仿和情节制造出的这种快感，使人们的思想感情得到陶冶，产生好的影响和作用。[①] 贺拉斯也很强调诗的道德功能与社会功能，但是在他的理论认知中，益处与乐趣、劝谕和快感是同等重要的，“如果这出戏毫无趣味，高傲的青年骑士便会调头不顾”。[②] 在西方文论视野中，文学的道德功能虽然受到相当的重视，但是基本的逻辑却是这样的：道德理性和道德实践并非是文学预设的审美目标，道德之善，不过是通过文学对人的情感、意志的召唤和塑造，并由此而带来的自然而然的结果。西方文论无意于特别强调文学的道德功能，这一点是和中国文学思想有很大差异的。中国文学自古就有“言情”和“言志”的两种传统，但因为伦理道德文

① ［古希腊］亚里斯多德《诗学》相关章节，上海世纪出版集团 2006 年。

② ［古罗马］贺拉斯：《诗学・诗艺》，人民文学出版社 1962 年版，第 155 页。

化强劲的规训作用使然，至少就早期文论来看，所言之情和所言之志，均非生命个体本然之情志，而是包裹在厚重的道德理性外袍下的有节制的情与志，“在道德化的思维定势中，先人把情感与艺术的关系纳入了伦理道德的体系，在道德的规范中框定情感与艺术的意义”。[①] 这就是说，作家所言之情和所言之志，必须符合伦理道德规范方可入文，所谓“发乎情，止乎礼仪”意即在此。因了本然生命意志与伦理规范法令先天的不可调和，故而“情”与“理”、“天理”与“人欲”的冲突，构成中国文学最古老、最持久的冲突。

中国文学因为重视道德训诫功能，因此文学的一个基本特质就是注重情感的力量，或以情感人，或涵蕴人生哲理；或针砭时弊，或悲怨人生无常。无论是以抒情为主的诗词创作还是以叙事为主的小说戏曲，作家都特别善于以情感人，注意营造文学感化人心、教化人伦的道德情感力量。周作人在他的《中国新文学的源流》一书中，把言情、言志两种传统的此消彼长视作中国文学发展的基本脉络。不管是言情还是言志，两者皆属内向性叙事传统。同以道德论为中心的中国文学相比，西方文学理论系统似乎更加看重的是知识论的范畴。早在古希腊时期，诗人就被公认为“教育家”、“第一批哲人”。这里的“教育家”，显然不是指文学的道德劝诫功能，而是指文学所具有的对外部世界和人生真理的认知作用。西方文学自古至今最重要的命题，就是“摹仿论”问题。从柏拉图时代开始，西方人就在探究文学和自然以及外部现实世界的关系，文艺或摹仿自然或摹仿理念，或摹仿现实世界或摹仿社会人生。西方人更感兴趣的是心外乃至身外的世界，他们似乎是把文学当做参悟世界与人生真理的科学实践形式来对待的，以文学的方式对世界和人生的真相求得解释。而西方文论在其自身发展过程中，也存在把文学科学化的倾向，比如“三一律”，20世纪的英美新批评、符号学、语言学、精神分析学、形式主义、结构主义文学理论，等等。

说中国文学是“求德重内”、西方文学是“求真重外”或许过于片面，

---

① 苏桂宁：《宗法伦理精神与中国诗学》，上海三联书店2002年版，第139页。

但两种不同的文化架构中形成的文学呈现出不同的走向，却是不争的事实。西方以小说、戏剧等叙事文学为肇始，中国以诗歌、散文等抒情文学为正宗，小说、戏曲相当长时间内，在中国都难登大雅之堂；西方文学以趣味、真实为要务，中国文学以格调、品位为根柢。这些分野，虽不能说就是因了道德之故，但却可以反证出道德轻重与文化差别对文学总体形态构成之影响。钱穆先生有段分析相当精辟，当可视做此等现象的索解。他说：“中国之道德人生，亦即是艺术人生，正是一诗化人生也”，“西方人之小说与剧本，惟因情不深，乃偏向事上表演，曲折离奇，惊险迭出，波谲云诡，皆以事胜，非以情胜”。[①] 同样以叙事文学来论，中国古典小说和戏曲的一个基本的框架，就是人物形象谱系中的“善恶忠奸”和主题学上的“善恶有报”模式，即便是像《三国演义》和《水浒传》这样的历史演义类小说，作家塑造人物、营造情节也颇多道德上的立意。中国早期文学鲜有诸如西方文学的历险、流浪、骑士等叙述人类与外部世界关系的文学形态。

二、伦理文化与审美意识形态

并非说伦理道德只是中国文学的特殊产物，西方文学就没有道德感，而是说中西文学由于处在不同的文化生成机制当中，道德文化对文学的影响方式和渗透力不同，因此中西文学在漫长的发展过程中，形成了迥然不同的道德文化内质和叙事形态。对于中国文学来说，善是具有元话语性质的。中国文学审美范畴中的真和美往往都是从善中生发出来的。因为在中国哲学认识中，唯有道才是万物的根本，而德则是道的具体体现，故古人方有“德合天地，心统万物”之说。但对西方文学而言，许多作家则是从真的内部来求得善和美。和中国作家写作过程中的强烈道德介入相比，西方诸多作家更像是在道德之外写作，他们更大的兴趣，是通过生动的细节、具有现实感的形象，呈现出生活中固有的道德与

---

① 钱穆：《中国文学论丛》，生活·读书·新知三联书店2002年版，第138、139页。

美感。这种写作方式即便不能说是西方文学的传统,也是多数作家尤其是20世纪以来作家坚持的立场。正是基于这种对文学与道德关系的把握,美国作家纳博科夫在对人谈起他的代表性作品《洛丽塔》的时候这样说:“深感亨伯特同洛丽塔的关系不道德的不是我,而是亨伯特自己。他关心这点,而我不”。[①] 米兰·昆德拉在评价拉伯雷的小说时同样指出:“将道德判断延期,这并非小说的不道德,而正是它的道德”,在昆德拉看来,“创造想象的田园,将道德判断在其间中止,乃是有巨大意义的功绩”。[②]

当然,因为深受基督教文化和西方社会历史性形成的知识分子批判精神的影响,西方文学审美精神构成中的道德力量本身就有鲜明的特点。尤其是在雨果、巴尔扎克等批判现实主义作家和托尔斯泰、陀斯妥耶夫斯基为代表的俄罗斯作家那里,道德叙事形态更为突出,他们对社会的政治、经济、文化、法律所作出的道德审察,乃至对诸多人生现象所作出的种种道德探索,都是相当全面和深刻的。陀斯妥耶夫斯基在为自己严酷的现实主义辩护时这样声称说:“生活在大地表面的人,对大地上发生的事情无权加以回避和否定,这儿有着崇高的道德缘由”。[③] 可见作家的道德意识相当自觉。这种道德意识和道德自觉,既给他们的创作融贯进深刻的人道主义精神力量,同时也因作家独特的审美思考和丰富的形式创造而彪炳文学史册。但必须要指出的是,这种以道德作为叙事视点的创作,在西方文学的历史总体性中并不具有普遍性,它往往取决于作家的个体差异,并且总是难以割断同特定的地域、时代、民族、宗教等特殊传统的联系。而中国文学与道德的关联却是无条件的、绝对的、普遍的,古典文学时代是这样,“五四”以后的现代文学同样如此。虽然“五四”文学革命试图以反抗“文以载道”开辟文学新局面,但最终不过是以知识分子的精英道德和政治社会的革命道德取代传统社会的纲常伦

① [美]《洛丽塔·中译版序言》,时代文艺出版社1997年版,第2页。

② [捷]米兰·昆德拉:《被背叛的遗嘱》,孟湄译,上海人民出版社1995年版,第6页。

③ [苏]弗里德连杰尔:《陀思妥耶夫斯基与世界文学》,施元译,上海译文出版社1997年版,第8页。

理与帝王道德。"五四"时期，陈独秀把国民伦理觉悟视为"吾人最后觉悟之最后觉悟"，"继今以往，国人所怀疑莫决者，当为伦理问题。此而不能觉悟，则前之所谓觉悟者，非彻底之觉悟，盖犹在惝恍迷离之境"，[①]足见伦理对中国人的精神生活包括文学的重要性。回过头看百年中国新文学，虽然历史发展给我们带来许多其他命题，但是道德仍然是新文学最根本的话语冲动，"五四"启蒙文学的"反礼教"主题，左翼革命文学乃至新中国成立后文学的"反封建"主题，地主资产阶级"为富不仁"因而给革命提供合法性论证的革命历史小说的叙事方式，新时期"伤痕"和"反思"小说的道德悲愤等，无论是文化批判还是历史反省，可以说都是以道德作为前哨战的。

中国文学伦理中心主义的形成，有其独特的内在生成机制。究其原因，我认为主要体现在这样几个方面：

第一，首要原因，就在于中国文化上的伦理中心主义和重伦常、尊教化的精神传统。如人们所说，"在中华元典系统中，道德论压倒知识论是一种明显的倾向，构造出一种'重德求善'的文化类型，与'重知求真'的希腊文化形成鲜明对照"。[②] 中国传统社会是在农耕文明基础上形成的一种宗法社会形态，在这个长期由血缘纽结形成的安土重迁、家国一体的稳固金字塔式社会结构内部，人与人之间的关系基本上没有脱离血缘、亲缘、地缘纽带，因此，它不像西方早期社会那样，以"法"来调节松散的自由个体与个体、个体与群体之间的关系，而是以社会性的伦理义务和道德原则，充当着维护血缘、家族、社会秩序的规范。伦理道德不仅起到西方社会"法"的作用，还作为万世不移的道统实施着社会的管理和对人们的精神统治。文化根基和文化类型学上的这种特性，注定中国文学作为文化整体系统中的一个环节，其产生与发展必然会受到文化母体的影响。中国文学无论是从文学的知识层面还是价值层面，都承载着中国文化的核心精神。

第二，从中国文学发展自身状况来看，早期起源阶段没有明确的"文

---

① 陈独秀：《吾人最后之觉悟》，1916 年 2 月 15 日《青年杂志》1 卷 6 号。

② 冯天瑜：《中华元典精神》，上海人民出版社 1994 年版，第 247 页。

学”意识，文学与文化不分，文学家和哲学家、伦理学家身份的模糊，是中国文学被伦理化的另外一个重要原因。众所周知，中国古代没有西方社会那种明确的学科分类，直至20世纪初期，中国都没有明确的“文学”观念。古代人平时所使用的“文学”概念，是一种语义复杂的指称，在不同的场合，往往有不同的指谓。晚清章太炎论“文学”时还说，“文学者，以有文字著于竹帛，故谓之文，论其法式，谓之文学”，[①]在概念上大有把文学等同于“文章作法”之类的含混。在《文学革命论》一文里，陈独秀甚至把春联、对联等看做是“应用文学”。大致而言，中国古代的“文学”观念是一种泛文学观，囊括着现代的文学、历史、哲学和古时的经、史、子、集各部，文学、文章、文化几乎是可以随时互换的概念。因此，中国古代人们谈诗论文时，很容易错失文学与文化的边界，或者把文学当文化谈，因此顺势把文化观念带入到文学理解当中；或者把文化当文学谈，因而放大文学和道德联系的密切性。加之中国古代社会知识分子并没有像西方社会形成专门的职业，很多时候诗论家就是哲学家或伦理学家，比如先秦时期的孔、孟、老、庄，唐宋时期的程朱，晚清时期的康有为、梁启超等，他们以哲学家或伦理学家身份谈诗论文，无疑会强化中国诗学传统的伦理化趋向。

第三，与中国文学的民间起源有很大关系。中国文学在其发展过程中呈现出的一个重要特征，就是民间性起源。从文体方面看，诗、词、歌谣、戏曲、小说，都是最早在民间社会形成的；诗歌的四言、五言、七言，也都最早出现在民间。这种民间起源对中国文学总体格局和审美品质有何影响姑且不论，单从文学伦理化品格的形成这个角度讲，所起到的作用就不可轻视。这首先是因为，民间社会历来保持着直观的、朴素的道德生活，因而来源自民间的文学总是浸润着鲜活的道德经验。中国古代戏曲和小说中，宣扬节妇烈妇，父慈子孝精神的作品特别多，我想根源就在这里。此外，民间文学充满道德意味，是和底层民间社会人们的生存状态分不开的。和西方民主社会古代人“个人在公共事务中几乎永远是

① 章太炎：《国故论衡·文学总略》，《中国近代文学大系·文学理论集》1卷，上海书店1994年版，第120页。

主权者”的公民身份不同，[1]中国古代社会等级森严，民间社会处在权力的真空，处在被压抑的底层，民众基本丧失对国家政治事务的参与权。对于民间底层社会来说，欣逢盛世，则为民之大幸；若遭逢乱世和社会不公，屈原可以“忠诚之情，怀不能已，故作《离骚》”，陶渊明可以“采菊东篱下”，而他们除了揭竿而起，从政治的“观众”变为“暴众”之外，真正能利用的维护自己生存权利的武器，就只有道德批判。就像胡适谈到中国文学民间起源时候所说的那样，“人的感情在各种压迫之下，就不免表现出各种劳苦和哀怨的感情，像匹夫匹妇，旷男怨女的种种抑郁之情，表现出来，或为诗歌，或为散文”。[2] 民间底层社会的文学创作，从《诗经》时代开始，对国家政治和官僚集团的严厉道德批判，就是其绵延不绝的主题。中国古代民间文学饱含的道德情愫与道德审美力量，对整个文学发展有着深刻影响。这不仅因为民间“俗”文学是中国文学总体构成的重要部分，还因为文学史上的“雅”文学，其实起源多在民间“俗”文学，只不过是后来被文人“雅化”才逐渐成为“雅”文学。

三、伦理文化与文学“问题”

一个问题油然而生：相比较西方文学，中国文学无疑要更加重视道德，那么，是不是可以据此得出结论：更加重视道德的中国文学就要比西方文学更有道德感？或者说中国文学是否比西方文学对人类的道德境况作出的探索更为卓越？两种文学在道德叙事方面孰优孰劣，可否略作比较？

应该说，中西文学哪个更具道德感，两种道德叙事谁优诈劣是个很难比较的题目，因为我们对道德感本身就很难作定性和定量分析，两种道德价值形态不同，作家处理道德的审美经验不同，道德叙事的审美形态自然就有所不同。不过，作为常识问题我们知道，尽管西方文学并没有把道德问题放在文学的首位，但是通过作家对人类生活的细致描述，通过作家对

① ［法］邦雅曼·贡斯当：《古代人的自由与现代人的自由》，商务印书馆1999年版，第27页。

② 胡适：《中国文学过去与未来》，《胡适文集》3卷，人民文学出版社1998年版，第252页。

人生、历史、社会与世界问题的复杂思考，道德哲学问题自然就内在地包括在西方文学的审美视域中。诚如美国当代著名哲学家、伦理学家麦金太尔所言："道德概念不仅体现于社会生活方式中，而且部分构成社会生活方式。我们将一种社会生活方式与另一种社会生活方式区别开来的一个重要途径，就是识别道德概念上的差异"。① 道德并非纯粹的哲学思辨，而是人生问题和生活本身，只要文学涉及具体生活描写，就必然会牵扯出道德问题。正因为如此，考量文学对道德问题思考的深度与广度，或究竟给人类提供多少有益的智慧思考，并不在这种文学是否把道德预设为审美目标，而取决于文学的审美实践本身。尽管我们无法对中西文学的道德审美含量作出高下判断，但毋庸置疑的是，由于根植发达的人文主义传统，根植古希腊哲学对宇宙和人生奥秘的深刻探寻和希伯莱先知文明乃至基督教的罪感与救赎文化精神，西方文学所表现出来的道德精神的丰富性、深刻性、广博性与复杂性，自有其撩人心魄之处。在这个方面，我们可以列举一大批西方著名作家作品加以论证，而西方文学的历史本身也确凿无疑地证实了它对人类道德探索所作出的不朽贡献。

正是这样，我觉得真正值得我们研究的并非中西文学道德感的优劣问题，而是从精神现象学角度，在比较中去发掘中西文学道德叙事的思想与审美差异，并从文学本体论的层面，对这种差异作出评判。如前所述，古代中国作为典型的宗法社会，其伦理存在主要是用于调节和规范各种社会关系，维持社会稳定。除董仲舒等少数人把道德视为"天意"、"天理"，强调伦理的超验性质以外，大多数哲学家和伦理学家都把道德的起源定位在人性和人生实践层面上，强调的是伦理道德的人性内涵和人生经验性质，像"仁义礼智"、"孝悌忠信"、"礼义廉耻"等，我们固然可以把它们归位到知性价值哲学范畴当中，但它们更重要的特性，我认为还是体现在人与人的关系结构当中，作为道德原则对世俗社会人际交往和社会秩序的协调、规范、整理能力。而西方伦理学的一个基本特性，就是绕开生命个体对社会和他者、集体的道德承担，专注于个体自由意志

① [美]阿拉斯代尔·麦金太尔:《伦理学简史》，龚群译，商务印书馆2003年版，第1页。

的张扬和生命情态的饱满。其伦理价值范畴多赞扬诸如智慧、勇敢、自制、仁爱、自由、正义等。同中国伦理的经验性、人际性不同，西方伦理是超越性的、理想性的，“它并不描述每一种可能的善的生活形式”，“而是从事描述和证明那些没有它们一个善和美的生活就不可能实现的行为规范”。[①] 西方虽然以力量、智慧、勇气和勇敢等为美德，但若一个人没有智慧和不勇敢却并不承担道德责任；而中国的仁义伦理则不是这样，一个人若没有“礼义廉耻”，则必然为人所不齿。尽管我们不是伦理决定论者，但是必须得承认，中西这种伦理差异对文学叙事品格的形成影响是非常大的。中国伦理的经验性质，注定了中国文学和西方相比，对世事人情的关注要远胜于西方，所谓“世事洞明皆学问，人情练达即文章”，表达的就是这样的意思。鲁迅因明朝的小说多“描摹世态，见其炎凉”，而称之为“世情书”。[②] 过度关注世事人情，对文学而言有利有弊。中国文学尤其是叙事文学有着超强的现实感，文学对人生的引导和人性的建构有很强的针对性，梁启超、鲁迅都把文学当做“新民”、“立人”的思想工具，我想这大概就是认识论上的根源。因过度关注世事人情，中国作家有着超常发达的是非之心，凡事都要分出对错，是人就得分出黑白，以致人物形象方面，中国几千年文学的人物形象从性格上讲可谓丰富多彩，但在道德上都是“单向度”的“扁形”人物，就像黑白照片一样，忠奸善恶一目了然(在戏曲里人物往往都是脸谱化)，人性层次的丰富性和道德紧张感似乎略有欠缺，并因此而带来审美上的简单化。最重要的是，伦理上的现实主义和伦理价值体系的世俗性特点，导致中国文学过度关注经验世界的事物，对人类的心灵世界和精神事物探索不足；作家多以此世的眼光和情怀，瞭望和描摹此世，缺乏对理想精神价值和人生至高真理艰苦追求的超越感，即便是《西游记》、《聊斋志异》、《故事新编》这些名篇，亦不过是发挥影射、比附之能事，根柢不脱现实经验世界。

中国文学拘泥现实经验世界，缺乏超验精神，这是学术界注意并批评较多的。而中国伦理作为集体化的道德存在，对文学处理个体与他

---

① [德]弗里德里希·包尔生:《伦理学体系》，中国社会科学出版社 1988 年版，第 22 页。

② 鲁迅:《中国小说史略》，上海古籍出版社 2004 年版，第 159 页。

者、个体与世界的关系形式的影响却同样值得我们注意。作为一种群己伦理，中国传统道德塑造出一种独特的人际交往模式，那就是个体只有在他者的身上才能完成自我认同和自我评价。前面提到，中国传统伦理价值范畴，都是通过人际性体现的。仁义忠孝等都是以他者为对象的，一个人是否仁义，是否忠孝，主要看此人处在特定的关系结构中的具体表现，一个人的道德品质是在他者身上体现出来的，因此，他者构成个体自我认同的镜像，没有他者，就没有自我。而一个人对自己的评价，往往也是依据他者的判断。美国著名人类学家鲁思·本尼迪克特曾经以“羞耻的文化”作为日本民族文化性格的定性，以区别美国社会在基督教基础上形成的“罪孽的文化”。在作者看来，羞耻的文化主要“依靠外部的强制力来做善行”，而罪孽的文化则“依靠罪恶感在内心的反应来做善行”。羞耻是对别人批评的反应，“只要他的不良行为‘没有暴露给他人’，他就不需要自寻烦恼”；而罪孽的文化却不同，“尽管没有人知道你的错误行为，但你还是会有罪恶感”。[①] 本尼迪克特对日本民族文化性格的分析，无疑是适用中国的。这种道德文化对中国人生存方式的最大影响就是人们的集体归属感特别强，个人最大的善并非自我实现，而是“合群”，通过集体的力量实现伦理目标，个人缺乏外在于群体的独立性。正是如此，中国文学总是充满着家国天下的宏大叙事，个人很难脱离集体获取存在的意义。《西游记》中猪八戒想“散伙”回高老庄的举动被视为可笑的“丑行”，当代文学中的林道静、梁生宝苦苦寻求集体、为集体谋福祉的行为却并非是“浪漫”的奇想。因缺乏西方社会那样的罪感文化作为审视的基点，中国文学鲜有把个体的道德疑问放置在审美的中心，来拷问作为独特的生命存在物——个体存在所遭遇到的道德疑问。无论是作家的创作意识还是叙事文学当中的人物，个体的道德自觉都是相当匮乏的。即便是民间底层社会的文学想象，大多追问和批判的，亦是社会正义和公道问题。中国文学道德探索与道德批判的功能，多是由“贪官”、“衙内”、“恶

---

① [美]鲁思·本尼迪克特：《菊与刀》，北塔译，北京理工大学出版社2009年版，第158页。

奴”、“恶霸”、“地主”这类道德表象化的人物形象所承担的，很少内化为作家和文学人物的内心纠缠与思想斗争。与中国道德的“合群”意识和“个人”的不发达相关的是，中国文学充斥着大量因屈原式的政治放逐和现代时期于质夫式的离群索居性格而“孤单”的人，而少有存在论意义上的“孤独者”。而中国文学的“孤单”和有限的“孤独”，却往往是与悲苦和怨恨的情感联系在一起的，并没有在孤独中体现出生命的创造激情和深刻的思想体验。

中国传统伦理的群己特征和人的强烈集体归属欲望，决定着中国伦理从总体上讲是一种“和合”文化。这种文化在文学上的最直观反映，大概就是叙事文学领域特殊的道德冲突形式和矛盾解决方式。以中国悲剧而论，至少在古典文学时期，我们的悲剧多具有特别突出的伦理悲剧特性。中国文学史上比较著名的悲剧作品，如《孔雀东南飞》、《窦娥冤》、《赵氏孤儿》、《梧桐雨》、《长生殿》、《桃花扇》、《红楼梦》等，从悲剧的起因、剧情的展开到冲突的结束，几乎都同“和合”伦理有关：或夫妇、或情人，或父子、或君臣，“和合”的伦理破碎导致悲剧的发生，整个剧情的展开，就是为修复这种伦理上的破碎感，其间有的夹杂着正义力量与邪恶力量的魔道斗法式的斗争，更加凸显其伦理性质。而且人们都知道，中国的悲剧往往开始时情节紧张，冲突剧烈，最终却多以“大团圆”收场，不像西方比如哈姆雷特的悲剧或者西西弗的悲剧那样，处在永恒的、不可调和的尖锐冲突中。这种“大团圆”式的东方悲剧美学观念，在王国维看来，是因为“吾国人的精神，世间的也，乐天的也。故代表其精神之戏曲小说，无往而不著此乐天之色彩”。[①] 但是我倒觉得，这种“大团圆”体现出的恰是典型的中国人的“和合”伦理特点，故而在悲剧的结尾，再严重的矛盾和冲突，总要想方设法化解为妙，人力不可为的，则交付给神仙狐怪；人力可为的，则或是“清官”断案如神明察秋毫，或者是江湖“豪侠”路见不平惩恶扬善，或有就是功名得中奉旨完婚之类的。中国古代人们对“清官”的顶礼膜拜，中国民间侠义文学的高度发达，我想都与此相关。

---

① 王国维：《〈红楼梦〉评论》，《王国维文集》，北京燕山出版社1997年版，第213页。

第十章 “恶欲叙事”:历史修辞与意义迷失

道德的核心是善恶问题。因此,从恶的角度观照当下乃至20世纪以来中国文学道德叙述的基本经验以及存在的问题,尤为必要。如我们所知,上个世纪90年代以来,中国作家对恶的叙述,一直是读者和批评界严厉批评的对象,原因当然并非是因为作家写到了恶,而是他们在叙述恶时体现出的混乱的价值取向以及某种程度道德上的“不作为”态度。人们甚至有理由怀疑,有些作家是否刻意以一种泛滥的恶欲描写的方式,以博取大众读者的注意,从而为个人获取不正当的声名和利益。但必须承认的是,90年代以后文学领域恶的叙述的普遍化乃至价值探索方面出现的一些问题,是有一定的必然性的。首先,中国社会市场化进程的加速,激活和引发了中国人固有道德意识结构的内在冲撞,商品社会对人的欲望的激发,更加强化了冲突的尖锐性;而多元主义价值观的流行,往往又使我们对很多道德现象难以作出明晰、准确的判断,人们很容易迷失在事物善恶的纠缠中。其次,相当长一段时间以来,中国当代文学都被一种意识形态的道德理想主义虚幻景观所笼罩。伴随80年代的历史反思,作家们开始刻意规避那种虚妄的道德理想主义,在塑造人物形象或者对生活的观察中,不少作家甚至以消解和逆反心态,解构道德理想主义曾经虚构的神话,从理想主义的反面去看人,着意去写出人的丑与恶。最后,是经过先前的先锋文学洗礼,90年代的中国作家早已对世界文学特别是欧洲和拉美的现代主义文学谙熟于胸。西方社会在经历资本主义时代人的异化、西方文化内部的自我反思乃至两次世界大战以后,19世纪至今,许多作家都深深浸润在种种悲观主义情绪当中。“以恶为美”、“恶中掘美”的美学观念几近成为现代主义的代名词。中国作家在接受西方现代主义文学的影响过程中,“拿来”的自然不仅仅是它们的技巧和创作方法,同时还有西方作家看待世界和人生的悲情眼光,恶的叙述偏好就是其中很重要的一点。

当然,叙述的必然性并不表明现象存在的合理性。不管作家叙述了怎样的恶,在对待恶的问题上,人们总希望作家能够秉持一种批判性的姿态,以人的建设和发展为宗旨,在审美情感和审美价值上引导读者对恶的警觉和对善的盼望。但综合读者和批评家们的批评意见来看,他们的惯性思维,就是把文学领域恶的问题,归咎为90年代中国社会商品经济的发展和市场化。这种理解显然是不正确的。虽然说恶不是现代性的社会问题,而是人类社会的普遍现象,但现代社会人们对恶的体验,肯定是充满现代性意味的。90年代以来中国作家感受和理解的恶,内在地包含在中国社会现代化过程中,它的发生和发展,都与20世纪中国社会的政治、经济、文化等的现代转型密不可分。正是如此,我们研究90年代以来文学领域恶的问题,就应该要把它置放到百年中国现代化实践这个历史总体性当中,去作一种宏观的、整体的考察,方可理清它的来龙去脉。所以,在这一章节中,我将把现代以来中国作家对恶的叙述,还原到中国社会、文化发展的历史特殊性当中,通过两者间的互动考察,探究作家富有现代意味的恶的观念建立的过程,恶在文学领域演化的路向与审美表现形式;同时,通过对作家思想局限的把握,分析作家恶的叙述存在的问题。有必要说明的是,因为20世纪中国社会的转型经验的内在共通性,这里我们将打破“现代文学”与“当代文学”的学科壁垒,将20世纪中国文学作为整体分析对象。

一、“现代恶”及其叙事形态

诚如德国伦理学家包尔生所说,这个世界“不可能有任何具体存在的普遍道德"，"每个民族都有它自己的特殊生活理想和自己的道德"。[①]所谓善恶问题，不过是特定时代人们依据相应的道德知识"构造"出来的问题，视点不同，对善恶的认识和理解就有所不同。传统中国社会，"理/欲"的二元对立历来是人们辨识善恶的基本话语结构，"善恶之标准为理，视其欲之合理与否，而善恶由是判焉。"[②]作为道德理性最集中体现形式的"三纲五常"，构成古代中国社会的最高德目，符合纲常伦理的则为善，背离纲常伦理的则为恶。正是如此，古代中国文学作品中的人物形象，多为纲常伦理的叙事诠释，善者莫过仁君、忠臣、孝子、节妇、侠士，恶则不外是昏君、奸臣、逆子、奸夫、淫妇、无赖等。《三国演义》中曹操之"恶"不在其德而在其"奸"；刘备虽然个性柔弱，却可驭"智"如诸葛，"勇"如关、张，是因为他代表着"仁"这个更高级别的文化符号（著名学者杨义论及中国古典名著"主弱从强"模式时，曾有分析）；《水浒传》中武松、李逵等的滥杀无辜，因为合乎"义"的价值取向，其行为亦很少受人诟病。

这种由道德理性判断人的善恶的方法，弊端在于把"人"当做道德理性审判的对象而非发展的目标。"五四"前后，在近现代启蒙—人本思想影响下，作家们开始以人为价值视点，重构新的道德知识谱系。周作人说："人的一切生活本能，都是美的善的，应得完全满足。凡是违反人性不自然的习惯制度，都应排斥改正"。[③] 周作人这样的判断当然不对，因为人之本质并非就只有善而没有恶，但在"五四"时期对"人"的张扬的主流声音里，这样的判断是不会遭到辩驳的。基于如此时代意绪，"五四"时期的许多作家，在道德判断上都刻意去颠覆以"理"辨"欲"的传统模式，而是以"欲"判别"理"的正当性。作家们纷纷把传统道德理性的"吃人"之恶放到写作中心，通过肯定人的情感、欲望和生命权利的合理性以及人的正当生命权利被毁灭，来书写、指喻并批判传统文明的罪恶。许地山的《命命鸟》，写一对缅甸青年自由恋爱，受到双方父母反对投湖殉

---

① ［德］弗里德里希·包尔生：《伦理学体系》，何怀宏、廖申白译，中国社会科学出版社 1988 年版，第 22 页。

② 蔡元培：《中国伦理学史》，东方出版社 1996 年版，第 20 页。

③ 周作人：《人的文学》，《新青年》1918 年 5 卷 6 号。

情。杨振声的《贞女》,写一个姑娘嫁给未婚夫的木头牌位,因忍受不了孤独而自杀。央公的《一个贞烈的女子》中的14岁女孩阿毛,未婚夫死后,父亲为博取官家“贞烈可风”的褒奖,将亲生女儿关在小屋七天七夜活活饿死。“五四”时期的中国作家,在批判传统文化的罪恶方面可谓不遗余力,但是必须指出的是,他们对何谓善恶的问题,事实上还缺乏基本的认知,更多的还是出于某种观念层面的把握,因此,在评判文化传统的善恶时,诸如“自由”、“个性”、“尊严”、“人性解放”等这些特定时代的共名话语,往往构成作家道德叙事的最重要的德目。罗家伦的《是爱情还是痛苦》,塑造了主人公程叔平的双重悲剧,一方面,他和心爱的女子吴素瑛有情人难成眷属,另一方面,他和不爱的妻子生活在一起。在作者看来,“没有一点乐趣的家庭,是一座活地狱”。自由和婚姻自主,构成评定善恶的基本要件。

叙述传统文明的“吃人”之恶,在现代作家笔下相当普遍。自鲁迅《狂人日记》始,“死亡”和“疯狂”,就构成中国现代作家对宗法伦理展开现代性批判的病理学主题模式。鲁迅很早就这样说过,“有一种暴力”,“‘将人不当人’,不但不当人,还不及牛马,不算什么东西”,以至于“中国向来就没有争到过‘人’的价格,至多不过是奴隶,到现在还如此”。[①] 虽为“立人”理想殚精竭虑,但他很少像同时代其他作家那样,因应时势地给人们开出“个性”、“自由”、“平等”等未经验证的现代性药方。他用手术刀式的精细笔法,揭示出作为“一种暴力”的传统文明对人的心灵伤害。鲁迅不同其他作家的深刻之处,就在于他从中国人的意识、灵魂和精神层面,把握到中国传统文化对人的“诛心”之恶。《阿Q正传》中的阿Q就非常典型地体现了被“诛心”后的“空心人”状态,他没有思想,没有意志,没有愿望,所作所为全凭本能,以致连杀头都不怕。但不怕杀头的阿Q,却在画押时因拿起笔而“几乎‘魂飞魄散’了”。在阿Q那里,“笔”有着比“刀”更可怕的力量。杀头,在阿Q至少还可以用“无师自通”的“过了二十年又是一个……”作为精神的信靠和支撑,但是“笔”所

① 鲁迅:《灯下漫笔》,《鲁迅全集》第1卷,人民文学出版社1981年版,第212、211页。

代表的传统制度和文化，却可杀人于无形。“笔”对底层民众思想、灵魂、情感的精神奴役，要远比消灭肉体可怕得多。鲁迅抓住中国哲学“心”的概念，对传统道德对人的“诛心”之恶作出严厉批判。他的小说中，类似阿Q这样的“空心人”很多，像陈士诚、孔乙己失去原我之心以后的疯癫，祥林嫂、闰土、华老栓被“诛心”后的“麻木”，都被作家写得入木三分。当然，小说毕竟是小说，不是思想史著作。鲁迅没办法给我们整体演示传统道德理性如何诛杀阿Q们的心灵，他同样无法告诉我们，阿Q们如何方能逃出被诛杀的命运。“哀其不幸，怒其不争”，这仅仅是鲁迅情感上的态度，而文化实践上他并不能解决如何“争”的问题，故此，才有《祝福》里祥林嫂询问灵魂有无时“我”的支支吾吾；《离婚》中的抗争者爱姑，听见城里“知书达理”的“七大人”一句“来～～兮！”，竟“觉得心脏一停”，“知道这实在是自己错”。

对传统文化恶作出批判，贯穿现代中国文学整体发展过程，所不同的是不同时期的不同文化语境，人们批判的重点和思想美学内质有所区别。在“革命”的叙述中，传统作为“封建”的代名词，一直是必须打倒的对象。而在“新时期”古华的《芙蓉镇》、张弦的《被爱情遗忘的角落》、张平的《祭妻》等作品中，则是与激进政治批判密切相连。直到90年代以来，在诸般革命话语沉寂下来，“传统与现代”二元结构的自明性受到有力质疑以后，不少作家才跳出简单的反传统思维模式，开始站在新的思想视界重新审察传统。他们或者在美学层面重新展现传统文化的丰富魅力，像陈忠实的《白鹿原》；或者思考传统宗法伦理在当代中国乡村治理中的道德实践功效，像贾平凹的《土门》；或者反省作为宗法伦理精神遗毒的权力崇拜在当下乡村社会的深远影响，像李佩甫的《羊的门》和阎连科的《小镇蝴蝶铁翅膀》等。相比此前的小说创作，90年代以后文学所写到的传统文明，历史批判和文化批判的意味淡化了很多，作家们更加注重在文化重建的层面来思考和反省这一问题。在中国传统文化的俯仰沉浮之际，我们看到的是20世纪中国社会和文化思想变革的复杂面影。

启蒙叙事构造的传统恶，伴随着启蒙运动的沉浮在20世纪中国文学史上时隐时现，而革命意识形态塑造的阶级恶，则无疑更具文学史的贯穿性。从20年代沉默的闰土,到30年代觉醒的老通宝、多多头(《农村三部曲》),至50年代朱老忠毅然决然的革命(《红旗谱》)……中国现代文学的发展,清晰呈现出阶级冲突力是如何塑造出“闰土参军”故事的。在革命意识形态构想的阶级恶中,作家们道德判断的基本模式,就是“为富不仁”。虽然作家并非按照“贫穷即道德”的模式处理人物关系,但在面对社会底层人物时,除《赌徒吉顺》等少数作品外,作家甚少写到社会底层民众的邪恶,更多写的是其“缺点”;而在处理社会上层人物时,贪婪、阴险、狡诈、欺男霸女、无恶不作等,则是作家的基本想象。单就现当代文学时期的“地主”形象而论,就有一个长长的序列,像《咆哮了的土地》中的李父,《丰收》里的何八爷,《五奎桥》中的周乡绅,《白毛女》中的黄世仁,《王贵与李香香》中的崔二爷,《太阳照在桑干河上》中的钱文俊,《暴风骤雨》中的韩老六等,都是很有代表性的形象。在以发展物质文明为至要的现代社会,中国现代作家们似乎表现出对物质的深刻仇视。这种仇视,与现代中国社会的民粹主义思想、“五四”时期的“劳工神圣”信念乃至传统农耕文明特有义利观念形成的道德观都有深刻联系。但更为重要的,还是“革命”内在逻辑使然,因为“革命”只有在道德上否定了对象,才能确立自身的正当性。就这种道德思维对文学的影响而言,第一是影响着现代文学人物形象的生产,如上述的地主系列;第二,是在主题和作品生成上影响着文学的“历史”构成,比如歌剧《白毛女》,这个本来有可能被叙述成“神怪”或者“破除迷信”、“诱奸故事”的民间传奇,最后被鲁艺创作者们“抓取了它的积极意义——表现两个不同社会的对照,表现人民的翻身”,被改造成“旧社会把人变成鬼,新社会把鬼变成人”的“翻身”叙事。[1]

在革命意识形态的阶级恶讲述中,更具思想史意义的当属知识分子的出身原罪。早在1926年,毛泽东在《中国社会各阶级分析》中就区分出革命的“敌人”和“朋友”,除“工业无产阶级是我们的领导力量”以外,农民、小知识分子、中产阶级等都仅仅是革命的可能的力量。[2] 因所处

---

① 黄科安:《文本、主题与意识形态的诉求—谈歌剧〈白毛女〉如何成为“红色”经典作品》,《文艺研究》2006年第9期。

② 毛泽东:《中国社会各阶级分析》,《毛泽东选集》第1卷,人民出版社1968年版,第9页。

社会地位不同，知识分子和农民有着不同的革命特权。对农民来说，向革命神圣性过渡的主要障碍，就是与生俱来的“小农”意识。如何超越世俗性“小农”意识的有限性，向“人民”的公共神圣伦理无限地迈进，是农民“革命”必须要完成的人格圣化仪式。姚雪垠的《差半车麦秸》中的“差半车麦秸”、柳青的《创业史》中的梁三老汉等，均是在革命的实践中，完成他们“汰除世俗性品质、精神上再生的仪式”。[①] 但对小资产阶级或封建大家庭出身的知识分子来说，革命就不是简单的人格转化问题，而是彻头彻尾、脱胎换骨的灵魂改造工程。出身上的血缘伦理“原罪”，精神价值层面知识分子的个人主义对革命意识形态架构中“集体主义”的阻抗，都是知识分子在革命历练中需要消除的。茅盾的《幻灭》、《动摇》、《追求》，巴金的《爱情三部曲》，蒋光慈的《野祭》、《冲出云围的月亮》，柔石的《二月》，丁玲延安时期的小说《在医院中》、《我在霞村的时候》，新中国成立后萧也牧的《我们夫妇之间》，杨沫的《青春之歌》等，这些作品无不关涉对知识分子“个人”虚妄性的拷问。小说展示的，都是知识分子在“革命”的历史洪流中，如何祛除“个人”的个体私密性和“小资产阶级”的浪漫主义趣味，完成英雄主义的“个人”对自由主义的“个人”的置换。

现代中国文学叙述视界里，除传统恶与阶级恶以外，现代性都市恶是作家们另一难以摆脱的情意纠结。在启蒙主义叙述视野中，都市作为现代文明的指代，扮演的是乡村批判的有效视点，但现代城市作为异质性的他者文明，自然会引起作家文化民族主义的激烈反应。许多作家在写都市恶时，都带有先验论的味道，似乎乡村就必然是健康、纯朴、自然的，而城市则注定是卑微、污浊、糜烂的。在叙述实践上，作家们更习惯把乡村作为都市的道德对立面来写。沈从文的短篇小说《三三》，用富有象征意味的笔触，写出乡村对城市文化上的某种治疗和救赎功能。城里的白脸男人身患肺结核病，到乡间养病，乡间的自然美景，少女三三若有若无的男女情愫，都给白脸男人带来极大的抚慰。

① 孙先科：《象征中的秩序：知识分子形象及其“成长”》，《河南大学学报》2008 年第 4 期。

小说最后,白脸男人虽然死了,但小说中的“疾病”意象和男子到乡间“养病”的细节,在 20 世纪中国文学史上,无疑是有着特殊的象征意味的。

现代作家的都市书写中,“乡下人进城”然后由善变恶的写作模式,是作家最谙熟的城市想象。阿 Q 逃往城市学会了偷盗;勤劳本分的祥子进城后,由人变成鬼;苏童《米》里的五龙进城后释放出可怕的邪恶,毁灭别人同时毁灭了自己;路遥《人生》中的高加林,进城不久就背弃了乡下姑娘巧珍……“城市”似乎是罪恶的旋涡,以其邪恶的力量诱惑、吸引着人心向恶。这种充满先验论意味的“城市”道德判断,不仅是知识分子的写作构想,革命历史叙事的小说同样如此。新中国成立后,萧也牧的《我们夫妇之间》里面的丈夫李克,进城不久就感觉工农干部妻子是“一个‘农村观点’十足的‘土豹子’”;《霓虹灯下的哨兵》中,战士陈喜进驻大上海,也因为资产阶级“香风”吹拂而嫌弃乡下未婚妻春妮的“土气”。城市似乎与邪恶有着天然的关联。而在叙写“城市”之恶方面,大多数作家都喜欢在“城市与情欲”层面,写出城市淫乱放荡的肉欲气息。郭沫若笔下,上海是“游闲的尸,淫嚣的肉”(《上海印象》);刘呐鸥笔下,城市是“男女的肢体,五彩的灯光,和光亮的酒杯,红绿的液体以及纤细的指头,石榴色的嘴唇,发焰的眼光”混合的“魔宫”(《游戏》);穆时英眼里,上海是“造在地狱上面的天堂!”(《上海的狐步舞》)。就连茅盾这样的现实主义大师,也不放过对城市与情欲的书写。《子夜》的开头,作家就借吴老太爷的视角,写到了上海这个现代大都市肉欲弥漫的场景:红唇、香气、半裸体似的妖艳少妇、滑腻的臂膊、邪魔的眼光……尖叫的情欲划过 20 世纪中国文学城市书写的上空,余响不绝。直到 1992 年贾平凹的《废都》出版,“庄之蝶”更是把这种城市的情欲形象推向登峰造极。

对现代工业文明的批判,是人类进入现代社会的共同思想问题。除马克思、韦伯、卢卡奇、阿多诺、马尔库塞、本雅明等思想家以外,波德莱尔、艾略特、斯特林堡、乔伊斯、卡夫卡等,都通过各自的文学创作实践,揭示了现代城市工业文明给人类带来“人与社会、人与自然、人与人、人与自我四种关系上的尖锐矛盾和畸形脱节，以及由之产生的精神创伤和变态心理”[①]。中国作家对现代城市文明的批判，除李金发、穆旦等少数作家刻意模仿西方文学，因而颇具形而上学意味，大多数作家对“都市恶”的把握，感性的、心理的、情绪化的因素要远超出理性的思辨。这其中的复杂性，既有城市繁荣的物质文明触动作家们内在文化心理结构中传统的义利观而导致的剧烈反弹，同时还有传统与现代交汇时期，作家们对畸形发展的社会道德文化的深切忧思。如有的学者所说：“沿袭数千年的中国封建文化，深入骨髓地仍然弥漫在城市的每个角落；与此同时，被西方商业文化所污染的都市文明，也被不加选择地吸纳进来，于是便造成了城市文化的大混乱。好的东西往往被废弃，东西文化中本应抛弃的糟粕却肆无忌惮地大流行。”[②]分析的确中肯。

二、启蒙预设与“恶”的历史修辞

以上所述绝非现代文学恶的叙述的全部，但却是较有代表性的叙事形态。通过分析我们不难发现，现代作家多是从社会外部层面来把握恶的，对人作为自然存在物的内在本质恶的描写，往往鲜有顾及。“五四”启蒙语境中的“国民性”问题，只是将人置放到一种文化普遍性当中，拷问的并非人性之恶而是文化的历史性之恶；革命文学尽管不乏对人的心灵与灵魂的审视，但仅是借助人的灵魂完成的意识形态的狂飙劲舞。及至新时期的“伤痕”和“反思”文学，作家们对于恶的叙述，沿袭的都是这种历史批判的老路子。从道德哲学上讲，我们知道，恶的根源并非只在社会外部环境，更主要的是人作为生命物的内在有限性。先秦时期孟子与荀子的“性善”与“性恶”之争，论辩的就是人的自然属性之善恶问题；西方道德哲学虽然对“德性”众说纷纭，但人作为“习俗性存在者”和“自然存在物”的双重性(麦金泰尔语)，同样是伦理学家把握善恶的基本认

① 袁可嘉：《欧美现代派文学概论》，广西师范大学出版社2003年版，第7页。

② 陈晓明主编：《现代性与中国当代文学转型》，云南人民出版社2003年版，第199页。

识框架。基督教哲学更是从“沉沦的人的生命”中看见“欠罪”与“懊悔”,确立信仰的无限崇高性。[①]

那么,既然人的内在有限性是善恶的重要起源,何以中国作家对恶的把握,总是突出社会外部环境因素而淡化人的自然本性中恶的原始存在?这里不能不提到启蒙文化的道德预设,因为启蒙突出人的价值正当性,故在恶的起源上,作家们形成一种富有现代意味的归咎原则,即把人的情感、欲求乃至诸多自然存在正当化;当这一切如周作人所言都是“美的、善的”的时候,恶和丑注定就只能由外部世界担当。“五四”初期,陈独秀、胡适、钱玄同、傅斯年、周作人、欧阳予倩等人讨论中国旧戏改革,主张废除旧戏时的重要理由,就认为它“有害于‘世道人心’”。[②] 郁达夫的小说《沉沦》,主人公在异国遭到歧视,于是酗酒、偷窥女子洗浴。彷徨无助的“零余者”,“梦醒了却无路可走”……这本是科举制度取消以后,特别是“五四”变革期中国知识分子的普遍情绪。小说主人公在克尔凯戈尔式的“下坠”中寻找深渊式的刺激和快感,应该具有那个时代的特殊心理真实,但最后主人公自杀前的呼喊:“祖国呀祖国,我的死是你害的我!”却把个人内在的问题推向“祖国”。这种归咎原则包含的潜在思维,正是来自启蒙主义的价值预设。这种价值预设和归咎原则,甚至催生出“问题小说”的发生。1920年,冰心的对话体小说《一个忧郁的青年》中,主人公彬君苦苦思考“为什么有我?”“为什么念书?”“为什么吃饭、活着?”等关涉“我”的在世问题。这些颇具形而上学问题的提出,彬君最后导向的却是对现实和世界的不满,“眼前的事事物物,都有了问题,充满了问题……现在要明白人生的要义,要创造我的人生观,要解决一切的问题。”

对恶的历史修辞,“五四”人学思想复兴是文化层面的原因,但更直接、更现实的根源,我想还在20世纪中国错综复杂的现实矛盾。置身痛苦的被殖民体验和尖锐的民族矛盾与阶级斗争中,作家们不得不或此或彼地在社会阵营中找到自己的归属,不同程度地把自己改变为

---

① 《舍勒选集》(上),上海三联书店1999年版,第709页。

② 周作人:《论中国旧戏之应废》,《新青年》1918年5卷5号。

政治知识分子。1930年前后梁实秋和鲁迅等的“人性论”与“阶级论”论争就是如此。梁实秋所言“固定的普遍的”人性,固然有取消人性的阶级性之嫌,但他所论述到的诸如爱的欲望、死的恐惧之类人类共通的情感,还是不无道理的。这样的观点遭到鲁迅的痛击,“倘以表现最普通的人性的文学为至高,则表现最普遍的动物性——营养,呼吸,运动,生殖——的文学,或者除去‘运动’,表现生物性的文学,必当更在其上。”①这种论争当然有梁实秋批评鲁迅“硬译”引发的意气之争,但根柢还是中国社会现实问题的急迫性使然。历史和文化的冲突力是如此尖锐激荡,20世纪中国文学恶的主题背后,隐含着的往往是作家们随波逐流、风云变幻的意识形态交锋和批判主义的思想姿态。历史、社会、政治、经济、文化等,无不构成现代作家批判的视点。从“五四”到80年代,除少数作家如张爱玲、苏青、曹禺、废名、汪曾祺等,还能出实入虚、化虚为实,“摒弃了忠奸立判的道德主义,专事‘张望’周遭‘不彻底’的善恶风景”以外,②大多数中国作家,都深陷历史、主义和意识形态的波云诡谲之中。即便像沈从文,他所构造的健康、纯朴、自然而充满着人性的“小庙”——边城世界,如果没有对现代都市文明的深恶痛绝,如果没有“用爱与合作代替夺权,来解释‘政治’二字的含义,真正的进步与幸福,在这种憧憬中,才会重新来到人间”这样的期许,③恐怕就很难有建筑人性“小庙”的激情和动力。

恶的历史化修辞,使得中国作家无法专注于人的灵魂和内在恶的探究,他们不得不把关切的目光投向已身所处社会现实。并非说“现实的恶”与“人性的恶”就互无关联,——应当承认,人性恶只有和具体历史现实相联系,才能够得到彰显,但我们必须同时要承认,人从动物进化为人,就有生命存在物的有限性;而人作为“类”的存在,就决定着人性的构成必然有超越民族、历史、时代的普遍性内容。因此,对善恶的认识,简

---

① 鲁迅:《“硬译”与“文学的阶级性”》,《鲁迅全集》第4卷,人民文学出版社1981年版,第204页。

② 王德威:《落地的麦子不死——〈张爱玲与『海派』传人〉》(代序),山东画报出版社2004年版,第2页。

③ 沈从文:《定和是个音乐迷》,《大公报·文艺》,1964年8月20日。

单的历史决定论是无法得到合理诠释的。1944 年,傅雷评价张爱玲小说时说:“譬如,斗争是我们最感兴趣的题材。对,人生一切都是斗争……可是人类最大的悲剧往往是内在的。外来的苦难,至少有客观的原因可得而诅咒,反抗,攻击;且还有赚取同情的机会。至于个人在情欲主宰之下所招致的祸害,非但失去了泄仇的目标,且更遭到‘自作自受’一类的谴责。”[①]时隔半个世纪,上海另外一位作家王安忆说:“一个人面对着世界,可以与大家携起手,并起肩,共同战斗。而他对着自己的内心,却是孤独的,外人无法给予一点援助……这是一场永恒的战争,无论人类的文明走到哪一个阶段,都难摆脱,甚至越演越烈。”[②]两位跨时代的作家、评论家的遥相呼应,昭示的其实是文学的一个基本真理,那就是关注人的生命本源和内心的风暴,对人性事实作出富有哲理意味的深刻记录和研究,是文学的内在题旨。可惜,中国作家在人与现实两极之间,似乎总是找不到共振点,现代时段对现实过度关注,因而忽视人的问题;而 20 世纪 80 年代以后,作家们怀着历史修正主义冲动,在对过度现实化的人性叙事作出调整和纠偏时,又因过度偏离与社会现实的联系,深陷抽象人性论的怪圈。

价值层面上,因为恶担当着社会、历史、文化批判等的重要工具职能,被作家们赋予相应的价值正当性。《摩罗诗力说》里,鲁迅就以“轨道破坏者”自居,力推尼采、拜伦、易卜生等“恶魔派”艺术家的“力如巨涛,直薄旧社会之柱石”的“撒旦”精神。郭沫若《匪徒颂》直接选取西方世界政治、社会、宗教、学说、文艺、教育领域的“革命的匪徒”,大声讴歌“万岁! 万岁! 万岁!”。闻一多心怀愤激地写出著名诗篇《死水》,喊出“不如让给丑恶来开垦,看他造出个什么世界”的同时,还以阴冷的笔调写下“可是还有一个我,你怕不怕? 苍蝇似的思想,垃圾桶里爬”(《口供》)……像这种对“魔”、“魔性”、“恶魔”、“魔鬼主义”大胆颂扬的理论主张或者文学作品,可以列举很多。那么,这是不是表明作家们在道德理性上就对“魔性”包含的内在恶缺乏基本认知? 恐怕不尽然。鲁迅

① 傅雷:《张爱玲的风气——1949 年前张爱玲评说》,山东画报出版社 2004 年版,第 4 页。

② 王安忆:《香港的情与爱·卷首语》,王安忆自选集之三,作家出版社 1996 年版。

对“力”的美学张扬，当然有呼唤民族和社会新生的理想色彩，但他对“力”包含的野性、蛮性，却是有清醒认识的，他说：“人不过是人，不再夹杂着别的东西，当然再好没有了。倘不得已，我以为还不如带些兽性”。[①] 生在“三千年未有之大变局”中，变革和创新是时代的根本精神，无论“文化革命”还是阶级政治革命，根本特征都在“反”与“破”。消除原有社会顽固价值体系，没有矫枉过正的暴力形式，恐怕很难起到效果。是故，恶的历史杠杆作用被作家不同程度接纳和认同。40 年代郭沫若历史剧《屈原》、《虎符》等对“舍生”与“献身”精神的赞颂，“战国策派”思想家林同济等对忠、敬、勇、死“战士式人格”的推崇，孙毓堂《宝马》对汉唐大国历史暴力原则的张扬，直至新时期张承志对“士”与“侠”精神的强调，贾平凹《怀念狼》、姜戎《狼图腾》等小说对“狼性”文化的审美盼望，等等，这种“力”的美学犹如历史的风信隐隐不绝，深含思想史的复杂况味。

三、恶欲叙事的意义迷失

对恶的肯定是现代社会人类文学的共同特点。19、20 世纪西方作家如波德莱尔、陀思妥耶夫斯基、艾略特、加缪、萨特等都是代表性人物。波德莱尔的《恶之花》“以恶为美”、“恶中掘美”，甚至开辟出西方文学颠覆理性、反传统的现代主义美学新路。但比较中、西方现代作家对恶的肯定，内在差别还是非常明显的。中国作家是因为现代性社会变革，往往把恶视作重要的工具性力量，并赋予其一定的道德正当性，而西方作家则主要是随着近代自然科学的发展，意识到“既然人是从动物发展而来的，人也就不可能摆脱动物性，也即非理性，因而，恶并不完全来自于外界，人自身具有恶的根源，人的本质力量不一定是美的，同时有丑的一方面”。[②] 另外，随着资本主义物质、科技文明高度发展，特别是 20 世纪

---

① 鲁迅：《而已集·略论中国人的脸》，《鲁迅全集》第 3 卷，人民文学出版社 1981 年版，第 410 页。

② 蒋承勇：《论西方现代派文学中的“丑”——兼及与传统文学的联系》，《东北师大学报》1995 年第 2 期。

的两次世界大战,也让西方作家在悲观和绝望中看到文明的“伤口”。因此,西方文学恶的正当性,更多是作为“存在的合理性”而不是价值合理性受到肯定的。

考察西方现代主义文学创作可以发现,尽管他们竞相写出人性恶的尖锐事实,甚至刻意表明道德上的“不作为”,①但很显然他们仅是在“小说”而不是“道德”的观念上来谈论问题的。对西方作家来说,现代人类文明的痼弊,使他们不得不把“笔浸在污泥潭里,甚至从这污泥中得到快乐”,②但自古希腊就形成的“我们是爱美的人”、“人是万物的尺度”这些骄傲的人文主义思想,却让他们对“污泥”感到“恶心”与绝望。他们从未放弃过对“污泥”的清除与批判。尤金·奥尼尔说:“今天的剧作家一定要深挖他所感到的今天社会的病根——旧的上帝的灭亡以及科学和物质主义的失败,以便从中发现生命的意义,并用以安慰处于恐惧和灭亡之中的人类”。③ 他的《天边外》、《毛猿》、《榆树下的欲望》等,直击资本主义制度下金钱、情欲给人带来的重压与苦难,但他的本意并不在展示罪恶,而是想表明,“当个人为了未来和未来的高尚价值而同自己内心的和外在的一切敌对势力搏斗时,人才是生活所要达到的精神上的重大意义的范例”。④ 陀思妥耶夫斯基“谈论最令人窒息的形式之下的生活,还有人的尊严”,但“这尊严在最令人难以忍受的条件下也被保留着”;⑤康拉德虽然竭力写出人类“黑暗的心”,但他同时认为艺术“就是给可见世界以最高正义的一种目的明确的尝试,以揭示作为作品基础的全面的统一的真理”。⑥

① 比如纳博科夫在对人谈起他的《洛丽塔》时说:“深感亨伯特同洛丽塔的关系不道德的不是我,而是亨伯特自己。他关心这点,而我不。”参阅《洛丽塔·中译版序言》,于晓丹、廖世奇译,时代文艺出版社 1997 年版,第 2 页。米兰·昆德拉提出,“悬置道德审判并非小说的不道德,而是它的道德”,参阅《被背叛的遗嘱》,余中先译,上海译文出版社 2003 年版,第 7 页。

② 卢那察尔斯基:《论文学》,蒋路译,人民文学出版社 1978 年版,第 216 页。

③ 参阅袁可嘉主编:《外国现代派作品选》,第一册(下),上海文艺出版社 1980 年版,第 691 页。

④ 尤金·奥尼尔:《论悲剧》,参见《美国作家论文学》,三联书店 1984 年版,第 243—248 页。

⑤ 罗赞诺夫:《陀思妥耶夫斯基的“大法官”》,张百春译,华夏出版社 2002 年版,第 20 页。

⑥ 《英国作家论文学》,生活·读书·新知三联书店 1985 年版,第 333 页。

西方现代作家写恶写得触目惊心，对恶的批判同样奋不顾身，其精神根柢就在博大精深的人文主义传统。西方文学的现代性固然有反传统的一面，但却不是彻底地背离传统另起炉灶，而是拯救式地复活古代既有的对人类的认识、尊敬与热爱，并以此对现代社会的"问题"展开批判。相比较而言，现代中国作家显然不具备这样的思想史背景。"五四"对传统的颠覆，造成传统价值既倒的事实，但西方的民主、平等、自由、科学等，不说是否会水土不服；即便可以，若想内化为中国作家的精神价值视域，却又绝非朝夕之功。因此，现代中国作家实际上是处在价值真空当中，他们只能把价值理想托付给各种浮云流水般的"主义"和"思潮"，随着现实变化而摇摆不定，最终导致批判性视点的丧失和审美叙述的进退失据。"性"的问题就是最突出的例子。因为对传统道德理性对人的生命禁锢不满，中国作家普遍以传统道德诫律中的首恶——"性"作为解构工具，宣示对诸如个性解放、女性解放、自由等的理解。《莎菲女士的日记》中的莎菲在与凌吉士的交往中，内心不乏获取肉体欢愉的冲动，但在"灵与肉的统一"的思想理念中，这种欢愉散发出的却是个性自主的时代气息；郁达夫《沉沦》与《南迁》中"留日学生"动物性的本能和隐秘的情欲，在民族主义意指中贴上了"弱国子民"追求生命尊严的标签；《雷雨》里繁漪与周萍的偷情、通奸和乱伦，因为她的"五四女性"身份，也变成向封建男权主义传统的"复仇"。这种以时代的强势文化诠释人之情欲的现象，现代文学史上比比皆是，像陶晶孙的《木犀》，陈翔鹤的《独身者》，张资平《爱之焦点》，郭沫若的《残春》、《喀尔美罗姑娘》，叶灵凤的《女娲氏之遗孽》、《鸠绿媚》，施蛰存的《鸠魔罗什》等，都有以"自由"和"人性解放"之类思想标签诠释人间畸恋与生命原欲的意思。作家们一边吸收借鉴西方心理学和精神分析学说作为科学依据，在人类存在的本质上对"性"做客观化处理，同时在艺术上接受西方自然主义和日本私小说的影响，大胆而直露地写出人的生命原欲的各种表现形态。但是，同样的生命原欲，在《肥皂》中的四铭老爷和《八骏图》中的教授甲等身上，呈现出的则完全是别样的风貌。如果说"留日青年"们的窥浴与嫖妓，在个体生命尊严和民族主义的阐释图式中，其内在的道德亏空被有效地弥合和淡化,那么,四铭老爷那句“咯吱咯吱遍身洗一洗,好得很呢”的意淫式呓语,教授甲挂在蚊帐中的半裸体美女图案,则在“万恶淫为首”的传统规训中被放大了行为的恶性。“留日青年”之“淫”和四铭、教授甲之“淫”,孰轻孰重不作比较,但两者之“淫”,在不同的“主义”中得到不同的解读,在文学史上遭遇着不同的命运,却是不争的事实。

作家被动依附“主义”和“思潮”,当那些“主义”和“思潮”在历史演进中失去自身合理性时,作家们的道德批判亦随着“主义”和“思潮”而烟消云散。20世纪80年代末至今就是最好印证。在曾经给我们支付过道德想象的意识形态退场,在社会转型的复杂事实面前,当代中国大多数作家却显得茫然无措,他们最困难的事情,就是找不到恰当的立场对生活中的道德现象发言;他们对恶的认识和把握,不再是从道德哲学层面作出应有的批判,而是从人物性格构成、形象塑造和寻求事物的“真实”的角度,对恶作出性格化、平面化、零价值的处理。作家们最拿手的,就是改写过去二元对立的人物塑造模式,在“好人”性格中加进些“恶”的元素,使“好人”变成“不好不坏”;在“坏人”的性格中加进些“善”的元素,使“坏人”变得“不坏不好”,人物的性格层次在变得立体、丰富、多元和富有冲突力的同时,越来越中性化。

对中国作家来说,新旧价值交接失位只是恶的把握失据的一个原因,另外一点,不得不提到忏悔文化的缺失。在西方社会,基督教文明对人的罪性与恶有完整的解释系统。中国传统社会宗教本不发达。儒家尽管有“吾日三省吾身”,但这种自我省思与西方的忏悔是有天渊之别的。忏悔是建基在人的有罪假定基础上的,因此面对的是人的灵魂与内心问题;而省思则是以道德知识为镜,以正个人外在言行,是非对错全在自我判断。缺乏忏悔意识对中国文学人物形象的灵魂深度建构有着质的影响。“五四”时期,鲁迅、周作人对此曾有过探讨。在谈到陀思妥耶夫斯基时,鲁迅赞誉他是“人的灵魂的伟大的审问者”和“残酷的天才”,认为是“将这灵魂显示于人的,是在‘高的意义上的写实主义者’”。[1] 周

① 鲁迅:《集外集·〈穷人〉小引》,《鲁迅全集》第7卷,人民文学出版社1981年版,第104页。

作人更指出，俄国文学“描写国内社会情状的，其目的也不单在陈列丑恶，多含有忏悔的性质……在中国这自己谴责的精神似乎极为缺乏：写社会的黑暗，好像攻讦别人的隐私，说自己的过去，又似乎炫耀好汉的行径了”①。因为忏悔意识的缺席，中国作家发现和省察人的内心恶的能力，的确不如西方作家。在叙述观念的、现象的和显在的恶时，作家们分寸拿捏得比较恰当，而在面对灵魂的、潜隐的内在的恶时，却很容易失去应有的警觉，即便是鲁迅亦难例外，他的《伤逝》，意在写出涓生的犹豫、软弱和对子君之死的悔恨。小说对涓生自身性格弱点和社会外在压力的揭示可谓淋漓尽致，然而对他作为鼓动子君离家出走的“启蒙者”和“丈夫”角色责任伦理缺位导致子君之死，批判的力度明显不足。小说开始，涓生的“如果我能够，我要写下我的悔恨和悲哀，为子君，为自己”，其实已经表明，他是把自己放在和子君同样的受伤害位置来写这篇手记的，因此，在通篇小说中，我们除看到“悔恨”、“悲哀”、“乞她宽恕”这些言辞外，更多解读到的是涓生顾影自怜式的自我心境叙述，譬如“虚空”、“寂静”、“严威”、“冷眼”等，很少看到他在“自己谴责的精神”中，对灵魂深处的自我欠缺和罪衍做深刻检讨。有“灵魂审判”自觉意识的鲁迅尚且如此，其他作家就可想而知了。蒋光慈的《咆哮的土地》，大地主家庭出身的知识分子李杰，积极参加革命，甚至默许农会成员烧毁自己的家，烧死自己的亲人，“让他们烧去罢！我是很痛苦的，我究竟是一个人……但是我可以忍受……只要于我们的事业有益，一切的痛苦我都可以忍受”。李杰是作家塑造的“革命的亚伯拉罕”形象，但李杰没有亚伯拉罕的恐惧，没有亚伯拉罕在自明的真理与撕心裂肺的个人痛苦之间的挣扎。巴金《家》里的觉慧是深受“五四”精神洗礼的新式青年，爱上家里的丫头鸣凤，但鸣凤在投湖自杀的那个夜晚，多次走进他的房间，他对鸣凤内心的焦虑却浑然不觉。试问，如果鸣凤不是家里的丫头，而是新式学堂的新式知识青年，觉慧还会如此吗？鸣凤的死，不能说与觉慧对她的外热内冷和灵魂呼告的毫无回应没有关系。被视为“新时期”开端之作

---

① 周作人：《文学中的俄国与中国》，转引自刘再复、林岗著《罪与文学》，牛津出版社 2002 年版，第 7 页。

的《伤痕》，晓华似乎是“伤痕”的承担者，她失去了母亲。但是究竟是谁让她失去了母亲？如果说“文革”中红卫兵对母亲莫须有的“叛徒”身份指认，让晓华在信仰与母爱之间难以作出正确抉择尚可理解，那么，“文革”结束以后，晓华何以几次三番不相信母亲的亲笔来信，而宁愿相信那枚盖着单位公章的“证明”？当晓华以受害者身份指控历史的罪恶时，可曾想起在黑暗中被她抛弃的母亲比她经历过更多的灵魂撕裂之痛？

四、恶欲：人的“习惯性轻蔑”

不管怎样看待文学领域恶的问题，我们对于善恶问题的辨识，都应该以人的建设和发展为价值旨归，而不是道德哲学概念本身。那么，在人的建设与发展问题上，现代以来中国作家恶的叙述，留给我们的究竟是怎样的遗产？这个问题值得认真思考。

应当承认，“五四”启蒙运动开启的“人学”复兴是居功至伟的，它不仅把人从历史理性的压制和天人合一的混沌思维中打捞出来，还借西方的人道主义思想赋予其特定价值。但我们必须要同时看到，“五四”启蒙运动对人的价值建构是很不彻底的。这不仅是李泽厚所说“救亡压倒启蒙”的历史特殊性使然，更重要的是在启蒙的内在意理结构中，自始就存在人的价值理性与工具理性的分裂。梁启超虽然提出“新民”主张，但在他的价值预设中，“新民”是与“新国”、“新政治”等互为表里的，“新民”带有强烈的工具论意味，没有“新国”、“新政治”，“新民”就没有意义。后来胡适、陈独秀等倡导文化、文学、思想和伦理革命，仍未突破梁启超的工具理性的框限。鲁迅的“立人”思想虽然相对较为纯粹，意在使人争取“做人的权利”，成为“真的人”，但文艺救国的想法同样在他的思想深处明明灭灭。

因为人无法作为独立价值而只能作为民族国家建构的工具，注定现代中国文学发展中人的价值很难成为具有普遍性的共同价值，难免为历史乌托邦所淡化和消解。考察“五四”以来的中国文学，从启蒙到革命文学，从十七年文学的国家主义价值观建构到新时期初期的文学历史主义批判，整个百年中国文学虽然不断有“人”的价值伸张，但最终都不过是以“人”之名展开的文化、历史、阶级、社会罪恶申讨，人的本位价值暧昧而含混不清。相反，因为启蒙运动在人本价值意义上的“半身不遂”，加上传统文化对人的价值彰显不够，现代作家对恶的叙述和把握过程中，普遍存在一种深刻的叙事无意识，就是对人的习惯性轻蔑。“五四”时期，这种习惯性轻蔑就以悖论形式呈现出来：一方面，在对传统文化“没有人影的历史”的深入批判中，作家们以重审人的价值相标榜，试图提高人的高度；但另一方面，他们的叙述行为中，却有意无意存在着对人的矮化。从主观上讲，我们知道，鲁迅对底层民众怀有“哀其不幸，怒其不争”的情感态度；但是在客观的叙事层面，他的有些笔法，是很难用“哀”或“怒”来概括的。按照一般的文学史叙述，《阿Q正传》意在批判阿Q的“精神胜利法”，认为作家写出了一种人性的暗昧与幽闭。可人性的暗昧与幽闭，是否有必要以外表的猥琐为基础？书写阿Q的精神困顿，是否一定要写出他的“瘦伶仃”、“癞疮疤”、“黄辫子”、“厚嘴唇”等丑陋外表？这样的问题，恐怕值得推敲。我们不妨对照法国作家雨果的《巴黎圣母院》。小说中的敲钟人卡西莫多，外表丑陋程度比阿Q有过之而无不及：几何形的脸，四面体的鼻子，马蹄形的嘴，参差不齐的牙齿，独眼，耳聋，驼背……但雨果的立意并不在写出卡西莫多外貌的丑陋，而是以鲜明的对比，以外表的丑陋映衬卡西莫多内心的勇敢、正义、智慧和他的心灵美。而阿Q的描写显然不是如此。如果说卡西莫多外表与内心的反差给我们带来的是心灵的震撼，那么，阿Q外表的怪诞与丑陋，配合着他的“精神胜利法”，给小说增添的则是情节上的戏剧性和喜剧性。

对于阿Q形象，我们或许可以从另外层面来解读，比如鲁迅毕竟处在新旧小说的更替时期，且对旧小说研究浸染甚深，在塑造人物形象时，难免会承续传统小说注重人物外貌描写、以外写内的手法。但现代作家骨子里对人的有意无意的轻蔑，我们根本无需避讳。从“五四”到80年代初期，因为各种意识形态的轮番登场，现代中国作家对人的讲述可能还处在话语遮蔽的状态，但80年代中期以来，在启蒙和革命话语双双失效以后，中国作家对人的习惯性轻蔑最终水落石出。在“寻根文学”、“先锋小说”、“新写实”、“新历史小说”乃至当下的“底层文学”创作中,作家们在告别过去政治学、社会学的观照视角以后,不约而同地采取生物学的视角看人。他们竭力汰除现代叙事传统对人的神化品性,试图在人的层面去还原人,但他们在刻意祛除人的社会属性和文化属性以后,还原的并非人之为人的人性,而是人的原始生命情欲和吃喝拉撒等动物性生理本能。作家们怀着对新中国成立后“高大全”人物构造模式的逆反心理,普遍走向“贱民”叙事时代。像韩少功的《爸爸爸》、王彪的《在屋顶上飞翔》、莫言的《红高粱》、方方的《风景》、刘震云的《一地鸡毛》、池莉的《烦恼人生》、东西的《目光越拉越长》、陈应松的《马嘶岭血案》,等等,都是这方面很有代表性的作品。鲁迅对阿Q的矮化,毕竟还有悲悯和哀怨的情愫,而当下中国作家对人的矮化和粗鄙化,则更是游刃有余兼带有历史的惯性冲力。刘恒的《狗日的粮食》,写的是特殊年代“民以食为天”的故事。小说围绕“粮食”问题,写出匮乏年代的人性与生存状态,最后写到“嘴狠心凶”的“瘿袋”因丢失购粮证而自杀。应当说,小说突破过去人的政治属性,在农民的基本生存这个角度书写中国农民的命运,是有重要美学思想意义的。但小说一开始,作家就通过写杨天宽“驴一样”背着二百斤谷子,去集市换女人,换回的则是“丑狠了”的“瘿袋”女人,在回来的路上,杨天宽把刚到手的“瘿袋”女人“扛到草棵子里呼天叫地地做了事”等一系列细节,大写特写人的丑、粗、鄙、俗的动物性。我们承认,“食”和“性”是人类生命活动中的重要存在,但它们绝不是人之为人的最本质存在,如果我们的作家,写人动辄即是“食色性”的自然属性,那么人和动物的区别何在?值得警惕的是,这样的写作在当代文学领域竟然形成了一种潮流,文学创作特别是小说领域,大量存在着对人的原始力量、基本生存需求的叙述和描写。

当代作家对人的习惯性轻蔑,并非仅仅表现在人的外貌描写,在对人的本质认识上,多数作家采取的同样是否定性的态度。作家们似乎有理由相信,恶、残忍等就是人性的本质存在,人性恶就是必然的“真理”,故而凶杀、暴力、残忍、阴冷、欺骗等,构成先锋小说至今中国作家叙述人性的基本图景。有关当前文学领域泛滥的暴力叙事,学界已有过不少批评，这里不再赘述。我想说的是，在我们的人性构成中，的确存在着不少阴暗和粗糙的成分；作家通过对人性细心的研究对其丑恶面展开批判亦无可厚非，但如果作家对人性美好的品质故意视而不见，却死死盯着人性的阴暗、盯住人类潮湿的内心，甚至根本不对人性和时代本身加以研究，而是想当然或者人云亦云地融入“人性恶”的批判大合唱中，把发泄对人类的不满当做是快意的事情，把暴露人性的丑恶当做一种写作的时尚，那么，这不仅悖谬人性的基本真实，就这种写作本身而言，也是极其不道德的。

当下的中国社会，道德建设和人的发展都处在复杂的阶段。既然我们承认“文学就是人学”，那么，文学如何成为“人学”，如何重新认识文学自身的使命——帮助人们树立理想生活的信心同时不放过对虚伪、丑陋的生活的批判，如何审慎地对待启蒙的遗产并且建立和发展出一种符合时代需要的新启蒙精神，这是历史交给我们的急迫课题。因为，真正的艺术永远是人道主义的。德国文学评论家赫尔德曾经说：“希腊艺术应该占有我们，应该占有我们的灵魂和肉体”，因为，“希腊艺术就是人道的学校，谁要把希腊艺术看成别的东西，那就不幸了”[①]。我想，在如何处理人的问题上，我们应该向遥远的希腊艺术致敬——如果我们不想成为赫尔德所说的“野蛮人”的话。

---

① 赫尔德：《论希腊艺术》，转引自《人类困境中的审美精神》，刘小枫主编，东方出版中心1994年版，第7、9页。

第十一章 “文学性”:道德审美位移与悖谬

返回文学自身的“文学性”追求，是新时期以来当代中国文学演进与发展的重要结构性线索。这种“文学性”追求，既是作家对文学曾经陷溺于意识形态的一种文化反抗，也是百年中国文学的现代化宿命。尽管中国文学的现代化必然要取道西方以西方为师，然而我们对西方文学的学习，却总处在随波逐流的选择性状态当中。如果说“五四”时期，因为在“国贫民弱”的现实处境上中国与东北欧等“弱小国家”同病相怜，因此，我们主要移植的是这些地方国家的文学；新中国成立以后，因为社会制度方面的原因，我们又以师法前苏联文学为主，那么进入新时期以来，在剔除文学接受的社会与政治功利性后，我们所面对的就是真正代表着20世纪世界文学最高成就，或者说人类文学几千年发展所达到的最新高度的西方文学的“现代”传统。欧洲和拉美19至20世纪大量作家作品进入中国作家视野。卡夫卡、福克纳、博尔赫斯、纳博科夫、卡尔维诺、马尔克斯等，构成当代中国作家竞相效仿的对象。

师法西方以及改革开放以来中国社会的政治、经济、文化变革等交相作用，使得近年来的中国文学无论是在观念形态、修辞策略、叙事方式，还是作家的审美价值取向方面都发生了重要的转变，它们不仅改变了文学的总体格局和面貌，同时还对文学的道德叙事形态产生了显著影响。如何看待这些影响，审察其间的是非得失，是值得认真思考的问题。这不仅涉及对文学道德叙事经验的审察，同时还关涉着我们取道西方以完成文学"现代化"能否修成正果的问题。特别是近几年,人们对当代文学的历史评价因为持守的标准与文学观念不同而争执不断、歧见迭出的时候,这样的反思就更具现实意义。

一、道德悬置:虚无主义与"先锋"的遗产

若就对中国当代文学的影响而论,米兰·昆德拉肯定不是最重要的作家,然而他的小说理论,无疑是在中国最具表现力的理论之一。尤其是他在《被背叛的遗嘱》中提出的小说创作当"悬置道德审判"的看法,因为与新时期以来中国作家对过去文学过度意识形态化,承载着太多的道德批判的不满心理有着一定的契合,而得以与中国作家产生深度呼应。自先锋小说开始,直至后来的新写实、新状态、新体验与新历史小说,尽管不能说中国小说的新变化就是昆德拉的小说理论影响的产物(事实上,它们都有着各自不同的现实背景与思想起源),但在"悬置道德判断"这一点上,我们却与米兰·昆德拉的理论有着惊人的一致。

在早期先锋作家如苏童、叶兆言、余华、格非、孙甘露等那里,尽管从美学趣味与文本形态上看,他们的作品各有不同,但作家们对叙述人身份的隐匿处理和叙述激情的控制,对历史、世界与人性内部隐秘世界的远景观照,对"梦"、"记忆"、"无意识"等的叙事学上的钟情,可谓尽显作家们悬置道德评判、搁置意义争辩的美学努力。以今天的眼光看,先锋小说对于中国文学的意义,并不在它们创造出什么新的文学高度。早在先锋文学盛行之际,就有人指出:"当我们认同了先锋小说的前卫性之后,我们当然应当承认,在我们所谓的先锋小说的发展中,是缺少独立性和创造性的"。[①] 先锋小说的意义,就在于作家们以"盗火者"的姿态,在艺术形式上打开了中国文学与西方文学对话的通道。与"五四"时期和新中国成立初期作家们从社会功利的角度决定

① 赵玫:《先锋小说的自足与浮泛——对近年先锋实验小说的再认识》,《文学评论》1989年第1期。

对西方文学接受上的取舍不同,先锋作家更多是从结构、语言、叙事技巧、文体、风格等文学的内部元素出发,改造着中国小说的外观,进而改变着我们既有的“小说”观念。对中国文学而言,先锋小说或许只是转瞬即逝的“思潮”,然而先锋小说给后来文学带来的叙事学、文体形态以及对作家们小说观念的改写,是不容忽视的。在新时期初期的“伤痕”和“反思”文学阶段,文学的道德批判色彩和政治化意味还是非常浓厚的,而经过“现代派”小说和先锋小说的冲击与淘洗,“后先锋”时代的中国文学,作家的道德立场宣示,普遍呈现出一种道德审判表象上的缺席和道德意蕴内敛的叙事风格。

当然,任何文学创作,作家们都不可能真正逃避审美意义上的道德审判,不可能不对他们所叙述到的对象作出自己的情感判断。先锋小说如此,新写实、新历史、新状态和新体验小说同样如此。“悬置道德判断”理论的倡导者昆德拉虽然说过“悬置道德审判并非小说的不道德,而是它的道德”,但他同时指出:“创造一个道德审判被悬置的想象领域,是一项巨大的伟绩;那里,唯有小说人物才能茁壮成长,要知道,一个个人物个性的构思孕育并不是按照某种作为善或恶的样板,或者作为客观规律的代表先已存在的真理,而是按照他们自己的道德体系,他们自己的规律法则,建立在他们自己的道德体系,他们自己的规律法则之上的一个个自治的个体”。[①] 昆德拉的意思非常明确,那就是:悬置道德审判并非要求作家放弃自己的道德判断的权利,而是要按照艺术的规律,根据人物形象性格和生活的逻辑,让道德在作品的人物形象意蕴中自行得到彰显。小说中的道德审判被悬置,不仅不会取消道德判断,而且还因为人物自治的道德与作家理想的道德间的错位,得以呈现出某种审美的张力。只不过作家的道德理想并非以确凿无疑的“真理”或观念形态存在于作品之中,而是深层次地融入到文学作品内部的各种构造元素中。正是如此,我们看到,被人们视为新写实小说代表人物的刘震云,在他的小说《官人》的开头,就写到“二楼的

---

① 米兰·昆德拉:《被背叛的遗嘱》,上海译文出版社2003年版,第7、8页。

厕所堵了”，蛆虫遍地的意象，极具象征性地状摹机关生活的恶俗不堪。小说《新闻》中，那群到处揩油的记者，集会的场所被放在苍蝇横飞的“厕所”边上。刘震云早期小说中频频出现的“厕所”意象，不仅未因“写实”而削弱作品的道德含量，作家下笔之狠辣，情感之痛切却更胜一筹。而先锋干将余华，在他的长篇小说《兄弟》的开头，也是从一个镀金的“抽水马桶”开始写起，统摄“文革”到改革开放时期，政治上的动乱和商品意识形态下的人性挣扎与扭曲。这些充满象征意味的艺术形象，其道德修辞学的况味是不辨自明的。

值得指出的是，当代中国作家的“悬置道德审判”，尽管从西方获得了“文学性”的说服力，但却无法移植它在西方的理论起点和现实语境。“悬置道德审判”观念在西方的形成，既与西方 20 世纪以来哲学上的语言学转向，形式主义、结构主义、叙事学理论等的兴起密切相关，同时也是对文学理论上长期占统治地位的“摹仿论”的颠覆，更是一种对现代主义文艺在宗教解体以后试图扮演新的人生宗教的“宗教冲动力”的历史反动。然而在中国，我们显然不具备这样的理论背景与现实语境。季红真在分析上世纪 80 年代中国“现代派”小说时说，因为“物质生活水平的限制”、“文化心理的障碍”等，我们“缺乏现代主义文学产生的哲学土壤”，因而“没有严格意义的现代主义作品”。[①]“现代派”如此，所谓的“悬置道德审判”亦复如此。它在中国的兴起，从现象上看，是对西方文学的观念移植，而从中国文学发展的自身逻辑来看，更多带有的是一种“文学反抗”气质，一方面，它是针对十七年时期形成的“文以载道”的新传统，作出的文学上的一种反对性叙事，另一方面，它所反对的也是特定历史条件下形成的道德意识形态本身。

这种“中国式”的“悬置道德审判”，在它的起源里面，就包含着反道德和道德虚无主义的种子，加之上世纪 90 年代商品经济社会道德价值的裂变和重组，道德相对主义与多元主义的推波助澜，文学领域弥漫着种种非道德、反道德与道德虚无主义等写作现象。如果说在 1984 年韩

① 季红真：《中国近年小说与西方现代主义文学》(上)(下)，《文艺报》1988 年 1 月 2 日、9 日。

东的《你见过大海》和后来《有关大雁塔》等诗中,我们解读到的还只是一种“诗到语言为止”的诗学观念主导下,诗人剥离书写对象的象征性色彩,向事物“本身”还原的一种美学努力,那么在后来的作品中,反道德、非道德与道德虚无主义,几乎就变成写作的常态。如池莉的《绿水长流》,小说开头作家就用戏谑的口吻提问:“我为什么不写爱情?这个问题难住了我。我不仅不写而且听人说起这个词就不禁发笑。”古今人类文学作品反复讴歌的爱情,在作家的眼里不过是一个令人发笑的词语。整个小说情节的展开过程中,我们看到的初恋描写,不过是“与爱情无关”的“两个孩子对性的探索”。不是说作家就不能持有对爱情的幻灭感,而是说任何作家都不能在先验的观念中确立一个幻灭的预设,尔后再证明预设的正确性。退一步说,即便这种预设是正确的,那么是否意味着作家就应该放弃所有的幻想?我想不是的。不管别人怎么理解文学,我的理解是,文学或许在它的起源阶段,只是出自人类某种倾诉的欲望和讲述故事的天性,但在其漫长的发展过程中,文学却形成了自身的独特文化传统,那就是在精神与审美的双重层面批判文明、反思社会、抵抗生命的沉沦。

当代中国文学领域,各种非道德、反道德与道德虚无主义叙事的例证可谓比比皆是。如何看待此类颠覆性道德叙事,我们尚需作细致辨识。一方面,应当承认,它对“十七年”时期激进政治塑造的道德乌托邦的消解有着内在合理性,但另一方面,对抗的合理性并非意味着对抗性思维的合理性。这就是说,作家们对过去理想主义道德乌托邦的消解,不一定就非要走向它的反面。当代文学中的“伪崇高”固然不足取,但因对抗“伪崇高”而导致的“真低下”同样不足道。况且,从文学自身发展的意义上说,如果作家们一味秉持着非道德、反道德与道德虚无主义的理念,我们又如何开辟出文学新的前途?1993年,王蒙在《读书》杂志发表引起广泛影响的《躲避崇高》一文。文章的结尾,王蒙说:

王朔会怎么样呢?玩着玩着会不会玩出点真格的来呢?保持着随意的满不在乎的风度,是不是也有时候咽下点苦水呢?如果说崇高会成为一种面具,洒脱和痞子状会不会呢?你

> 不近官，但又不免近商。商也是很厉害的。它同样对于文学有一种建设的与扭曲的力量。作为对你有热情也有宽容的读者，该怎么指望你呢？①

王蒙是意识到“玩文学”兼具建设性与破坏性的双重性的。可惜的是，那个时候人们并没有充分认识到王蒙这篇文章的辩证意味。此文发表以后，人们过多纠缠、专注的是王蒙“躲避崇高”这样的刺激性字眼。他在为王朔式的“玩文学”辩护之后，所提出的自己对“文学何为”问题的忧思，则完全淹没在那个时代的众声喧哗之中。

二、“生命至上”：道德掩护下的迷乱与狂欢

“悬置道德审判”只是当代中国作家反抗高蹈的道德理想主义、追求文学性的一种表现方式，另外一点，就不能不提到作家们的“生命至上”式的道德书写。和“道德悬置”的文学史隐蔽表达形式不同，这些年来中国作家对人的生命状况的书写和人的生命价值的倡扬则是大张旗鼓的。在作家们的叙事意识中，“尊重生命”乃是作为文学自身伦理而存在的。对作家而言，唯有切入生命的写作，才是具有时代意味的、充满道德正义感的写作；反之，不切入生命的写作，则是不道德的写作。正是因此，“生命”、“存在”、“人性”，等等，就构成了近些年当代中国文学的最重要词汇。对生命“真理”与存在状况的揭示程度，同样也是读者和批评家们衡量作品好坏的标准之一。这种对生命价值的审美张扬，在“伤痕”和“反思”文学阶段就有突出表现。王蒙的《杂色》、张贤亮的《邢老汉与狗的故事》，两篇小说都以人与动物的关系，折射特殊年代人的生命被压抑的情状。《杂色》中，王蒙把“年过不惑，貌状老丑”的下放干部曹千里，和“马厩里最寒碜”的灰杂色老马作为对应物来写，写他的消泯个性，写他的自我保护，写他的自嘲自否。曹千里总是“拼命地贬低自己，把自己想得、说得既渺小

---

① 王蒙：《躲避崇高》，《读书》1993年第1期。

又卑贱”,这时候,“他的脸上会不由自主地焕发出一种闪光的笑容”。小说沉痛而不失幽默,幽默中更见沉痛,被人称为“一篇既幽默又深沉的相声”。[①] 张贤亮的《邢老汉与狗的故事》,则更是直叙“文革”期间人与人之间的酷烈和肃杀。邢老汉与他的狗相依为命,在那个特殊的年代里,邢老汉在人身上得不到温情,却能够在狗的身上得到温暖。作家在小说中说:“狗完全具有人类的感情和人类的道德观念”。在这两篇小说中,王蒙和张贤亮当然不是在生态主义的视野中来处理人与动物的平等关系的,作家们试图表明的是,当人沦落到与动物为伍,与动物具有同样处境的时候,人的尊严和生命的价值已经荡然无存。作家正是以人的尊严和价值的丧失,表达对极左政治的尖锐批判。在“伤痕”和“反思”文学时期,类似这样以生命和人的尊严作为审察的价值视野,表达对历史批判的作品相当多,张平的《祭妻》、戴厚英的《人啊! 人》、丛维熙的《大墙下的红玉兰》、张一弓的《犯人李铜钟的故事》等都是如此。

这种生命叙事贯穿着新时期至今文学发展的始终,自此以后,像李存葆的《高山下的花环》、《山中,那十九座坟茔》,乔良的《灵旗》、赵淇的《苍茫组歌》,尤凤伟的《生命通道》等,都是非常有意味的经典作品。本质上讲,文学既然是人学,就注定是一种生命叙事。作家们写人的生命意识、生命现象、生命意志或生命本能,这些都不足为奇。作家在创作理念中突出生命的重要性,亦非“新时期”文学首创,早在“五四”时期,“人的文学”口号就深入人心。1920 年,郭沫若在《生命底文学》中提出,“生命是文学底本质。文学是生命底反映。离了生命没有文学”;唯有生命的文学,方是“个性的”、“普遍的”、“不朽的”文学,“创造生命底文学,第一当创造人”。[②] 郑振铎亦有“文学是人生自然的呼声”之论。[③] 这种从文学本质、作家使命与文学创作前途的角度,论述文学与生命密切联系的论断,在创作上,则有庐隐、丁玲、许地山、郁达夫等的小说与比相印

① 高行健:《读王蒙的〈杂色〉》,《读书》1982 年第 10 期。

② 郭沫若:《生命底文学》,《时事新报》副刊《学灯》,1920 年 2 月 23 日。

③ 郑振铎:《新文学观的建设》,《文学旬刊》1922 年 5 月 11 日。

证。只不过,“五四”时期与“新时期”中国作家对生命的强调,是同中有异、异中有同。两者都属反抗性叙事,只是反抗的对象不同而已,前者针对的是几千年“没有人影的历史”,后者则直接对抗的是当代激进政治对人的权利、尊严的戕害与剥夺。

值得讨论的不是中国作家写不写生命,——如前所述,文学作为生命叙事的重要审美形态,作家们既然写人的生活,写人的灵魂、精神与情感,那么,不管他们自觉不自觉,或者愿意不愿意,就总会涉及人的生命情态问题。只是作家在写人,写生命的过程当中,还存在着一个观照生命的审美价值视野。作家们在怎样的想象空间,以怎样的情感态度与价值取向写人的生命,这才是真正值得我们关注的重心。在这点上,我们不得不提及中西文化以及文学传统的差异性问题。尽管东、西方的文明,都有关乎人之存在的哲学智慧,但西方文化对人的思想论辩无疑要更为全面一些。一方面,古希腊时代“人是万物之心”、“人是万物尺度”等思想,把人推向了凌驾世间万物之上的高度,让人之为人的生物属性、道德属性和精神属性都得到了应有的尊重;而另一方面,基督教文明却洞察到了人类本然而内在的欠缺、原罪和有限性。在这样的思想背景下,西方文学几千年关于人的书写,实际上是充满着深刻的道德辩证的。在积极的意义上,因为人得到了极度的尊重,故而人类的自然力量、自由本性乃至生命原欲等,都得到了极度的扩展,而另一面,对尘世堕落的痛苦,永生的渴望与惩罚的恐惧,却如影随形地进入人的生命意识当中。两种相异的人之想象,创造出西方文化和文学的张力,同时还作为某种结构性力量,塑造着西方文化与文学的历史。

显然,中国文学的历史发展过程中,我们是没有这样的宗教思想背景的。因为缺乏类似西方的基督教批判背景,缺乏一种批判性的人文思想视野,新时期以来中国作家的生命书写,实际上就内在地包含着一种危机。这种危机的最重要的现实表现,就是中国作家对于生命的内在欠缺和有限性在意不够。就这么多年的文学创作情况看,除史铁生和北村等几个作家,还能够从生命哲学或者宗教批判性的立场出发,对人的本然欠缺作出有力的揭示以外,其他作家大多是在“尊重生命”、“还原生命”的口号中,宣示着人类可怕的原始情欲和非理性的自然本能。人的自然生命,被充分放大了它的道德正当性。似乎唯有写人的自然性,放大自然生命的道德正当性,这样的文学才是“道德的”。正是在这样的心理背景下,性、暴力、残忍、冷酷的人性、阴郁的内心、黑暗的力量等,则几乎是被作家们当做“人”或“生命”的必然构成,成为人性书写和生命审美表达的不可或缺的景象。

有关这种现象,这么些年已有太多的批评,这里不必赘述。而我想指出的是,情欲、自然力量、生活本能、原始欲望等,的确是人之为人的自在构成,作家从尊重人的生命立场出发,书写人的自然性的一面这本身并不为过。但是,我们必须要注意到的是,生命其实是有层次与境界区别的,它至少包括物质生命、自然生命、道德生命、精神生命等不同层次的生命现象和生命追求。用中国传统道德哲学的观点来辨识,就是人既可向上提引为圣贤,亦可居中为凡俗之人,更可向下堕落为禽兽。甚至人在道德上一旦堕落,比禽兽还可怕。因此,无论是中国还是西方文化,都有对人的生命的批判性关怀。这种批判性关怀,不是一味地“尊重”生命,赋予生命的一切以道德合理性,而是在情感、理性、知性与智性的不同空间,对人的生命提出富有人文内涵的批判和关切。“人的文学”理论倡导者周作人,虽有“人是一种生物。他的生活现象,与别的动物并无不同,所以我们相信人的一切生活本能,都是美的善的,应得到完全满足。凡有违反人性不自然的习惯制度,都应该排斥改正”这样的话;但他同时更认识到并强调:“但我们又承认人是一种从动物进化的生物。他的内面生活,比别的动物更为复杂高深,而且逐渐向上,有能够改造生活的力量。所以我们相信人类以动物的生活为生存的基础,而其内面生活,却渐与动物相远,终能达到高上和平的境地。凡兽性的余留,与古代礼法可以阻碍人性向上的发展者,也都应该排斥改正”。所谓“人的文学”与“非人的文学”,在周作人而言,并非是写不写人的本能问题,他通过比较法国作家莫泊桑的《一生》与中国的《肉蒲团》和《九尾龟》,道出两者区别,“一个严肃,一个游戏。一个希望人的生活,所以对于非人的生活,怀着悲哀或愤怒;一个安于非人的生活,所以对于非人的生活,感着满足,又多带些玩弄与挑拨的形迹”。[1]

而反观当代中国作家的生命书写，摹状西方的“生命至上”的客观主义伦理学，然却没有西方的宗教批判价值视野，更兼反抗性叙事的推波助澜，若干年来，我们的确没有出现气象阔大且兼具深厚悲悯情怀的大作品问世。充斥在我们阅读视野中的，更多的则是阴暗、潮湿、迷乱、狂欢的物质与自然生命的鬼魅般的叙事。作家们在消解“十七年”的道德乌托邦的同时，把人类光明的原则、日性的良知、向上的精神，也同时消解殆尽。——这不能说不是严重的错位和值得我们警觉的事实。

三、苦乐叙事：受苦的道德及其文学意义

除上述两点以外，文学性转向催生的另外一个道德叙事现象就是“苦乐叙事”。所谓“苦乐叙事”，简单点说，就是作家通过审美机制和心理机制转化，在对生活的苦难叙述中建立起的一种“化苦为乐”的叙事美学。这种苦乐叙事，在鲁迅笔下的阿 Q 形象里就有淋漓尽致的展现，阿 Q 的精神胜利法，正是以消磨、转移、钝化自己的痛苦，获得内心的平衡而把痛苦转化为快乐。自鲁迅以后，相当长时间内，中国文学的苦难叙事都被纳入到“革命文学”缔造的阶级斗争模式里，苦难的起源被叙述成来自“阶级”的迫害；苦难的解决方式，则被限定在经历阶级的“革命”与“斗争”而得以“翻身”。

“新时期”以来，长期统治文学领域的阶级论苦难叙事模式最终解体。在告别阶级论叙事模式以后，当代作家的苦难叙事，呈现出的是一种涣散但却颇具整体感的特征。早在“新时期”之初，就有不少作家在对极“左”政治的批判中，写到为“崇高的主义”而受难的“苦乐叙事”。从维熙的《大墙下的红玉兰》、鲁彦周的《天云山传奇》、王蒙的《布礼》等，都可觅其踪迹。最有代表性的当推张贤亮，他的《灵与肉》、《绿化树》、《土牢情话》、《吉普赛人》、《男人的一半是女人》等都深有意涵、堪称代表。《绿

---

① 周作人：《人的文学》，《新青年》1918 年 12 月 15 日。

化树》开头,作家征引阿·托尔斯泰《苦难的历程》题记,“在清水里泡三次,在血水里浴三次,在碱水里煮三次”,自谓“描写一个出身于资产阶级家庭,甚至曾经有过朦胧的资产阶级人道主义和民主主义思想的青年,经过‘苦难的历程’,最终变成了一个马克思主义的信仰者”,这样的叙述只是尖刻的政治反讽,张贤亮的最大用心,就是要写出极端年代知识分子的饥饿、性压抑、内心屈辱及知识分子的苦难抵抗方式。小说中,治愈受难者心灵伤痕的,既有大自然奔腾不息的原始气象(草原、牧场、天空、阳光等),也有朴实劳动者的温情抚慰(如海喜喜、谢队长、黑子们);既有若有若无的形而上学启示,更有带有肉体气息的李秀芝、马缨花、黄香久们义无反顾的献身。大地、人间、天空、自然、身体……都被赋予苦难的治疗意义,特别是马缨花们贞洁烈妇般的献身、“右派都是好人”、“我挺喜欢有文化的人”这些行为和思想,更使章永麟们“温馨的磨难”折射出一种柔性的光辉。正是在这种光辉中,作家风情万种地把“知识分子的受难史写成崇高史,把受虐史改变成自慰史”。[①]

“伤痕”和“反思”文学里面的苦乐叙事,在精神层面上其实并没超出革命文学的叙事框架,它们呈现出的,不过是“为主义受苦”的历史宏大叙事,就像《创业史》中梁生宝所说的:“照党的指示,给群众办事,受苦就是享乐”。这种苦乐叙事伴随着上世纪思想解放运动与改革开放的深入逐渐解体,随之而起的则是各具特色且深涵时代意味的其他形态的苦乐叙事。清晰描述上世纪80年代至今苦乐叙事的发展样态是有难度的,但这并不影响我们对它的走向做大致归纳,总的来看,有两种写作路向值得关注:一种是在实在的生活与历史记忆中召唤起的作家苦难叙事冲动,及其“化苦为乐”的审美实践。另一种,就是张承志、史铁生、北村等带有宗教色彩的“福乐式”受苦。德国现象学大师舍勒曾经分析受苦的四种类型。在舍勒看来,人类的苦难不外有“享乐地逃避痛苦”、“英雄般地战胜痛苦”、“斯多嘎式地钝化痛苦”和“基督宗教福乐式受苦”几种类型。[②]应当说,这几种类型的

① 陈晓明:《表意的焦虑——历史祛魅与当代文学变革》,中央编译出版社2002年版,第16页。

② [德]舍勒:《受苦的意义》,参见《舍勒全集》(上),上海三联书店1999年版,第631—632页。

受苦形态在当代文学中都有所表现。前面所提到的张承志、史铁生等的宗教性写作，就交汇着英雄般的战胜痛苦和宗教式的福乐受苦两种精神内涵。张承志的作品从《黑骏马》、《北方的河》、《九座宫殿》、《大阪》到《心灵史》、《西省暗杀考》，包括他的散文作品《荒芜英雄路》、《清洁的精神》、《以笔为旗》等，我们能够非常清晰地看到，他一方面把人类、历史、现实与个人的痛苦融入自己笔端；另一方面又在个人理想与宗教信仰的两端，激发出种种战胜痛苦、战胜苦难的精神力量。对张承志而言，因为信仰的存在，所有的苦难就不再是简单的痛苦，而是抵达精神极地的必要磨砺，受苦的意义由此而得到升华。与张承志兼具英雄主义气质与宗教性的福乐受苦不同，北村的小说是消解英雄的。他的小说涉及很多人，但无论哲学家、诗人、音乐家、商人，还是处在社会底层的人，无论他们在现实生活中是多么成功或者多么失败，面对苦难，他们都是相当无力的。北村所要表达的，就是基督信仰对于生命信靠的至关重要。因此，北村的小说中，英雄性或者说英雄主义并非作家着意要去渲染的，更多的是在塑造着找到信仰之前的失败者以及在福乐式受苦中聆听福音的信仰者。张承志和北村的信仰都是先验和大道式的。相比较而论，史铁生对苦难的叙述及其信仰的确认，则更多带有生死轮回与命运感悟的特点。他的《命若琴弦》、《我与地坛》、《我的丁一之旅》、《病隙随笔》等，均是在生命实践中确立起自己的“信”，并以此作为生命支援。史铁生笔下，受苦虽是迫不得已，但却如他自己所说，“有了一种精神应对苦难时，你就复活了”，[①]当“受苦”接通了与人类的高贵精神的联系，与形而上学的联系的时候，“受苦”就不再是受苦，而是一种高贵的精神实践与生命道德实践，是一种对生命圣迹的追寻和体验，因而就具有了宗教般的神圣感。

张承志、史铁生、北村等的宗教性福乐式受苦，与王蒙、张贤亮们的苦乐叙事实际上有着内在的同一性。其可沟通之处，就在于借助

① 史铁生、王尧：《有了一种精神应对苦难时，你就复活了》，《当代作家评论》2003 年第 1 期。

信仰战胜苦难、美化苦难,在信仰中确立受苦的意义。和这一趋向有极大不同的是,当代文学还存在大量如舍勒所谓的“钝化痛苦”和“逃避痛苦”的写作倾向。这两种写作倾向因为与人们的人生态度、日常生活态度,乃至与民族整体的生活方式、精神文化形态有着深刻勾连,故而,在文学创作中就更具有普遍性。高晓声《陈奂生上城》中的陈奂生,应该是“新时期”最早体现出人的尊严与权利的“人”,他有自己的生活,有自己的主体意志;但陈奂生的人性复苏却是与深藏在国人灵魂深处钝化、遮蔽、转化痛苦的惰性基因,与人们对权贵的膜拜同时激发出来的。他因心痛五块钱住宿费而心生报复,因坐了县委吴书记的汽车、住上了招待所五元钱一夜的高级房间而“总算有点自豪的东西可以讲讲了”。人们常以阿Q精神胜利法比附陈奂生,但事实上陈奂生却比阿Q可怜、可恨。阿Q生在底层,一无所有,既无心力与赵老太爷等平起平坐,亦无身力与王胡、小D等抗衡,只能以“祖上的阔”、“老子被儿子打”、“二十年以后……”等作为反抗的精神武器,逃避痛苦以致化苦为乐。而陈奂生则不然,他是被解放了的阿Q,是有了相对的经济独立和人格独立空间的,但他却并没有发展出自己的独立人格,这里触碰到的,就是“阿Q解放又如何”的启蒙主义老大难问题了。在当代文学史上,像陈奂生这样的带有启蒙主义情结的苦乐叙事,后来并没有得到主题上的延续,更多的则是像刘恒《贫嘴张大民的幸福生活》,余华《活着》、《许三观卖血记》,莫言《师父越来越幽默》,刘震云《我是刘跃进》等那样,以平民或者贫民式的幽默和智慧,击穿生活的不幸以完成弱者的自我救赎。余华的《活着》和《许三观卖血记》就是非常经典的作品。两者都是在荒诞的历史和无常的世事之间,写出主人公的一种“弱者受难”和“弱者式抵抗”的反抗苦难方式,简单的理想主义,或者逃避、遗忘、幽默、乐观等,就是福贵和许三观们能够调动和借用到的全部精神资源。像张大民式的贫嘴、许三观式的乐观、福贵式的隐忍……在近些年来的文学版图上我们并不陌生,特别是那些叙写底层平民生活的作品,这些性格特征可以说是随时随处可见。

从根本意义上讲，文学处理的就是苦难问题。就像尼采所说的，希腊艺术的繁荣不是源于希腊人内心的和谐，而是源于他们内心的痛苦和冲突。[①] 现代学者刘永济在论及中国文学时，也曾指出中国文学的真义就在“感乐与慰苦”。[②] 可问题是，文学当如何处理苦难，如何感乐、如何慰苦？这却是一个问题。如果作家仅仅只是展览人类已知的痛苦和不幸，这样的文学显然是没有意义的，因为，文学存在的最终理由，并不是告诉人们生活有多苦，他们被苦难的生活包围是多么的不幸，而在于扩大人们对生活的认识，让读者通过对苦难的咀嚼反刍，找到苦难之根和战胜苦难的方向，重建对于生活的信心。正是如此，作家在怎样的价值视域中审视苦难，让人类的黑暗内心和社会现实的不公正得到审判，就是一个道德论命题。在这个问题上，中国作家还是有许多值得指出的问题的。姑且不论那些以把玩、鉴赏的姿态描写人类苦难的作品，单就前面所提到的作家而论，他们或消解、或软化、或妥协、或以表面上的幽默实际上的无奈处理苦难的方式，既让人玩味，又令人唏嘘不已。一方面，文学虽没有能力给身处苦难的不幸者指明方向，但凭着最起码的人道主义，却应当给人以反抗与超越苦难的情感支援与思想启迪；然而另一方面，像许三观、福贵，乃至像阿Q那样的弱者，如果他们真的以一己之力反抗苦难，他们的反抗又岂不是“以头撞墙”？在过去的叙述语境中，我们还可以把革命、造反、暴力作为弱者反抗苦难天经地义的手段，但在“后革命”时代，底层如何反抗苦难，底层的苦难当如何讲述？这实在是个问题。

整体上看，中国作家的确缺乏处理苦难的思想与审美资源。在中国古典文学中，我们就没有真正意义上的悲剧，有的只是先苦后甜、化悲为喜的“大团圆”。这当中的原因，除李泽厚所说的“乐感”文化基因以外，没有类似西方的基督教文化土壤，也是中国作家难以写出具有深广内涵与持久审美魅力的苦难叙事的重要根由。刘小枫说：“西方文学的穿透力，绝非因为西方人比中国人的受苦更为深重，而是因为，西方文学所依

---

① 周国平：《悲剧的诞生·代译序》，广西师范大学出版社 2002 年版，第 1、2 页。

② 刘永济：《文学论 默识录》，中华书局 2010 年版，第 14 页。

赖的精神背景具有不同的审视痛苦的景观，和由之形成的言说个体实存的形式”。[①] 这种看法是很有见地的。文化结构上的先天性不足，导致我们缺乏审视苦难的思想与知识背景；而从现实的层面看，中国自古至今多灾多难的历史，长期的专制社会导致的社会不公，底层民众面对社会不公的无力等，导致我们的文学很难产生类似加缪《西西弗神话》中的“西西弗”。我们常见的，多是在“苦活”中“苦乐”，在“苦乐”中“苟活”的不抵抗主义人物形象。

① 刘小枫:《这一代人的怕和爱》，华夏出版社 2007 年版，第 248 页。

第十二章　网络写作：文学“常变”中的叙事伦理

网络文学的异军突起，是近些年来最引人注目、最重要的文学现象之一。这不单纯是因为网络文学作品数量众多、读者受众之广以及文学网站的铺天盖地，更重要的还在于，网络文学的兴起，已经对传统文学秩序造成严重冲击，改写着我们对文学的观念、存在样态与功能等认识，并且正以前所未有的普及力度和影响力，对读者和当下中国的文化建设产生着深远的影响。尽管网络文学并非中国特例，但毫无疑问，中国的文学人口是世界其他任何国家都难以企及的，在这样的文学人口大国，网络文学的影响力绝然不可小觑。

和网络文学在中国大陆初兴时期人们的不冷不热态度相比，近些年来，网络文学已经受到相当的重视，人们不仅在学术层面对网络文学展开深入的研究，中国文联、北京、山东与湖北等省的很多文学机构，还相继举办“网络文学创作大奖赛”，以期规范和有效引导网络文学创作。不少网络写手被“招安”，成为各级作家协会会员；“茅奖”、“鲁奖”等国内最高文学奖项，也开始吸纳网络文学作品参评；同时，相当多的网络文学作品从网络走向纸质媒介，在图书市场上占据了相当可观的份额，并且许多作品都被改编成电影、电视剧、动漫与网游。这些足可证明，网络文学在当下的文学格局中已经占据着重要的位置。

在网络文学已经显示出“盛世”气象的当下，如何正视网络文学的异军突起，如何看待网络文学给传统文学格局带来的深刻变化？网络文学有何美学与伦理经验值得我们关注？网络文学与传统文学的“分疆而治"是否必然走向文学的统合,如何走向统合?如何看待网络文学"草根性"创作的道德自由以及这种自由的道德担当?等等,这些问题都是我们应该加以深入研究的。特别是当前,网络文学创作可谓泥沙俱下、良莠不齐,在学术层面清理网络文学某些被遮蔽和忽视的问题,就显得尤为必要。

一、民间起源与文学"底层结构"重建

应当说,网络文学的横空出世并非什么奇怪的事情,而是深植在文学史的固有逻辑之中的,既有文学史的普遍性又有其不可取代的特殊性。从文学史的基本经验观察,网络文学尽管带有电子和信息时代的高科技特点,但它不过是文学书写与传播工具变革所衍生的文学产物。这种文学书写、传播工具的改变导致文学新形态的产生,在中国文学史上是有相当普遍性的。众所周知,自有文学至今,在书写与传播方式上,我们至少经历了"口头传播"、"刀刻竹载"、"毛笔—纸帛"、"钢笔—纸张"、"电脑—网络"这样几个阶段。文学书写与传播工具每个技术环节的变革,都给文学的内在秩序带来深刻的变化。在早期文学的起源阶段,文学的口头创作与声口流传的传播形式,必然要求文学朗朗上口、音节简单、押韵合辙,以便于记诵,这种创作与传播形式,决定着人类的早期文学必然要以韵文为主。世界各民族的文学,早期均以诗歌为主,我认为就与这种传播形式有着密切的联系。而进入"刀刻竹载"时代以后,因为书写困难和文本物理体积的限制,文学的语言、文体、长度等,就构成文学书写客观的问题。试想:如果老子的《道德经》不是以深奥的古语写就,不是五千字箴言,而是以浅显的白话写成,或者像现在的许多哲学著作那样,动辄就是数十乃至上百万字,那么老子终其一生,恐怕也"刻"不出这部不世的经典来。即便能够刻出,书写的成本,文本的保存、运输等,对老子而言肯定都是难以解决的问题。这种书写工具与文学演变的关联,在文学史的整个发展过程中是非常普遍且具有连续性的,一部中国文学史,可以说就是文学书写工具与传播方式演化的历史。只不过迄

今为止，我们的文学史叙述，更多强调的是从历史、政治、经济、文化等文学外部的角度，来探究、整合文学演变的规律，对于这种文学工具变革给文学秩序带来的变化，尚缺乏足够认知而已。

网络给文学带来的质态上的改变，学者们已有不少论述。欧阳友权对此作出过深入而系统的研究，他曾经从作家、文本、读者接受、创作方式、文学传播、文学观念、文学功能等不同层面，细致地分析网络文学与传统文学的不同，认为与传统文学相比，网络文学的不同主要体现在“作家身份的网民化”、“创作方式的交互化”、“文本载体的数字化”、“流通方式的网络化”和“欣赏方式的机读化”等方面。[①] 董学文先生也曾对网络文学与传统文学的关系作出判断，认为“网络文学还是文学的一种，只是应用工具和传播渠道不同而已，说网络文学与传统文学有本质的区别，还为时过早”。[②] 网络文学与传统文学究竟处在何种关系结构中，究竟是“文学的一种”，还是别有心声、“分疆而治”的“另类”，文学史经验亦有很好说明。在文学的历史上，任何一次书写和传播工具的变革，实质上都是具有历史“拐点”意义的，它不仅影响到文学的物质存在形态，还在一定程度上塑造着文学的审美质态和某个特定时段文学的整体风貌。古代中国诗歌理论中的“诗书画合一”的美学趣味，不能说与毛笔这个书写工具的使用没有关联；曹雪芹写《红楼梦》，自感“十年辛苦不寻常，字字吟来都是血”，恐怕也不单单是创作态度和对自我身世悲苦自怜的问题，还有“毛笔文学”时代书写的艰难。而电脑作为文本输入工具，大面积进入到文学生产环节，不仅直接构造出网络文学，同时还对传统的文学生产关系有着极大的改造。以长篇小说生产为例，1949 年建国初至上个世纪 80 年代，我国长篇小说生产总量一直维持在几十部到百部之间；90 年代中后期以来，随着电脑的普及，长篇小说产量也扶摇直上，每年达到一千部左右。最近几年，随着网络文学大军加入图书出版市场，长篇小说总体数量陡然上涨到 3000—5000 部之间。这种量的变化，如果没有电脑带来的书写、修改、誊抄的便利，是不可能发生的。从作家个

---

① 欧阳友权：《网络文学：挑战传统与更新观念》，《湘潭大学学报》2001 年第 1 期。

② 董学文：《科技进步与艺术发展矛盾关系断想》，《文艺研究》2002 年第 1 期。

体的角度看，现在许多作家的长篇小说创作总量都达到20部以上，不少作家半年甚至几个月时间就能完成一部长篇小说，这样的创作速度同样得益于电脑的便利，这种创作速度是毛笔和钢笔文学时代作家难以想象的。但是，无论电脑与网络给文学带来多大的变化，这种变化都是在文学史的内在统一性之中发生的。我们所谓的“传统文学”，只不过是文学史自身不断发生、运动、变化、整合和生成的结果。因此，网络文学和传统文学的对峙，将不是“分疆而治”，而是正处在一个运动和新的“传统文学”的生成过程中。实际上，从近些年文学的走向看，传统意义上的作家在网络上发表自己的作品，网络作家作品回归纸质文本，这些现象都是屡见不鲜的。网络文学必然会给传统的文学生产形式带来压迫，并促使其在一定程度上有所改变；而传统文学的强大规范与文化伦理也势必对网络文学产生巨大的吸附和同化作用，这都是顺理成章的事情。

网络文学将给新的文学格局带来怎样的改变，现在还不是下结论的时候，不过，网络文学造成了一种更古老的文学传统的复辟倒是值得我们注意的，那就是文学重现了它的民间草根性起源。从中国文学史的发展情况看，一个基本的逻辑线索，就是作为知识分子的“士文学”与底层平民的“民间文学”的共存与互渗。《诗经》阶段“风”与“雅”并存，就是这种文学景观的说明。在整个中国文学的发展流程中，“民间”呈现出巨大的创造性和审美激情，词、小说、曲、小令等文体，诗歌中的五言、七言、乐府等，都是经由民间首创，尔后经过文人的经典化才得以进入文学史的；小说、戏曲中的题材与内容，又多由民间故事演化而来。对于这种文学的民间起源，胡适曾有专论：“人的感情在各种压迫之下，就不免表现出各种劳苦与哀怨的感情，像匹夫匹妇，旷男怨女的种种抑郁之情，表现出来，或为诗歌，或为散文，由此起点，就引起后来的种种传说故事，如‘三百篇’大都民间匹夫匹妇，旷男怨女的哀怨之声，也就是民间半宗教半记事的哀怨之歌”。[①] 胡适甚至还把民间为主导的白话文学，视为中国文学的主流，“老实说罢，我要大家都知道白话文学史就是中国文学史的中

① 胡适：《中国文学的过去与来路》，《胡适文集》(3)，人民文学出版社1998年版，第252页。

心部分。中国文学史要去掉了白话文学的进化史，就不成中国文学史了，只可叫做‘古文传统史’了”。[①] 胡适的这种判断，与他作为“五四”时期白话文学倡导者的身份是有关的，当然有可能抬高了民间白话文学在中国文学史上的地位，但是即便如此，中国文学的民间起源与民间文学的巨大创造性也是不容置疑的。中国文学早期“风”与“雅”、“士”与“民”共存的格局，可能与中国传统社会作家没有从“士”为代表的知识阶层中独立出来有密切的关系，正是因为作家身份的含混与潜隐，“民间”才作为有效的丰富和补充，进入文学的创造，与有限的“士文学”共同铸造出中国文学的辉煌。在传统的文学格局中，“士文学”与“民间文学”的交往与对流，主要是通过落魄的流落民间的知识分子完成的。

进入现代社会以后，伴随着 1905 年科举制度的取消以及现代报刊、杂志、出版和稿酬制度的形成，“作家”作为一种职业，才渐渐从文人集团分离出来。作家的分离，既为文学的职业化和专门化提供了可能，另一方面，它对传统文学“士”与“民”的二元格局也起到了无形的消解作用。自此以后，“士”与“民”的文学鸿沟就逐渐形成，“士文学”渐渐地成为文学的支柱，并日渐精英化、经典化、技术化，而“民”的文学则渐趋没落。自“五四”以来，“民间化”、“大众化”、“口语运动”、“民族形式”、“文章下乡”、“深入生活”等，一部现当代文学史，充满着回归“民间”的焦灼意绪。这种焦灼一方面当然是启蒙和革命的宣传需求使然，但另一方面，可否认为，当“现代文学”背离了“文学”原始的出身，当文学古老的起源被有意无意地忘却以后，我们的“现代文学”，必然会产生出对于那个古老起源沉重的罪愆心理与某种挥之不去的愧疚不安呢？——不管怎么说，我们现在所谓的“传统文学”，从作家身份形成的角度来看，迄今为止尚不过百年时间；而在它的身后，则是数千年的“士”与“民”文学共存的伟大传统。饶有意味的是，虽然现代以来中国作家们费尽百般周折，甚至不乏政治力量的不断助缘，试图去推动文学的“民间化”，但最终却总是无功而返。倒是在网络时代，当我们的作家“躲进小楼成一统”，逐步隔绝

① 胡适：《白话文学史·引子》，《胡适文集》(4)，人民文学出版社 1998 年版，第 21 页。

于社会的时候，网络却凭借着自身难以言传的归化力量，恢复了文学民间起源的重要传统。

网络文学作为理论家们所说的“新民间文学”，与文学史上其他时段的民间起源有着怎样的内在统一性？当下网络文学的“新民间精神”有何特点，是如何体现的？这种“新民间文学”最终会如何改写现有文学史的格局？这些问题我们暂时还无法做展开探讨，因为这本就是牵一发而动全身的问题，涉及网络文学、文学史、文学理论的方方面面，须作沉实的学理研究，实非三言两语可以讲清。况且，网络文学的“新民间”质态还处在蕴育中，现在还不可妄下结论。欧阳友权在《网络文学概论》中，认为网络文学的新民间精神，主要体现在“我手写我心”的语言向度、民间本位的大众化立场、“粗口秀”的叙事方式、抵制崇高的写作姿态等方面。[①] 如此归纳虽有精到之处，然实难概括“新民间文学”的全部精髓。但不管怎么说，网络文学对文学民间起源的恢复，是有重要文学史意义的。这种意义不仅体现在文学的民间起源经过短暂“休克”后，重新回到了文学的生命运动当中，更重要的，是通过网络文学与传统文学的互动，必然会融创、催生出一种新的“文学传统”，构造出一种新的“文学社会”。而这个新的“文学社会”，正是文学获得生命活力的重要保证。因为，自“五四”文学革命以来，我们所形成的“新文学”传统，其实构建出的只是一个文学的社会“上层结构”。它的主要特点，就是以一套精英的语言、精英的话语、精英的意识形态，建构起一种精英化的文学。这种精英化的文学，面对的主要是知识分子，即便是面对底层民众，亦多以居高临下的启蒙者的姿态，处理“士”与“民”的关系，在思想上，它追求的是形而上学的深度；艺术上，它追求的是形式上的精雕细琢的自足性，故此，它必然也是“小众的”文学，很难为普通民众所接受。上世纪80年代以来，在失去政治助力以后，“纯文学”渐渐边缘化，失去了它的“轰动效应”，这就是很好的证明。而网络文学的崛起，则以其草根性的特点，以其多元、包容、开敞的存在样态，为我们构建起一个文学的“底层结构”，在恢复了真

① 欧阳友权：《网络文学概论》，北京大学出版社2008年版，第104—109页。

正的中国古典文学的深厚底层社会传统的同时，还把广泛的文学人口拉回到当下文学中来，并且与传统文学一道，塑造出一个立体的"文学社会"。这不能说不是网络文学的文学史贡献。

二、"娱乐性"的文学叙事伦理正名

网络文学对文学民间起源的恢复以及对文学社会"底层结构"的重建，仅是它给文学史带来新变的一端，另外一点，就不能不提到由网络文学崛起而引发的我们对"文学的伦理"的反思。所谓"文学的伦理"，简单点说，就是指文学作为一种叙事存在，它自身应有的担当以及文学对这种担当的实现程度。这种文学伦理，是文学存在的合理性根据，也是与文学的功能密切挂钩的。我们知道，文学伦理是个动态的、系统的、历史的概念，并非一成不变，而是随着历史的演进有一个变化的过程，在不同的地域、民族、社会与文化环境下，人们对文学都有不同的伦理诉求。就中国文学而论，"诗言志，歌永言，声依永，律和声"、"文以载道"这些概念我们都是耳熟能详的，"言情"、"言志"、"载道"，是常见的几种对文学伦理或者说文学功能的理论表述。在《中国新文学的源流》里面，周作人以"言志派"与"载道派"的双重变奏，来把握文学史演变的内在节奏。但是，"言志"也好，"载道"也罢，都不是文学的原始伦理，或者说不是文学伦理的全部。文学的原始伦理，是寄生在文学从无到有的"起源"当中的，文学从哪里来，决定着文学是什么，有什么用。

当然，文学的起源是个学术上的难题，我们现在对文学起源的推断，如宗教祭祀说、劳动起源说、游戏起源说等，都不过是一种想当然，是没有考古学实证支持的。但逻辑上可以推断的结论是：诸如"言志"、"载道"类的文学伦理修辞，毕竟是经过文学文化规训的一种次生性的文学伦理，而非文学的原初伦理。相比较而言，游戏的天性、倾诉的欲望、宣泄的焦灼、叙说的激情等，恐怕比"言志"、"载道"更具存在的合法性。我们不妨设想：如果孔子"删诗"之说成立，那么，被孔子"十去其九"的诗歌原貌是什么样子？那些作为文学事实而存在的诗歌，它们本然的伦理关怀又是什么？这些虽说都是无法考证的事情，然而我们并不能因为那些诗歌不符合孔子“思无邪”的文学规范伦理，被裁剪和删除就忽视它们的伦理存在。按照周作人的说法：“文学是无用的东西。因为我们所说的文学，只是以达出作者的思想感情为满足的，此外再无目的之可言。里面，没有多大鼓动的力量，也没有教训，只能令人聊以快意”。而“欲使文学有用也可以，但那已是变相的文学了。椅子原是作为座位用的，墨盒原是写字用的，然而，以前的议员们岂不是曾在打架时作为武器用过么？在打架的时候，椅子墨盒可以打人，然而打人却终非椅子和墨盒的真正用处。文学亦然。”①周作人的这个判断是有一定的道理的，因为，文学的伦理本身就是一个处在不断的运动、生成的过程中，并且不断地转化的存在，现代性的文学伦理，只不过是现代社会生成的文学伦理，它不是法定的文学伦理。在《沉重的肉身》里，刘小枫提出“自由的叙事伦理学”概念，认为自由的叙事伦理学首先是一种“陪伴的伦理”，“也许我不能释解你的苦楚，不能消除你的不安，无法抱慰你的心碎，但我愿陪伴你，给你讲述一个现代童话或者我自己的伤心事，你的心就会好受得多了”。②

刘小枫的“陪伴的伦理”，也仅仅是一种现代性的文学伦理。在文学伦理演化上，道德主义文学伦理（儒家的“诗教”传统）、历史主义文学伦理（“史传”文学、追求对生活、历史的审美表现）、人道主义文学伦理（注重对人的灵魂、心理的揭示，对人的人性、精神加以合目的的改造）以及修辞—技术主义文学伦理（追求文学的修辞、叙事、语言的技术含量），可以说是四种重要的基本表现形态，并且构成了我们评述文学作品的“经典意识”。符合这四种文学伦理的，才有构成“文学经典”的可能；而背离这些伦理的，则必然就被打入冷宫。现代文学史上，新文学作家与“鸳鸯蝴蝶派”的论争，就典型地体现了历史主义文学伦理与消费性的娱乐、消遣文学伦理之争。特别是进入现代社会以来，随着宗教的式微，更是激发起文学担当人类的精神救主和拯救世界的豪情，文学的历史主义伦理

① 周作人：《中国新文学的源流》，华东师范大学出版社 1995 年版，第 14—16 页。

② 刘小枫：《沉重的肉身》，上海人民出版社 1999 年版，第 7 页。

和人文主义伦理同时被推到神圣的地步，文学的那些消遣、娱乐、游戏、宣泄等以“生理主义”为基础的叙事伦理，因此而被打压到黑暗的深渊，难以抬头。

正是如此，我认为网络文学在复兴了文学的民间起源的同时，还解放了长期被压抑的诸多“非经典”文学伦理。消遣、娱乐、游戏、宣泄，乃至传统文学的自我抒发、感怀、历史讽喻，等等，在当下的网络文学皆可觅其踪迹。像以《悟空传》、《沙僧日记》为代表的“戏仿小说”，以《鬼吹灯》、《盗墓笔记》为代表的“盗墓小说”，以《英雄志》、《昆仑》、《韦帅望的江湖》为代表的“武侠小说”，以《盘龙》、《长生界》、《恶魔法则》、《星辰变》等为代表的“玄幻修真小说”，其中的消遣性、娱乐性和游戏性都是不言自明的。有些网络文学作品尽管从主题方面来看或许不乏严肃成分，但在作品的语言、修辞、构思、结构与人物形象设计上，同样难以拒绝消遣、娱乐、游戏的诱惑。比如《此间的少年》，虽然被贴上“青春校园文学”的标签，作品所叙述的的确也是真切的大学校园生活，且作家对青春期的爱情、激情、友谊、梦想、感伤、逝去的青春等，都有着独到的审美把握，但是作品的形式构成却采取网络上流行的穿越小说的拼贴、嫁接等形式，把当代大学校园生活搬回到宋代，虚构出“汴京大学”作为故事发生的空间背景；人物塑造上，又以戏仿的形式，把金庸武侠小说的人物纳入小说之中，莫大、郭靖、黄蓉、杨过、穆念慈、乔峰、独孤求败等，都纳入小说叙述之中，成为作家叙述当下大学校园青春生活的“空壳式”人物。类似这种嫁接的形式在其他作品中同样有所表现，如颇具“官场小说”气质的网络作品《脸谱》，和具有历史解构与还原意味的小说《明朝那些事儿》等，人物、语言和情节上的戏谑成分也都非常明显。如《脸谱》开头描述朱自强的父亲朱大长：“猪大肠本名朱大长，是个屠户，性如烈火，嗜酒如命，一米六五的身高，体重二百二十四斤，穿一身油腻腻的咔叽布衣服，无论往哪儿一坐，准得留下半米方圆的油印子”。戏谑、夸张、幽默中略显刻薄。《明朝那些事儿》开篇交代朱元璋出身，除了煞有介事地以档案的格式，写到朱元璋的姓名、别名、性别、民族、血型、学历、职业、家庭出身、生卒年月外,还写出朱元璋最喜欢的颜色、社会关系和父母亲的职业以及朱元璋的座右铭"你的就是我的,我的还是我的",等等,同样充斥着搞笑的幽默笔法。

娱乐性、消遣性、游戏性对于网络文学来说,可以说是重要的生命线,因为,网络文学毕竟是以点击率生存的,没有点击率,再好的作品也难以在网络这个残酷的世界获得立足之地。故此,我们就不应该对网络文学的娱乐性、消遣性、游戏性、趣味性叙事元素报以过多的指责。如前所说,娱乐性、消遣性、游戏性本身就是文学的一种伦理构成,它是作为"严肃文学"的补充而存在的,我们既不能按照传统文学的叙事伦理要求它,进而取消网络文学的叙事伦理存在,也不能总是想用传统文学的套路,来对网络文学做格式化的处理。那些"网络文学与传统文学究竟是载体的区别,还是本质上的区别"、"网络文学是消遣文学,还是大众文学"等追问,事实上更多是出自批评者们的"概念的焦虑",没有多少实际意义。因为,载体的区别,必然会形成"本质"的差异;大众文学需要消遣,精英文学未必就非得是满纸严肃一脸古板。况且,对于相当多的网络作品来说,无厘头、搞笑、错乱的时空、人物拼贴,等等,只不过是一种叙事的策略和外在的包装,其内在的质地则是相当"传统"的。比如《新宋》、《窃明》、《梦回大清》、《步步惊心》等,叙事形式上的"穿越",当然有作者谋求形式上的花样翻新的意思在里面,但作品通过当下与古代的历史对话和相互激活,往往却感发出深具历史意味的复杂人生感受与生动的生命景象,并且在审美的质地上,兼具了一种穿透古今的历史超越感。这种审美质地的建立,与我们所谓的"传统文学"是有着相感通的特质的。洪治纲在分析网络文学作品时认为,"并不是所有的网络文学都呈现出这种信息化的特质。譬如当年明月的《明朝那些事儿》、舍人的《宦海沉浮》、丝柳的《傻妻》、酒徒的《家园》以及很多网络诗歌等,无论是其思维模式,还是审美趣味,都与我们的纸质作品没有太多的差别,所不同的只是它们首先发表在网络"。[①] 著名网络写手李寻欢也认为:"我觉得

① 洪治纲:《网络文学的基本伦理与审美趣味》,《黄河文学》2010年第1期。

网上的东西和纸上的东西本质是一样的，所以没什么诀窍，好的东西会移植成功，不好的东西就不成功。网络从来没有改变文学本身任何东西，它只是一个新载体”。[①] 网络文学与传统文学之间的感通，昭示的是“文学”之所以为“文学”的某种共同特性，不管网络文学还是传统文学，既为文学，则魂走一脉。

三、道德自由与自由的道德

网络写作是一种自由的写作。这种自由首先就来自于网络的匿名性特点。在网络这个虚拟的空间里面，没有权威，没有戒律，没有刻板、整齐的一体化，没有文学传统创作上的各种清规戒律。虚拟的网络世界，现实世界的种种禁忌与理性藩篱，“一切坚固的东西都烟消云散了”。在匿名写作状态下，人的羞愧、胆怯、自卑，甚至是耻感与罪感等，都毋须成为写作者沉重的心理负担，写作者可以尽情地剥掉生活中的伪饰，释放自己的内心，挥洒自己的才情与意志，这为网络的自由写作提供了巨大的心理上的可能。作家陈村说：“谁知道你是谁呢？你知道网上的对方又是谁呢？轻装上阵，一种如鱼得水的感觉成为网络的最大诱惑，即便是千万双眼睛在同时注视着你的一言一行，这又有什么大不了的呢？又不是观众在电视中看你的表演？”[②]对匿名性给网络写作带来的自由可谓是深有感触。

当然，匿名性仅是网络写手获得写作自由的心理基础，网络文学发表、传播过程中的“零审查”机制，则是网络写手获得写作自由的制度性保证。我们知道，传统的文学，往往是职业化作家的专利。一个人必须要经过大量专门的阅读和写作训练，乃至经过“圈子化”的文学规制的检验、残酷的竞争与淘洗，才有可能获得梦寐以求的“作家”身份。而一个

---

① 李寻欢：《对李寻欢的放弃》，人民网：http://www.people.com.cn/GB/wenyu/66/134/20021023/849037.html

② 陈村：《陈村眼中的网络文学》，引自欧阳友权《网络文学概论》，北京大学出版社 2008 年版，第 115 页。

人只有具备了作家的“身份”，方可登堂入室、“名”正言顺地发表、出版作品。这种“身份”的存在，对很多有文学梦想的人来说，构成了难以逾越的“天堑”。然而，网络却解除了写作者们的“身份”顾虑，并最大限度地释放出他们内心被压抑的文学冲动与审美激情。网络作家邢育森说：“说实在的，在没有上网之前，我生命中很多东西都被压抑在社会角色和日常生活之中。是网络，是在网络上的交流，让我感受了自己本身一些很纯粹的东西，解脱释放了出来，成为了我生命的主体。……是网络，是这个能自由创作和发表的天地，激励了我本已熄灭的热情，重新找到了旧日那个本来的自我。”[①]这里，邢育森所说的被社会角色和日常生活所压抑的“生命中的很多东西”，恐怕不仅是作家的梦想本身，还有文学才能准确传达出来的生命感受。而且，网络文学不像传统纸质出版媒介，有责任编辑、主编层层把关。作品能不能发表，涉及编辑、主编的文学趣味，刊物的定位，乃至作者的名气，甚至是复杂的人情关系等。对传统文学而言，这些因素既构成一种检查、监督的隐性规范，同时也是一种接纳与排斥机制，这就是所谓的“顺之者昌，逆之者亡”。而对网络文学而言，这些审查机制是毫无作用的，“网络空间的无限存储性以及网站聚集人气的需要，使得作品发表门槛很低，文学资质审查十分宽松，网络发表成为轻而易举的事情”。[②]

网络文学的匿名性和“零审查”机制，给网络写作者提供了多方面的自由，从作品的发表到创作方式的选择；从写作者的个性表达到道德选择的无所畏惧，网络都可以让写作者得到满足。网络文学作品浩如烟海，我们当然无法去洞悉它的全部底细，然就部分颇具声名的作品来看，可以得出结论：尽管网络文学的确是以娱乐、消遣、排遣、游戏为主要叙事目的，但是，在许多网络小说当中，写作者们身处社会转型、生活裂变、价值重组时代，注定他（她）们会以“切己”的方式，传达出自我鲜活的在世生命感受与人生体验。对网络文学有比较深入研究

---

① 吴过：《青春的欲望和苦闷——网路访邢育森》，榕树下 http://www.jiyw.com / html-content.asp，2007—05—11。

② 欧阳友权：《网络文学概论》，北京大学出版社 2008 年版，第 115 页。

的马季说:“网络写手大多是业余爱好者,写作时间不够充裕,写作技巧不够成熟,而且他们写作的目的并不是为了获得荣誉,往往是为了发泄,或者是通过扮演以实现自己在日常生活中无法实现的社会角色,以求得在虚拟世界中的象征性满足。所以,他们的作品多的是人生感触,少的是语言锤炼”。[①] 这种分析是相当中肯的。比较传统文学与网络写作可以看出,虽然这些年我们有诸如“新状态小说”、“新体验小说”、“现实主义冲击波”、“身体写作”、“底层写作”等充满经验主义魅惑的文学口号,但真正从创作上来讲,传统文学缺乏的恰恰是生活的基本经验,不少作家要么热衷于传达形而上学的人生哲学,要么沉迷于对类似于“底层”的“他者经验”的想象,显得与真切的生活有点“隔”。倒是在不少网络文学,比如像《成都,今夜请把我遗忘》、《和空姐同居的日子》、《爱在深圳》、《婚姻很远,暧昧很近》、《爱是寂寞撒的谎》等作品中,写作者倒是更能把自己生活中的理想与希望、矛盾与困惑、痛苦与失落等原生态的感受表达出来,使得他们的作品真正具备了某种生活的质感,勘探出时代生活巨变与精神变革过程中,人类内心生活、精神与情感的丰富性和复杂性。

自由是文学的本质。作家只有在自由的状态下,方可实现自己的审美理想,实现创作者的个性。自由是与创造联系在一起的。没有自由,当然就很难谈得上有什么创造;没有创造的自由,同样是毫无意义的自由。甚至可以说,创造是自由的基本道德担当,没有创造的自由,是不道德的自由。自由对于文学创作而言,意义深远,因为,人是社会的动物,是文化的产物。人类的一切道德经验,人的是非之心、美丑之辨、善恶之感,都源自历史的生活经验和文化规训。自由的意义,就是在人的怀疑精神引导下,对历史的生活经验和文化规训作出深刻反思,并在人的自由意志引导、驱动下,建立新的审美感觉和心灵的道德判断,从而在思想、道德与审美层面作出创新。就时下的网络文学而言,在一定程度上看是有自己的创造性的。文学类型上,除都市、言情、武侠、历史、军事小

① 马季:《读屏时代的写作——网络文学十年史》,中国工人出版社 2008 年版,第 40 页。

说等是我们常见的外,其他如玄幻、修真、灵异、架空、穿越、网游、竞技文学等,虽说与传统经典文学作品,包括中国的民间文学、武侠文学有着千丝万缕的联系,甚至把《大话西游》类“无厘头”影视作品作为摹写的蓝本,因此很难说是网络文学的独创,但网络写作者的改造性劳动与融汇之功,同样值得尊重。在对时代精神与人们的道德状况的把握上,有些文学作品虽然从表面上看不过是娱乐、消遣、戏拟、调侃、消解、颠覆之作,但是,作品的人物、情节、构思等,却往往凸显出现代人精神世界的内在悖论。如《悟空传》,通过对传统经典名著《西游记》和周星驰《大话西游》的故事、人物关系和主题的改写,在对神圣与英雄的颠覆中,传达出当代人的心灵困苦与道德悖论:因为崇尚自由,“我要这天,再遮不住我眼;要这地,再埋不了我心;要这众生,都明白我意;要那诸佛,都烟消云散”,我们打破了一切神佛,而当我们心灵的神龛不再供奉着神佛时,又难免会陷入孤独和虚空。《悟空传》弥漫的无疑就是这种“虚无”与“空”的精神哲学气息。《诛仙》则借鉴了武侠小说复仇、斩妖除魔、匡扶正义的传统套路,一边营构出情节起伏、冲突跌宕的好看故事,同时,却又颠覆了传统武侠小说那种“正义”/“邪恶”的价值论模式。小说借黑石洞狐妖之口说:“所谓的世间,便是由你们人族当家做主的吧? 天生万物,便是为了你们人族任意索取,只要有任何反抗,便是为祸世间、害人不浅,便是万恶不赦、罪该万死了,对吧?”作品由此跳出了传统武侠小说的社会正义论与历史正义论的叙述框架,而在一种宇宙正义论的叙述时空中,解构了人类中心主义的现代理性神话,并对现代社会“成王败寇”的竞争理性法则提出了严正的质疑,宣示了众生平等的思想。这种叙述,可以说是深具思想与美学意义的。

类似这样的具有一定思想深度的网络文学作品当然还有不少。它们能够赢得读者和图书市场的青睐,并不单纯地靠千奇百怪的娱乐性叙事元素,而是因为与当代社会的时代精神与大众的人生情绪有着相当的契合,与当代人的心灵有着呼应与沟通,才能最终获得读者大众的认可。它们天马行空的叙述方式,奇绝诡怪的想象力,荒诞不经的故事取材,既得益于写作者个体的文学禀赋与才情,同时也得益于网络创作的自由环境。正是网络的自由、多元与包容,给网络写作的各种尝试提供了可能。但是,网络文学的自由并非总是好的东西,就像美国精神分析学家弗洛姆所说,"摆脱束缚,获得自由"的消极自由与积极的自由即"自由地发展"之自由并不是一回事。网络写作者的自由,大多建立在挣脱社会规范束缚和一种心理学意义上的随心所欲的自然冲动基础上,并没有形成弗洛姆所说的"人日趋完善,对自然的支配越来越得心应手"的超强"理性能力"。[①] 写作者的思想能力、审美能力、叙事能力、驾驭题材与故事的能力、语言能力等,与纸质媒介的作家相比,的确有很大差距。这种对"自然的支配"的"理性能力"的欠缺,使得许多网络写作还存在不少问题,比如许多作品一旦在网络上声名鹊起,写作者似乎就失去叙述的控制能力,枝枝蔓蔓,拉拉杂杂,越写越长,像《明朝那些事儿》、《诛仙》、《鬼吹灯》等,都是如此。

当然,网络作品的长度还不能算是网络自由的副产品,真正滥用自由的,是那些把网络自由理解为可以无视道德、法律与理性,可以"无所不为"、"胡作非为"的写作现象。我们知道,网络写作本身就是一种青春期的亚文化写作现象。作为一种青春期写作,网络文学本身就带有发泄、冲动、叛逆、颓废、迷惘的可能性,加之网络写作审查机制的缺席和某些文学网站推波助澜,近些年来,网络写作当中的淫秽、色情、暴力、凶杀、迷信等不健康书写大肆漫延,比比皆是,"西陆网"、"浩书坊"、"言情小说网"等文学网站,都曾登载过《风流逸飞》、《纯属挑逗》、《醉红情》等一大批被查禁的作品。这些作品的"写作自由",不仅是对自由的误读,也是对自由的亵渎,因为,无论我们给自由作怎样宽泛的定义,自由都不是为所欲为。自由既是人的天性,是一种美德,但也是一种责任,这个责任,就是对于创新的担当。这种担当,构成自由最严厉的本质。每个追求自由、享受自由的人,都应该有如此担当,必须承受自由的严厉本质。在这种意义上,我认为李寻欢 2002 年告别网络写作的《粉墨谢场》一书自序中的那段话十分耐人寻味:他说:"李寻欢之'死',完全是自觉自愿

① 弗洛姆:《逃避自由》,刘林海译,国际文化出版公司 2000 年版,第 27 页。

和平方式深思熟虑之后的正常举动，……作为一个五岁的网虫和网络从业人员，我对网络有客观的充分的认识，而作为一个出过三四本书但没什么东西有营养的文学青年，我自知离真正的文学殿堂还相差甚远。那么，最简单地说，我放弃这个名字，是对过往网络生活的怀疑，以及对真正文学的敬畏之心”。[①] 这种对文学的“敬畏之心”，我们可以理解为就是李寻欢对自由严厉本质的承受——如果不能写出“有营养”的东西，宁愿“放弃”，也不粗制滥造。这样的“放弃”，既是对文学的尊重，也是对自由的尊重。

而现在的许多网络写作者，最需要的恐怕就是对网络自由本质的理解和尊重。

---

① 李寻欢：《粉墨谢场·自序》，天津人民出版社 2002 年。

第十三章 “无根据颂”与“80后”作家的边际伦理

20世纪80年代出生的作家，活跃文坛已有十多年的时间。在这十多年当中，这批作家的内部可谓是潮起潮落，演尽分化辗转之势。有些作家，早期独领风骚、傲立潮头，如今却早已是明日黄花；而有些作家，则渐渐从早期的边缘走向现在的核心地带；有些作家，慢慢地归化到“传统”的文学路数当中来，被人们视为“实力派”；而有些作家，则以“偶像派”的剑走偏锋之势，和我们惯常理解的“文学”保持着足够的张力关系。按照文学史的一般规律来看，十多年的时间，已经有足够的理由让我们对“80后文学”作出历史化的处理，将他们归位到文学的历史叙述之中，但问题是，如今的文学史该当如何叙述“80后文学”？不难作出判断的是，那些“80后”作家，比如韩寒、郭敬明、张悦然、春树、孙睿，等等，随便从这些名字当中拎出一个，眼下都是响当当的名号。但是目前来看，他们却只能以“著名作家”而非“优秀作家”进入文学史。简单的说，至少到现在为止，“80后”文学之所以能够进入文学史，是因为它们构成了一种“文学现象”，而不是它们的“经典性”。“80后”的作家们并不缺少给他们带来声誉和巨大收益的作品，但是，却始终缺乏哪怕一部能够在文学的整体流程中体现他们独特创造性的经典之作。

或许，对于文学史家而言，“80后”的文学写作提出了一种学术上的挑战，那就是，如何处理好“80后文学”与传统文学的对接问题。我们究竟是应该拓展现有的“文学”边界，从而把“80后文学”拉进到现行的文学史框架之中，还是用我们现有的文学观念认知和经典标准，来审视、衡量和裁定他们的文学创作？这样的问题，是研究“80后”文学必须面对的问题。而回应这样的问题，我认为还是要回到“80后”文学的现场和它们的命定逻辑之中，去勘探它们与文学历史的联系。

一、整体性破碎与边际化的文学处境

尽管到现在为止，还有不少人对“80后”的命名不以为然，认为不能以简单、粗暴的代际划分，来确立一个作家群体的主体性，而忽视作家之间的内在差异性。但我们知道，每个时代的作家，都生活在特定的文学生产关系中，他（她）们必然会被烙上这个时代的特殊印迹，时代的物质环境与精神土壤，不可能不对作家产生共性的影响，因此，以代际作为观察的角度，并不丧失其内在的合理性。胡适所说的“一时代有一时代之文学”，其前提，即在于“一时代有一时代之作家”。如果没有“一时代之作家”，那么，就不可能有“一时代之文学”。只不过，我们在把握这种作家的代际特性时，还需要注意到他们内部地域、民族、家庭、个体生命经验、气质等的差异而已。

就1980年代出生的作家而言，现在回过头去看，我们不难发现，他们走向文学创作之路多少有一些“拔苗助长”之嫌。一方面，如果没有1999年北京大学、复旦大学、华东师范大学、南京大学、南开大学、山东大学、厦门大学等全国重点大学联合《萌芽》杂志主办的“新概念作文大赛”，即便这代作家最终还是会走向文坛，但恐怕也要经过相当长时间的生活淘洗和文学锤炼，而不是像“新概念作文大赛”那样一战成名。另一方面，即便有“新概念作文大赛”的助力，但是，倘若没有这个时代无所不在的传媒机构和嗅觉灵敏的出版商们，没有他们的推波助澜，那么，这些后来风光无限的“80后”们，充其量只是一批写得一手好作文的中学生，不可能一跃而进入到“作家”的身份序列中来。因为，我们知道，“好作文”和“文学”还是有天渊之别的。正是如此，我们似乎可以说，“80后”作家是“新概念作文大赛”、当代出版传媒和图书市场催产出的早产的文学婴儿，他们注定要承载着“早产儿”的先天性亏欠和空缺。而从目前的状况看，不少“80后”作家从匆匆走向神坛，到后来或者昙花一现，或者不断地自我重复，乃至不时爆出抄袭、剽窃的丑闻，都与这代作家的先天不足有着密切的关系。

当然，仅仅这样来分析“80后”作家是不够的，还应该看到的是，这代作家的确具备了一种与此前的作家不同的禀赋和气质。这一点，我们只要看看“新概念作文大赛”主办单位的初衷就可以看得出来。所谓的“新概念作文”，从主办方的出发点来看，就是呼唤一种语文写作中的“新思维”、“新表达”、“真体验”，试图恢复中学语文教育中的人文性、审美性、灵活性和创造性。而参加比赛的主力，则正是80后这一特定群体。换句话说，“80后”作家能够爆红于纸媒和网络，除了借助“新概念作文大赛”的东风，包括受到出版商和图书市场的青睐而得以扶摇直上之外，同时，也得归功于他们自身与众不同的禀赋，归功于他们特殊的世界观感，对社会、生活、生命和人生的特殊态度以及这代人所特有的语言修辞方式。他们早期的成名之作，像韩寒的《三重门》、《零下一度》、《像少年啦飞驰》，郭敬明的《幻城》、《梦里花落知多少》、《悲伤逆流成河》，张悦然的《葵花走失在1890》、《樱桃之远》、《红鞋》、《十爱》等，都在不同的层面体现出这代作家的特殊性。而这种特殊性，则同时又是与他们整体性的生存际遇分不开的。

就这代作家而论，无论是生存意义上的还是文学意义上看，可以说都呈现出某种边际化的特性。从生存的层面来看，他们出生在20世纪80年代，他们成长的年代，正是中国社会生活准则整体性破碎最严重的时期。尽管历史上，中国曾经出现过很多次的拐点，但是，改革开放、市场经济所缔造的中国社会转型，无疑是前所未有的，它所引发出的不仅是中国社会结构、经济结构和家庭结构的革命，更是在意识形态、人的道德生活和精神生活等方面，都产生了根本性的变革。就这代作家成长的社会生活环境和精神环境来看，其中既有传统生活方式和精神价值的惯性延续，也有西方生活方式和观念形态的影响；既有新商品经济环境催生的新生活方式和价值观念，同时还有数十年来革命文化所滋生的种种意识形态的遗存。这些观念或生活方式，都在不同程度上形构着他们的生活与理想。尤为复杂的是，这些观念和生活方式，却不是以单一的物理方式对他们产生影响，而是形成一种“旋涡状态”，以一种混合、纠集、质疑、冲突、悖论的化学方式，形构着他们的观念和精神体质。这种旋涡状态让他们找不到精神与价值的支点。他们生活在一个“无根据”的状态当中。对于这种状态，他们有着自己深刻的体认：

> “80年代是一个中国社会产生翻天覆地变化的年代，从我们出生至今，所经历所体验的改变是以往任何一个时代中成长的人所不可比拟的。我并不否定所有人都曾经历世事演变，但是像1980—2000这20年巨大的变革，请问什么时候出现过？所以我们有压力，同时很矛盾，我们接受的是正统而传统的教育，父辈的道德准则还是我们潜意识里的金科玉律，要我们冲破它另立门户，我认为很难。与此同时，大量外来的生活方式和道德行为准则带来了难以抗拒的冲击，而我们不愿意只是停留在表层的接受，我们更渴望适应时代发展的新的生活方式真正成为我们自身的一部分，和整个世界接轨也是将来我们这代人不可推卸的责任。我们生存在矛盾里，所以早熟所以更加早地去渴望认知这个社会，并且希望能够埋葬腐朽树立自我。可是，社会允许我们这样做吗？不可能吧，所以在文字里，尤其是在网络中的文字里，我们表现了一种无法实现自我的悲哀和颓废。”①

实际上，复杂的社会历史环境并非只对“80后”作家构成叙事智慧的挑战，从上世纪90年代至今的当代文学来看，即便是在文学上浸润已久的“50后”和“60后”们，其实对中国社会的当代现实也是满怀踌躇而迷惘难断的。在这一点上，我们不妨看看1990年代以来逐年递增的长篇，就可以看出，它们当中几乎没有多少是直接切入现实、直面现实的，大多数作品都是以诸如“现代革命史”、“反右”、“文革”等历史大事件为背景，在此基础上表达作家们对某种历史理性的尖锐质疑，表现出作家

---

① 何从：《80年代的宝贝们》，二十一世纪出版社2003年版，第260页。

对人性的某种关切。而且，不管作家们叙述出怎样的“历史”，在叙述这些历史大事件的时候，他们都是可以找到抓手的，这倒不仅是因为历史是凝固的、被动地等待着他们的叙述，更重要的还在于，还原、质辨历史，以人道主义的道德力量对抗僵硬的历史理性，可谓是作家们不变的立场。而直面现实，则无疑对他们的思想能力、认知能力、穿透能力、叙事智慧等构成了挑战。“50后”、“60后”作家们在经历过80年代的“新写实”、“新状态”、“新体验”和“现实主义冲击波”等对“现实”的无限迷恋，进入90年代以后，即表现出对“现实”的集体性失明，我认为，这正是他们规避现实复杂性和叙事难度的一种讨巧策略。

相比较“50后”和“60后”——哪怕是“70后”作家来说，“80后”们文学创作的最大难度，或许就在于他们没有自己的“大历史”好讲。不管“50后”、“60后”们如何去叙述岁月的蹉跎、历史的荒诞、人世的沧桑、生活的苦难，实际上，他们所经历或者所旁观的历史，都与他们自身的生命经验有着高度的契合，是他们的成长资本和文化资本。无论是去质疑历史还是还原历史，他们都有足够的价值理性可以信靠。这些价值理性，大多是来自启蒙的人文主义理性，不管是批判历史，批判传统，还是批判现实，他们的文学作品中，都有坚实的“人”的影子。我们可以去质疑“50后”、“60后”们对历史的叙事依赖，但我们必须得承认，正是借助于历史，他们获得了文学创作的博大与深广。然而，“80后”作家却不行。他们生活在一个失重的时代——传统被撕裂，革命文化已然被稀释，启蒙的知识分子文化又基本失效。这样的时代，是一个生活的统一性彻底解体，是一个没有“共名”，且充满破碎感的时代。就像这代作家当中的苏德在她的小说《阿难》中所塑造的“阿难”形象昭示的那样，阿难从一出生，就没见过自己的母亲，被父亲忽略，被奶奶拒绝，被外婆隔离，环绕身边的就只有孤独。

这种整体感破裂以后的“无根据”状态，内在地决定着“80后”作家的创作呈现出复杂而矛盾的结构性特点。一方面，因为受制于生活经验的局促，他们的创作更多地展示的是一种青春的自我经验。在很多作品当中，他们把自己放得很深，写出了种种类似于自叙传式的青春传奇作品，典型的如韩寒的《三重门》，郭敬明的《左手倒影，右手年华》、《悲伤逆流成河》、春树的《北京娃娃》，李傻傻的《红 X》、《1993 年的马蹄》，张悦然的《樱桃之远》、《鼻子上的珍妮花》、《水仙已乘鲤鱼去》，林萧的《苦夏》，蒋峰的《恋爱宝典》等。正像许多评论者都注意到的那样，“80 后”作家的经验写作很大程度上是一种情绪写作或者说是“新性情写作”。他们尤为擅长情绪的渲染，把某种情绪渲染到极致，以弥补因为生活经验的不足带来的情节推进、细节描写能力不足的问题。另一方面，“80 后”作家还有许多悬空式的写作，像郭敬明的《幻城》、胡坚的《李白》、张佳伟的《凤仪亭·长安》、李正臣的《凌波微步》等。这些作品，或者以杂糅的艺术手法，铺成集玄幻、神魔、言情、偶像等为一体的混合体叙事形式，或者以今人的眼光和心事，甚至不乏无厘头的话语风格，重述古人的情事与心史。近些年来，网络文学当中玄幻、传奇、穿越、架空、言情、武侠、魔幻等风行，“80 后”一代作家（写手）功不可没。

二、边际性写作与边际化伦理

“80 后”的写作很多时候被称之为“青春写作”。这样的命名是没有问题的。在他们的作品中，青春、理想、亲情、爱情、友情、事业、忠诚、信仰、奋斗、成功等这些几乎被每代作家年轻时写得烂熟的经验性词汇，构成了他们写作的核心语词。同时，动荡、矛盾、彷徨、困惑、苦闷、挣扎、迷惘、叛逆、追寻等，又构成他们难以褪去的精神底色。从文学史的普遍经验来看，我们知道，“青春写作”是文学史发展过程中的常态现象，每代作家都有他们自己的“青春写作”。现代以来的中国文学史上，“五四”时期、1950 年代、1980 年代，都有非常突出的“青春写作”现象。问题的重点不在“80 后”的写作是不是“青春写作”，而在于身处社会剧变的大时代，此一时期年轻作家的“青春写作”有何质态上的不同。按照常识来理解，我们知道，所谓的“青春写作”，事实上是一种普遍性和特殊性的统一。就是说，“青春写作”既有一时代年轻作家自身的生命元素，但同时也应当有大时代的普遍精神元素。正是这种大时代的普遍精神元素，使得作家们的青春写作，具备了一种超越青春写作的框限而抵达时代精神共通性的可能。“五四”时期、上世纪50年代和80年代等的“青春写作”之所以能博得人们的广泛认同，很多作品能够产生时代性的影响，原因就在这里。在这几个时期，作家们的青春写作，都不仅仅是“青春的”，它们往往能够感染好几代人。而其中的原因，我认为主要就在于彼时的历史、社会、生活尚处在一个完整的整体性当中。无论是青年、中年还是老年，都生活在一种历史的整体性之中，并感受着这种整体性。正是因为生活的整体性没有破碎，所以不管是青春写作还是中年写作乃至是暮年写作，就是一种大时代共同体内部的写作，就有生活经验、生命情感和时代气息方面的可通约之处。

但是就“80后”作家而论，他们的“青春写作”却似乎并非如此。因为中国社会的剧烈变革，他们的青春体验很大程度上却有着一种和其他群体的不可通约性在里面。这种不可通约性，我们可以从“80后”作品的阅读和接受这一点上看得很清楚。自“80后”出道至今，已逾10年，但迄今为止，他们的文学创作却并没有真正能够进入到非青春一代的阅读视野。他们的读者，基本上还是局限在“80后”群体内部，“80后”的人写，“80后”的人在读。尽管很多传统型的作家如曹文轩、莫言、马原等，都对“80后”的创作偏爱有加，但是，这与其说是对他们作品本身的认同，毋宁说是表达“长辈”作家的某种宽容和大度，或者说出自他们对中国当代文学获得新的突破与发展的一种期许。对于“80后”的写作，曹文轩曾如此表述出他的隔膜：“我对他们的写作也有过微词，就是他们的文章秋意太重。一个初涉人世的少年，一落笔就满纸苍凉，他们沉浸在这样一种感觉中，是不是一种真实的感觉？”①莫言则提到：“我读80后的作品，觉得该痛苦的地方不痛苦，不该痛苦的地方他们呼天抢地。也许这也影响了对作品真正艺术价值的客观评价。”②不同代际的隔阂由此可见一斑。尤为显眼的，则是2006年发生的“韩白之争”。表面上看，这似乎是一场由两代人对“文坛”的不同理解而引发的观念之争，甚至不

---

① 曹文轩：《我看“80后”少年写作》，《中国图书评论》2005年第1期。

② 《莫言：80后作家还未显出大家风范》，见《新京报》2012年4月20日。

乏是意气之争，但归根结底，争论的触动机制，则是两代人的生命体验的不可通约性而产生的对文学的功能、目的的理解差异。

“80后”一代的生存与写作有很强的边际性。在价值和精神层面上看，传统的生活方式和观念他们有，现代的生活方式和观念他们也有；文学知识分子对精神的诉求他们有，现代文学市场化、商业化的元素他们也有。在“80后”一代作家的精神结构中，所谓传统与现代、中国与西方的关系，在他们那里当然会有观念形态、价值选择，乃至生活行为方式上的冲突，但是，这些冲突相比较以往的作家来说，无疑是有一定的特点的。简单地说，它们的产生是与中国社会、人们的物质生活形态的变革相伴生的，因而是内源性的。这就决定着无论是传统还是现代、中国还是西方，在这代人的精神结构中都不是简单的或此或彼的二元对立，更不会是以其中的一极去抵抗和否定另一极，而是各种价值元素共生、共存于一体之中，形成一种混搭与杂糅的格局。

对于这代作家来说，一方面，因为历史整体性的断裂，另一方面，因为文学市场化的推波助澜，作为中国文学现代传统而存在的“感时忧国”以及国家、民族、人类、集体、社会、革命、解放等大词语，在他们这里完全处在隔绝的状态。尽管从“60后”的先锋一代开始，中国作家一直就在反抗这些大词语，但“60后”则是从反抗一种大词出发，最终却试图去寻找另外一些大词。而这代作家则完全不同，他们根本不关注这个世界，他们关注的是自我，关注的是自我的内心经验。在文学叙事伦理上，启蒙文学“立人”的道德命题和革命文学“救亡”的历史正义论命题，对他们而言早就恍若隔世，相对应的，则是一种颇具“轻文学”风格的叙事形态应运而生。“80后”作家张佳玮曾经通过对乔伊斯的《尤利西斯》的阅读体认到：“庄严宏大的英雄体史诗和庸俗低暗的市民故事其实并无贵贱之分。推动文字洪流前进的是欲望和激情。”[①]我们惯常所理解的追求感官刺激或者追求自我经验书写，这只是叙事层面的问题，在文学的目的伦理和作家写作的意向伦理方面，他们与此前作家也有很大的不同，

① http://zhangjiawei.jc.blog.163.com/blog/static/330023620063101384226/

那就是被我们视为文学生命的审美性、艺术性、经典性，在他们这里已然被坦然地置换为消费性、娱乐性、市场性。他们当中的很多人，都坦承为市场写作的目的意向性。制造话题、引起论争、签名售书、建立专门的Fans网站，种种文学促销手段，无不铭刻着这个市场化时代的文学烙印。同为“80后”作家的左桂，甚至提出了“营销型作家”的概念，认为现时代的作家应该与时俱进，懂得用经营者、用市场的眼光来营销自己或者自己的产品（图书），建立起一种通过对市场读者心理、读书习惯的了解而进行一些列图书策划、写作及后期的推广、销售等全程跟踪的新思路。如此，作家自主的策动性更大，会让中国文坛迸发新活力。很显然，这种将关注度倾注到市场的“营销型作家”，与传统的经典文学伦理——那种通过创作出好的作品进而去改造人，并通过改造人而改造社会——已是不可同日而语。

当然，这种文学伦理的转向并非是“80后”所独有的。生在市场化的社会，文学难免会被市场所牵扯。文学的市场化，在当代其他作家那里也见怪不怪。早在上个世纪的90年代初期，“80后”作家尚未出道的时候，批评界就曾经相当集中地批评过文学的市场化并由此而带来的文学“媚俗”问题，1993年的“人文精神大讨论”，甚至也多少与此有关。“80后”一代作家的不同在于，他们早已放弃了文学对社会的担当。在他们这里，社会责任、人类关怀等，似乎是文学不可承受之重。他们并不因为文学伦理的市场化，或者说叙事伦理的娱乐化、轻逸化而感到羞愧。相反，他们当中的许多人都坦率地承认他们需要市场、需要读者、需要钱。在文学史的青史留名和读者的万众云集之间，他们选择的是后者。

对于这代作家文学伦理表现上的从大历史之重，向消费性、娱乐性之轻的转向，涉及文学的基本理论问题，如何评价这种转向，我们在上一章谈网络写作的伦理与美学问题时已有所涉及，这里不作展开讨论。我想提出的是，这代作家在叙述自我生命经验和人生现象的时候，同样有许多值得我们注意的伦理现象和价值立场。前面我们已经提到，这代作家所生活的时代，是混沌而驳杂的。很多社会现象和人生现象，很难以简单的是或非、对或错、善或恶来界定。世间的诸多事物本就是非难辨、善恶难分，加上这代作家的确不像他们的先辈作家那样深受二元对立世界观的影响，故此，他们没有过度发达的是非、善恶之心。他们的文学叙事中，基本上没有什么大奸大恶，也没有什么至善至美。即便涉及事物的伦理判断，他们很多时候也不像前面作家那样更多是从社会层面去对事件作出道德把握，而是把道德判断还原到事物本身。这样一种文学的世界观，一种叙事方式，应该说是非常文学化的。他们对这个世界的观察和思考，在很多地方也都迥异于我们以前的阅读经验。如韩寒的《1988，我想和这个世界谈谈》，里面有一个细节，写妓女珊珊不知怀上了谁的孩子，为了把孩子生下来，攒够孩子的抚养和教育费，拼命赚钱。韩寒没有像许多作家那样，把珊珊卖淫导入到社会学的“逼良为娼”叙事套路，去对社会现象作出批判。相反，珊珊宁愿用身体去为嫖客遮挡窗外渗进来的阳光，而其目的仅仅是为了赚取五十块钱，仅仅为了肚子里连父亲是谁都不知道的孩子，无疑是一种善。这种善不是高尚的值得宣传的美德，但是，当它和卑微的妓女联系在一起，和低到尘埃里的凡俗生命联系在一起的时候，的确具备了某种撼动人心的更真实的力量。

三、“80后”写作：正典化及其可能

人类文学的发展，犹如人类历史的演变一般，分久必合，合久必分，此乃文学发展之大势。从中国文学的基本经验来看，在其数千年的发展过程中，文学观念的演进、艺术形式的变革、文体的裂变、书写与传播工具的更新，等等，可谓是文学史发展的常态现象。即便是以当代文学而论，文学的代际演变与分化也是非常突出的，比如上世纪80年代初期“朦胧诗”刚一出现，即被表述为“令人气闷的朦胧”；80年代中期“先锋小说”初现文坛，同样被人认为“不是小说”。但是，无论是朦胧诗还是先锋小说，很快就都被归入到文学的正统之中。在文学史的发展流变过程中，尽管有着丰饶的文学演变分化，但所有的支流，最终还是会归化到文学的正统当中。对于“80后”文学来说，我想应该也是如此。这代作家的创作今后会是怎样的一个走向，现在还不敢确定，可以确定的是，“80

后”的写作并非是什么文学从根系上的彻底“转型”，而是新的社会、文化变迁和新的文学生产关系催生出的一个文学新的分流和归化的过程而已。从世界范围内来看，像美国、欧洲、日本等国，都曾经出现过这种“轻文学”转向。况且就目前来看，中国的“80后”作家中，已经有不少人早就在诸如《人民文学》、《北京文学》、《上海文学》、《钟山》等这些严肃文学刊物发表作品，他们的作品已然和传统的文学路子完成对接。

如前所述，每代作家都有自己的青春期，都有自己的青春写作。就“80后”而言，他们完成自己人生的“青春期”并不难，但是，要想完成自己文学上的“青春期”，恐怕却需要一个较长的时间。这里面首要的原因，就是因为我们这个时代、社会系统自身的混沌、复杂和价值的错乱，它不利于作家特别是年轻作家心性、心智和道德理性的成熟。许多批评家在谈到“80后”的时候，都曾提到过这样一个看法，就是像曹禺、张爱玲、王蒙等，多是在很年轻的时候就写出过成熟的作品。言下之意，显然是说“80后”一代现在已达到而立之年，应该是出精品、出经典的时候。道理虽是如此，但设身处地地想想，“80后”一代的难度也是可以理解的，他们不仅要承受混沌时代自我塑造的痛苦，还得要抵抗市场化、商业化时代利益性写作的诱惑。况且，从文学内部发展的情势来观察，“80后”一代的文学境遇虽有网络、出版、媒体等助推，使他们的名声、作品迅速扩张有可能带来的各方面的丰厚红利，但同时也有一个难以克服的困境，就是在艺术技巧的实践和艺术实验层面，文学留给这代作家的空间实际上并不多。余华在一次面对“80后”的演讲中曾说：“我们这一代以及后面的几代人都很幸运，都赶上了一个好时候，我们把好的果子都吃完了，不好的果子都留给你们了……‘80后’压力空前、受尽磨砺，我对你们充满尊敬。”①作为曾经的先锋实验作家，余华这段话显然并非就制度性、体制性对这代人的生存保障而言的，同时还包含着艺术层面先锋一代淘尽世界先进文学矿藏后的有感而发。的确，从写作技巧方面来说，“80后”一代实在是没有多少发挥的空间，尽管这代作家并不缺乏在

① 符爱霞：《80后作家：视角转向最真实的生活作品才能厚重》，《人民日报·海外版》2011年11月11日。

文体、结构、情节构思、叙事技巧、语言、修辞等方面谋求创新的苦心，像蒋峰《维以不永伤》，以四个不同的中篇连缀一个完整的故事；小饭《我的秃头老师》谋求叙事视角的转换与叠加，写出“一本关于一个同性恋向另一个同性恋讲述另外两个同性恋的故事的小说”（作者语）；韩寒《1988，我想和这个世界谈谈》借用“公路小说”形式，以“我”的所见所闻和亲身经历，并辅助以回忆的手法，勾连起“我”的过去和现实，但是，有了先锋一代作家华丽的实验，读者们对于这些艺术经验大概早已是见怪不怪了。这代作家有自己的艺术梦想，不过，最终却敌不过宿命。他们扮演的是后来的淘宝客，在有限的宝藏被先锋一代洗劫一空以后，他们走进的不过是一个空空如也的山洞。

当然，我们都知道，艺术上的创新，乃至推进文学观念、文体观念的发展，在文学史上是无比艰难的。人类文学发展至今，任何文学观念、文体形式以及艺术手段等方面的演进与变革，都是文化、文明、文学日积月累的产物以及社会发展大势创化之必然，同时，更需要有高超文学智慧和卓越才华的少数天才人物的推动，方可顺势而成。因此，寄希望于“80后”作家们在艺术观念和技巧上推动文学的发展，提供多少创新经验，这确实有些苛求。但是，“80后”终将归化到文学的历史结构，终将被正典的文学招安，这是毫无疑问的。对于“80后”一代作家来说，他们将以何种面目回到文学的谱系当中，他们归位的路径和障碍何在，这是我们可以在学术上探讨的。我认为，“80后”回到文学正典和大统的当务之急，就是作家们必须首先要“落地”，走出代际经验的自我封闭的空间，走向宽阔开敞的社会，走向他人。因为，文学无论如何发展，它都是关涉人类公共经验的事务。他们不能一味地关注自我的情绪和体验，不能总是停留在“自叙传”的写作阶段，不能总是去书写青春的时尚生活，青春的落寞感伤，青春的奇思妙想，而应该拓宽生活面，同这个社会、同这个社会的其他族群建立起情感、精神上的广泛联系，以拓展他们文学的宽度。唯有如此，“80后”文学才能够消除经验叙事上与其他代际的障碍，得到更多读者的认同。

实际上，作为作家来说，生活的宽度不仅决定着叙事的宽度、厚度和质量，同时，还决定着作家的视野和心胸，决定着文学作品的格局、境界与气象。所谓"社会生活是文学的源泉"之说或许过于老套，但拓宽作家自己的创作面，无疑是"80后"们开拓新的创作生长点、拓展文学创作的题材和主题，重建新的艺术活力的重要途径。特别是在关注他者这一点上，更是作家人道主义精神体质有无的集中体现。然而，从目前来看，"80后"文学的社会性含量是存在一定问题的。他们过度关注的是个人狭隘的内心经验，即便对社会和他者有所关注，也是非常纠结在"80后"的视点、立场和个性上。一种立足于"80后"而又能超越出"80后"的视野和文学气质显然还没有充分建立起来。——或许许多人都有这么一个判断，因为"80后"成长环境的特殊性，"80后现象"似乎在我们这个社会被放大了，因为被社会关注和讨论过多，故而在他们自己那里，"80后"同样板结为坚固的存在和难以走出的心结。关于文学社会性不足这一点，李傻傻曾经有过这样的反思：

> "关于题材。我们所熟悉的被描写的，是与生活相去甚远的青春模式，是摇滚、时尚、小叛逆、小朋克、小迷惘。而更大的人群，却仍然在过普通的生活。回想我的十八岁，钟情于廉价的通宵录相，认为抽白沙烟是最酷的事，并以为这就是最幸福的生活。所以，当我写了我自己，突然暗合了被忽略的也是最多的普通人、或者说小人物的生活。这本来是一片广阔天地，但是现在成了新天地"。[①]

因为生活经验的亏空和对文学社会性重视不够，许多"80后"作家的文学创作，或者玩弄一些叙事的技巧，或者玩弄一些小噱头、小幽默，或者追求语言的精致，或者追求情节的搞笑，或者只能在武侠、神魔、惊悚、盗墓、穿越、玄幻、架空之间流连忘返……他们博得了同辈、包括更年轻的读者的青睐，他们赢得了图书市场，但是，他们在文学上的整体高度还不够。总而言之，这代作家不乏自己的灵气，但却还是稍显得聪明有余，沉实不足。应该说，对于不少"80后"作家来说，不能说他们没有建

---

① 李傻傻：《为童年疗伤——80后作家创作自述》，《上海文学》2004年第6期。

立文学与社会联系的自觉，他们当中的很多人都写过现实题材的作品，如许多余的《远方》、《拆迁办主任》，欧阳娟的《交易》、《手腕》，张五毛的《公主坟》，陈伟军的《兄弟承诺》，等等。在这些作品中，我们欣喜地看到，“80后”作家正以他们这代人独特的视野、态度和思考，关注着中国社会变革中的现实。这种变化是随着他们年龄增长、阅历加深而必然产生的，欧阳娟提到自己的变化时曾这样说：“太私人化、太情绪化的写作，会随着年龄增长而过去的。年轻的时候看自己内心会更多，随着年龄增长，看外界会更多”。[①] 欧阳娟的这段话虽然是说给自己的，但是对其他“80后”作家应该同样有效。的确，“80后”作家不缺条件、不缺环境、不缺人气，他们目前缺的是阅历，缺的是历练。台湾作家李敖曾这样评价韩寒：“韩寒的问题使我想起一个跟我同年的法国女作家莎岗，她就是写爱情小说的，她写一辈子我们也不会讲话。可是小说写到了人物疾苦的问题，就要看你的历练；谈到哲学要看你的深度。这些都没有，韩寒不会成功，因为他只是写感想。”[②]李敖此言，说韩寒没有深度只有感想自是无端妄语，且有刻意贬低韩寒之嫌，但他说“80后”写作要有人生历练，要有哲学深度，却是至言。

对于“80后”这代作家来说，他们正在走向成熟，他们的转向正在进行之中。理想的状况应该是：时代赋予这代人以特殊的境遇，型构出他们特殊的生命阅历、人生经验和精神气质。这种阅历、经验和气质，能否凝练出支持他们写作的刻骨铭心的感悟？能否沉淀出一种有别于此前文学当中我们惯见的社会伦理与他者伦理？借助自己年轻时积攒的人气，这代作家能否把我们这个时代的文学带到一个新的高度？我们拭目以待。

---

① 陈香：《“80后”开写现实题材作品》，《中华读书报》2008年6月13日。

② 参见《海峡都市报》2010年9月27日《李敖褒儿子贬韩寒“韩寒的书是臭鸡蛋”》一文。

第十四章　传统道德现代化的文学问题

一、问题的提出：传统道德的意义

20世纪中国文学与传统道德的关系，已经是个老话题了。今天重提这个话题，就有必要面对这样两个疑问：第一，文学何以非得要讨论传统？第二，文学当怎样面对传统？就前一个问题而论，道理非常简单，传统不是中断的河流，而是我们的生活本身，我们就生活在传统当中。美国学者E. 希尔斯曾经把传统定义为"仅只是世代相传的东西（traditum），即任何从过去延传至今或相传至今的东西"①。文学既然是以对生活的审美呈现为要务，传统既然就是我们生活的"问题"，那么，作为"人学"的文学，又何以能够拒绝对作为日常生活的传统道德的叙事担当？当然，这还只是从一般的意义上来理解传统与文学的关系；特殊意义上讲，众所周知，自晚清以来，中国社会一直处在巨大的变革与转型中。这种社会的转型与变革，带给我们的不仅是政治、经济与社会外部形态的改变，更重要的是人们信仰与价值系统的重塑。台湾学者韦政通在谈到中国文化与现代生活的关系时说：

现代中国人的主要问题之一是生活失调，生活失调导源于中西文化之间的冲突，百年来我们一直在冲突中求适应，失调表示原有的生活方式难以适应新处境，于是造成个人解组。当

---

① ［美］E. 希尔斯：《论传统》，傅铿、吕乐译，上海人民出版社1991年版，第15页。

一个社会个人解组的现象逐渐普遍时，就显示它的文化和社会结构，都出了问题。①

韦政通把现代中国社会个人的解组，归结为中西文化的冲突，而没有注意到近现代以来中国社会多变的现实、物质生活的贫困对人们内心世界的影响，这是可以提出讨论的，但他所讲到的"生活失调"，的确可以说是百多年来中国社会的重要问题。一方面，这种生活失调，给人们带来的是内心与道德方面的深刻痛苦和不安，以致百多年来，中国人一直在为自己的灵魂安妥问题苦苦寻求出路。另一方面，这种生活失调，还引发了诸多的其他社会与道德问题。如果说在过去，种种社会问题我们还可以从社会政治和经济层面得到解释，那么在今天，当做为一种制度化的社会相对稳定，改革开放已经历时 30 年，中国社会的物质累积已经达到一定程度的时候，种种复杂的社会矛盾与问题，就必须要引起我们文化上的高度警觉。抛开社会制度方面的原因不谈，从深层次来讲，大到金融危机、生态危机、社会族群间的矛盾，小到个体生命的信仰匮乏、意义缺失、人与人之间的冷漠，等等，这些问题根本就是文化问题，就是价值观问题。我们今天所遭遇到的种种道德难题与生活失调，根源多在于信仰与价值系统的崩溃。传统的中国社会，儒家文化曾经从知识与价值的双重层面，给中国人提供了安身立命的心性解释。经过"五四"新文化运动的冲击，传统文化塑造的价值系统、人格结构和生活方式已经解体，民主、自由、科学与平权等现代价值，短暂填充了当时知识分子荒芜的内心。但是因为种和原因，这些价值形态最终并没有能够内化为知识分子的精神根据。早在上世纪 20 年代初，鲁迅就通过《伤逝》、《在酒楼上》、《孤独者》等作品，塑造出涓生、子君、吕纬甫和魏连殳等一系列人物，旨在说明当时的知识分子在信仰系统崩溃以后，正面临着"梦醒了却无路可走"的内心悲苦。1949 年以后，《青春之歌》、《红旗谱》、《创业史》、《金光大道》等作品，给人们提供了一种精神层面的信仰，但是新时期以来，从"宏大叙事"、

① 韦政通：《中国文化与现代生活・自序》，广西师范大学出版社 2005 年版，第 5 页。

“高大全”、“伪崇高”等带有强烈反思与批判意味的重新命名，我们不难看出，彼时的道德理想主义，是何等的入人之脑而难以入人之心。几近一个世纪，或许过去人们寄予无限期许的各种社会与政治问题，已经得到一定程度上的缓解，但困扰着我们一个多世纪的精神信仰问题，却没有丝毫的解决。

当然，或许我们可以说，信仰与价值系统的崩溃并非是中国社会的特有命题，当今的西方社会，同样遭遇着如此的思想难题。在经历现代启蒙运动以后，西方人“力图以文艺对人生意义的重新解说，来取代宗教对社会的维系和聚敛功能，填补宗教冲动力耗散之后遗留下来的巨大精神空白”[①]。然而现代文艺非但没有给西方社会提供有效的意义指南，甚至还进一步瓦解了人们对于生活的信念。特别是在历经两次世界大战以后，西方作家对于人性的陷溺、道统的沦丧、生命的脆弱、人生的荒诞、价值的虚无等，都有了更深体验，以致海德格尔在反思为尼采所终结的传统形而上学思想模式时不无感伤地说：“一切本质的和伟大的东西，都源于这一事实：人有一个家并且扎根于一个传统”[②]。不过，中国社会面临的传统问题，与西方社会却有着根本的不同，主要就在于，西方现代化的价值冲突是在其自身文明内部进行的，是古希腊文明、希伯来文明发展过程中的一种“跷跷板”现象。启蒙运动要复活的，就是古希腊文明中的民主、自由、公正等社会理性文化，以取代基督神学对人类的精神统治。而中国的现代化不仅有传统与现代的纠葛，更有中西异质文明的深刻碰撞与交锋，加上中国社会被动的、创伤性的现代化经验以及农耕文明向现代工业文明转换过程中的价值反差，使得中国的传统问题，有着远比西方社会难以辨识的复杂况味。

倒不是说传统道德价值就是建构当代国民人格和精神信仰系统的最终根据，而是说，正如人类无法揪着自己的头发让自己离开地球一样，我们同样无法离开传统完成民族文化的自我更新，当下的中国文

---

① [美]丹尼尔·贝尔：《资本主义文化矛盾》，赵一凡等译，生活·读书·新知三联书店 1989 年版，第 15 页。

② [德]海德格尔：《人，诗意地安居》，郜元宝译，上海远东出版社 1995 年版，第 39 页。

化思想建设都不可能离开传统另起炉灶。有鉴于此，这里我将把百年文学传统叙述的基本经验作为对象，通过对历史经验的考辨与问题的反思，为当下文学言述传统，为文学领域传统道德的现代更新，提出一些基本看法。

二、启蒙的意理：线性哲学与“传统”的叙述语法

讨论当代文学领域的传统道德更新，不能不提及现代中国的启蒙思想运动。现代启蒙主义的反传统态度，已是学界多年来的共识。启蒙文学何以反传统、如何反传统，人们已经有了很多的论述。这里，我将搁置启蒙主义反传统的现象性描述，而主要从文化反思与发展的角度，去分析启蒙主义对待传统的某种“必然”以及在这种“必然”支配下，作家们叙述传统的特殊心理逻辑。通过对作家们心理逻辑的推演，来观照其反传统的内在心理规定，重建一种对于启蒙的思想反思，破解20世纪以来强势的启蒙主义心态及其反传统的符咒。

现代中国作家的启蒙叙述，从它的起源看，当然有社会、政治、历史、文化等多重压力的驱迫，但从文化哲学层面来讲，则是新的世界观念和时间观念确立的产物。众所周知，启蒙主义作家的传统叙事，是有着一个重要的参照视野的，那就是西方价值的普世性预设。早在1915年的时候，陈独秀就如此说：“近世文明，东西洋绝别有二。代表东洋文明者，曰印度，曰中国。此二种文明虽不无相异之点，而大体相同，其质量举未能脱古代文明之窠臼，名为‘近世’，其实犹古之遗也。可称曰‘近世文明’者，乃欧罗巴之所独有，即西洋文明也，亦谓之欧罗巴文明”。[①] 陈独秀把西洋文明（设定为近世文明）视作优越于东方文明（设定为古代文明）的一种存在。这种看待传统的态度，它的思想逻辑起点，就是依据线性的时间观念建构起来的历史进步论。这种历史进步的观念，在当时的中国知识分子中间是很有市场的，此前的严复、康有为、梁启超，与陈独

① 陈独秀：《法兰西人与近世文明》，《陈独秀文章选编》，生活·读书·新知三联书店1981年版，第79页。

秀同时代的蔡元培、胡适、鲁迅等，他们可能在社会与文化变革的方式上存在着“改良”或“革命”的不同主张，但是在对中国社会未来发展的期待上，无一例外都有“未来中国”的强国梦。他们的思维深处，有一个隐蔽的逻辑结构，就是“西方”—“现代”—“新”、“中国”—“古代”—“旧”。这种隐蔽的思想逻辑结构，构成他们判别东西方文明的重要尺度。反过来说，他们对东西方文明的优劣，做出的不是价值论上的分析，而是把它转化成一种时间上的差序结构。西方文明先进，故而代表着中国未来的发展方向，故而在历史与价值坐标上，就毋庸置疑地确立了它的优先性。正是如此，西方现代性文明内部隐含的问题，中国传统文化内在的价值合理性，在“五四”时期的启蒙主义的叙述语式中，都被这种线性时间的整体性判断所遮蔽。

1920 年，留学日本的郭沫若写下了《笔立山头展望》一诗。在这首诗中，不仅代表着现代工业文明的“轮船”是郭沫若要大力赞美的，即便是轮船冒出的黑烟，在彼时的诗人眼里也是娇美如花。诗歌的最后，郭沫若更是引入了“丘比特”这个象征性的符号，表达自己对现代文明的顶礼膜拜，“弯弯的海岸好像 Cupid 的弓弩呀！人的生命便是箭，正在海上放射呀！”郭沫若这种对西方现代工业文明的美化与仰慕，典型地体现出“五四”时期中国知识分子对西方先进文明的服膺心态。郭沫若诗中的“生命如箭”的比喻，更是表达出当时中国知识分子的一种巨大的时间焦虑。而这种时间焦虑在“五四”时期的作家笔下，是有相当普遍性的。郁达夫的《沉沦》，结尾处主人公在投海自杀前，就有“祖国呀祖国，我的死是你害我的！你快富起来，强起来吧！”这样的话。鲁迅的《狂人日记》，就通篇充斥着一种时间与人的胶着以及时间给人带来的压抑，小说由十三则日记构成，其中七则都是由时间或者对于时间意象的叙述开头的，比如说“晚上”、“月光”、“黑漆漆的”、“大清早”、“太阳也不出”等。《狂人日记》所叙述的“狂人”，实际上是具有非常明确的象征性指喻功能的，它所指代的，就是第一批睁开眼看“世界”的中国知识分子。鲁迅甚至在狂人身上，复现了近现代中国知识分子的“觉醒”过程。小说开始，作家就写到：“我不见他（指月亮），已是三十多年；今天见了，精神分外爽快。才知道以前的三十多年，全是发昏。”

如果不是过分牵强附会地解释的话，那么，鲁迅这段话大概可以这样理解：一方面，作家是借助狂人这个形象，表达现代中国知识分子自我意识与主体意识的萌生；另一方面，鲁迅更是在一种空间与时间的哲学形态上，象征性地揭示出一种具有现代意味的“世界”观念体系和线性时间的确立，及其对知识分子价值观念系统的影响。传统的中国社会，我们的宇宙与时间观念是圆形的，所谓“三道轮回”，所谓“不生不灭”，所谓“天下大势，分久必合，合久必分”等，都是在一种命定论的圆形轨道中，阐释着宇宙、生命的知识与社会的历史演进。这种圆形宇宙与时间观念，不仅影响着我们对世界与生命的看法（比如古老的“天朝”体系、阿Q“二十年以后又是一条好汉”等），同时还进入中国的历史叙述当中，循环往复的朝代史，治乱更替的王朝演变观念，就是这种圆形时间在历史叙述层面最具体的呈现形式。鸦片战争以后，西方的船坚炮利摧毁的不仅是古老帝国的“天朝”梦想，更给中国人强行带来一个“世界”，将中国人带进一个线性的历史纪元当中。在这个新的世界体系与时间面前，原先的在圆形宇宙与时间观念体系下形成的“中心”与“边缘”（在朝与在野、正统与非正统）之争，渐渐转化为线性时间与开放性宇宙结构中的先进与落后、新学与旧学之争。而中国被动挨打的历史事实，似乎不证自明地宣告，西方世界无论是声光化电的技术文明，还是民主、宪政等制度文明，都值得中国人好好学习。《狂人日记》中，鲁迅借用“月亮”和“黑夜”的喻指自不待言，狂人说“才知道以前的三十多年，全是发昏”。而彼时的中国知识分子，在新的“世界”图景与知识的刺激下，回首传统的时候，何尝不是觉得过去我们数千年的生活“全是发昏”？有趣的是，鲁迅的《狂人日记》本身在结构上就呈现出一种诡异的含混，小说在小序部分，写到狂人已“赴某地候补”，这在情节上就是一个圆形的轮回（由正常到疯癫，再到痊愈回归正常），而在正文的小说结尾处，鲁迅却把一个意犹未尽的设问投向了开敞的未来，“救救孩子”的呼声，绵延在20世纪中国文学的耿耿星河当中。圆形与线性结构交叉出现，辅之以小说中的“清早”、“黑夜”

等时间意象的反复使用，隐现出某种现代意识与价值破茧而出的阴阳转化的意味。

这种线性时间哲学催生出的历史进步观念，是一种前瞻性的价值评判方式，它的一个内在的必然，就是“一切向前看”，在塑造中国式启蒙的同时，还赋予启蒙“富国强民”以历史正义论的道德力量，不仅把启蒙推向20世纪以来的强势文化心态，同时还塑造出一种我们在前面的章节中反复提到的现代中国的“发展”神话。这种“向前看”的历史态度，表面上看，好似是一种乐观主义的历史态度，但实际上，却典型地折射出近现代中国知识分子的某种难言之隐与心理纠结。多灾多难的中国，就像一艘渐渐沉没的巨船，正行驶在茫然无际的瀚海，人们难辨东西南北。中国知识分子的历史进步理念，本质上正是一种在茫然中寻求精神自我慰藉的乌托邦。正如阿Q会说“我们先前——比你阔得多啦”、会想到“我的儿子会阔得多啦”一样，中国的知识分子，在“哀其不幸，怒其不争”地批判阿Q的“精神胜利法”的同时，他们除了不会像阿Q那样停留在虚幻的祖上的“阔”当中，又何尝不是如阿Q那般，深陷到一种“未来主义”的臆想症当中？这种臆想症不仅免除了他们价值重塑时代方向感缺失的痛苦，还给他们带来了未来生活的理想、激情与抚慰。如此，我们就不难理解，何以在“文革”劫难结束以后，《“歌德”和“缺德”》竟会构成一种时代性的痛苦问题？何以《向前看啊，文艺》[①]这样的呼吁，竟然会成为一种义正辞严的道德雄辩？在我看来，仅仅从政治的层面来理解其意识形态的修辞是远远不够的，实际上，这些观点的形成乃至辩难者的道德正义感，正是来自于一种20世纪中国知识分子的共同心理基础，那就是未来至上的乌托邦。“歌德”和“向前看”，就会给人以希望；“缺德”和“向后看”，则会让人丧失信心。唯其如此，“歌德”和“向前看”，就具有了一种不可置辩的道德正义力量。

正是如此，20世纪以来的中国作家，无论他们是坚持启蒙的立场，还是坚持革命的观念；无论是激进地反传统，还是保守地挽留传统，可谓

---

① 黄安思：《向前看啊，文艺》，《广州日报》1979年4月15日。

都是“进步”与“发展”理念的秉持者。即便是如沈从文那样的作家，同样会在《边城》、《长河》等作品中，书写出“发展”的不可抗拒的神话。这种“进步”与“发展”的理念，一方面缔造出中国文学的基本叙事伦理结构，另一方面，则必然凸显出传统与现代道德抗辩结构中传统的弱势地位。如果我们认真审读“新时期”初期的“伤痕”和“反思”小说，相信就会注意到，彼时小说的基本情节构造，就是以代表着未来的“青年”的毁灭，向那个特殊的历史时代发出声泪俱下的指控。《伤痕》中坚决与“叛徒母亲”“彻底决裂”的王晓华，《班主任》中堕落的“坏学生”宋宝琦和中毒甚深的“好干部”谢惠敏，《晚霞消失的时候》中被摧毁幸福爱情的李淮平与南珊，《爱情的位置》中那个“搞对象”时眼睛里只有职位、工资、财富这些“最实际”东西的“拜金女”亚梅，《爱情的位置》中那个“总有一天——要后悔的”“小胡子”，《穿米黄色大衣的青年》中被扭曲的邹宇平，《醒来吧，弟弟》中“文革”后满腹牢骚、精神颓丧、玩世不恭的前红卫兵彭晓雷，《枫》中“捍卫毛主席革命路线”口号下互相残杀的深情恋人李红钢和卢丹枫，等等，作家们批判与反思的指向可能各有不同，但选择的叙事聚焦点，都集中在被损害的“青年”身上。作家们正是通过对“青年”的被损害与毁灭，通过一种“未来中国”希望之被毁灭，表达出对极“左”政治最严厉的批判。此等批判和梁启超荡气回肠的《少年中国说》，一反一正，彰显的正是一种时间迷梦上的未来主义的乌托邦。梁氏曰：“少年智则国智，少年富则国富，少年强则国强，少年独立则国独立，少年自由则国自由，少年进步则国进步，少年胜于欧洲，则国胜于欧洲，少年雄于地球，则国雄于地球。红日初升，其道大光；河出伏流，一泻汪洋；潜龙腾渊，鳞爪飞扬；乳虎啸谷，百兽震惶；鹰隼试翼，风尘吸张；奇花初胎，矞矞皇皇；干将发硎，有作其芒；天戴其苍，地履其黄；纵有千古，横有八荒；前途似海，来日方长。美哉，我少年中国，与天不老！壮哉，我中国少年，与国无疆！”

值得指出的是，现代中国作家的这种“进步”，多是以追求财富与物质的繁荣而非精神文化为中心的发展观念。“十七年”时期的《创业史》，梁三老汉之所以被塑造成可笑的追求发家致富的形象，原因不在他的发家致富梦想，而在他脱离了社会整体去追求个人的发家致富。“新时期”以来，从王滋润的《鲁班的子孙》到贾平凹的《鸡窝洼人家》，从高晓声的《陈奂生上城》到何立伟的《牛皮》，从关仁山的《醉鼓》到毕飞宇的《生活在天上》等，一大批小说都涉及一个根本问题，就是富强、现代化、社会的发展、物质财富的累积，是不是就可以解决人的幸福问题？人的幸福是否以物质的满足为必然？新型的物质文明建设是不是就必须要以退回传统道德为代价？事实上，这些问题并非是什么思想难题，答案应该是否定的。但是在20世纪发展与社会进步这些具有宰制性的意识形态主导下，传统道德与现代生活的关系，首先被作家们叙述成一种必然的“冲突”关系，接下来，就是发展与进步作为绝对的标准，构成对历时性的传统价值的消解。

三、启蒙的悖谬：“传统”误读与价值延搁

启蒙运动的历史进步理念当然只是一种现代性的乌托邦。我们要搞清楚的是，这种现代乌托邦究竟是如何造成中国作家对传统道德价值的误读与遮蔽的？又是在何等层面，遮蔽了传统道德的正面价值？纵览启蒙前后中国作家和其他知识分子的意识结构，我们便不难发现，社会—政治系统与文化—精神系统的二元对立，无疑是许多作家思考社会、历史、文化与人生问题的基本思维结构。从“五四”启蒙运动的思想原点来看，无论是蔡元培、陈独秀、胡适、鲁迅、周作人诸君，还是李大钊、毛泽东，或者是更早的康有为、梁启超、谭嗣同、孙中山等，他们都有从道德精神层面革新国民人性与心灵的文化诉求。陈独秀将“伦理之觉悟”视作“为吾人最后觉悟之最后觉悟”，[①]已是众所周知的宣言式告白。青年时期的毛泽东，同样对道德革命抱有很大的热情，在1917年给黎锦熙的一封信中，他就这样写道：“天下之生民，各为宇宙之一体，即宇宙之真理，各具于人人之心中”。“夫思想主人之心，道德范人之行，二者不洁，

① 陈独秀：《吾人最后之觉悟》，《陈独秀文章选编》，生活·读书·新知三联书店1984年版，第109页。

遍地皆污。盖二者之势力，无在不为所弥漫也”。“当今之世，宜有大气量人，从哲学、伦理学入手，改造哲学，改造伦理学，根本上变换全国之思想。如此大纛一张，万夫走集，雷电一震，阴噎皆开，则沛乎不可御也！”[①]在毛泽东的救世方案中，开启民智与救治民心同样是重要药方。“五四”前后的作家和思想精英如此重视伦理、道德、思想、民智与人心，并非表明他们就把道德、人心等当做启蒙的最终目标。综合来看，彼时的知识分子情况极为复杂。尽管各路文化精英都倡导诸如“新民”、“立人”等主张，并且开出种种理想化的道德设计方案，但这些作家与知识分子在启蒙的目的与方法上，却有着天渊之别。他们当中既有把启蒙作为工具和方法，试图通过“精神—文化系统”来解决“社会—政治系统”问题的想法；也有以人的心灵解放为旨归，把“社会—政治系统”的变革当做改良人的“精神—文化系统”的一种方案，由此而对社会的制度弊端展开严厉批判的现象。前者如梁启超对“新民”与“新政治”之间因果关联的论述，陈独秀因“这腐旧思想布满国中”，而发出的“所以我们要诚心巩固共和国体，非将这般反对共和的伦理文学等等旧思想，完全洗刷得干干净净不可”[②]宏愿，都各有社会抱负与政治情怀。梁启超与陈独秀等，虽言辞在人、在道德，其满心希望，却是在社会、在政治的变革。相比较而论，鲁迅和周作人等不少作家，在社会与人之精神的两极间倒是更加关注后者。1918 年 10 月，周作人介绍英国凯本德（EdwardCarpenter）著《爱的成年》一书，探讨妇女的解放与权利问题时，援引作者凯本德的观点说：“如无社会上的大改革，女子的解放，也不能完成”，“女子的自由，到底须以社会的共产制度为基础；只有那种制度，能在女子为母的时候，供给养她，免得去倚靠男子专制的意思过活。”[③]作为启蒙文学家，周作人的关注点自然不只是社会的制度问题，而是在他看来当时社会所更需

① 毛泽东：《致黎锦熙信（1917 年 8 月 23 日）》，《毛泽东早期文稿》，湖南出版社 1990 年版，第 87 页。

② 陈独秀：《旧思想与国体问题》，《陈独秀文章选编》（上），生活·读书·新知三联书店 1984 年版，第 207 页。

③ 周作人：《爱的成年》，引自《理性与人性——周作人文选》，上海远东出版社 1994 年版，第 1 页。

要的"健全的思想",他在《思想革命》中说:"中国人如不真是'洗心革面'的改悔,将旧有的荒谬思想弃去,无论用古文或白话文,都说不出好东西来"。[①]

文化系统问题的解决,是否必然要诉诸社会系统;社会系统问题的解决,当如何返回到文化系统?对于这些问题,须作理论上的辨析,此处姑且存而不论。这里我想指出的是,彼时的作家和其他精英知识分子,不管是将立足点放在社会系统还是文化系统;他们的启蒙无论是出于道德关切还是政治关切,在对中国传统文化的认知上,普遍存在着把传统简单化约为一种单一政治属性的现象。质而言之,他们对于传统道德的批判,他们对传统道德的价值辨识,大多采取的是从整体上去否定,而有选择地部分性地攻击的方式。这种部分性攻击的矛头所指,主要就在中国传统的政治文化,或者说是给中国传统政治统治提供精神基础的制度性文化方面。正是如此,类似于"家族"、"礼教"、"男权"、"纲常"、"名教"等,就构成"五四"时期作家们传统道德批判的主要聚焦点。在这方面,鲁迅的小说和杂文无须多论,单就早期的其他作家作品来看,针对传统道德的政治文化属性作出批判,就是非常普遍的现象。像汪敬熙的《一个勤学的学生》,在主题上和鲁迅《孔乙己》、《白光》一样,都是对科举制度制造的迷恋仕途的小知识分子形象加以辛辣的讽刺;罗家伦的《是爱情还是痛苦》、叶绍钧的《这也是一个人》,写包办婚姻给不同的两个女性带来的灵魂痛苦与生活的折磨;冰心的《斯人独憔悴》,写颖铭、颖石兄弟俩想爱国而又不能,故而产生"冠盖满京华,斯人独憔悴"的爱国主义惆怅,通过叙述他们与蛮横、专制的官僚父亲的冲突,反映新生的民主力量与封建传统势力的矛盾;成仿吾的《灰色的鸟》,写传统的名利思想对当时青年人生观的影响,小说中的佩韦在订婚前向恋人颜碧湘表示:"不可逼我去争名利,因为人生一切的不幸,都是为的这两匹劣马,而多少不幸的事情,是因为一种蒙着面的黑暗势力,把这两匹顽劣的劣马解放了才发生的……"。

---

① 周作人:《思想革命》,引自《理性与人性——周作人文选》,上海远东出版社 1994 年版,第 7 页。

这种对待传统道德的简单的政治化约行为，并非“五四”启蒙文学所独有。新中国成立以后的“十七年文学”，传统更是被直接地打入冷宫，甚至干脆被贴上“封建主义”的标签。1951年电影《武训传》之受批判，就是政治化约传统文化的引擎。1951年5月，《人民日报》发表经毛泽东悉心修改并最终定稿的社论，文中，毛泽东严厉地批评：“像武训那样的人，处在清朝末年中国人民反对外国侵略者和反对国内的反动统治者的伟大斗争时代，根本不去触动封建经济基础及其上层建筑的一根毫毛，反而狂热的宣传封建文化，并为了取得自己所没有的宣传封建文化的地位，就对反动的封建统治者竭尽奴颜婢膝的能事，这种丑恶的行为，难道是我们所应当歌颂的吗？”[①]恐怕所有的人都会相信，毛泽东对《武训传》的批判，并不是因为武训其行、其德，——因为从武训“自恨不识字”、“誓积赀设义学”的行为来看，即便不能以“义丐”、“乞圣”这样的称谓名之，其行乞兴学的义举，也断然不是什么“丑恶的行为”。毛泽东之所以对《武训传》予以严词苛责，根本原因还是在于这样一种文化逻辑：即作为“封建主义”的传统，在政治上是不正确的；政治上不正确的传统，自然涵养不出政治上正确的文化个体。因此，任何对武训行乞兴学行为的歌颂，就不是对武训个体行为的评价问题，而关涉到对作为一种历史存在状态的“封建主义”的政治评价问题。这种从政治层面对传统作出的简单化约行为，在“新时期”文学当中也是相当普遍的现象，像王蒙的《杂色》、戴厚英的《人啊，人！》、周克芹的《许茂和他的女儿们》、茹志娟的《剪辑错了的故事》、张平的《祭妻》等，在对极“左”政治路线的批判过程中，都有对传统极权主义的历史记忆打捞与文化联想。

作为常识我们知道，传统道德是一个包罗万象的复杂价值系统，它不是单一的政治维度的存在，而是体现为一种经验、人格和信仰的综合系统。现代以来的中国作家，何以对传统的叙述把握，多局限在简单的政治属性方面？我想，这并不是认识上的问题，而在于历史与现实双重

① 《应当重视电影〈武训传〉的讨论》，《人民日报》1951年5月20日。

合力塑造的结果。现实的角度看,"五四"与新时期的两次启蒙运动,都是在政治上的内忧或外困中诞生的;没有政治上的内忧外困,启蒙运动亦无以产生。因此,现当代文学史上的启蒙文学,必然渗透进政治的因素。而从历史的角度看,中国传统的政治是一种文人政治或者说文官集团的政治,因此,文人的生活方式就是一种政治的生活方式。两种因素交相缠绕,造就了启蒙运动的文化政治特色。新文化运动的领袖人物胡适,1917 年回国"打定二十年不谈政治的决心",并非表明自由主义者胡适对政治不感兴趣,而是"要想在思想文艺上替中国政治建筑一个革新的基础"。[①] 当然,中国现当代作家们除了政治层面的反传统思想之外,并非就没有从文化赓续的角度对传统的合理继承。众所周知,早在"五四"新文化运动如火如荼之际,"学衡派"的吴宓、胡先骕、梅光迪、张荫麟、汤用彤等诸君,就有兼顾中西、融化新知、贯通古今之新文化建设理想。如吴宓就指出:"儒家的人文主义是中国文化的精华,也是谋求东西文化融合,建立世界性新文化的基础。"[②]总览当时"学衡派"的许多思想言论,这些学贯中西的学者、作家们倒是更有一种文化系统改造的自觉。然而,正如我们所知,"学衡派"在现代文化思想史上,相当长时间以来并没有好的名声,这一方面是因了他们和新文化运动以及"五四"文学革命的触忤,另一方面,我们不难看到中国文化的一个结构性问题,就是政治资本和文化资本的博弈。中国传统的文人政治,文人并非作为独立的社会集团力量而存在,文人集团和官僚集团两种力量既有合一的可能,亦有分离的危机;而文化资本一旦被剥离出政治资本之外,这种文化资本的社会动员、社会参与、社会整合力量就微乎其微了。在这个问题上,董仲舒的"罢黜百家,独尊儒术"就是典型的例证,如果没有政治资本的支持,"罢黜百家,独尊儒术"决然不会成功。"五四"时期,新文学的极端反对者林纾,在无可奈何之际,不得不梦想借助大权在握的"伟丈夫"来剿灭新文学运动,则是另一例证。从反面看,上个世纪 90 年代整个中国社会的世俗化倾向,唤起了知识分子的"人文精神"大讨论,初起轰轰烈烈,

---

① 胡适:《我的歧路》,《努力》1922 年第 7 期。

② 转引自李怡《论"学衡派"与"五四"新文学》,《中国社会科学》1998 年第 6 期。

最终却不了了之，同样印证了文化资本离开政治资本后的一无是处这个基本事实。

如何评判现代启蒙文学对待传统道德的简单政治化约行为，此处不表。值得指出的是，这种政治化约行为，对百年中国文学的传统叙述有着深层的结构性影响。一个明显的表征，就是传统道德的正面价值在文学叙述世界里往往遭到严重的遮蔽与误读。举例来说，“五四”启蒙文学是以民主、独立、自由、平等、科学等作为价值视点对传统文化展开批判的。在这样的叙述视界中，传统往往是专制、独断、等级制度、迷信等的象征符号。但是，从中国传统文化的具体情况看，显然，启蒙主义传统叙述的这种选择性批判是缺乏说服力的，因为，传统既有专制、独断、封闭、愚昧的一面，同时也有深厚的民本思想和对知识分子独立人格意志的强调。孔子对所谓“乡愿”思想的批判，荀子对“小人儒”的不屑，孟子所坚持的“富贵不能淫，贫贱不能移，威武不能屈”的“大丈夫”精神，无不显示出思想先贤们对独立与批判精神的为士之道的追求。“道”与“势”之间的抗衡，几可视作几千年中国文化知识分子最悲壮的命运。然而吊诡的是，这种知识分子独立人格和批判精神，虽说是启蒙运动竭力强调的，但是，在政治化约主义的解读中，传统文化中的这些思想精髓，都被有意无意地遮蔽了。现当代中国作家的传统叙述，除了在以“传统”反抗“现代”这样的思想模式下，正面价值有些时候被复活出来，大多数时候，都是以负面价值形象出现的。

这种对传统道德价值的遮蔽和误读，造成的另外一个后果，就是作家们普遍地倒置人性批判与文化批判的关系。理论上讲，所谓文化，都不过是人的创造；文化的问题，最终还是人性的问题。尽管对“五四”时期的作家们来讲，他们批判的“国民性”均是在历史的文化层累下形成的，但“国民性”显然并非是被动的历史文明塑造的产物，同样创造和发展着文明本身。因此所谓的文化批判必然要与人性的批判互为表里、互为辩证。然而在人道主义的思想视野中，“五四”作家尽管不乏对人性暗昧的指证，但在根源上，却又无不把它们归咎为文化问题，人性因此而缺乏对历史幽暗价值的基本担当。因为颠倒了人性与文化间的因果关系,“五四”新文学作家对具有政治工具理性意义的“民格”的关注,要远胜于对文化价值理性的“人格”的关注。在《创作的前途》一文中,茅盾认为新文学家的使命,就是“把新理想、新信仰灌到人心中”,“使新信仰与新理想重新在他们心中振荡起来”,“帮助人们摆脱几千年历史遗传的人类共有的偏心与弱点,使那无形中还受着历史束缚的现代人的感情能够互相沟通,使人与人中的无形的界限渐渐泯灭”。[①] 虽然意识到以“新理想、新信仰”塑造“新人”的重要性,然而在文学审美层面,作家们却很少能够在人性的构成上对个体生命的“人格”作出省思,个体性的“人格”的问题,常常让位于集体化的“民格”的问题。即便是鲁迅也同样不例外,无论是阿Q、闰土,还是涓生和吕纬甫、魏连殳,都缺乏一种个体独特存在的心性气质和生命的质感。“民格”遮蔽“人格”,一方面,导致作家们的人道主义关怀只是建立在一种社会化的“类型”而非具体、实然的生命关怀的基础上。另一方面,作家个体也往往缺乏作为“人”的普遍意识,而游离出“民”的基本范畴,导致“五四”时代的启蒙主义写作,作家们鲜有把自我纳入到“民”的批判与反思的框架中,有意无意地扮演着超越“民”之外的高高在上的先知者的角色。缺乏自我在场感与自我反思的启蒙,可以说是“五四”启蒙运动和启蒙文学的内在亏空。

四、新启蒙与传统道德的当代问题

在今天的这个时代,文学应当如何表述传统?思考这样的问题,我们必须要站在今天的立场上,对待传统的意理、视点和方法,都应该建基在“当代”与“中国”的特殊性上。正是如此,我们今天讨论文学中的传统书写问题,绝不能是为传统而传统,更不能把传统作为时髦的思想话题,而应当站在中国文化的自我更新,站在解决当代中国的现实问题和现实矛盾的立场上,重新理解文学与传统文化的关系,为当下中国人的内心

① 沈雁冰:《创作的前途》,《小说月报》12卷7号,1921年。

生活失调建立起一种文学上的理想表达。同时，我们还应该对百年中国文学对待传统的态度与经验作出应有的检讨和反思。众所周知，“五四”新文学运动至今，在不同的历史阶段和话语环境下，因为不同的时势需求，我们均有不同的“当代”与“中国”的问题意识，对待传统的态度与方法亦有所不同。但无论是“五四”、“十七年”还是“新时期”，文学在处理传统问题时，都有它们的必然的局限与问题。大致来看，百年中国文学的传统叙述，启蒙主义的思想方法只是其中的一端，在此之外，绝对化的政治主义话语逻辑、文化民族主义和对待传统文化的审美化心态等，都不一而足地构成了现当代文学传统叙述的别样风景。这些叙事形态或者说叙事倾向的形成，各有不同的复杂思想背景，是非得失亦难一概而论。但可以肯定的是，它们都内含着历史的必然，有其重要的叙事学价值和思想史价值，但亦有难免的结构性缺陷。现在我们讨论文学领域传统道德的现代化问题，就必须要审慎地对待这些遗产，审读当中的必然性逻辑，抉剔正误。语境的变化和时间距离的产生，已经给我们的反省提供了某种可能。

从反思的角度看，值得我们总结的经验与问题很多，但综合来看，无论是启蒙主义还是政治主义，无论是文化民族主义还是审美主义，它们的传统叙述从现象上看都暗合着一种重要的文化逻辑，那就是“传统”与“现代”之间的二元逆反现象。中国特殊的现代化发生学根源与历史情势，导致在现当代文化与文学史上，我们很难真正地以节制、理性的态度对待传统和现代的关系。当我们对传统作出严厉批判的时候，一定是把现代当做正面价值并过度渲染它的价值正当性；而当我们批判现代的时候，传统则必然构成批判的价值依据。这种文化逻辑，除了在十七年时期因为传统（“反封建”）与现代（“反帝”）双双被政治妖魔化以外，在整个百年中国的文学发展进程中则是屡试不爽。从鲁迅到沈从文，从“五四”时期的乡土小说到废名、汪曾祺等作家，从上世纪80年代的“寻根”思潮到“河殇”现象……，全盘西化与复古思潮的尖锐敌对，构成百年中国文学处理传统与现代的重要思想线索。

这种文化逻辑的形成，导源自这样一种思维范式，即台湾学者张灏所说的“以传统批判现代化，以现代化批判传统”[①]。这种思维范式是如何在近现代中国建立起来，它是如何深刻地影响到现当代中国作家的审美精神，如何敷衍出硝烟弥漫的传统与现代的敌对性叙事场景，这个问题我们在前面的不少章节中都有所涉及，此处不再详论。有必要提出的是，传统道德和现代价值是否必然是水火不容的？在中国社会的现代化进程中，现代价值是否必然就像许多作家写到的那样，具有批判传统道德的合法性？而当现代社会的诸多问题与弊端渐渐显现的时候，传统是否必然如许多作家希望的那样，就是包治现代性百病的不二药方？这些问题，都是我们今天需要努力去作出回应的。因为，尽管经历过改革开放30年以后，中国经济的巨大发展，似乎已经部分地缓解了我们的现代性焦虑；但是，那种落后时的文化上的自轻自贱与自卑，取得成就时的文化狂妄与倨傲，在我们今天的时代依然清晰可辨。尤其是近年，中国经济的大发展，奥运会成功举办以后，一种文化上的民族主义心态，或者说传统文化自信心的膨胀，再次成为民族的主导情绪。这种情绪，显然不利于我们辨证、历史和科学地把握传统文化的实质，既无益于真正地复兴中华民族的伟大文化传统，同时也有害于我们审视传统的弊端。

事实上，传统道德的现代化，——至少在有些时候，它可能却是一个伪命题。因为，按照马克思主义生产力决定生产关系、社会经济基础决定上层建筑的理论分析，我们可以得出结论，传统道德不过是建立在古代社会生产力基础上的一种意识形态系统。它的产生，是调节过去社会特定生产力状况下的人们相互间的社会关系，它对古代人的生活有着一定的解释力。但是，随着社会发展和特定社会关系的解体，传统道德赖以生存的社会生活基础就不复存在，传统的道德规范或道德理想势必会被新的道德形态所取代，它对今人的生活也就失去了解释力。故此，我们今天讨论文学领域传统道德的现代化问题，就不能一味地抱残守缺，守着传统不放，而应该以开放的心态和发展的眼光，意识到传统道德和

① 张灏：《传统与现代化》，见《幽暗意识与民主传统》，新星出版社2006年版，第119页。

现代生活形态的错位。在这方面，当代的不少作家显然还存在着一定的认识上的误区。相当多的作家在对传统道德价值的叙述过程中，都把历史性存在的传统道德价值误当做现实的道德价值。特别是在那些叙述当下乡土社会大变革的作品中，这种表现则更为明显，比如像王滋润的《鲁班的子孙》、张炜的《古船》、贾平凹的《高老庄》、关仁山的《鼓王》等，作家们或以失去合理性的"传统"批判现实性的"现代"，或以一种忧伤的怀旧姿态，感喟着传统道德价值的流逝，所谓"世风日下，人心不古"，即是如此。实质上，"人心不古"是社会文明发展的总趋势。如果人心总是停留在古代人的道德诉求和道德水准上，就不可能有社会的发展和人类的进步。当然，我们同时还必须得承认，传统总是和现代人的精神、情感和价值生活有着深切的联系的。传统道德价值所体现出的，既有古人与今人作为"人类"的道德普遍性因素在里面，同时，传统道德形态亦并非随着社会外部生活的变化而风消云散，而是以强大的潜在的无意识力量形式存在着，塑造着今天人类的行为习惯和思想观念。况且，文学总是具有某种道德理想主义的成分，无论是作为历史存在物的传统道德价值，还是人们记忆中的属于传统的道德价值，都可以作为一种价值视野，进入文学的叙事表达。因此，作家们在文学创作过程中，吁求、留恋传统道德价值本也无可厚非。只是，今天我们在对待传统的方式上，有必要区分学术与文学两种言述方式的差异。学术层面上，我们可以把传统视为一种自足的文化系统，进则如新儒家们所希望的，从儒学传统中开展出能够促进或顺应现代工商业文明和民主政制的新价值，追求传统的"创造性转化"；退则如甘阳所说，祛除新儒家们在传统问题上的工具理性态度，向守护和传承文明的内在价值理性退守。[1] 而在文学层面上，我们必须依据人的解放与幸福、人性的优化生成、人的自我提升，着眼于社会的文明与进步，解决当前社会人们面临的道德困境，来重新梳理传统，对传统作出价值上的审思与识别。这是我们常常所说的人文主义对于文学的基本要求。

---

① 参阅甘阳的《古今中西之争》有关章节，生活·读书·新知三联书店 2006 年。

这种人文主义的审读传统的立场，对于当下中国文学尤为重要。有了这样的人文主义的观照，我们对传统问题就会有新的判识。就当代中国文学而论，一方面，作家需赓续“五四”启蒙主义的文学传统，对当代中国道德生活中那些从传统当中生发出来，悖谬现代人文理性的文化劣根性作出尖锐批判。另一方面，还需要从当下中国道德建设的需求出发，重新审读传统道德的意理内涵，发掘传统道德意识形态的当代意义。的确，诚如有些论者指出，“经过‘文革’的破坏和市场化的影响，‘国民性问题’呈现出前所未有的复杂性，也显示出前所未有的严重性。表征着道德混乱和伦理危机的事件层出不穷”。“撒谎、怯懦、懒散、马虎、虚荣、自大、盲从、‘拉帮派’、‘窝里斗’、缺乏公德、缺乏诚信、缺乏同情心、缺乏正义感、缺乏公民意识、缺乏对真理的热爱、缺乏说真话的勇气，这些国民性里的痼疾，现在仍然存在。与‘五四’时代相比，我们国民性状况即使不能说更为严重，至少还没有达到比较理想的状态”。[①] 我们今天所处的社会，各种道德混乱、伦理危机与社会病相，既是社会的问题，也是历史的问题；既是文化的问题，也是人性本源的问题。疗救社会的伦理病象，从历史的文化肌理当中寻找病因，是一种重要的解决问题的途径。只是需要注意到的是，在当今这个时代，作家们对中国传统道德文化的批判，必需要有当下的视点和方法。如果说在“五四”时期，作家们反传统主要是服务于彼时的政治变革的时势需求，故而反传统主要集中在政制文明以及“吃人”的“礼教”等制度文明方面，那么今天，我们则不能一味地移植“五四”时代的批判立场，理当需要更加关切当代性的人性优化生长以及作为个体的“人”的道德素养问题。私德不立，何以有公德？公德不立，何以有健康的社会？这就需要我们的作家适时调整自己的审美眼光，去对传统文化作深度的解读，洞察那些制约着今天国民个体道德素养提升的文化基因。也就是说，我们要在文学创作中打“活老虎”，攻击那些至今仍然活动在我们精神细胞中的传统的毒瘤，而不是像现在的许多作家那样，在创作中一味地去打“死老虎”，攻击那些在现代生活中

① 李建军：《“国民性批判”的发生、转向与重启》，《文艺研究》2009年第10期。

早已不复存在的传统意识与价值形态。

在对传统道德的痼弊展开批判的同时，作家们仍需认识到，中华文明作为人类最古老的文明之一，在其漫长的发展过程中，道德文化建设上是有独特性的。最特别之处，就是我们的道德规范和伦理价值系统，是为数不多的不依赖宗教而建立起来的文化系统。中国式道德的最高立法和裁决者，不是神、不是基督和上帝，而是基于“天人合一”的世界观念所形成的一套良知系统。这种良知系统，要求道德主体必须以顺应天道的方式，建立起个体自我的内心道德律令，并且完成对自我道德境界的引领和提升。中国传统道德文化建设的最重要经验，就是以一整套的礼仪和制度规范，来促使人们在外部行为上改变自己，以合乎礼仪制度规范，从而达到合乎道德规范的目的。故此，在对传统道德的痼弊展开批判的同时，我们还应当对中国传统道德的价值范畴作出符合当今时代需要的重新审视。比如说，“五四”时期反对的“纲常”伦理，在那个时代是有它的一定合理性的。但今天看来，“君为臣纲”、“父为子纲”、“夫为妻纲”的“三纲”伦理当然是要不得的，然而，诸如“仁、义、礼、智、信”的“五常”，诸如“孝、节、义、廉、悌、俭、谦、抑、诚”等道德价值形态，不正是我们这个时代严重匮乏的吗？如何诊断式地批判传统的内在弊端，而又审时度势地辩证对待传统道德的宝贵思想资源，这是现时代中国作家需要认真思考和在创作实践中认真解决的问题。

第十五章 “社会主义文学”与“风俗化”叙事伦理

在当代中国的道德建设和文学道德叙事中，十七年文学是一个必须要去研究的对象。然而，新中国成立以后的十七年文学，在如今的评价标准下，有些时候却被妖魔化了。作为一个特殊的文学时代，十七年文学的道德理想与道德审美实践，其实对当下的中国社会有着特殊的意义。这种意义并不是在召唤起我们的某种历史记忆，而是体现在它的特殊的道德精神结构以及对文学的影响方式。相信许多人都会承认，那个时代的文学，是充盈着生命的激情、浪漫、憧憬与理想的文学，而这样的文学，对我们今天的时代来说，早已是一个悠远的梦境。我们在提出十七年文学的道德理想性质乃至政治对文学的干扰这些事实的同时，如何辩证地看待那种理想对于人类心灵抚慰与道德文化建设的意义，如何拯救式地复活那个时代的特有道德理想与道德形态？这是值得我们认真思考的问题。在这一章中，我不打算具体去探讨十七年文学的道德本质与价值是非，而是从一种文学内在的结构中，去描述彼时被充分政治化的道德，在文学领域形成的一种叙事风俗与叙事伦理。通过对这样的叙事风俗与叙事伦理的分析，简单勾勒出彼时文学的“道德”问题。需要指出的是，我是以萧也牧的《我们夫妇之间》为具体分析文本，而不是一种面面俱到的宏观梳理。

论及新中国成立后的中国文学，学术界常以“一体化”作为当时主流意识形态对文学干预的基本表述。但很显然，这种“一体化”并非是铁板一块，而是有它的内在缝隙的。最简单的事实是，主导意识形态并非单纯以文艺政策、文艺领导权等明确的、强制性的力量来给文学分配意义，而往往以诸如叙事伦理习俗甚或是叙事禁忌和叙事崇拜等“风俗化”的形式，对作家和批评家的文学活动产生影响。十七年时期，“风俗化”叙事伦理对文学的影响相当严重，透过许多文学批评和文艺论争表述的缝隙，文学创作领域各种若隐若现的禁区，我们都可以看到“风俗化”叙事伦理对文学的重要型构作用。当时的有些理论命题或者重要提法，从理论上讲并没有多少逻辑关联，甚至相当荒诞，但从“风俗化”的角度来解析却饶有意味，比如“知识分子”和“爱情题材”问题，虽然没有任何理论可以证明“知识分子”就是“小资产阶级趣味”、“爱情”就是“人性论”，但是在当时许多人的意识结构中，这种搭配却似乎是颠扑不破的真理。诸如此类的知识图谱的形成，主要就是受动于“风俗化”叙事伦理。

应该说，学术界对主流意识形态如何规约当代文学的生产已有充分的研究，但很明显我们又存在以“共名”的抽象概念罗列代替对历史原生态丰富形貌的生动描述的不足。事实上，“风俗化”叙事伦理在当代文学史上不仅是“现象”，它更隐含着某种文学史叙述的重要“句法”作用，构成文学史延展的重要结构性线索，不加以研究，势必会影响我们对文学史的科学把握，影响文学史描述的准确性。有鉴于此，本章拟以 1951 年发生的对萧也牧和他的《我们夫妇之间》的批判为个案，对某些“风俗化”叙事伦理的形成及其对文学叙事的规训作些基本揭示。之所以选择《我们夫妇之间》这篇小说，是由于其内里所包含着的许多可供分析的“风俗化”伦理的基本要素，在当代文学史上具有一定的普遍性。

一、道德“不正确”与叙事非正当

在谈到《我们夫妇之间》时，人们都会注意到小说中的知识分子题材性质以及小说叙事层面对工农干部出身的妻子“张同志”的粗鄙化叙写，认为这是作家和他的小说受到严肃批判的重要原因。确实，从批判运动的整个过程来看，这些问题无疑是焦点所在。批判刚刚开始，小说就被指认为“依据小资产阶级的观点、趣味来观察生活，表现生活”，作家的思想倾向“实质上也就是毛主席《在延安文艺座谈会上的讲话》中已经批判过的小资产阶级的倾向”[①]。作家对“张同志”的态度，则被视为“轻浮的、不诚实的、玩弄人物的态度”，“客观效果上是我们的阶级敌人对我们劳动人民的态度”[②]。但是，如果我们据此就认为知识分子题材和对工农干部的粗鄙化叙写是这篇小说获罪的主要根由，那么就未免过于简单和武断了。因为，尽管在左翼以来的文学书写的历史上，知识分子叙事确实是作家难以把握和处理的难点，早在延安时期，丁玲就因为小说《在医院中》所表达出来的知识分子对现实政治的“治疗性”关切而遭受批判；1949年共和国尚未建立，上海《文汇报》就有引导地开展过“能不能写小资产阶级”的讨论。但从左翼以来的文学历史看，知识分子题材其实历来都不是绝对的禁区，从革命文学开始，知识分子叙事就构成“红色文学”非常重要的一个传统。蒋光慈、田汉、丁玲这些革命文学的知名人物，他们的作品大多讲述的正是知识分子的革命故事。新中国成立以后，深受年轻人喜爱的《青春之歌》，叙述的同样是小知识分子在革命中成长的故事，虽然小说也曾被指责带有“小资产阶级情调”，但终究没有因为知识分子题材而受挫。

特定意义上讲，《我们夫妇之间》受到批判，是和小说处理“知识分子/工农”叙事场域中的道德角色定位和话语权力分配以及知识分子叙事在当时的天然“不正确性”密切相关的。这是一篇带有反思意味的小说。作家所要思考的，似乎就是革命成功以后，革命者如何融入新的时代、融入新的生活的问题。作家想“通过一些日常生活琐事，来表现一个新的人物”[③]，表现农村出身的干部张英在新的城市改造革命实践中的成长历程。小说采用的是第一人称叙事方式，以“身边人”——知识分子出身的丈夫“我”的口吻，叙述了妻子张英在新的生活中不断调整自

① 陈涌：《萧也牧创作的一些倾向》，《人民日报》1951年6月10日。

② 李定中：《反对玩弄人民的态度，反对新的低级趣味》，《文艺报》1951年第4卷第5期。

③ 萧也牧：《我一定要切实地改正错误》，《文艺报》1951年第5卷第1期。

我的角色位置和自我认知,从而逐步“成长”的过程。在小说开始的时候,张英是个满口脏话,对城市的一切看不惯,是一个狭隘、保守、固执,工作作风简单的人。用小说中的话来说,就是“一个‘农村观点’十足的‘土豹子’”。小说结束时,“她自己在服装上也变得整洁起来了!‘他妈的’‘鸡巴’……一类的口头语也没有了!见了生人也显得很有礼貌!还使我奇怪的是:她在小市上也买了一双旧皮鞋,逢是集会、游行的时候就穿上了!”小说展开过程中,丈夫李克扮演着妻子进步的“观察者”角色,是妻子成长的见证人。妻子在城市生活中改变的点点滴滴,都是由“我”这个知识分子丈夫观察到的。从角色上来分析,“我”显然不是一个行动者。虽然小说设置了不少情节,来表现“我”与“妻子”之间的冲突,在冲突中揭示“知识分子”和“工农”之间两种思想和两种生活方式的撞击,叙述“妻子”的成长;并且“我”也不断地参与和“妻子”的对话,但“我”其实只是在观察、在思考、在判断,“我”更多的是一个思想的主体。而妻子张英却是一个自始至终的行动者,是一个行为的主体。思想的主体“我”,像投向舞台的一束灯光,妻子张英就是在这样的灯光中行动着、改变着。

应该说,在新中国成立初期的文学背景中,萧也牧这种处理工农干部“成长”的艺术方式,或者说处理“知识分子/工农”关系的方式还是比较谨慎的。在后来那篇检讨文章中,作家曾自述,为了烘托张英这个人物,“拉了个知识分子出身的李克来做陪衬”[①]。对于这种事后检讨的话,我们倒不必过于当真。不过从小说叙事层面看,作家对张英的缺点还是作了很充分的铺垫,尤其是她对城市的憎恨,作家更是交代得清清楚楚。小说借李克之口这样叙述:

> “我开始分析:她对旧社会的习惯为什么那样憎恨?绝无妥协调和的余地!我想,这和她自己切身的经历是分不开的。她出身在贫农的家庭,十一岁上就被用五斗三升高粱卖给人家当了童养媳。受尽了人间一切的辛酸,她的身上、头上、眉梢

---

① 萧也牧:《我一定要切实地改正错误》,《文艺报》1951年第5卷第1期。

上……至今还留着被婆婆和早先的丈夫用烧火棍打的、擀面杖打的、用剪子铰的伤痕!”

这里,作家正是在阶级分析的视点下,极度强调张英的苦大仇深以及被压迫的历史。似乎这样,张英对城市的憎恨,她在城市生活中所表现出来的种种狭隘、偏执和保守,其实就不是什么缺点,而是来自于受迫害阶层的心理本能和反抗意志。很显然,这种阶级分析的逻辑,是符合新中国成立初期官方意识形态的美学趣味的。而作品中的李克,则让我们看到了“革命”中的小资产阶级知识分子的不少坏毛病。表面上看,他有思想,有主见,熟悉城市生活,显得干练,但这一切不过是知识分子的自以为是。小说最后他发现对妻子的误解,他的自我检讨,甚至让我们看到那个时代知识分子挥之不去的原罪感。

问题的根源在于:作为知识分子的“我”,究竟有没有权利扮演小说中那种工农阶级的“观察者”角色?究竟有没有权力叙述“工农”的故事?正如叙事理论所表述的那样,小说的叙述视点,并不仅仅是叙事艺术方式问题,它同时还是叙事评价的价值视点。那么,在这篇知识分子作为第一人称叙述人的小说里,丈夫李克有没有权利对工农妻子的“进步”或者是“落后”说三道四呢?知识分子的价值能否构成工农妻子评价的价值视域?这些问题,恐怕是理论上很难说清楚的,不过,我们仍然可以从文学的历史叙事陈规中找到答案。如前所述,在《小二黑结婚》、《创业史》等作品中,虽然同样写到二诸葛、三仙姑、梁三老汉等不觉悟的农民,但是在对比中证明他们落后、不觉悟的,同样是来自农民阵营中的小二黑、小芹和梁生宝等。这就是说,在革命阵营的等级秩序中,他们是同等的阶级内部的差别,并不构成阶级与阶级之间的裂痕,因而并不存在阶级政治问题。政治上和道德上正确,证明自然就是有效的。而《我们夫妇之间》则不同。如果李克像张英一样,同样是属于苦大仇深的工农干部,那么,他应该是可以作为评价张英的价值视点的;他和张英之间的矛盾,就应该归属于新中国建立以后过渡好的和尚未过渡好的工农干部之间的内部矛盾,张英的成长就是在在革命过程中的成长。但李克不是,他的尚未改造好的“知识分子”身份,说明了在阶级等差上,他的身份和地位显然要低于张英的工农干部身份。所以在政治上和道德上，他都是没有权利做这个观察者角色的，没有资格对“张同志”发言，更没有资格对革命者的“缺点”指手画脚。政治上不正确和道德上不优越，意味着叙事没有正当性。实际上，这点在丁玲的批判文章中表露得再清楚不过，她说：“一般的趣剧，我们是不反对的，丑角戏也不反对……但《我们夫妇之间》又不是这种形式……它表面上好像是在说李克不好，需要反省，他的妻子——老干部，是坚定的，好的，但结果作者还是肯定了李克，而反省的，被李克‘改造’过来的，倒是工农出身的女干部张同志”。在丁玲看来，最使她“不愉快的，就是这种虚伪的地方”[①]。对于写过《在医院中》、《我在霞村的时候》的丁玲来说，她并没有因为延安时期自己被批判的经验，而对作家同病相怜，而是洞若观火地找到了萧也牧的软肋。

从知识分子自身叙事传统来看，现代以来的很多作家都写过知识分子革命小说。尤其是左翼作家，更是把青年知识分子当做是封建地主或者资产阶级大家庭的“逆子”在写，特别叙述他们背叛原有家庭和出身阶级参加革命的故事。但无论是蒋光慈、茅盾、巴金，还是杨沫，在他们笔下，知识分子总是作为被叙述对象存在的。革命对于工农来说，具有天然的合法性；而对于小资产阶级知识分子来说，则是灵魂的艰难蜕变，是脱胎换骨的思想和肉身的双重改造。文学所要展示的，就是倾向革命的知识分子在“革命”的历史洪流中的浴火重生和俯仰浮沉。这一点，我们不难从李杰（蒋光慈的《咆哮了的土地》）到林道静（杨沫的《青春之歌》）等一系列知识分子人物形象图谱中看出来。在“革命”不可质疑的先验正确性预设下，走向大时代的知识分子们一方面成为被反省的主体，一方面被置放在历史的追光灯下，被叙述和被观察着。他们从来就不是叙述历史的人，他们只是被历史叙述。正是在这个层面上，《我们夫妇之间》游离出文学的某种叙事传统。

知识分子叙事的正当性是一个现代性问题。在“五四”时期以启蒙为主导的文化语境中，知识分子似乎是必然的叙述主体。那个时期的

① 丁玲：《作为一种倾向来看——给萧也牧同志的一封信》，《文艺报》1951年第4卷第8期。

很多小说，知识分子无论是作为叙述对象还是作为叙述人，都是屡见不鲜的。在以揭示民众的“病苦”而引起“疗救”的启蒙方案中，知识分子的道德立场的先验正确性是毋庸置疑的，明确的叙事身份表明的是知识分子的文化优先权利。而自延安文艺座谈会以后，“五四”时期的“先生”文学被置换成“到群众中去”的“学生”文学。这里，“风俗化”伦理事实上还让我们看到了文学史内部脉络转换的一种理路和裂痕。

二、“斗争”美学与“我们”叙事

对于萧也牧来说，知识分子叙事的非正当性当然是他难以意识到的禁区，但是作家对知识分子的“不正确性”并非没有警觉，正是因为他对那个时代小说特定的“风俗化”叙事伦理略有所感知，故而在小说构思中，他才“拉了个知识分子出身的李克来做陪衬”，以此突出工农妻子张英，突出她“坚定的无产阶级的立场，她爱憎分明，和旧的生活习惯不可调和”的阶级性格①。作品中李克“陪衬”作用的设置，表明的正是作家对“知识分子／工农”道德、政治差异性关系的一种明晰认知。但显而易见的是，萧也牧并不打算在阶级分析的框架中来处理李克和张英的关系；相反，他采取的是一种“祛阶级化”的叙事方式，试图建立一种“知识分子与工农相结合”的讲述空间。小说标题所谓的“我们夫妇之间”，表明的正是作家试图通过“我们”的同一化和“夫妇之间”关系的私密化，来淡化和稀释李克和张英之间本然的阶级差异性并强化两者的同一性。

这种艺术处理方式，使得作家把小说叙事从火热的外部世界撤回到日常生活中来，没有直接写政治思想路线斗争的你死我活，而是借助家庭内部的日常生活政治伦理与日常生活价值的分歧，来表达对于时代和历史的某种见识。不少学者在谈到这部作品时，都提到小说的日常生活叙事，认为《我们夫妇之间》受到批判，与小说的日常生活叙述消解了政

① 萧也牧：《我一定要切实地改正错误》，《文艺报》1951年第5卷第1期。

治宏大叙事有关。我认为这样的分析并不确切。因为，这篇小说尽管写到夫妻家庭生活，但作家并不是借助家庭生活这样的俗世伦理来消解历史的宏大叙事，作家恰恰是从日常生活角度试图建立起某种宏大叙事，叙说和建立起对于革命胜利后，革命者如何与时俱进，融进新的生活并同时保持革命传统这样一个时代性的反思。如果说小说受到批判与其中涉及的日常生活场景叙述有关，那么，作家的“过失”就在于他祛除了“生活”的阶级相关价值内涵后，把严肃的社会问题私密化，在等同层面叙写了许多在当时看来并不能等同的历史生活内容，比如知识分子与工农、城市与乡村、市民意识形态与国家意识形态的紧张关系，等等。在这个问题上，张鸿声有个基本判断我是比较认可的，他认为这篇小说受到批判，是由于小说中关于阶级、道德等“公共性”意义阐述不断被日常叙事原则降低到“私性领域”，甚至被瓦解所导致的，作家没有遵循左翼和解放区的文学叙事传统。①

在新中国成立初期的文学环境中，萧也牧这种“去阶级化”的叙事方式，多少带有一些当时进步知识分子的一厢情愿。这种心态与作家来自解放区不无关联。恐怕正是因为自己的解放区出身以及解放区革命知识分子心态上的优越感，导致作家暂时遗忘了知识分子与工农身份上的差别，无意识地作出小说叙述上的这种尝试。但是很显然，这样的叙事姿态是很难进入当时时代的小说叙事伦理的。不管我们怎么看待新中国成立前后的文学，一个明显的事实是，共和国文学甚至是现代以来的革命文学，斗争成为叙事的主流。从阶级斗争到阶级内部的“新”与“旧”的斗争、从社会斗争到灵魂斗争、从土地革命到解放战争、从土地改革到资本主义工商业改造，“斗争”构成左翼以来革命文学的一个基本场域。即便是像《小二黑结婚》、《创业史》这样的叙述农民阶级自身故事的小说，作家仍然会穿插讲述反动阶级金旺、兴旺兄弟和富农姚士杰这样的反动阶级如何破坏革命成果，革命阵营又是如何捍卫胜利成果的之类的两条“阵线”斗争。虽然这些“斗争”情节的

① 张鸿声：《当代文学中日常性叙事的消亡》，《现代文学研究丛刊》2005年第5期。

加入会带来故事的延宕，使人们看到“胜利”来之不易，但是我们显然不能仅仅从形式美感上来理解这个问题，更主要的在于，“斗争”思维体现出当时人们认识历史把握文学的核心理念。尤其是新中国成立以后，新政权的建立，“斗争”美学更是被推向极致。在“斗争”中获取胜利、获取新生，既是文学知识分子表达历史认同，更是表达对新政权政治合法性认同的一种重要方式。在1949年中华全国文学艺术界联合会的第一次会议上，周扬在报告中就把“中国人民如何在反对民族压迫和封建压迫的各式各样的斗争中，克服了困难，改造了自己，产生了各种英雄模范人物”看做是解放区文学的基本经验。按照周扬的表述，即便是描写内部矛盾的作品，“斗争”也是不可缺少的，“在斗争中，也只有在斗争中，人的精神品质，我们民族的勤劳勇敢的优良品格，才能得到充分的发展”①。

由此而言，如果说萧也牧的《我们夫妇之间》背离了左翼以来革命文学叙事的传统经验。那么，取消人物的阶级差异，取消两种阶级属性和生活价值你死我活的冲突，无疑是其中相当重要的一个方面。小说虽然写到李克与张英间的矛盾，并围绕矛盾的产生、解除来组织主题和结构故事，“对建国初年干部生活中出现的新矛盾、新变化作了敏锐的思考和反映，写出了一定的生活真实，提出了某些令人关注的问题”②，但显而易见，作家创作意识中的“矛盾”，其价值哲学并非是政治学的、理性的，而是伦理学的、感性的。小说中的知识分子丈夫与工农妻子之间的矛盾、差异和冲突，作家更多是放在一个日常性的层面，放在一种生活环境、经历、气质、性格心理层面去写，而没有放在一种阶级属性或者是路线斗争的层面去写。小说最后写到了夫妻之间的和解，似乎是和开头“知识分子与工农相结合”的典范构成呼应。但是这样的和解首先就意味着取消了敌人，意味着没有胜利。没有胜利感的

① 周扬：《新的人民的文艺》，转引自《中国当代文学史·史料选》（上），洪子诚主编，长江文艺出版社2002年版，第153页。

② 吴肇荣：《重要的在于探讨经验教训——重读〈我们夫妇之间〉》，《新文学论丛》1983第4期。

文学，没有征服感的文学，在上个世纪50年代的文学视景中，确实是难以想象的。在早期的那些批判文章中，人们不约而同地批评到这篇小说的“真实性”问题，并由此而深入地开展对萧也牧的“倾向性”的追问和批判，这样的批判逻辑虽然不脱50年代的风格，但是其中暗含的判断“真实”的标准，确实很有味道。实际上，从新中国成立前后屡屡发生的文学批判运动来看，很多作品被判定为“不真实”，这时候的“真实”并不是艺术性的概念，它更多被挪用作道德或者政治措辞，往往指向作家道德上的不诚实或政治上的别有用心。作家写“矛盾”比写“斗争”具有更危险的性质。一个明显的现象是，从延安时期开始，只要触及生活“矛盾”而不顾及“斗争”的作品，似乎无一例外受到批判，像《在医院中》、《组织部新来的年青人》等，而那些渲染宏大历史“斗争”的作品则不然。这其中的原因可能在于，矛盾总是与暴露、倾向、歪曲等联系在一起的，是和写作者的政治立场和个人动机密切相关的；而“斗争”则永远是历史的本质，是“客观”存在的历史真实，因此作家的写作，只存在能力上能否“全面地”、“全景式”地把握这个本质，而不存在个人意志方面的动机或者倾向问题。

不是说新中国成立后的文学就不允许写家长里短，就必须写血雨腥风的阶级斗争。但至少可以说，在新中国成立后相当长时期内的文学书写中，任何伦理的、感性的问题都无法独立于政治之外单独存在。就像与批判《我们夫妇之间》同时发表的马烽的《结婚》，在极度渲染先进青年英雄性的同时，“结婚”毫无世俗意义。《我们夫妇之间》的特殊性就在于，在作家们普遍把伦理问题纳入历史叙事轨道的时候，萧也牧却偏偏反其道而行之，把严肃的历史问题纳入到伦理化叙事范畴之中，在对等的伦理意义上，探讨了“夫妇之间”的价值分歧。这种对叙事成规的冒犯，除了表现在小说“去阶级化”的书写方式上，同时还必然影响“夫妇之间”日常生活中矛盾冲突的道德评价上。因为“革命”虽然在手段上是武力的，但同时还表现出道德上的颠覆性。“革命”就是通过对低等人的重新评价，把他（她）评为高等人，从而实现精神上的“革命”。这种心理学的纠缠，我们从《荷花淀》、《李双双》等叙写女性革命的小说中，从水生嫂、李双双这些虽然是女性，但是却拥有超越男人的意志和智慧的人物形象上可以看得相当清楚。而萧也牧显然没做到这一点，他没有从道德上去划出“卑贱者最聪明”这样的价值倒错图式，这不能说与作家的整体叙述策略无关。

三、“乡村”的政治与道德神话

如果说知识分子的叙事非正当性和对新中国成立后文学“斗争”美学的消解，是萧也牧和他的小说获罪的两个重要根由，那么，小说所涉及的城市叙述以及城市叙述背后所隐含着的知识分子意识形态神话和情感美学，同样使他难逃其咎。上世纪 80 年代，在人们对新中国成立后文学的重新评价过程中，有的学者就注意到这篇作品中的两种价值形态的缠斗，“小说展现的这对夫妻的感情波折，从实质上说，应该是我们的干部在革命胜利后，怎样对待生活的两种世界观和人生观的斗争……小说表现这场思想斗争，笔墨完全局限在他们夫妇之间的争吵上，而没有从这一基点生发开去，在广阔的社会背景上加以展示”[①]，但这种分析总有隔靴搔痒之嫌。实际上，“两种世界观和人生观的斗争”只是论者观念形态层面的把握，更具实质性意义的，我认为还是在小说处理“城市”和“乡村”两种空间符号过程中作家对现代革命文学传统的悖逆。

正如我们所知道的那样，新中国成立后的中国文学很少写到城市。其中的原因，固然如某些研究者所说，主要是因为“虽然解放区的作家已经进入了城市，但他们对城市生活的不熟悉和怀有的天然警觉，使他们自然疏离于对城市的书写；国统区的作家熟悉城市生活，但对新时代的惶惑和迷茫，又决定了他们笔下的慎重”；或者说“城市是无产阶级和资产阶级的角斗场，城市生活中无处不充满了阶级斗争的暗示”[②]，“城市”

① 吴肇荣：《重要的在于探讨经验教训——重读〈我们夫妇之间〉》，《新文学论丛》1983第 4 期。

② 孟繁华：《反城市文化的现代化悖论》，参阅陈晓明主编《现代性与中国当代文学转型》云南人民出版社 2003 年版，第 150—151 页。

的讲述是意识形态上很难把握的事情。但这显然不是全部。这里我更愿意从一种政治无意识，从共和国文学的乡土起源层面来理解这个问题。在文学史的视野中，尤其是从现代以来中国文学的历史状貌来看，“乡村”和“都市”从来就不是简单的创作题材问题，而是和中国社会以及文化的现代化进程密切相关的、两种可以不断被拆解和重构的文化价值系统。在启蒙时期的知识分子写作中，“乡村”除了极少数时候是作家田园理想、倦鸟心态和城市生活挫败后萌发的自恋式表达之外，大多数情况下，它都充当着古老的中国社会落后、凋敝的见证和愚昧的、混沌的人性演示场所。在对“乡村”病态文明的诸多揭示中，“城市”却总是被分配为一种现代意义上的文化观照视角的角色。由乡村至城市而回头再写乡村这种“归去来兮”的故事情节模式，其实不独是鲁迅所独有的，现代文学时期，这样的作家不乏其人。

在知识分子的启蒙主义视野中，“乡村”所传达给作家的情感价值，要远比“城市”丰富而复杂，但是其积极的文化价值却难以与之相比。很多时候，它默默地担当着积贫积弱的古老中国的象征性形象，成为被批判的“传统”的靶子。与这种文学叙事风俗相对照，革命文学对“乡村”的书写却有着迥然不同的风貌。若说启蒙视野中呈现出的“乡村/都市”价值现代性转换，“城市”因其“现代”而占尽上风，那么，在革命文学的书写中却发生了逆转。其一，就像前面所讲到的那样，革命无论在道德上还是文化上，都势必会把弱势的“乡村”推上前台；其二，革命和弱势的乡村具有天然的联系，苦弱的乡村比城市更具革命的动机和力量；其三，中国革命走的是“农村包围城市”的道路，故而，贴近这个历史的国家文学，必然走的也是相似的道路。总而言之，整个现代时期描写国内革命战争的作品，基本上写的都是乡村斗争。有的尽管写到城市——比如说《子夜》，但是如果作家不去叙述乡村的生活场景或者农民革命，似乎就是天缺一角。所以在小说大师茅盾的笔下，我们才会看到《子夜》画蛇添足般的描写双桥镇农民暴动这个游离小说主线的情节。这种情况在新中国成立后的文学中同样存在。周而复的《上海的早晨》写资本主义工商业的社会主义改造，却无法割舍农村运动场景。杨沫在修改《青春之歌》

时，为使林道静的“成长更加合情合理、脉络清楚，要使她从一个小资产阶级知识分子变成无产阶级战士的发展过程更加令人信服，更有坚实的基础”①，赘增了八章农村斗争的内容。作家们的潜意识中，隐含着对“乡土”的无限敬畏和对“乡土革命”浓厚的理想记忆。似乎不写乡土，就是对革命的不敬，就是对历史的不真诚，就是艺术上的不真实。

正是在这种意义上，我们说，《我们夫妇之间》与当时时代文学的主流伦理价值和叙事习俗之间产生了明显的背离。小说中，那个被革命文学视为维系血脉、充满着传奇色彩的“乡土”，其意识形态意味被作家大大淡化了。“乡土”不再是密切联系着革命的价值空间，不再是生发血性、斗志和激情的浪漫诗意的厚土，而是追随着夫妻情感变化浮现出的生活和记忆的断片。虽然在小说的情节推进上，作家总是在城市与乡村之间穿梭，乡村总是在李克的回忆中不断地浮现，但是作家所叙述的乡村，都是纯粹的地理学意义上的乡村。尤其是对“乡村”的价值评价上，小说更是祛除了其寓言色彩和价值的意识形态神魅，甚至表现出一种冷漠与淡然。而与此形成鲜明的对照，小说在写到“城市”的时候，却表现出精神和情感上的无限眷念：

> 这城市，我也是第一次来，但那些高楼大厦，那些丝织的窗帘，有花的地毯，那些沙发，那些洁净的街道，霓红灯，那些从跳舞厅里传出来的爵士乐……对我是那样的熟悉，调和……好像回到了故乡一样。这一切对我发出了强烈的诱惑，连走路也觉得分外轻松……虽然我离开大城市已经有十二年的岁月。虽然我身上还是披着满是尘土的粗布棉衣……可是我暗暗地想：新的生活开始了！

城市对于“我”来说，不仅是依恋的“故乡”，还是一种“新的生活开始了”的寓言结构。“我”回到“城市”，意味着在个人记忆深处完成对往昔的一种追抚，是对自我家园的一种伦理修复。这种新的“归去来兮”的写作模式，与启蒙主义写作中的家园破碎感有很大的不同，它并非是借助

---

① 杨沫：《青春之歌》再版后记，北京出版社 1998 年。

那种沉重的破碎感来表达某种历史怨恨，从而建立一种历史主义的批判美学，它是在一种空间化、情感化的场景中，复活一种生活化的、感性的、轻逸的美学。斗转星移之间，“城市”作为个人生活的记忆和历史，就遮盖了“乡土”作为革命的历史和记忆价值。这种“城市”对“乡土”、“个人”对“历史”的背叛，既是对主导意识形态价值规范的背离，同时也是对革命文学“乡土”这个“起源”的颠覆。

尽管说，李克的态度并不能说就是作家的态度，并且作家在写李克这个人物的时候，确实存在着把他消极处理，以突出张英的写作动机，但是在面对“城市”与“乡村”的价值评判这些复杂问题时，萧也牧显然没有注意到“风俗化”叙事伦理潜在的对文学创作的规约作用。作家无心做出的价值轴心转换，在当代文学史上会遭遇何等命运，其实也无须多说，只要看看后来引起轰动的话剧作品《霓虹灯下的哨兵》，我们就可以找到明确的答案。陈喜与春妮—城市与乡村—资产阶级的“香风”与艰苦朴素的革命传统，其间的价值置换关系简单明了。这部话剧上演的当时就受到毛泽东的高度肯定，并由周恩来亲自出面，要夏衍把它改编成电影，原因当然不在于老套的见异思迁故事和穿插其中的敌我双方的魔道斗法，而在于作品以简捷明快的方式所准确表述出来的价值关系图式。“乡村”的道德优越感、政治正确性是“城市”远远不能比拟的，“乡村”可以担当“城市”的批判功能，而“城市”却不行。

“风俗化”叙事伦理对当代中国文学写作风貌的影响，远不止上述几个方面。在十七年时期几乎所有文艺批判运动中，我们都能够从批判者的思维逻辑转换的关联之处，找到这种“风俗化”伦理的行踪。批判什么、不批判什么、如何批判等，没有什么“理应如此”的思想脉络，只有“从来如此”的惯性潜规。如果说文学史就是一种心态史，那么，这种文学的风俗化架构，作家和批评家们的种种复杂心态，无疑是值得沉潜往复、从容把玩的。实际上，就像我们在前面所说的那样，“风俗化”伦理在当代文学史上并非仅作为单一的文学现象而存在的，它同时参与了文学现代传统的建构，并让我们从中看到文学历史内部力量的胶着、冲突、断裂与缝合。为此，它应该构成我们审思文学史的基本视野。长期以来，我们的学术研究被一种知识主义的认识论思维左右着，似乎只要拥有某种清明的知识话语体系，就真理在握，就拥有不容置疑的批判立场。我们恰恰忽视的是历史的混沌与无序，是对历史原生态的同情与体察。在某种超然的眼光中，真正的历史隐匿了。我们所建立的所谓文学史，与其说是“文学的”历史，不如说是文学“观念的”历史。

第十六章　国家价值观:文学共同伦理与当代认同

在今天这个所谓的全球化时代,中国文学的国家价值观审美表达,正在经历着严峻的考验。这不仅仅是因为作为后发的现代化国家,中国的现代化注定要追随某些西方价值而压制本民族价值的抬头,更主要的还在于从“五四”到新时期,我们总是处在对传统、现代和某些特殊政治经验的不断怀疑与反思之中,在这样的怀疑和反思中,国家价值观的聚合显得异常艰难。然而正如我们所知,全球化绝非意味着民族性和民族国家文化价值的消融,如果没有统一的世界宗教的出现,只要“主权国家”还依然存在,那么,作为一种社会实践的全球化就很难以它的统一性取消民族、区域、宗教、国家的差异性。亨廷顿指出:“在后冷战的世界中,人民之间最重要的区别不是意识形态的、政治的或经济的,而是文化的区别”,“文化既是分裂的力量,又是统一的力量”,[①]这种分析是颇为中肯的。近些年来,在我国的文化消费领域,美国的好莱坞电影、日本的动画、韩国的影视剧等,无不包含着输出国的强烈国家价值理念和国家价值观。因此,国家价值观绝非是虚空高蹈、可有可无的高调命题,而是事关国家文化安全、国家利益、民族自立与发展的核心问题。

改革开放30年来,中国作为现代文明大国崛起已是既成事实。大国崛起,如果仅有经济的繁荣和物质财富的累积,而没有国家文化价值的自觉与定位,势必会影响到国家的整体文化形象和文学的正常发展。

① [美]塞缪尔·亨廷顿:《文明的冲突与世界秩序的重建》,周琪等译,新华出版社2002年版,第6、7页。

那么当下的中国作家和文学如何参与到国家价值观的建构、如何塑造我们这个时代的“中国的”国家价值观，就是值得审慎对待的现实命题。

一、国家价值观与文学的当代问题

何谓国家价值观？这是首先需要厘清的概念。从学科属性看，国家价值观隶属政治哲学或价值哲学范畴，然迄今人们尚未正式提出这个概念，柏拉图所谓的“国家理想”，黑格尔所谓的国家是“有生命的精神”，马克思的“国家意志”，雅斯贝斯的“国家意识”等，都与国家价值观有切近之处，亦有一定的差异。这里所谓的国家价值观，是从价值观的一般概念延伸而来，主要指一个国家在漫长的历史过程中积累的具有群体认同基础的共同价值信仰，它建基在国民心理、情感和道德义务基础上，是作为一种价值知识、实践准则与价值理想系统而存在的。传统中国社会，中国的国家价值观主要是以儒学价值观为基础，其基本构架即是道德理想主义和人格中心主义。梁漱溟先生有言，“纳国家于伦理，合法律于道德，而以教化代政治。自周孔二三千年，中国文化趋重于此”。[①]“五四”新文化运动引进西方的民主、自由、平等、科学等理念对传统文化冲击甚深，但并没有能够动摇心理和实践层面上的中国国家价值观的意理根基。梁启超、鲁迅等的启蒙思想，立意均在以新价值改造人的思想灵魂；新中国成立初期，中国社会“一直以来都并不是靠经济上的巨大成就，而恰恰是靠一种标准的‘道德理想主义教育’来取得一个政权的维系必须具备的合理性依据、合法性依据和动机支持依据的”。[②] 新中国建立初期的国家价值观建设方面，强调的还是道德理想主义和人格中心主义。改革开放以来，中国的国家价值观发生了重要的转型，一方面，中国特色社会主义道路、改革开放的社会主义历史实践，改变了过去单纯以道德为中心的国家价值观建构模式，确立了以人的幸福和发展为目标的新的

① 梁漱溟:《中国文化要义》,学林出版社 1987 年版,第 139 页。

② 甘阳:《古今中西之争》,生活·读书·新知三联书店 2006 年版,第 125、126 页。

国家价值观；[①]另一方面，社会主义荣辱观、建设和谐社会的治国理念，在濡染中华民族厚朴道德理想主义资源的同时，又与时俱进地融入现代社会的价值诉求。

作为民族公共认同的系统性价值基础，国家价值观与文学间的关系可谓盘根错结。早在古希腊时代，柏拉图就在他的《国家篇》里，把正义、真理和至善视作“国家”（城邦）的理想价值，因为文艺“不能认识真理”和“伤风败俗”，他甚至还由此而对“诗人”深怀敌意。[②] 法国艺术理论家丹纳有关艺术起源的著名三要素说（“种族”、“环境”、“时代”），同样包含深刻的国家价值观思想。在《艺术哲学》中，丹纳根据“特征的从属原理”，划分出艺术理想价值的种类与等级，认为像民族意志、民族精神、民族的意志本能这些“不容易变化的”特征具有比易变的时代特征更高级的价值。[③] “世界文学”的首倡者歌德在谈到古希腊悲剧时，认为那些悲剧作家“都有一种始终一贯的独特风格。这就是宏伟、妥帖、健康、人的完美、崇高的思想方式、纯真而有力的观照以及人们还可以举出的其他特质……那些特质不是专属于某些个别人物，而是属于并且流行于那整个时代和整个民族”。[④] 这些论述虽未直接提及国家价值观这个概念，但诸如国家理想、民族精神等诸范畴，均映现出各民族国家价值观的在场。中国古代诗学，因重感悟、重体验、轻理性等特点以及“天下”观念过度强势而“民族—国家”观念淡漠，宏观把握国家价值观与文学关系的论说较少，但并非说就没有，孔子“思无邪”、“兴观群怨”之诗观自不待言，墨子从“兴天下之利，除天下之害”的立场出发，提出“非乐”的主张；荀子把国家治乱兴衰归因于音乐的邪正，提出“乐中平”、“乐肃庄”的理念，[⑤]显而易见都包含着中华文化原典时代圣贤先哲们的国家价值观思考。

国家价值观对文学的渗透是多方面的，主要表现在对国别文学的主题、人物形象和情节结构等的综合影响。荷马史诗以现代人的眼光看，

---

① 徐桂权、邵广侠：《当代中国社会价值观范型的转换》，《社会科学战线》2005 年第 2 期。

② 胡经之主编《西方文艺理论名著教程》（上），北京大学出版社 1986 年版，第 34 页。

③ 丹纳：《艺术哲学》，安徽文艺出版社 1991 年版，第 469 页。

④ 歌德：《歌德谈话录》，朱光潜译，人民文学出版社 1978 年版，第 141、142 页。

⑤ 霍松林主编：《古代文论名篇详注》，上海古籍出版社 1986 年版，第 14、31 页。

可能会对《伊利亚特》中阿喀琉斯负气从战场出走，导致好友帕特洛克拉被杀颇有微词，对《奥德赛》中奥德修斯设计杀死所有向他妻子求婚者有所不满，但是在古希腊的国家价值观中，阿喀琉斯的勇敢、善战，奥德修斯超凡的耐力与谋略，奥德修斯妻子对丈夫的忠贞，才真正代表着希腊精神和那个时代的美德。荷马史诗中战争、历险、爱情、友谊等主题，对诸神传奇的叙述和英雄的歌颂，接受的正是古希腊的国家价值观的影响。中国古代文学主题虽然变化多端，但爱国、忠君、侠义、锄奸、离别、思归、团圆等主题，无疑是最具耐磨性的原典主题。而就人物形象论，国家价值观凝聚着民族的精神原型，因此不同民族和国家文学的人物形象模式，往往形成一种结构性的固定模态。这在中国古典文学领域里表现得特别明显。虽然古代中国文学塑造的人物形象种类繁多，但多不过是忠奸、善恶、智愚和孝逆等。俄罗斯思想家弗兰克在谈到19世纪俄国时，认为俄罗斯民族因为“精神共性”的坚守，导致文学对“个人主义”价值的拒绝。总览俄罗斯近现代文学，如没有“道德主义”和“人民至上”等“精神共性”，[①]我们就很难体味屠格涅夫《前夜》中叶琳娜的自我牺牲，陀思妥耶夫斯基《卡拉马佐夫兄弟》中阿廖沙的博爱，托尔斯泰《俄罗斯性格》中德略莫夫对苦难的神意坚忍等充满着俄罗斯独特民族气质的不朽形象。国家价值观对叙事文学情节结构的影响同样明显。尽管从亚里士多德开始，众多的文艺理论家和作家都强调叙事文学的情节应该出人意料、引人入胜，但在相当多的戏剧和小说作品中，人物命运的演化、作家的情节构思与谋篇布局，均关涉国家价值观的呈现。中国古典小说、戏曲中的“大团圆”就是如此。“大团圆”情节结构的形成，除受佛教轮回思想和中国人特有的“圆形”时间观念影响以外，更重要的起源就是农耕文明状态下古代中国人心理上普遍存在的“和合”伦理取向。钱穆说：“人不能独立营生，必群居以为生。既相群居，则必求其同”，[②]讲的就是华夏文明下的“和合”和“大同”伦理特性。中国古典文学虽追求情节的离奇曲折，但除《红楼梦》等少数作品外，大多不会把情节弄得繁复

---

① 参阅弗兰克：《俄国知识人与精神偶像》的有关章节，徐凤林译，学林出版社1999年。

② 钱穆：《中国文学论丛》，生活·读书·新知三联书店2002年版，第176页。

幽深,而是删繁就简,如戏曲舞台上的“红脸”、“白脸”,意在使人“一见脸谱,便知其人之内情,只求描出一共相”。[①] 这种“共相”当然包括特定时代人们共有的国家价值观。

国家价值观对文学的重要意义,当然并不仅仅体现在对文学主题、人物形象或者叙事情节结构的塑造,更为根本的,还在于为作家的审美表达提供了一种基本的文化立场和价值言述的根据。这种立场和根据对当下中国文学而言,显得十分迫切和重要。如前所述,自鸦片战争到“五四”新文化运动,中国渐渐步入艰难的社会现代化进程,改变“国贫民弱”局面,构成百多年来中国的悬望和艰巨工程。如果说西方社会同样经历过从古典向现代价值形态的演进,那么我们应当看到,西方社会的现代化从整体路向上来说是从其自身传统的内部衍生而来的。西方社会的现代化处理的主要是传统与现代的关系。但对中国而言,进入近现代社会以来,我们不仅面对传统—现代的价值纷争,同时还必须要面对中国—西方的意义纠结。洋务运动、百日维新、辛亥革命、“五四”新文化运动、科学与玄学之争、新中国成立以后的“反帝”、“反封建”、改革开放,恐怕谁都无法厘清中国近现代社会经历的诸多文化思想运动,人们所经验到的究竟是怎样的复杂阵痛。在种种以“破”和“反”为策略的文化实践当中,我们最终在文化价值立场上获取的不是牢不可破的确切价值信念,而是对于几乎所有文化立场的左顾右盼和犹豫不决。如果说从“五四”到上世纪 80 年代,启蒙、革命、解放、国家、民族、改革等这些巨型话语,尚可为我们支付一种暂时的言说根据和价值立场,那么,90 年代以后,随着这些巨型话语在新语境下的解体,当代中国文学在话语立场上已然处在某种“悬空”状态。90 年代初期弥漫文坛的“失语”问题,还只是知识分子表述自身话语传统对商品意识形态难以调适的应急策略,在当下的文学价值修辞术中,生活与审美世界中的真/假、善/恶、美/丑、崇高/低俗、高雅/浅薄、神圣/卑劣等,似乎正成为作家审美评判的最大难度与问题。

---

① 钱穆:《中国文学论丛》,生活·读书·新知三联书店 2002 年版,第 180 页。

在最近的一篇文章中，作家贾平凹这样反思说："我们没有坚持我们民族文化的立场，我们的血液里没有了中国的哲学、美学，虽然使用的是汉语，但中国的味道不足，这是必然的"，"我们之所以久久没有我们的文化立场，是我们民族的苦难太多，经历了外来的和内部的种种磨难，我们是不如人又极力要改变处境，当我们觉醒时必须要倾诉"。[①] 贾平凹的这段话，对当代作家民族文化立场阙如的分析当然是很不充分的，但其动机和出发点，我想不仅如他自己所说，是对"我们的文学必须面对全部的人类"的有感而发，同时恐怕与他这些年创作上所遭遇到的难以摆脱的尴尬亦深有关联。在上世纪 80 年代的"商州系列"中，贾氏对当时的农村改革不乏激扬的赞颂文字，在传统与现代间的价值取舍亦相当明确。然而随着改革的深入、中国社会转型的日渐剧烈，自《浮躁》开始，历经《废都》、《土门》、《高老庄》、《秦腔》等，故乡的凋敝、乡村道德的衰落、人心的了无着落、人性的黏稠阴湿，无不让贾平凹踌躇不安。他的作品中，城市—乡村、传统—现代的尖锐冲突，你死我活的二元对立，说是当下中国作家最突出的，恐怕毫不为过。然而贾平凹在两者间的价值迷失同样亦是最深的。传统与乡村对贾平凹来说，精神层面的追思与迷恋固然难免，但何以言说乡村与传统，几近构成贾平凹噬心的问题。贾平凹知道，重述乡村与传统的道德荣耀已断不可能，社会的现代化已是大势所趋，但价值取舍的正反抉剔如何，却是难解的迷思。正是如此，近些年的小说中，他只能在秦砖汉瓦、断碑残文、古朴民俗、乡间俚语中去重温乡村与传统的残破的古老记忆。

对于当下中国作家而言，不能说国家价值观就是解决他们文化立场的原点问题，但是一个国家和民族的作家，如果没有一种统摄性的国家价值系统作为思想和审美的基本支持，很显然会导致他们在创作过程中很难建立起一种价值评判的基本视野。没有相应的价值评判视野，作家们在文学创作的审美活动过程中，就难免会陷入左冲右突、良莠难辨的窘境。像贾平凹这种"文化立场"的忧患感，尽管在当下中国其他作家那

① 贾平凹：《我们的文学需要有我们的文化立场》，http://www.chinawriter.com.cn，2009 年 10 月 29 日。

里很少得到表述,但管窥他们的创作还是不难感受到类似的尴尬,如张承志、张炜、韩少功、莫言等。回顾新时期至今的中国文学,我们恐怕很难回避德国汉学家顾彬的质问:"什么是中国作家的作品中特有的,什么不是;什么是要紧的,什么又不是","粪便、尿和臭屁似乎就构成中国农民。中国总是批判欧洲对她的错误呈现,如果允许我们把这个时髦批判掉转过来,则中国当代文学也面临这样的问题,即在中国像你我那样的普通人是否就被'如此'地正确呈现了出来"。[①] 没有国家价值观作为文学的基本精神结构和精神底色,无论是就文学的内在质地还是整体精神风貌而言,要想辨析出"什么是中国作家作品中特有的,什么不是",的确是个难题。

二、文学领域国家价值观的"沙化"

尽管我把国家价值观视作是中国文学成为"中国的"独特精神标识,但并非说作家们的所有创作就都要以国家价值观为审美准则。不管怎么说,作为"人学"的一种形态,文学是审美丰富性与多样性的统一,国家价值观只是人的情感、经验、生活形态之一部分,因此,要求作家的所有创作都与国家价值观有涉这显然很不现实。然而,如果一个时代的作家,整体表现出对国家价值观的隔膜与远拒,这同样很不正常。在我看来,改革开放以来中国文学发展的一个重要问题就是如此。不管我们如何评判近年来的文学创作,以各种非主流或者说反主流的价值观抵消和对抗国家价值观,这都是当前文学领域的不争事实。

这种状况的形成,原因是多方面的,除上文提及的中国特殊的现代化经验外,当代作家内在心理结构中反叛、逃离和颠覆"宏大叙事"的潜在意识,显然是文学领域的国家价值观被严重稀释的重要根由。如我们所知,新时期文学是以"赋予人以人性"(阿伦特语)的人道主义启蒙意志,对抗某种历史统一性的主流话语开启文学新时代的。在这种意义辩

① [德]顾彬:《20世纪中国文学史》,范劲等译,华东师范大学出版社2008年版,第361、350页。

话结构中,“个人”承担着重要的历史叙事的解毒剂功能。理论上讲,“个人”和国家价值观并非天然的敌对,文学就其本质而言本身就是“个人”的。但新时期以降,文学领域的“个人”与本然的文学“个人”显然有所错位,它所追求的并非作家主体精神的独立与自由,而是消融主导意识形态塑造的“公共人”形象和社会共同伦理。这种唐·吉珂德式的反抗姿态,决定着新时期以降复活的文学“个人”,在解构左翼以来革命文学的历史神话讲述的同时,也消解了文学领域国家价值观的审美呈现。因为当代激进政治对人的自然、生理欲望的压制,新时期以来中国文学场域中畅行的,更多是以恢复人的自然和生理欲望为旨归的,而非精神独立意义上的“个人”。“伤痕”和“反思”文学自不待言,90 年代“个人化写作”、“私人化写作”同样如此。在对人的自然属性和生理品质的强调中,人的集体、社会、历史和文化属性,等等,在很多作家那里都被充分地过滤掉。一方面,如鲁迅、卡夫卡那种独立的、自觉的和充满内省精神的“个人”,在当代文学领域并没有得到真正体现,当下文学缺乏的正是文学亟需的“个人”品质;另一方面,因为中国传统文化结构中罪感意识的缺席,对“个人”缺少必要的平衡、调适和节制,故当 90 年代中国社会“形成了人类生存的新的条件,这个新的条件决定着人们的生活方式和行为,决定着人与人之间的关系的性质,并在人们的心理形成相应的精神世界”时,[①]文学领域泛滥的“个人”,往往是实利原则、价值相对主义、非理性主义的同义语,和国家价值观的非自我性、绝对性、公共性和理性原则背道而驰。

新时期文化的“个人”话语,在竭力消解人的集体性、民族性、类型性价值的同时,还催生出一种反本质主义的经验叙事美学。新时期以降,当代中国文学发展的一个重要路径,就是反抗真理的自明性。自“伤痕”、“反思”文学后,经过短暂的先锋主义试验,中国文学大面积陷入诸般“新”的名号的经验写作和身体写作的泥淖中。“新写实”、“新状态”、“新体验”、“新历史”、“日常美学”和“身体写作”,“经验”和“身

---

① [苏]鲍·季格里戈里扬:《关于人的本质的哲学》,汤侠声、李昭时译,生活·读书·新知三联书店 1984 年版,第 5 页。

体"构成当代文学的一种新教伦理,"我们拥有世界,但这个世界原本就是复杂得千言万语都说不清的日常身边琐事。它成了我们判断世界的标准,也成了我们赖以生存和进行生存证明的标志"。[①] 在不少作家的认知结构中,似乎只有经验到的事实,才是真正的"真实"。因为深受"新时期文化"的影响,当代中国作家的经验叙事,在对集体经验的过激反应中,实际上是割裂了经验的集体性和公共性,以致文学领域的经验叙事,成为一种个体经验的迷恋与自恋。特别是 90 年代很多女性作家的"私人化写作",更是沉湎于幽闭的个体经验。在这样的个体经验自恋中,作为社会共同体验的国家价值观无法进入叙事领域,就不是难以理解的事情。

如果说反抗"宏大叙事"的写作传统,是由作家主体内部滋生出的某种消融国家价值观的心理冲动,那么若干年来,当代中国作家追随西方现代、后现代主义的写作经验,吸收和借鉴西方文化哲学过程中,呈现出的叙事上的形而上学偏好和价值认知上的"去中国化"倾向,则是导致文学领域国家价值观弱化的另一个重要的缘由。出于反拨当代激进叙事"非文学化"传统与追摹西方"先进"审美经验的目的,新时期至今的中国作家,一直就有吸纳世界优秀文学经验,实现中国文学与"世界"对接的朴素愿望。自"寻根"文学始,经由先锋文学的不懈努力,中国作家用不到 10 年的时间演练了西方文学几乎全部的现代经验。在中国作家对"世界"文学(主要是欧洲和拉美)的接受过程中,艺术技巧的移植和挪用,现在看来只是表层的问题,更为深层的则是西方文学涵蕴的思想智性和价值哲学对中国文学的深远影响。近代以来的被殖民经验与当代政治干预文学的"非文学化"记忆,使得中国作家在面对西方文学时普遍表现出一种"后进"的弱者心态,他们自觉自愿地把西方文学观念和叙事模式奉为标尺,对西方文学的接受几乎是不加辨别的。

返观这些年中国文学创作,西方现代主义的文学观念、主题类别可以说在中国文学当中应有尽有。现代主义包罗万象,但就对中国的影响

---

① 刘震云:《磨损与丧失》,《中篇小说选刊》1991 年第 2 期。

而言，两种思潮无疑至为重要：其一是存在主义哲学思想。自先锋小说开始，探究人的存在本相、表达生存的重负和命运的隐秘，就是中国作家最感兴趣的审美目标。残雪的《山上的小屋》、格非的《敌人》、阎连科的《日光流年》、丁天的《漂着》、张生的《结束还是开始》、吴玄的《谁的身体》等大量作品中，我们仿佛看到了卡夫卡、加缪、萨特式的存在主义迷思。米兰·昆德拉所谓的小说是“对存在的勘探”，既是中国作家创作的宝典，亦是批评家们论证创作最擅用的小说“观念”；其二是精神分析哲学。顺延新时期人道主义的流脉，当代中国作家对“人”的探究不遗余力。在汰除早期文学中人的“神性”以后，当代作家更愿意从人的生命原欲、本能冲动等自然本性层面把握人的奥秘，像余华的《细雨中呼喊》、格非的《欲望的旗帜》、王彪的《身体里的声音》等莫不如是。“内心”和“人性”，说是我们这个时代作家最擅长的叙事场域并不为过，作家们对其复杂性的揭示亦可谓淋漓尽致。但值得指出的是，当代作家在告别历史的乌托邦叙事以后，当下的“人性”书写，并非如马克思所说社会历史性的总和的社会化人性，更多则是一种剥离社会历史具体存在的抽象人性。

应该肯定，当代中国作家借助西方文学审视问题的思维和价值方法，对刷新现代以来中国文学略显僵化的文学观念，丰富和拓展当代中国文学的审美疆域，推动文学自身的发展是有积极意义的。但问题是，西方作家的问题意识、思维方法、价值眼光，是由他们特殊的历史和社会文化状况决定的；中国作家在借鉴汲取其思想意理和价值方法时，必须注意到中国与西方历史、现实与文化的非同源性关系。对于西方的文化哲学和价值观念，西方作家的写作经验，我们只能借鉴，而不能简单地横向移植。不幸的是，当代中国相当多的作家，在一种“弱者”心态和西方知识“普遍性真理”的预设中，错把他乡做故乡，忽略了中国社会的具体语境，忽视了中国与西方现代性、后现代性的非同步性和差异性。在文学创作中，肆意搬弄和演绎西方社会思潮和哲学观念，文学作品充满玄妙的形而上学思辨，但独独缺少的正是对本土性中国经验和中国思想的诗学观照。批评家雷达曾尖锐指出：“在不少被媒体叫好的长篇里，很难读到隽永有味的细节，栩栩如生的人物，感同身受的浓郁氛围，扑面而来的鲜活气息,倒是可以明显感到,它的作者费劲巴力地从事一种理念化、智性化、逻辑化的书写,他要竭力凸显某些'露骨'的思想,某些形而上的提示,某些西方的文化观念,或无休止地表达某种义愤”。[①] 批评可谓入木三分。正是因为对西方思想和哲学观念不切实际地摹仿与简单地移植,当代中国文学在审美观念和思想价值创新方面,一直存在追随西方社会、遗忘本土经验的“去中国化”倾向。国家价值观的审美表达,也因为观念上的去中国化,而同样消融在西方哲学观念的迷思里。

当然,文学领域国家价值观的弱化,还与当代中国社会转型过程中,社会审美风尚的世俗化密切相关。本质上说,世俗性是文学的固有本相,特别是中国文学,世俗品格尤为突出。观诸中国古典诗、词、由、小说等,无不出自日常人伦和凡俗人性。梁漱溟说,“文学艺术总属人世间事”,而“美之为美,千百其不同,要因创作家出其生命中所蕴蓄者以刺激感染乎众人,众人不期而为其所动也”,[②]所言即是中国文学的世情经验与凡俗气质。但当代中国文学屡遭诟病的“世俗化”,显然并非如梁漱溟所说的“悦耳悦目,怡神解忧”之日常人伦的审美呈现,而是以色情、权力、暴力、阴谋等不健康趣味媚俗、取悦大众的庸俗行为。普遍的现象是,我们并不缺乏充满思辨色彩的玄言式作品,更不缺乏“粗俗”和“恶俗”的浅薄之作,但独独缺少像《世说新语》、“三言”、“二拍”、《金瓶梅》、《红楼梦》那样对市井生活和凡俗人生作诗意观照,出实为虚、化虚为实的世情作品。在中国社会转型,文学告别过去的大一统和极端理性主义以及道德理想主义以后,在更为开放和自由的创作环境下,作家们理应创造出具有更高审美境界和美学气象的作品。然而,眼下文坛却普遍陷入“恶俗”而不“世俗”的怪圈。表象上看,这似乎是文学市场化走向以后,作家们迫于生存压力和市场认同困境,刻意以低俗和另类写作谋求作品的市场份额的一种直接应变;但从社会文化精神结构的深层次来讲,则与知识分子自身价值系统和主体性意识的发育不良密切相关。正是因为缺乏有效的主体性价值的节制,在遭遇社会和文化精神裂变时,

---

① 雷达:《第三次高潮——90年代长篇小说述要》,《小说评论》2001年第4期。

② 梁漱溟:《人心与人生》,广西师范大学出版社2005年版,第281页。

中国作家可以轻松越过浮士德式的难题，很快就从世俗文化的渎神精神和自我放纵中找到快感。特别是在挣脱当代乌托邦叙事羁绊以后，作家们一边以报复性的姿态面对“大一统”时代的道德自治与历史理性叙事的虚妄性，一边则以补偿性的心态，释放出久被压抑的、骚动的靡菲斯特式的激情。按照路文斌的说法，就是“后现代主义宽容理想促使我们卸下的沉重历史负担，在今天看来实际上主要就是我们的头脑，它让我们的头脑自觉处在失重的状态之下，无非是想将我们的身体从头脑的监禁中解放出来，使其最大限度地去穷尽极乐世界的可能性空间”。[①] 在经历过“头脑”对“身体”的施暴以后，当代作家或以蔑视、或以戏谑、或以放纵的姿态，实现着“身体”对“头脑”的背叛。在这种无所顾忌的背叛下，作为“头脑”的精神伦理的国家价值观，消弭得几近无影无踪。

三、共同伦理解体与“仇恨”美学

国家价值观的弱化，对当代中国文学的影响是多方面的。最直观的，就是作家因为缺乏对道德义务与精神性的文学共识性价值的认知，以致在文学创作过程中对某些社会矛盾的把握，一般不是从社会民众公共认同的精神层面和时代普遍的道德基础入手，而是在敌对的关系结构中把握和塑造人物关系，从而有意无意地放大社会成员间的敌对和冲突性。作为常识问题我们知道，矛盾和冲突是文学的重要构成元素。但作家营造怎样的矛盾和冲突，如何展开并解决矛盾和冲突，绝非只是创作理念和创作风格的问题，同时还与作家的社会观念和人生态度等密切相关。新时期初期，从“伤痕”、“反思”直至“改革文学”，作家都写到社会不同阶层和利益群体的矛盾与冲突，但基本是在一种政治伦理、历史和文化批判的维度展开的。如高晓声《极其简单的故事》，大队书记陈宝宝对乡邻们“肯出拳头，肯‘枪打出头鸟’”，体现的是陈宝宝和乡邻身上的“主/奴”文化心理；贾平凹的《鸡窝洼人家》里田田与禾禾的矛盾，映现的

---

① 路文斌：《视觉时代的听觉细语——20世纪中国文学伦理问题研究》，安徽教育出版社2007年版，第1页。

是社会大变革时期两种农民命运、农村发展方向和道路选择的尖锐冲突。无论陈宝宝与乡邻，还是田田与禾禾，人物间的关系都只是“矛盾”而不是天然的“敌对”。但是90年代以后，随着改革的深入和社会矛盾的复杂化，作家们在叙述不同利益群体和社会阶层人物的关系时，人物与人物间的矛盾性，渐渐让位于某种敌对性。一种因社会分层加剧和利益冲突引发出来的“仇恨”美学，构成我们这个时代文学叙述大众社会时难以弥合的“伤口”。如鬼子的《被雨淋湿的河》，晓雷与他打工的采石场老板、服装厂老板以及他父亲的领导单位县教育局，都处在本然的尖锐敌对中。晓雷杀死克扣工资的采石场老板，拒绝向服装厂老板下跪，愤然辞职，举报教育局挪用教师工资遭到报复被害……作家在叙述晓雷与他者的关系时，“敌对”是作为基本的叙事预设而存在的，情节不过是“敌对”的叙事逻辑推演。当代文学领域，类似这种叙写社会民众仇恨的作品比比皆是，北村的《愤怒》，陈应松的《马嘶岭血案》，尤凤伟的《泥鳅》，曹征路的《那儿》等都是很有代表性的作品。有些叙述家庭内部成员关系的作品，作家们也惯于越出日常生活或两性伦理的想象空间，而专注于家庭成员间的仇恨与敌对。像池莉的《小姐，你早》、方方的《奔跑的火光》，前者写妻子戚润物在丈夫王自力另觅新欢后，联合另外两个女人报复丈夫；后者叙写乡村妇女英芝在现代性文化冲突和男权文化重压下烧死丈夫被判死刑的悲剧性命运。

对于当代作家叙写到的仇恨美学，我们很难作简单判定，一方面，当代中国社会现代化转型，日趋严重的社会分层现象，城市化进程缔造的新型人际关系，确实衍生出许多复杂矛盾和纠葛，增加了人与人、群体与群体、人与社会间的疏离和冷漠感，因此作家们所叙写的仇恨美学，是有一定的现实依据的；另一方面，在我们对文学的基本期待方面，总是希望作家能够有力地介入现实，大胆地揭露现实的问题。但问题是，如果说敌对和仇恨是当下社会复杂性的某种投影，是人类的一种基本情感的话，那么，宽容、理解、同情、和谐、对苦难的坚忍等，同样是我们生活中必备的重要品质。相比敌对和仇恨，它们更能代表人类的正义和温暖的情感。况且，当下中国社会出现的部分矛盾和问题，是改革过程中出现的问题；改革过程中出现的问题，只能通过改革来解决，仅以仇恨和敌对心态面对问题，很显然不利于问题的解决和社会发展。因此，作家在文学创作中，必须以辩证的姿态面对当前社会的矛盾与问题，以正确的心态来对待人类社会的正义情感。在这点上，我认为许春樵的《男人立正》是一部值得肯定的作品。小说所塑造的小人物陈道生的形象，放在目前“底层文学”的大背景中看，命运之悲苦、生命之挫败比其他小说有过之而无不及。然而作家的立意并不在营构人物境遇的悲惨，而是以现实主义的眼光和人道主义的悲悯，在审察社会的病相和弱势群体生存的艰辛、逼视人性的同时，以道德理想主义的姿态，试图复活和唤醒当下社会人们渐渐遗失的诚信、担当、责任、廉耻、坚强和宽恕意识。可是，像《男人立正》这样既有现实的批判与担当，又能够在中华民族坚实的精神蕴藏中发掘出符合时代精神的价值理想形态，并且塑造出丰瞻而有立体感的人物形象的作品，在当下是少之又少。多数作家更愿意以不可调和的利益对抗和惨烈的阶层冲突来建构文学的审美世界。这当中，除受“阶级斗争”审美思维模式影响以外，作家文化心理中国家价值观作为一种民族认同的“共识力”的消退，不能不说是重要原因。

国家价值观的弱化，不仅塑造了当代中国社会成员间的“伤口”与仇恨美学，同时，在国家文化形象塑造方面，也存在着不同程度的矮化与劣质化现象。不管我们怎么看待国家价值观与文学的关系，不可否认，一个国家的文学最终必然会在整体上形塑出一种“国家”的文化形象，或者说召唤出读者对于“国家”的文化想象。在改革开放以来中国的全球化与现代化进程中，作为文学知识分子的作家，既有担当中国传统文化传承的责任，同时亦有改造传统幽暗价值体系、创化新的文明的天职。然而，因为历史与文化变革的复杂性，中国作家在有引导地创设国家正面文化形象方面显得苍白无力，相反，在面对传统幽暗价值体系时，却时不时地陷入到各种错误的迷思之中，以致文学领域的国家文化形象塑造，存在着严重的边缘化、粗鄙化与劣质化现象。“寻根”文学时期，韩少功的《爸爸爸》，对鸡头寨的封闭、停滞、愚昧、落后、残忍的生活形态是有理性批判的，但同时，作家对内涵在楚巫文化内部的神秘、坚忍的生命意志和古意盎然的生活质态,同样也有莫名的崇敬。在作家以颇具写实色彩的叙述方式,精雕细琢地刻画出丙崽、丙崽娘等鸡头寨人椅子上拉屎,抓癞头脓疮,抹鼻涕,搓鸡粪,戳蚯蚓,吸死女人的奶头,吃人肺、牛粪,吃胞衣,偷猫食,喝鼠尸灰等病相和丑态时,就已经在文化外观上污损了国家的文化形象;而当最后作家写到鸡头寨人为保存族人生命火种,毒杀妇孺的残忍行径时,他的不乏诗意和赞诵的笔调,再次透露出其在文化价值择取上的莫衷一是。同时期的莫言,则大张旗鼓地为民间和草根文化树碑立传。在《红高粱家族》中,作家一方面以富有现代意味的生命价值对乡土生命精神作出审美观照,在"我爷爷"、"我奶奶"身上,复活出诸如自由、个性、激情、意志、血性、力量、爱等的现代生命价值;另一方面,他又抛开现代社会的理性、节制、正义、公平等原则,用饱含情愫、汪洋恣肆的笔调,在"我爷爷"、"我奶奶"们那些触及人类道德底线的行为中,释读出诸如原始强力、生命本能、自由意志、敢作敢当、敢爱敢恨等信息。"我爷爷"因性爱杀死单家父子、"我奶奶"为报复爷爷与黑眼通奸、强奸女人的余大牙成为大义凛然的抗日英雄,无不被作家叙写得酣畅淋漓。

可以肯定,批判传统与民间文化的痼弊,对传统与民间文化的合理价值作出现代意义上的重估,是中国文化现代性转化的重要方略,但是,这种要么极端地书写民间与传统文化的恶俗,要么不加辨析地美化传统或民间文化糟粕的做法,无论对与当代中国国家文化形象建设,还是对中国文化的现代性重建来说,都是有害无益的。然而,置身文化冲撞的复杂历史旋涡中,当代中国作家的文化价值择取很多时候都是晦暗不明的,特别是随着上世纪80年代电影《红高粱》、《老井》等在国内、国际获奖,作家似乎更是受到莫大鼓舞,书写国家文化的阴暗面,更是成为一种难以抵挡的写作暗流。从先锋小说到第三代诗歌,从新写实小说到新生代作家的创作,无不涌动着颠覆和解构国家正面文化形象的暗流。

这种写作暗流在其他许多似乎已经"经典化"的作品中同样有所体现。像张承志的《心灵史》、莫言的《丰乳肥臀》、李佩甫的《羊的门》等,均存在对传统幽暗价值体系处理失当而影响国家文化形象塑造的问题。李佩甫的《羊的门》以“中原第一村”呼家堡为背景，演绎传统权力文化在当代社会极具生命力的释放。应当说李佩甫对中国传统政治权术文化是有独特思考的，他对呼家堡人的“绵羊地”文化，对呼天成“牧羊”式的政治统治导致民众灵魂丧失、思想被剥夺，作了鞭辟入里的深刻揭示。作家没有简单地把政治权力的运作简化为权力主体间的钩心斗角、阴谋算计、尔虞我诈，而是从更高的哲理形态和具体社会实践层面，对传统权术文化作出多重观照，既写出呼天成权力运作的“外圆内方”、“败中求生，小处求活”和“精、气、神”与“钝、忍、韧”等传统智性因素；同时又在乡村社会的特殊空间中，写出呼天成“内圣外王”式统治的切实和有效性。呼天成统治呼家堡“四十年不倒”，靠的不是传统宗法力量，也不单纯是个人的算计和权谋，而是他在价值意识深处对权力的坚定信仰，对人性的洞察以及给呼家堡人带来的切实利益。他不仅把呼家堡治理得井井有条，让村民过着“楼上楼下”的生活，同时也在呼家堡人心里树起自己的神像。和同时期的“官场政治小说”相比，李佩甫的《羊的门》少了些理念宣示的急切，多了份叙述上的耐心。作家在塑造呼天成这个人物的时候，从传统权术文化、“君子”人格、理学的内敛、情欲与理智冲突等不同角度对人物作立体观照，使得人物形象在深纳历史丰赡内涵的同时，艺术性与审美性亦得到大大增强。但是就作家的思想价值趋向而言，《羊的门》仍未摆脱当代多数作家的困扰，那就是如何以新的具有现代意义的国家价值，对传统文化作出符合时代要求的现代性批判与创造性转化。通篇小说中，李佩甫对官场权谋文化的精细展示，对呼天成的驭人之术造成的民众的“空心”状态的叙述，可谓淋漓尽致；特别是孙布袋临死前和呼天成的对话，呼天成临终前全村男女老少为满足“呼伯”想听狗叫的愿望，跟着徐三妮学狗叫的场面，更是让人震撼不已。然而囿于新的价值视点的匮乏，《羊的门》并没有能够站到现代民主政治和人的自由与解放的人文立场，对传统权力政治作有力的反省。呼天成与呼国庆，是成熟与不成熟的权谋者的对照；孙布袋与呼天成，是“俗人”对“真神”的考量，作品独独缺少的是能够代表新的价值视点，对呼天成、呼国庆们作出有力反照的人物。甚至可以说，作家对权谋政治治理下的集体主义和道德理想主义还有某种认肯，正是因为有这种认肯，呼家堡才会成为“中原首富”，而物质上的富饶，则反证出传统权谋政治对当代生活的正面意义。这种现代意义上的国家价值观的匮乏导致作品批判力度不足的问题，在当代历史题材小说创作领域同样存在，凌力的《暮鼓晨钟》，唐浩明的《曾国藩》、《旷代逸才》、《张之洞》，二月河的《康熙皇帝》、《雍正皇帝》、《乾隆皇帝》，熊召政的《张居正》等作品中，作家们对很多细节的处理，都未能“充分显示作为现代人应有的文化超越和审美创造力”，故而在审美趣味上“流露出对权力运作的欣赏同情”。①

四、国家价值观的审美重建

问题最终归结为：当下中国文学语境中，我们当如何重塑文学与国家价值观的关系？提出这样的问题，并非是要作何思想谋划，而是想从学理和当前文学存在的问题入手，通过对文学史正反方面经验的总结与反思，对当代中国文学领域的国家价值观建设提出个人的思考与某种期待。事实上，当前文学领域国家价值观的审美贫乏，并不表明我们的日常生活中就没有国家价值观；汶川大地震，中华民族面对灾难爆发出的无疆大爱，就是国家价值观的直观体现。面对灾难，许多公共文学知识分子、民间草根写作者通过文学期刊、报纸乃至网络发表的大量“地震诗歌”、散文随笔和报告文学，也相当真实地传达出我们这个时代国家价值观的思想情感面影。当然，对于“地震文学”中的国家价值观问题，我们可作学理上的批评，但像《孩子，快抓紧妈妈的手》等大批“地震诗歌”的涌现及其引起的强烈社会反响，至少可以给我们提供思考和反省当代中国文学与社会民众公共认同、审美需求相契合的方向和理路。

当代中国文学领域的国家价值观建设是个复杂艰深的问题。就价值向度而言，三种资源无疑可资借鉴，第一是中国传统文化，第二是与现

① 吴秀明：《当代历史小说中的明清叙事》，《文学评论》2002年第4期。

代工商业文明相符的现代价值，第三是新中国成立后的中国社会主义道德实践，但如何进行这些思想资源的析取和转化，却是另外的问题。从历史的经验看，因为被动的现代化特殊体验，"五四"新文化运动至今，作家们在处理中国—西方、传统—现代的价值难题时，一种习惯性的心态就是对"传统/中国"的怨恨和对"现代/西方"的怀恨。作家们总是在一种"冲突"的构架中处理中西古今的关系，从鲁迅的《故乡》到沈从文的《长河》，从王滋润的《鲁班的子孙》到贾平凹的《高老庄》，中国作家要么是在现代性的神话中以"新"审"旧"，叙写传统价值的不合时宜；要么以怀旧的、挽歌式的笔调，写传统价值的日薄西山，这样就很难在更高的价值哲学层面把握传统与现代、中国与西方的价值分野，融创出中华文明的新机。同时，因为近现代过度强盛的政治功利性需求，导致在社会不同的发展阶段，我们对中国传统文化、现代社会基本价值和社会主义道德价值实践，总是难免受到波云诡谲的"现实"的规训，价值择取很难谈得上辩证与科学。故而，今天我们思考文学领域国家价值观的建设问题，就很有必要跳出过去二元对立的思维困局和过去那种怨恨与怀恨式的不良心态，既要审视中国传统文化、现代社会文明、社会主义道德实践本身，同时还要对过去的反思作出反思。简而言之，就是要祛除附着在过去的反省与批判上的政治功利性色彩，重新站在现代人文主义的价值视野，以人的关怀、提升、自我完善和发展，以社会的文明与进步，以文化的赓续和创新为目标，对中国传统文化、现代社会文明、社会主义文化实践作出富有时代意味的反省、抉剔与阐释。

首先需要把握好的，就是文学领域国家价值观的建设与批判的张力关系。既然国家价值观是以中国传统文化、现代社会价值形态与社会主义道德实践作为思想资源，那么当代作家就理应站在时代的高度，检视、批判和反省这些价值形态的流弊或曾有的失误，同时对其中具有时代意义的普适性道德原理加以审美阐释，使其发挥帮助人们建立新的生活规范的重要作用。比如中国传统文化，可以说是世界上唯一不依赖宗教而建立起自己的道德伦理高度与规范的一种文化，也是和世俗皇权结合最为紧密的文化。道德主体自律和伦理高度的"阳"

性特征,与自律的难度和伦理高度难以抵达形成的人格“阴”性(阴谋、权术、处世之道、伪君子等)互为辩证。今天我们在文学的话语场域中书写传统,就应该从人学和文化思想创新的角度,对其中的“阴”性文化及其化育出的“阴”性民格作出清算。特别是知识分子人格系统内部的“阴”性品质,更应该得到彻底的清算,这既是现代启蒙主义留给我们的遗产,亦是使新价值抬头、昌明的必要功课。但另一方面,对传统文化内部的普遍性价值,如民本思想、仁爱哲学、义利伦理观、君子人格等,也要给予当代性的关注与审视。尤其是中国农耕社会形成的某些价值规范,对当今工业化社会的物质至上、拜金主义、个人主义泛滥等道德病症,还有着特殊的疗救意义。而如何在“全球伦理”或“普世伦理”的总体背景下,消化吸收这些价值规范,对当代中国作家来说,显然是一种思想智慧的挑战。

其次就是处理好国家价值观和国家政治价值的关系。文学领域国家价值观建设,难免会有多重力量共同参与,其中政治参与就是不可或缺的力量。在处理文学与政治关系的问题上,新时期以来的中国文学显然是需要反思的。就本论题而言,我想,作家们既要辨识国家价值观与国家政治价值的界限,避免让文学再度沦为政治的附庸与“传声筒”,同时,也没必要对政治意识形态杯弓蛇影,因为,正如马克思所说,政治作为一种意识形态不是其他,就是“人的情绪、心里、感情、信仰最直接、最具体的表现形式”。[①] 生在政治社会,人的衣食住行、日常生活都有政治的渗透,文学不应该刻意规避也无法规避政治。新时期以来,伴随文学思想界对新中国成立后文学的反思,近年来,在学术层面上,我们基本上把“十七年”为代表的社会主义文学视为“宏大叙事”的“乌托邦”和“伪崇高”,以否定性的态度视之;创作实践上,自新历史小说以降,以生命哲学瓦解“革命”神话,将英雄的“神性”向日常的“人性”还原,可以说是当代作家的共同努力。乔良的《灵旗》、池莉的《预谋杀人》、叶兆言的《追月楼》、尤凤伟的《生命通道》、赵琪的《苍茫组

① 马克思:《路易·波拿巴的雾月十八日》,《马克思恩格斯选集》第1卷,人民出版社1972年版,第691页。

歌》等，都有这方面的共同特点。当然，生命是人类的最高价值；传统的革命叙事，的确存在漠视人的生命尊严与价值的弊病，作家把革命人物的神性向人性还原，有不可忽视的转向意义。可问题是，如果说生命价值是文学叙述的“底线伦理”，那么，革命意识形态想象中的爱国主义、英雄主义、集体主义和自我牺牲等，应该说是人类的“高度伦理”的表现形态。我们在召唤文学尊重生命的“底线伦理”的时候，何必非要以扼杀“高度伦理”为前提？事实上，在当下社会，当某些“底线伦理”都岌岌可危的时候，这些“高度伦理”虽说未必就是救治道德滑坡的药方，但至少应该构成我们国家价值观建设的重要参照。正是如此，我觉得当下中国作家在反省革命叙事传统的同时，还应该以包容的心态和开放的气度，辩证对待革命叙事传统的精神遗产。

再次是处理好国家价值观与文学审美性的关系。文学毕竟是文学，尽管我们强调国家价值观的重要文学意义，但归根结底，国家价值观只能以“文学的”而非“观念的”形式呈现。简单说，国家价值观不应是外敷在作品外表的油彩，而应该内化为文学的形象、主题、结构、情节等具体存在。在所有文学元素中，人物形象和性格无疑是国家价值观最直接的审美载体。创作上，无论是中国传统文化、现代社会价值，还是社会主义道德实践，作家们都应该将其内化为人物性格和具体生命的存在。恰恰在这点上，当代中国作家还有很大欠缺。新中国成立初期观念化的社会主义“新人”形象自不待言，即便是当下许多城乡题材小说中，作家们的审美把握，亦多是符号化地演绎现代与传统的文明“冲突”。特别是对像民主、自由、平等、人权、科学、公平、正义这些“疑似”西方的现代价值，因为缺乏内在的心理体验，故而从“五四”启蒙时代开始，作家们就更多把它们作为一种启蒙的价值设定和叙事目标，很难做到性格化与人格化，以致使得这些价值理念呈现出一种漂浮状态，难以深入到人物内在心理和行为中。如鲁迅的《伤逝》，涓生在恋爱、婚姻、家庭生活方面是追求自由与个人自尊的，但涓生的自由与自尊，却建立在子君的不自由、委曲求全基础上。巴金《家》中的觉慧接受的是新式教育，是民主与平等思想的拥趸，但他对家里的佣人鸣凤，却停留在观念上的平等，在人格层次上却并不具备现代人的平等与民主性格，以致对鸣凤投湖自杀前的内心苦楚置若罔闻。类似这种现象在新时期以来作家的笔下也非常普遍，像张贤亮的《绿化树》、何士光的《乡场上》、陈源斌的《万家诉讼》等均是如此。不管我们怎么看待西方社会的现代价值形态，对于以语言和想象创造生活的作家来说，价值理念的性格化、人格化与审美化，是必然要面对的问题。

最后，国家价值观不是包罗万象、漫无边际的价值混合体，而是凝炼国家和民族优秀的精神文化遗产形成的一种公共认同，是一种基本价值规范或价值视野。它不是排斥而是吸纳其他价值规范，以不断创化出新的国家价值观。正是在这种意义上，国家价值观的一元性，与其他的多元价值之间并非是矛盾和对立，而是互渗与共生的关系。

结语　新世纪文学与当代道德创新

一、文学史经验与道德创新

新世纪的中国文学，必须要融入到时代的精神变革与道德创新之中。这既是文学与作家的使命使然，同时也是中国社会现实发展的必然要求。改革开放的30年，中国的经济得到了极大的发展，但是，经济发展所累积的社会问题，社会变革所导致的价值观念重组，乃至商品意识形态下形成的功利原则、个人主义等对原有道德理性的挑战，都在不同程度上诱使着人们内心深处沉沦的生命意志的复萌。种种有悖现代文明的心灵积习大行其道，使得我们这个社会的道德状况日渐变得混沌而无序。

相当长时间以来，因为新中国成立以后高度政治化的道德权威主义的影响，在中国作家的内心深处，一直有着一种难以言明的对于道德的叙事恐惧与叙事羞怯。在创作上，似乎只要一涉及道德评判，就有“道德说教”的嫌疑，就有“主流意识形态”的影子。因此，无论是从作家的创作主体意识，还是文学作品的文本呈现层面来看，新时期至今的中国文学，都有着对于道德的刻意回避。从文学与道德的基本关系来看，作为人类生活的重要存在样态，不管怎么说，道德都是文学难以绕越的根本存在。文学既然是对人类生活的回应，就难免会有对道德的承担问题。道德不仅构成文学的基本叙事内容，同时，文学还担当着时代的道德创新任务。这种文学对于时代道德规范的突破，早在中国文学的起源阶段《诗经》当中，就得到有效的证明。虽然我们知道，作为文化典籍，《诗经》之为“经”，是因为它承担着类似于“诗教”的功能，如闻一多所说，“是中国有文化以来的第一本教科书”，而“研究《诗经》可知几千年来老者如何教少者，统治者如何臣民”；[①]但是，《诗经》毕竟是早期中国先民“发乎情”的产物，因此，就难免会带有早期先民发自内心的真诚而朴素的道德愿望，而这种道德愿望，却不是简单如孔子所说的“温柔敦厚”或者“思无邪”可以一言以蔽之的，而是充满着当时特定时代道德规范的挑战与叛逆。像《黍离》、《伐檀》、《硕鼠》、《北风》、《静女》等风诗，和《采薇》、《杕杜》、《何草不黄》等雅诗，都是如此。《伐檀》、《硕鼠》对统治者不劳而获的指控，与歌咏者对社会公平、正义与平等的道德诉求，无疑是与当时的时代正统道德格格不入的。《黍离》一诗，既有抒情主人公对于国家昔盛今衰的痛惜伤感之情，在诗人“悠悠苍天！此何人哉？”的一唱三叹中，亦含有作者对于先祖屈辱亡国的难言之隐。《采薇》一边书写着戍边士兵对家乡与亲人的思恋，一边又夹杂着对王者之师与大国气象的隐羡，则体现出特定时代道德主体内心的矛盾。

类似《诗经》这样敢于叛离当时时代道德成规的文学作品，可以说是贯穿着中国文学史的始终的。从干宝的《搜神记》、刘义庆的《世说新语》，到明清时期的“三言”、“二拍”、《三国演义》、《水浒传》、《金瓶梅》、《红楼梦》等小说经典；从古诗十九首到唐诗、宋词乃至《牡丹亭》、《西厢记》等戏曲作品，“兴废系乎时序，文变染乎世情”，几乎每个时期，我们都可找到作家面对时代、生活与思想情感的难题，感时兴发，抒写出的特立独行于时代道德规范之外的优秀文学作品。这种文学对于道德成规的突破，在新时期以来的中国文学领域，亦有相当突出的表现。如新时期初期王蒙的《杂色》、礼平的《晚霞消失的时候》，与上世纪 80 年代中期刘索拉的《你别无选择》、徐星的《无主题变奏曲》等，都是典型的具有时代道德创新意义的文学作品。这种道德创新，可以说是贯穿在自先锋文学、新写实小说直至当下的各种文学现象和文学思潮当中。

---

① 闻一多：《诗经讲义》，天津古籍出版社 2005 年版，第 1 页。

事实上，道德创新并不是文学的什么高标准要求，而是文学发展的一种常态。因为社会的发展，总是会带动着文化和思想的发展，总是会催发出许多新的问题，因此文学必然会关照诸多的新生问题，并由此而产生审美上的道德创新意味。但是，反过来说，观诸人类文学史，我们基本上可以得出这样的结论，即文学史上那些堪称“经典”的作品，作家艺术形式或修辞学层面的创新倒在其次，更重要的就是道德上的思想创新。作家们或以他们卓越的思想智慧，穿透时代的道德壁障，开辟出一个时代的道德风气，如拉伯雷的《巨人传》、塞万提斯的《堂·吉珂德》、但丁的《神曲》、歌德的《浮士德》等；或以其艰深的思考，触及到时代的道德本质核心与生命个体内心的道德隐痛，提出常人所难以提及的道德命题，如莎士比亚的《哈姆雷特》、贝克特的《等待戈多》、劳伦斯的《查泰莱夫人的情人》、托尔斯泰的《复活》、卡夫卡的《变形记》、陀思妥耶夫斯基的《罪与罚》等。拉伯雷的《巨人传》之所以被人们奉为西方启蒙主义的经典文学作品，其得风气之先的，并非是因为小说家所运用到的荒诞的手法、夸张的语言，或者幽默而辛辣的笔调，而是作家站在人文主义的立场，通过主人公卡冈都亚及其儿子庞大固埃的成长过程，对经院教育的腐败、教会的权威作出了富有时代感的有力的反击，并在此基础上提出了一种“新人”理想。拉伯雷从古希腊的性善论出发，认为人先天拥有一种趋向德行的本性，通过真理、知识与爱情的教育，人均能成为“巨人”。《巨人传》的这种道德上的创新，奠定了它在西方文学史上的重要地位。

总结文学史我们不难发现，中国的文学约可分为两种：一种是书写凡俗小人物的日常文学，一种则是虚构英雄神迹的传奇文学。从道德创新角度来看，两种文学有着内在不同。总的来说，日常文学多以凡俗小人物为叙写对象，目的在于劝善惩恶，故而在道德形态上，多侧重书写日常生活层面的形而下的道德内容。作者善将平常人物的言行举止放置在既有的道德规范审视之中，或从天赋人权与现实矛盾，或从个人善恶观念出发，由之判别人物的是非曲直。同时，作者的道德理想与现实间的张力关系，往往又折射出现实道德规范的“不道德”一面，作品由此而具备了冲破当时社会现有道德规范的创新意义。这方面的例证可谓俯拾皆是。如《金瓶梅》，小说中的西门庆、潘金莲、李瓶儿、武松、陈敬济各色人等，均可谓符号化的道德人物。西门庆纵欲浪荡、欺男霸女、贿官跋扈，无论其行其德，都可归为“恶人”一类。但此等恶人，起初却“又得两三场横财，家道营盛”，似乎超出了因果业报的循环，恶人不得恶报。不过，西门庆终究还是难逃因果定律，因纵欲过度“油枯灯尽，髓竭人亡”。鲁迅在论及这部作品时说：“至谓此书之作，专以写市井间淫夫荡妇，则与本文殊不符。缘西门庆故称世家，为搢绅，不惟交通权贵，即士类亦与周旋，著此一家，即骂尽诸色，盖非独描摹下流言行，加以笔伐而已。”①鲁迅超出了一般人把它视为“淫书”的皮相眼光，道破了此书在道德方面的突破性价值。而那些颂扬英雄神迹的传奇文学，则因为英雄人物有着常人难以企及的生活理想，具备常人难有的特殊能力、才情、气质与禀赋，因此多有着常人难以经历的生活遭遇和磨难，体验到常人难以体验的道德难题与困境。正是如此，英雄传奇类的文学作品，在英雄的举止抉择背后，通常就有耐人寻味的道德况味。如《三国演义》中的曹操，在一般读者眼中，曹操代表中国传统文化追求“势”的力量，他败坏朝纲、“挟天子以令诸侯”、“宁教我负天下人，休教天下人负我”的个体德性，都常为人所诟病；但是生当乱世，如果没有曹操，恐怕他那句“不知当几人称帝，几人称王”就不是什么妄言。曹操这个人物形象，事实上给我们提出了一个道德上的难题，即如何评判“治世之能臣，乱世之奸雄”的曹操？从传统的君臣伦理看，曹操当属“乱臣贼子”，然从国家稳定与社会治乱的角度看，曹操的存在，的确又在某种程度上缓解了当时社会的政治矛盾。尽管从作家和读者接受的角度来看，可能人们对曹操这个人物都有不同的臧否态度，但是，曹操这个人物形象所内涵的道德模糊性，却是我们应该超越感性层面，而需要在道德理性方面认真审视的。

二、道德创新的“问题”与“方法”

人类的文学史发展，已经为当代中国文学道德创新提供了丰富的思

① 鲁迅：《中国小说史略（插图本）》，上海古籍出版社2004年版，第160页。

想与审美经验。如何总结、继承文学史的经验,根据当下中国特殊的社会道德状况,发展出中国文学道德创新的价值理念与创作方法,这是摆在中国作家面前需要审慎思考的命题。总览近年来的中国文学创作,应该说,因为社会变革的特殊状况以及西方文学与文化思潮的刺激和影响,中国作家在以文学的方式重建对于生活的道德想象关系时,是体现出创新的必然性的。但在这个社会和文学同时发生着深层变革的重要时期,作家们的道德探索和道德创新,还有不少有待检讨的地方。大致而言,主要集中在两个方面:其一,是作家们在文学与道德创新关系的自觉认识方面,似乎还不够到位;其二,是因社会价值观念变革之故,作家们在新、旧道德价值的辨识和选择方面,还存在着不少有待澄清的地方。

实际上,文学的道德创新并非什么玄妙的问题,而是如前所说,就包含在文学的必然构成当中。就像俄罗斯诗人、小说家屠格涅夫所说:"艺术作为植根于民族生活基础上面并确定其精神和道德风貌的理想之体现与再创造,乃是人的本性之一"。[①] 文学说到底不过是人们借助语言与想象的方式,触摸自身的经验世界,倾听自己内心的声音,追求和感受生命的自由,扩大自己的心灵的一种形式。因此,文学道德创新的一个基本的前提,就是作家一定要成为"单数"的"个人"。只有"单数"的作家,只有身处个人的孤独感中的作家,才能够静静地聆听到自己内心的声音,才能够聆听到这个世界的躁动。对于文学创作来说,这种"单数"和孤独感是十分重要的。中国乃至世界文学史上的伟大作家,比如屈原、李白、曹雪芹和鲁迅等,都是这种重要的"单数"的、具有孤独感的作家。这些作家的伟大,就在于他们的不可重复性,就在于我们很难把他们简单归类到某个"流派"或阵营当中。他们的存在是独特的,就像美国学者约翰·玛西在评价中国唐代诗人李白时所说的那样,他"是一个把弗朗休斯·维隆(Francois Villon)、奥马尔·卡亚姆(O-mar Khayyam)和海涅(Hein-rich Heine)集于一身的、快乐而放浪的异教徒"。[②] 他们是创造的天才,是文学史的"异数"。唯其是文学的"异教徒",他们才具有颠覆常规、不拘一格地

---

① 参见《面对面——外国著名诗人访谈、演说》,潞潞主编,北京出版社2003年版,第281页。

② [美]约翰·玛西:《文学的故事》,江苏人民出版社1998年版,第26页。

追求艺术超越的勇气和禀赋。在当代中国作家中，究竟有多少作家可堪称这样的“异教徒”，堪称有独特的“单数”气质的作家？这里很难做出定量定性分析，但显而易见的事实是，从“新时期”至今，短短30年时间，我们的文学却涌现出诸多的具有团体特征的作家群落，各种思潮、流派和主义风起云涌。特别是上世纪80年代，作家们的群体性特征更为普遍。几乎每个作家，我们都可以冠以“某某派作家”或者“某某主义作家”的名号。这种现象的形成，当然有批评家们的推波助澜，但作家自身或者刻意追随西方现代以来的文学经验，或者“抱团取暖”以期获得最大的名声效益，因此而走向“复数化”，也是无需避讳的。

就文学的道德创新而言，“单数”的个人只是从文学哲学层面的一种提法，从创作论上讲，作家如果要突出文学的道德创新，就需要处理好思想与审美、文学创作中的道德确定性与模糊性的关系问题。尽管我们承认，道德创新是一种思想创新，但是文学的道德创新并不是以思辨的形式去直接揭示或者解释“思想”，而是以语言和形象的方式，去呈现内在地包含在生活现象中的道德意蕴。这是文学的魅力所在，也是作家的职责所在。因此从逻辑关系上讲，文学的道德创新，绝非是以先验的思想去穿透生活现象，而是以作家特有的审美眼光和智慧，去洞察生活的微妙之处与复杂性，发现特殊时代人们的生活难题。作家通过对生活内部复杂性的叙述把握，把人类生存现实中的道德疑问和道德问题提取出来，作艺术化的审美展示。在这点上，当代文学不乏成功的范例，如近年来王安忆的《骄傲的皮匠》、刘庆邦的《我们的村庄》、孙春平的《二舅二舅你是谁》等，都很有代表性。在这些小说中，作家们普遍写到了当代中国社会新的生活与道德现象。《骄傲的皮匠》这篇小说中，王安忆以她一以贯之的雍容华贵的笔调，叙述上海弄堂里卑微小人物的生活本相。和当代其他作家喜欢写小人物的生存“艰难”、剥示他们的粗砺人性不同，王安忆着力塑造的，是一个有着超越精神的修鞋匠——“皮匠”形象。他有凡俗人的七情六欲，但又有强大的道德自控能力，这使他置身社会与时代的纷乱之中，道德约束与个人欲望的挣扎之时，能够秉持传统的美德底线，保持一份内心的清醒与坦然。相比同时代其他作家的小人物塑造，王安忆的小说隐含着这样一个叙事学上的道德疑问，就是在生存的权利和人性的尊严之间，作家应如何选择的问题。过去的作家，多强调底层民众的生存权利和生命权利，而对底层小人物生存压力下的道德精神缺乏必要的拷问，对生存的“权利”强调过多，而对道德的义务、有尊严的生活着墨不够，因此文学领域游走着形态各异的“贱民”。尽管不能说王安忆道德哲学意义上作出了什么价值创新，但在审美意义上，“皮匠”形象还是有一定的道德突破意义的。刘庆邦的《我们的村庄》以乡村恶棍叶海阳为线索，穿插叙述起一个人在人民公社时期与当下两个时代的命运。作家的叙事目标，不是讲述历史的变革，而是深刻刻画人民公社体制的“遗民”叶海阳是如何在当下生活，演化为恶棍的。叶海阳的父亲叶挺坚，是人民公社时期粮店的会计，是那个时期的特权富裕户。这种特权，在培植起叶海阳好逸恶劳的品行的同时，还培养起他内心的优越感。时势之变化，在改革开放时代，叶海阳最终迷失了方向，靠内心的邪恶支撑起他在乡村的威势。在当代乡土文学图景中，叶海阳这个人物，无论从人物形象塑造，还是从道德精神的角度来看，都有不可忽视的重要创新意义。《二舅二舅你是谁》则围绕处理一起儿童溺水死亡事件，让各方不同的力量粉墨登场。霍林舟 11 岁的儿子溺水而亡，原准备自认倒霉，在连襟赵斌的策划下，事情发生逆转，城里有个叫“二舅”的愿意帮忙向政府讨说法，但讨来钱后，他须拿三分之一的抽头。于是，大批乡民抬着霍小宝的尸体开进了乡政府……小说让人震惊的不是写出惊心动魄的“闹尸”事件，而是在一种利益格局下，写出现时代乡村基层政权、霍林舟王小梅夫妇、“三姨”等不同阶层的社会矛盾与道德面貌。乡政府在处理事件过程中犹如小商小贩讨价还价，霍林舟夫妇面对意外之财时俨然已没有丧子之痛，都毫无遮拦地显露出道德上的可疑性来，倒是带头起事的“刁民”三姨，处处持守着“行规”，显出诚信、宽厚、仁义来。

这些作品，当然不能代表当代作家道德创新的全部经验，但是，这种不从固定思想价值视域出发，而从生活现场凝聚起现实的难题，提出生活现实中的道德问题的叙事方式，的确值得作家创作上参考。作为常识问题，我们知道，文学创作中有价值的道德创新，很多时候并不是以确定的思想去对现实生活中道德现象作出评价，恰恰相反，它是以审美的方式，呈现生活中难解的“问题”。就像陀思妥耶夫斯基的《罪与罚》那样，它不是以回应道德难题为诉求，而是以发现难题为旨归。在这点上，当代中国的作家显然做得还不够。似乎是因为受到西方现代以来文学片面追求思想的深刻性的影响，当代中国的不少作家，在创作过程中，总是习惯于以形象演绎思想。作家们不是从生活的现场出发，去对生活与人生现象作出审视与描绘，而是从预设的思想观念出发，在智性层面，对某些象征性意味极浓的静态场景与人物进行文化哲学式的逻辑运思，这使得不少作品充满着形而上学的迷思，但却远离原汁原味的生活。用批评家雷达的话来说，就是“在很多被媒体叫好的长篇里，很难读到隽永有味的细节，栩栩如生的人物，感同身受的浓郁氛围，扑面而来的生活气息，倒是可以明显感到，它的作者在费劲巴力地从事一种理念化、智性化、逻辑化的书写，他要竭力突现某些戳露的‘思想’，某些形而上的提示，某些西方的文化观念，或无休止地表达某种义愤。”[①]

文学的道德创新还应该处理好的，就是道德价值的相对性与绝对性之间的关系问题。人类文学史的发展，往往出现这样一种情况，就是有些具有道德创新意味的文学作品，在它出现的那个时代，往往被人们视为“不道德”的，但是随着社会的发展，却呈现出超前的道德意识与道德内涵，开辟出一个时代新的道德风气。1921 年，郁达夫的《沉沦》发表以后，很快因为其中涉及大量的、彻骨的性苦闷描写，而被当时的“鸳鸯蝴蝶派”作家指责为“黑幕”文学，以致周作人等新文学作家不得不站出来为作者辩护，指出作者所表现的实质“是青年的现代的苦闷”，“《沉沦》是一件艺术的作品”，反对封建文人“凭了(旧)道德的名来批判(新)文艺”。[②] 劳伦斯的《查泰莱夫人的情人》，在西方同样经历了漫长而坎坷的合法化之路。类似这样的例证，我们当然还可以举出很多。这些文学史的事实表明，真正的道德创新，作家是要有足够的勇气的，他们不需敢

① 雷达：《第三次浪潮：90 年代长篇小说述要》，《小说评论》2001 年第 4 期。

② 周作人：《沉沦》，参见《理性与人性——周作人文选》，上海远东出版社 1994 年版，第 94 页。

于突破一定的道德成规，并且有着与时代俱进的审美体悟力和洞察力。但是，必须要搞清楚的是，并非所有的此时代的“不道德”，就一定会转化为彼时代的“道德”。这里还有一个道德相对性与绝对性的问题。即所谓的“不道德”，是相对的不道德，是在特定的道德语境下，往往被人们视为不道德的现象，这样的“不道德”，才有可能转化为另一时代的道德真理；而某些绝对的不道德现象，则不管是此时还是彼时，都是绝对的不道德。这样的不道德，很显然是不能转化为新时代的道德价值的。这一点，可以说是近些年来中国作家需要警觉的。在我们这个转型的时代里，不少作家似乎是本着道德突破的努力，作品中出现许多诸如暴力、凶杀、色情、堕落、阴谋、残忍、自私等场景，而作家们对此又缺乏应有的批判，这很显然是与道德创新背道而驰的。

三、道德创新与文学创新

文学的道德创新并非仅仅指向思想或观念层面，同时还包含着文学自身的创新。美国伦理学家麦金太尔在分析荷马时代道德哲学中的“德性”和“善”的概念时说，“一个履行社会指派给他的职责的人，就具有德性”，“如果一个人具有他的特殊的和专门的职责上的德性，他就是善的”。[①] 当然，伦理思想史上的这种对于“德性”或者“善”的定义，并不能构成我们判别文学价值优劣、评价创新程度的道德述词，说明什么是文学之善或作家之善，不过，这样的判断应该还是成立的，那就是，创新是文学的基本道德，是文学生存的根本前提和重要保证。尽管不能说所有的文学创新都是有意义的创新，但是可以肯定地说，重复文学史上已有经验而缺乏创新性成就的文学，就绝对是不道德的文学和不道德的作家。——这样讲当然不是从作家的人格意义上，而是从作为一个作家的基本道义担当层面来讲的。

实际上，文学的创新和文学的道德创新是一种因果关系。作为一

---

① 麦金太尔：《伦理学简史》，龚群译，商务印书馆 2003 年版，第 31 页。

种话语系统，文学与社会、时代、历史、人生、自然等有着一种特有的从观念到审美逻辑的结构性关联。文学中的道德创新，最终是通过文学特有的话语系统与话语形式实现的，因此，没有文学的创新，文学的道德创新也就无从谈起。一部人类的文学史，本身就是一个文学从观念到文体、从媒介到作家、从存在形态到传播方式等不断变革的历史。"文变染乎世情，兴废系乎时序"，不变的文学是死文学，文学只有在不断的变革中，才能获取新的生命力。故而，承担起当下时代文学变革的重任，承接我们这个时代对文学的挑战，创化出合乎文学本源而又顺应时代要求的文学观念、文学体制与文学技法，是当代中国作家义不容辞的责任。

文学的创新是一个系统工程，涵盖文学的方方面面，既有语言、技巧、修辞等表意系统和形式方面的创新，亦有题材、主题、人物形象等方面的创新，这里很难对此加以全面的讨论。从当代中国文学的发展状况以及存在的问题来看，当务之急我认为并不是作家们曾经热衷的形式和技巧方面的创新，而应该是在价值论的意义上去重新确立中国作家应有的审美立场与审美标准。诚如所知，自上世纪80年代至今，中国文学一直在追摹着西方现代以来的文学审美经验。这种对于西方文学的追摹，从它的正面效应上来看，可以说给当代中国文学带来了丰富的艺术表现手段，拓展了中国文学的审美疆域与审美空间，推动了中国文学审美思想的深化，甚至在一定程度上改变了中国作家的小说、诗歌、散文、话剧等文体观念。但是一个不可忽视的问题是，中国作家在借鉴西方现代主义、后现代主义的美学经验时，他们对于世界、历史、社会与人生的看法等这些价值和观念系统方面，也不自觉地移植了西方的立场。相当长时间以来，中国作家在创作过程中所追求的思想深度，其实不过是摹写西方文学的范本，脱离了中国生活的具体情境。相当多的作品，如果我们置换其中的时间、空间、场景与人物姓名，读者是很难分清这样的作品究竟是来自西方的翻译作品，还是出自中国作家的手笔。这种演绎西方思想的作品，重要的不仅是影响民族国家文学的自足性，而是西方的思想价值标准，在构成中国作家思考文学、思考社会与人生的不二标准的时候，中国文学应有的观照民族灵魂、民族心灵，提升国民人文品格的作用，也无从发挥了。

这样讲，并不是说中国立场或者说中国价值与西方立场、西方价值就没有共通性，就没有所谓的普世价值，而是说，中国文学无论是从文学自身，还是从文学要表达的价值立场来看，都有民族文化的内在基因在里面。从思想价值角度而言，西方思想是在西方的历史与生活基础上形成的，它对西方的社会与人生现象自然具有相应的解释力，而中国社会有自己的历史与文化，因此，能够有效地解释中国生活与中国经验的，只能是中国思想。从文学的角度看，东西方的文学各有自己不同的起源，在民族文学形成的初始时期，就形成了各自的传统。这种传统，不仅密切联系着民族的政治、经济、文化、自然地理状况和民风民俗等，同时还直接制约、规范、影响着一个民族的文学创作和文学存在样态。一个国家或民族的文学理念与文学标准，很显然无法拿来描述另一个国家的文学。正是如此，在强调当代中国文学思想价值创新的同时，民族性、当代性的"文学"观念创新，同样值得重视。相比较思想价值立场来说，"文学"观念的创新则更为深层，更为切近文学哲学的本源。自"五四"新文学革命以来，我们的文学观念，一直就是在西方的引领下发生变革的。据乔纳森·卡勒考证，西方社会完成古典的文学观念向现代文学观念的转变，是在19世纪中叶。在此之前，西方人同样把"books"(著作)称为文学。而中国社会的文学观念由传统的"泛文学"向现代的"纯文学"演进，则是在20世纪初期的20年。[①] 在《门外文谈·不识字的作家》一文中，鲁迅曾就中国现代意义上的文学观念的起源说过一段话，古时"用那么艰难的文字写出来的古语摘要，我们先前也叫'文'，现在新派一点的叫'文学'，这不是从'文学子游子夏'上隔下来的，是从日本输入，他们对于英文 literature 的译名"。[②] 鲁迅的说法，从词源上确认了现代以来的中国"文学"的确立，实际上只是缘于中西文学交流的事实。西方的文学观念是如何进入中国，并形构出中国的文学观念形态，这里很难简单明

---

① 周保欣：《"文学"祛蔽与现代性起源》，《文艺研究》2004年第4期。

② 鲁迅：《门外文谈·不识字的作家》，《鲁迅全集》第六卷，人民文学出版社1981年版，第93页。

了地勾勒清楚。不过，从文学创作、文学批评到文学史叙述，百年中国文学乃至中国现当代文学学科的确立，深受西方文学、文学理论直至后来的海外汉学影响，确是不争的事实。

在全球化的语境下，中西文学的交流与碰撞是不可避免的。但是中国文学如何保持自己的民族性、自足性和文化诗学特性，这是我们必须要思考的问题。丧失了民族本根的文学，既是民族文学的悲哀，更是文学的危机。批评家陈晓明有言："依凭西方的文学价值尺度，中国的文学永远只是'欠发达'的货色"。[①] 这样的话绝不是危言耸听。"五四"文学革命至今已逾百年，百年中国文学（包括文学学科）的发展，已经为我们提供了不少正反两方面的经验，如何总结和反思这方面的经验，重建一种"文学中国学"，这已是文学创作、理论批评界和学术界亟需面对的问题。特别是在当下，中国文学处在一个新的变革时期，反刍历史、总结经验、清理问题、理清方向，显得尤为重要。

不能说新时期以来的中国文学就没有创新，早在上世纪 80 年代，批评家黄子平就有一个形象的比喻，"创新的狗追得我们连停下来撒尿的功夫都没有"。但是如果我们把新时期以来的中国文学创新，放置在整个人类文学史的大格局中看，创新的成色、品相究竟如何？这恐怕是很难说得清楚的。况且，文学的创新，本身也涉及道德问题，创新也有道德的创新和不道德的创新之分。人类的文学创新，只有那些能推动文学自身的发展，或有功于人类心灵的改善、心智的发展，这样的文学创新，方可谓是有道德的创新。若非如此，或为功名、或为利禄，搜奇猎艳，招揽眼球，大写特写尖叫的情欲、恐怖的暴力、荒冷的人性；或一味池戏谑历史、挑战经典、颠覆正统，等等，这样的创新姑且不论是不是真正意义上的创新，即便是，也不过是惑人心机的不道德的"创新"。

① 陈晓明：《中国立场与中国当代文学评价问题》，《文艺报》2010 年 3 月 17 日。

参 考 文 献

1.《马克思恩格斯选集》(四卷本),人民文学出版社 1977 年版。

2.[古希腊]亚里斯多德:《尼各马可伦理学》,商务印书馆 2003 年版。

3.[古希腊]柏拉图:《文艺对话集》,人民文学出版社 1963 年版。

4.[古希腊]亚里斯多德:《诗学》,上海世纪出版集团 2006 年版。

5.[德]康德:《道德形而上学原理》,上海世纪出版集团 2005 年版。

6.[德]T. W. 阿多诺:《道德哲学的问题》,人民出版社 2007 年版。

7.[英]乔治·摩尔:《伦理学原理》,上海世纪出版集团 2005 年版。

8.[法]亨利·柏格森:《道德与宗教的起源》,贵州人民出版社 2007 年版。

9. 苏桂宁:《宗法伦理精神与中国诗学》,上海三联书店 2002 年版。

10. 钱穆:《中国文学论丛》,生活·读书·新知三联书店 2002 年版。

11.[美]A. 麦金太尔:《伦理学简史》,龚群译,商务印书馆 2003 年版。

12.[美]A. 麦金太尔:《追寻美德—伦理理论研究》,译林出版社 2003 年版。

13.[德]弗里德里希·包尔生:《伦理学体系》,中国社会科学出版社 1988 年版。

14.[美]鲁思·本尼迪克特:《菊与刀》,北塔译,北京理工大学出版社 2009 年版。

15.[美]柯尼格:《社会学》,台湾协志工业出版公司 1973 年版。

16.[英]休谟:《人性论》,关文运译,商务印书馆 1981 年版。

17.《诺贝尔文学奖颁奖、获奖演说全集》,中央广播电视出版社 1993

年版。
18.[法]朱力安·班达:《知识分子的背叛》,佘碧平译,上海世纪出版集团 2005 年版。
19.[俄]弗兰克:《俄国知识人与精神偶像》,徐凤林译,学林出版社 1999 年版。
20.[德]霍克海默、阿道尔诺:《启蒙辩证法》,渠敬东等译,上海人民出版社 2003 年版。
21.[俄]舍斯托夫:《旷野呼告》,华夏出版社 1999 年版。
22. 蔡元培:《中国伦理学史》,东方出版社 1996 年版。
23. 徐复观:《中国人性史论—先秦篇》,生活·读书·新知三联书店 2001 年版。
24. 袁可嘉:《欧美现代派文学概论》,广西师范大学出版社 2003 年版。
25.[德]舍勒:《舍勒选集》(上),上海三联书店 1999 年版。
26.[苏]卢那察尔斯基:《论文学》,蒋路译,人民文学出版社 1978 年版。
27.《英国作家论文学》,生活·读书·新知三联书店 1985 年版。
28.[捷]米兰·昆德拉:《被背叛的遗嘱》,上海译文出版社 2003 年版。
29.[德]席勒:《席勒文集》,张玉书译,人民文学出版社 2005 年版。
30.[美]亨廷顿:《文明的冲突与世界秩序的重建》,周琪译,新华出版社 2002 年版。
31. 甘阳:《古今中西之争》,生活·读书·新知三联书店 2006 年版。
32. 胡经之主编:《西方文艺理论名著教程》(上),北京大学出版社 1986 年版。
33.[法]丹纳:《艺术哲学》,安徽文艺出版社 1991 年版。
34.[德]歌德:《歌德谈话录》,朱光潜译,人民文学出版社 1978 年版。
35.[德]顾彬:《20 世纪中国文学史》,范劲等译,华东师范大学出版社 2008 年版。
36.[苏]季格里戈里扬:《关于人的本质的哲学》,汤侠声等译,生活·读书·新知三联书店 1984 年版。
37. 陈独秀:《陈独秀文章选编》,生活·读书·新知三联书店 1981 年版。

38. 胡适:《胡适文集》(七卷本),人民文学出版社 1999 年版。
39. 鲁迅:《鲁迅全集》,人民文学出版社 1981 年版。
40. 周作人:《理性与人性——周作人文选》,上海远东出版社 1994 年版。
41. 梁漱溟:《人心与人生》,广西师范大学出版社 2005 年版。
42. 韦政通:《伦理思想的突破》,广西师范大学出版社 2005 年版。
43. 钱穆:《中国文学论丛》,生活·读书·新知三联书店 2002 年版。
44. 哈佛燕京学社编:《启蒙的反思》,江苏教育出版社 2005 年版。
45. 张灏:《幽暗意识与民主传统》,新星出版社 2006 年版。
46. 钱穆:《中国文化史导论》,商务印书馆 2007 年版。
47. 赵汀阳:《坏世界研究:作为第一哲学的政治哲学》,中国人民大学出版社 2009 年版。
48. 陈建华:《"革命"的现代性——中国革命话语考论》,上海古籍出版社 2000 年版。
49. 乔山:《文艺伦理学初探》,高等教育出版社 1997 年版。
50. 赵红梅、戴茂堂:《文艺伦理学论纲》,中国社会科学出版社 2004 年版。
51. 何西来、杜书瀛:《新时期文学与道德》,山东教育出版社 1999 年版。
52. 陈晓明主编:《现代性与中国当代文学转型》,云南人民出版社 2003 年版。
53. 路文斌:《20 世纪中国文学伦理问题研究》,安徽教育出版社 2007 年版。
54. 许志英、丁帆主编:《中国新时期小说主潮》,人民文学出版社 2002 年版。
55. 洪子诚:《问题与方法》,生活·读书·新知三联书店 2002 年版。
56. 吴秀明:《转型时期的中国当代文学思潮》,浙江大学出版社 2001 年版。
57. 曹文轩:《20 世纪末中国文学现象研究》,北京大学出版社 2002 年版。
58. 谢有顺:《中国小说的叙事伦理》,江苏教育出版社 2005 年版。

寻找隐秘的河流（代后记）

当代中国的伦理状况与道德思想状况，是个复杂的“历史的旋涡”。“中国”与“西方”的交汇，传统与现代的冲突，“五四”启蒙运动塑造的现代道德遗产，1949年后社会主义实践所构造出的道德传统，改革开放以来中国社会新生的道德理念等，都进入到这个“历史的旋涡”当中。各种力量犬牙交错，胶着在一起，孰是孰非、孰胜孰负，自是难料。

也许本就没有什么胜负可言，因为文化自身便是一个渐渐生成的过程。文化的生成，需要冲撞、沉淀与养蕴。只是，在这样的过程中，研究当代文学的道德叙事状况，它的难度也可想而知。文化的多元，并非各因素并行不悖、各行其是，而是在互有辩证中，充满着对抗与同盟、排斥与吸引、勾连与断绝、解构与建构的复杂关系。“现代”时期的重要文化表征是讲“冲突”，到了当下，就应该讲“汇通”了。在这个历史的复杂状况中，研究者既要有洞幽烛微、庖丁解牛的细致功夫，还要有高屋建瓴的格局、境界与气象，方可道出其中的子丑寅卯来。这对我而言，确实是个不小的挑战。我只能勉力为之，微观上和宏观上的综合把握自不可免，但把握得如何，就不是我能决定得了的。我何尝不羡慕那些坐居斗室之中，纵论天下、捭阖四方，坐半壁江山的大学问家？然而每个人都有自己的学识、气质、禀赋、才情的限制，强求不得。邯郸学步、东施效颦，终归会沦为笑柄。我所能做的，就是尽一己之力，穷一己之思，描画出我的见识和思考。虽为米粒之光，却可照亮我内心隐秘的一角，蒙以自正，亦属难得。

梁漱溟先生自述问学之道时如是说：“就以人生问题之烦闷不解，令我不知不觉走向哲学，出入乎百家。然一旦于人生道理若有所会，则亦不复多求”。倘自己尚算学术中人，我的学术定位其实非常简单，做什么，不做什么，都有定数。简而言之，一为求之于学术对象本身。以自己有限之目力，察觉学术自身发展提出的待解问题，许多虽为基础，甚或乃是常识，然如若自以为重要，便需辨识一番。一为反求诸己。如梁先生所言，以人生问题之烦闷不解，为个人经验世界的困苦与疑惑，而以学术为镜鉴。台湾学者、作家陈映真说，学问不过是“为轻舟激水的人生找一注脚，为西风落叶的时代找一归宿”。我深以为然。

不管别人怎么理解伦理与道德问题，我的看法是，伦理与道德都不单是确凿无疑的“知识”和坚如磐石的信念，在相当多的时候，道德是晦暗不明的。特别是在当代中国，旧的尚未远去，新的已然产生，事物内部的丰富与复杂，绝非是非、对错、善恶、美丑的简单修辞可以判别的。或许这是文学研究的宿命。我总觉得，人世间的很多事情，清晰的东西，是属于历史叙述的；在历史停止的地方，方才是文学的开始。文学所要面对的，就是人的生命感悟和生活经验中的那些隐晦不明、含混朦胧的部分。——用本雅明的话来说，就是“毛茸茸”的状态。“水至清则无鱼”，如果我们生活的这个世界，一切都是清澈透明的，那么，文学还有没有存在的必要呢？这是我的疑问。

回想自己有限的学术经历，我似乎对人世和生命中晦暗不明的事物有着本能的兴趣，博士阶段做的是文学的苦难问题，现在做的是伦理与道德视域下的“文学”，苦难也好，伦理道德也罢，作为“选题”而言，皆可谓树大根深；然于我而言，实不过感知、体悟一己在世之惑，叩问、探寻自己内心待解问题的一种对话方式。古人云：“四十不惑”，我却相反，40岁之前，总觉得朗朗乾坤，日月昭昭，大道奔马，真理在握；而40岁以后，却多为咀嚼、反刍、迷惑、反思和否定的情绪所缠绕。“四十不惑”，对我来说，大概是“四十始惑”。

上世纪80年代，批评界流行一句桀骜不驯的话，叫做“我批评的就是我自己”！现在，这句话不知道还在多少人的内心有着回音，在我却心有戚戚，深以为意。批评怎么可能不着上批评者的精神底色和生命的经验痕迹呢？我不知道我的同代人是怎么过来的，像我这样出生在1960年代后期的人，虽然没有知青一代“上山下乡”的壮怀激烈、悲喜交集，却也不知是幸运还是不幸，搭上了狂热、激情、理想主义弥漫的那个时代的末班车。遥想少时，我们没有“蜡笔小新”，没有“奥特曼”、“蜘蛛侠”、“铠甲战士”，没有电视，甚至连电都没有；我的全部阅读，就是《小英雄雨来》、《平原枪声》、《地道战》、《地雷战》这些图画书，大不了还有一些历史演义类的连环画，书中的英雄、理想、献身、集体、革命，抛头颅、洒热血、写春秋等诸如此类的“大词语”，在我的心里扎下了根，至今还能听见它拔节的声音。每代人都有自己的特殊的经历和特别的生命经验。我至今还常常忆起，小的时候，每天清晨醒来，耳畔萦绕的就是村头大喇叭的声音，里面播放的不是革命领袖的最高指示，就是高亢、激昂、嘹亮的革命歌曲。到了晚上，因为没有电，整个村庄都淹没在黑暗中，一台破旧不堪、嘶嘶作响的收音机，伴我度过无数个漫长的夜晚。那个时候，我对乡村之外世界的全部想象，都是通过“声音”完成的，这不同于后来“70后”、“80后”们通过电视机的图像想象世界的接触方式。声音是诗学的、想象的、梦幻的，你要想搞清楚声音传达的世界，就必须要对声音的信息进行重构；而图像是现象的、直观的、平面的，无需重构。这种“声音的诗学”我不知道对和我同时代的其他人有多少影响，反正在我后来的阅读中，每当我从同代作家的小说当中，看到诸如“偷窥”、“黑夜”、“奔跑”、“飞翔”等意象时，我常常压抑不住内心的窃喜。我的第一感觉，就是觉得这个作家是“我们的人”，写的是“我们的生活”。“声音的诗学”里面，外部的世界充满着奇妙、怪异和诡秘，我们对神秘事物总是充满无限兴趣。

那个时候，我常常一个人沿着村后那条河流的河岸飞跑。我的隐秘的渴望，就是想知道河流从哪里来，到哪里去。河流穿过田野、村庄、草地、树林和连绵的高岗，穿过正午的阳光，穿过黄昏，我总是在河流分叉或者交汇的地方，因迷路、丢失的恐惧而止步，望着远去的河流和天空的飞鸟，然后无奈地沿着河岸返回，让河流带着疲惫的我回家。

这本书，是否有寻找隐秘的河流的渴望？我想是有的。如昊一个人在这个世界上不是活得太清楚，不是活得太坚定，不是活得太绝望的话，那么我想，他的内心也应该有一条隐秘的河流。我是否知道河流的全部秘密，现在已经不是很重要；重要的是，我会调动我的全部思想和情感，和河流猜谜，去重构那条梦想中的河流。在这本谈论文学中的道德和道德视野下的文学的专著中，就有我对道德世界与文学世界的“重构”梦想。

作为国家社科基金青年项目的结项成果，本书的写作历时6年。原先申报时的题目是“伦理视野中的当代文学及其经验反思”。选题是跨学科的，兼涉文学与伦理，故此，伦理学的知识背景必不可少，虽不能洞察古今，然人类伦理思想的大致脉络亦需略有了解。伦理学方面的知识掌握以及问题意识的文学转化，占据了我的大部分时间。既然是跨学科研究，伦理与文学的平衡，孰轻孰重，亦须有所顾及。大体而言，我的重心是放在文学这边的。我的专业是中国现当代文学，问题关切亦当是以文学为轴心，如果跨界跑到伦理学那边，去对某些命题评头论足，显然并非明智之举。

学术研究的过程，是和自己、历史、时代、作家、作品对话的过程。每个人都有自己的对话方式，都有自己的感受和体验。就这个选题而言，我感受最多的，就是研究过程中不断的自我怀疑与反思。我不知道别人怎么看待当代文学与现代文学、古代文学的学科差异。我总觉得，现代文学和古代文学，虽不能说已完全定型，但却不像当代文学这样，一直处在游离、滑动、新话题不断萌生的境况中。当代文学和社会现实的联系是如此紧密，以致社会环境的任何风吹草动，都会影响到我们对文学的判断。尤其是近几年，改革开放30年、奥运会的成功举办，中国人的民族自信有了很大的提升。鸦片战争以来的挫败体验与几代人的文化自卑，随着中国政治、经济、文化影响力的提升，似乎正被“大国崛起”的心态所取代。这种心态的变化，也在影响着我们对文化、文学的评价。过去耳熟能详的某些命题，诸如传统道德问题、儒家文明与中国形象问题、现代化与西方价值问题等，现在都有了新的认识转变。这个转变，对我们思考当代文学也有深刻影响，过去认为不是问题的，现在很多都成为问题;而过去认为是问题的,现在却有了新的阐释语境。这种时势之变化,常常改变着我的一些习以为常的想法,个人的思考,亦随之处在不断的调整与修正当中。

书中的不少章节,作为课题的前期成果,已经在《文学评论》、《文艺研究》、《社会科学战线》、《人文杂志》、《文艺评论》、《理论与创作》等刊物上发表,有不少文章被《新华文摘》、《中国社会科学文摘》、《光明日报》、人大复印资料等转载。对于刊物编辑们的认可,我深怀感激。这些先期发表的论文,部分曾获得中国文联文艺评论奖和浙江高校科研咸果奖,这些对我都是鞭策和鼓励。

本课题研究过程中,作为课题组的成员,荆亚平承担了第五、六、十六章的资料搜集、整理乃至部分撰写的任务,现在课题能够及时完成,并最终能够以"优秀"等级结项,其中有她的辛劳和付出,在此一并致谢。

周保欣

2012年10月